Martin Šmaus

Mach mal Feuer, Kleine

Roman

Aus dem Tschechischen
von Eva Profousová

Deutscher Taschenbuch Verlag

Die Übersetzung wurde gefördert
vom Literarischen Colloquium Berlin
mit Mitteln des Auswärtigen Amtes und
der Kulturverwaltung des Berliner Senats.

MIX
Papier aus verantwortungsvollen Quellen
FSC® C013736

Deutsche Erstausgabe 2011
Deutscher Taschenbuch Verlag GmbH & Co. KG, München
Die tschechische Originalausgabe erschien 2005 unter dem Titel
›Děvčátko, rozdělej ohníček. (Na cikňi na bari, čarav tro voďori)‹
bei Euromedia, Prag.

Umschlagkonzept: Balk & Brumshagen
Umschlaggestaltung: Ruth Botzenhardt unter Verwendung
von Fotos von plainpicture/Arcangel
und Corbis/Ken O'Brien Collection
Gesetzt aus der Janson Text 10/13,5'
Satz: Greiner & Reichel, Köln
Druck und Bindung: Kösel, Krugzell
Gedruckt auf säurefreiem, chlorfrei gebleichtem Papier
Printed in Germany · ISBN 978-3-423-24827-3

1.

Andrejkos Mutter, die schöne Mária, war dem Dezider Dunka aus der Zigeunersiedlung bei Vyšná Poljana versprochen. Beim *mangavipen* band der alte Laco Dunka ihre Hände mit einem Tuch zusammen und goss ihnen Schnaps in die hohle Hand, auf dass der eine von dem anderen trinke und ihm so die Treue verspreche, doch in der Nacht zeigte sich, dass Mária bereits empfangen hatte und ein neues Leben in sich trug.

Dezider war ein rechtschaffener Mann und wollte die Familie nicht Spott und Schande aussetzen. Also beschloss er, erst seine Frau und dann sich selbst umzubringen. Er stand auf und ging in die Schenke von Poljana, um sich zu stärken, aber dort wollte man ihm nichts geben, erst wenn er seine Schulden beglichen habe, er stehe schon zu tief in der Kreide. Da vergaß Dezider den Schmerz, der ihn in die Schenke getrieben hatte, und sein feuriges Blut wallte auf. Nicht mal die Neige kriegt man geschenkt, diese verfluchten Gadsche, die beschissenen Arschlöcher, noch gestern haben sie aufgefüllt, und heute gibt es nichts mehr für den Zigeuner, schrie er, und im Handumdrehen war er mit seinen Brüdern Miro und Gejza wieder da, die drei stürmten herein und zertrümmerten alles, was ihnen zwischen die Finger kam, sogar die Fensterscheiben schlugen sie heraus, und der arme Wirt konnte froh sein, dass er durch die Hintertür entkam.

Aber die Dorfleute wollten ihre *paluša*, ihre Schenke, nicht kampflos hergeben, und schließlich gelang es ihnen, die Dunkas zu verjagen. Als die Brüder den armen Dezider zurück in die Siedlung schleppten, spuckte er Blut, erbrach sich immer wieder, sein geschundener, blutüberströmter Kopf hing kraftlos zur Seite. Und seine Augen, schwarz von Feuer, Ruß und getrocknetem Blut, sahen nur wenige Schritte entfernt eine Alte mit Kopftuch und klappernden Gebeinen ihnen hinterherhumpeln. Sie stützte sich auf eine rostige, scharf geschliffene Sense. Bei diesem schrecklichen Anblick verlor Dezider das Bewusstsein.

Kaum jemand in der Siedlung hätte geglaubt, dass er jemals wieder auf die Beine kommen würde, aber Mária verband ihren Mann sorgfältig und wachte die ganze Nacht bei ihm, tröstete ihn, wenn er im Schlaf schrie, und legte ihm immer neue kalte Umschläge auf die glühende Stirn. Mária, auf ihre letzte Reise gefasst, trug ihr weißes Brautkleid, und als Dezider am nächsten Tag zu sich kam, sah er einen Engel in ihr. Auf einmal hatte er keine Kraft mehr, nach dem Messer zu greifen: Seine Seele brannte vor Schmerz. Mühsam erhob er sich und kniete dann lange vor der Wand, schlug mit dem Kopf dagegen, dass der Lehm abbröckelte, übergab sich und verfluchte die ganze beschissene Welt. Schließlich brach er in Tränen aus, und am nächsten Abend nahm er seine Frau zurück.

Aber er berührte sie nicht, bis sie einen Sohn gebar. Sie gaben ihm den Namen Andrej, Andrejko.

2.

Als Andrejko zur Welt kam, tauchten in der Kaschemme von Zboj Pferdehändler aus dem Osten auf, fragten, wie sie nach Poljana kämen, und erkundigten sich nach Dezider Dunka und den Fohlen, die er ihnen versprochen hatte. Am Nebentisch saß Juraj Bielčik, dem in dieser Nacht sein letztes Fohlen abhanden gekommen war, das beste, dem er je auf die Welt geholfen hatte. Juraj kippte seinen Wacholderschnaps hinunter und raste nach Poljana. Vor der Schenke stieß er sein röchelndes Moped in den Straßengraben und stürzte hinein. Er musste nicht lange bitten, alle Männer standen auf und wogen ihre Stöcke in den Händen, einer riss ein paar Zaunplanken heraus, ein anderer griff sich eine Forke aus einem Misthaufen, der nächste schnappte sich eine Axt und schon zogen sie gegen die Zigeuner los … Bielčiks Fohlen fanden sie in der ganzen Siedlung nicht, Dezider auch nicht, also verdroschen sie wenigstens jeden, der ihnen in die Quere kam, ob groß oder klein, alt oder jung, ohne Erbarmen und bis aufs Blut, denn der Kelch ihrer Geduld war übergelaufen.

Das reichte ihnen aber nicht. Wie sie zwischen den Hütten standen und das Blut noch in ihnen kochte, beschlossen sie, die Siedlung in Brand zu setzen. Da es in der Nacht zuvor geregnet hatte, war jeder Bretterverschlag, jeder Schuppen, jeder Holzstapel und jeder Müllhaufen mit Wasser vollgesogen, und das Feuer wollte nicht fangen.

Als sich ihr Rausch verflüchtigte, zogen die Männer wieder ins Dorf. Zurück blieben blutbespritzte Türen, wimmernde Verletzte im Schlamm und zwei Tote: der lahme Imro, der nicht hatte wegrennen können, und sein Bruder Gejza, den man in den Bach getrieben hatte. Dort war er, bis zur Bewusstlosigkeit betrunken, eingeschlafen und in dem seichten Wasser wie ein Katzenjunges ertrunken.

Mária gelang es, mit dem kleinen Andrejko auf dem Arm in den Wald zu entkommen. Sie rannte so schnell sie konnte, sie stolperte, rutschte auf der aufgeweichten Erde aus, und immer wieder stand sie auf und rannte weiter. Sie blieb erst stehen, als sie keine Schreie und kein Jammern mehr aus der Siedlung hörte. Die ganze Nacht kauerte sie im Erlengehölz oberhalb der Siedlung, wärmte Andrejko mit ihrem Atem und sprach besänftigend auf ihn ein, damit er nicht losplärrte, damit die Dörfler sie nicht fanden. Erst bei Tagesanbruch, als die Sonne allmählich den Morgennebel auflöste, kehrte Mária nach Hause zurück. Steif vor Kälte stieg sie über ausgehängte Türen, zerschlagene Töpfe und zerrissenes Bettzeug, verängstigt drückte sie Andrejko an die Brust, streichelte ihn und dankte Gott, dass er den Kleinen verschont hatte.

Als im Laufe des Tages auch die anderen zurückkamen, legten sie Bretter zwischen Stühle, hoben Gejza und Imro darauf und suchten die auseinandergelaufenen Hühner und Hunde zusammen. Die Mutter der beiden Toten, die alte Maryna, weinte und jammerte laut, und keiner vermochte sie zu trösten. Ihre verzweifelten Klagerufe hallten noch tagelang durch die Siedlung.

Aber nach den Gendarmen, nach der Polizei, nach der hat keiner gerufen, die wäre ohnehin nicht gekommen, und auf Scherereien war hier keiner scharf. Weder die Weißen noch die Schwarzen.

Zu diesem Zeitpunkt bahnte sich Dezider Dunka auf Bielčiks Fohlen, einem wunderschönen Braunen mit weißer Blesse, schon längst seinen Weg durch das dichte Gehölz von Boršučiny. Immer weiter stieg er bergauf, der polnischen Grenze entgegen.

3.

Andrejko war noch keine vier Jahre alt, als Onkel Fero zurückkam.

Die Dunkas aus der Siedlung hielten große Stücke auf den Onkel, weil er es von allen am weitesten gebracht hatte. Fero trug schwere Goldringe und eine schwarze Krawatte, und seinen Anzug ließ er sich beim Schneider nähen wie ein Herr, wie ein Gadsche.

Der Onkel kam in der Nacht, er wollte in Poljana niemandem begegnen, dort hatte man wegen seiner langen Finger noch ein Hühnchen mit ihm zu rupfen. Um Zorn und Rache von der Siedlung fernzuhalten, hatte sich Fero seinerzeit aus dem Staub machen müssen, und weil sein Herz unruhig war und seine Seele sich nach Reisen sehnte, verlegte er sich auf die Eisenbahn.

Die Nachtzüge waren ihm am liebsten: die Räder aus Stahl, die ihren unerbittlichen Rhythmus auf die Schienen hämmern, die Erde, die unter den Füßen nach hinten zu fliehen scheint, und die Dunkelheit, die sich schützend über alles legt, was besser verborgen bleibt. Und da die Strecke von Prag oder Bratislava in die Ostslowakei sehr lang war, schaffte es kaum ein Maurer oder Betonmischer, der seinen Lohn nach Hause brachte, kaum ein Student, der über die Feiertage zu seiner Mama fuhr, die ganze Nacht wach zu bleiben und Koffer, Rucksack oder Tasche im Auge zu behalten.

Fero humpelte und ließ sich schwer auf einen Stuhl fallen. Nachdem er wieder zu Atem gekommen war, erzählte er, wie er gestern im Zug auf eine fremde Bande gestoßen war, die Kerle hätten ihn am Hals gepackt und ihn ordentlich vermöbelt, einer von ihnen hatte sein Taschenmesser gezückt und ihm ein Kreuz auf jede Wange geritzt. Zu guter Letzt, da war der arme Fero in ihren Händen schon ganz mürbe geworden, hatten sie ihn durchs Fenster geschoben. Der hat sowieso keine Fahrkarte, lachten sie in die Dunkelheit ... Die haben über mich gelacht, diese Arschlöcher, diese Hunde, brüllte Fero, und die Dunkas duckten sich vor lauter Angst, schrien aber gleich darauf wieder los, mit den Fäusten drohten sie in die Ferne, dorthin, wohin Feros zerschundene Hand zeigte.

Zum Glück war der Zug gerade in den Bahnhof von Margecany eingefahren, und der Onkel hatte sich zwar jede Menge Prellungen geholt, war aber mit dem Leben davongekommen. Neun Leben hat die Katze, zehn der Zigeuner. Stolz trommelte er auf seine Brust, und die anderen wurden still und nickten eifrig ...

Am nächsten Morgen stellte Fero fest, dass in der Nacht seine goldene Armbanduhr verschwunden war, die Erinnerung an ein besonders gelungenes *tschoro*. Aus alter Gewohnheit tastete er nach der schweren Goldkette, die er seit Jahren nicht vom Hals genommen hatte, aber seine Hand griff ins Leere, und Fero war, als sei er in eiskaltes Wasser gefallen, er traute den eigenen Augen und dem leeren Handgelenk nicht, sogar die Schmerzen in seinem arg zugerichteten Rücken waren auf einmal weg, denn ohne Uhr und ohne Gold stand er da wie ohne Hose, ganz nackt ... In seinen Augen loderten Flammen auf.

Wer war das, wer von euch, ihr *degesi*, ihr Hundefresser, wer war so dreist, es mit mir aufnehmen zu wollen, mit mir, Fero!, schrie der Onkel. Der soll zur Hölle fahren und bis zu seinem Tod nur Hundescheiße fressen, *miro khul tiri bacht te marel*, er rollte mit den Augen, sprang den Herumstehenden an die Gurgel und verfluchte alle aufs Furchtbarste.

Aber nach einer Weile, als er sah, dass sein Geschrei sinnlos war, ließ er alle zusammenrufen und verkündete: Unter euch ist einer, der ist besser und geschickter als ich. Der wird euch eines Tages berühmt machen, auf den werdet ihr stolz sein … Die erstaunten Dunkas wurden still, fingen aber gleich wieder an zu schwatzen, fuchtelten mit den Armen, und es dauerte eine Weile, bis sie Andrejko bemerkten, der sich zwischen ihren Beinen nach vorne schlängelte. Aus seinen schmutzigen, rußigen Händen leuchtete es golden, wie eine Sonnenblume mitten auf einem vereisten Feld, wie eine aus Schlamm und Rauch aufsteigende Sonne … Und alle verstummten, und einer nach dem anderen machten sie dem Kleinen den Weg frei.

Wie eine Vogelscheuche, nur mit einem dünnen Hemd bekleidet, und einer Hose, die an einer quer über die Schulter gebundenen Schnur hing, stand der schmuddelige Andrejko mit seiner Schnoddernase vor dem angeschlagenen Fero – in der einen Hand hielt er die Goldkette, in der anderen die Armbanduhr – und lächelte selig.

Und alle bestaunten seinen Mut und seine Geschicklichkeit und beschlossen, ihn mit Fero nach Prag zu schicken, damit er dort etwas Ordentliches lerne.

Dezider Dunka, der Mann von Andrejkos schöner Mutter, stand ganz hinten. Als er die Ähnlichkeit zwischen dem verlebten Gesicht von Onkel Fero und Andrejkos glatten Wangen bemerkte, verbarg er seinen Kopf in den Händen und weinte lange und bitterlich.

Auch Mária weinte, als sich ein paar Tage später der Onkel wieder berappelt hatte und sie Abschied von ihrem einzigen Sohn nehmen musste. Die ganze Nacht blieb sie an Andrejkos Seite, streichelte seine kleine Hand, drückte sie immer wieder, und Tränen liefen über ihre Wangen. Im flackernden Schein der Petroleumlampe glänzten sie wie kleine Glasperlen. Als sie morgens das Frühstück bereitete, fiel ihr alles aus den Händen, und sie setzte sich zu Andrejko und sah zu, wie der Kleine mit den *loksche*, den Kartoffelfladen, kämpfte, wie er Marmelade über sein Hemdchen schmierte und die Finger in den Haaren abwischte. Sie selbst bekam keinen Bissen hinunter, vor Schmerz und Verzweiflung war ihre Kehle wie zugeschnürt.

Als Andrejko aufgegessen hatte, schloss sie ihn sanft in die Arme und küsste ihn. Mein liebstes Kindchen, flüsterte sie und zitterte wie Espenlaub. Auf einmal drückte sie ihn so fest, als wolle sie ihn zerdrücken, ihm die Seele aus dem Leib pressen, damit er für immer bei ihr, in ihren Armen bliebe, sie küsste ihn aufs Haar, weinte und schrie so sehr, dass man ihr den Kleinen entreißen musste.

Da trat Onkel Fero schon von einem Fuß auf den anderen, sah ungeduldig auf seine verlorene und wiedergefundene Armbanduhr, und deutete auf die Straße.

Mária konnte Andrejko noch ein silbernes Kreuz um den Hals legen, das einzige Schmuckstück, das sie von ihrer Mutter bekommen hatte, bevor sie von Dezider nach Poljana geholt worden war, und schon drängte man sie zurück in die Hütte und schob ein Brett vor die Tür. Vergeblich trommelte sie gegen das harte Holz, vergeblich schrie und weinte sie. Schließlich brach sie auf dem festgetretenen Lehmfußboden zusammen und streute sich Asche ins aufgelöste Haar und in die verzweifelten Augen.

Ihre ganze Welt, alles, was sie hatte, löste sich in Tränen und in Dunkelheit auf.

Bachtalo tiro drom, Andrejko, Glück auf deinem Wege. Runzelige Greisinnen sahen Andrejko und dem Onkel nach, auch die *stryga* Marika stand unter ihnen, die alte Hexe, die Zauberkräuter kannte und aus der Hand las und die im Vorjahr um ein Haar unter die Erde gekommen wäre, wenn das Jammern und Weinen der trauernden Dunkas sie nicht im Sarg geweckt hätte … Auf ihre Stöcke gestützt blickten die alten Frauen den Pfad hinunter, auf dem der Onkel mit dem Kleinen ins Tal gegangen war, und wiegten besorgt die Köpfe. Viel Glück, *bacht'oraha sast'ipnoreha dža, av pale*, mümmelten sie mit zahnlosem Mund, komm gesund zurück …

Am Nachmittag saß Andrejko bereits neben Fero in der ersten Klasse des Nachtschnellzugs nach Prag. Unerbittlich hämmerten die Räder ihren Rhythmus auf die Schienen, und Andrejko war, als schlüge das unruhige Herz seiner Mama irgendwo in der Nähe, als galoppierte der Hengst von Onkel Laco über eine weite ausgedörrte Ebene … Unter den hohen Laternen der Bahnhöfe schwärmten Mücken, Betrunkene torkelten über die Bahnsteige, der Zug hielt immer wieder an und fuhr erneut los, und Andrejko, berauscht von der heißen Sommernacht, sog mit weit aufgerissenen Augen die Stimmen und Düfte in sich auf, die ihm aus der Dunkelheit entgegenströmten. Alles, was er kannte, blieb zurück: einsame Lichter in der Ferne, flimmernde Glühwürmchen, krächzende Frösche und zirpende Grillen, das alles war weg, aber vor ihm wartete schon mit offenen Armen die Welt, die noch heute Morgen bei der letzten Hütte aus Weidenruten, Lehm, Holzplanken und rostigem Blech zu Ende war.

Um dem Kleinen mit gutem Beispiel voranzugehen, blieb der Onkel in dieser Nacht nicht untätig. Mehrmals stahl er sich in die stillen Waggons hinaus, und als er morgens in Prag Personalausweise aus der Hosentasche holte und zerknüllte Banknoten zusammenzählte, kam es Andrejko ganz selbstverständlich vor.

Fero brachte ihn vom Bahnhof direkt nach Žižkov, wo sein Bruder Štefan wohnte. Verschlafen trottete Andrejko über den Bürgersteig, in seinem Kopf drehte sich alles, und als er aufblickte, sprang er gleich auf die Fahrbahn, aus Angst, die hohen Häuser würden auf ihn herabstürzen … Zum ersten Mal in seinem Leben sah er Straßen mit Menschen und Autos, mit Straßenbahnen, die an jeder Haltestelle und an jeder Kreuzung klingelten, zum ersten Mal ging er durch eine Straße, die oben mit Drähten zugenäht war, elektrische Funken sprühten und stoben über seinem Kopf … Die Siedlung und die Mama mit ihren verweinten schönen Augen waren weit weg, verschwunden waren die glitzernden Bäche und das goldene Laub an den Berghängen. Mit offenem Mund blieb Andrejko an jeder Ecke stehen, vor Müdigkeit fielen ihm allmählich die Augen zu, aber Fero hatte es eilig und zog ihn hinter sich her. Verwundert drehte man sich nach ihnen um: ein humpelnder, mit Gold behängter Mann mit muskulösen tätowierten Armen und frisch vernarbten Wunden auf beiden Wangen und ein schmuddeliger kleiner Junge in zerrissener, von einer Schnur gehaltenen Hose, der den Passanten im Weg war.

Fero lieferte den verängstigten Andrejko bei seiner Schwägerin Ida ab, wechselte mit ihr zwischen Tür und Angel ein paar Worte, überreichte ihr einen Teil seines nächtlichen Erlöses – und schon brach er wieder auf zum Bahnhof, zu den Gleisen, zu einer neuen Reise.

Das Haus in Žižkov und die Siedlung in Poljana hätten unterschiedlicher nicht sein können. Der freie Raum war von den hohen Dächern in enge Straßen und Hinterhöfe zerschnitten, hinter dem Fenster tat sich kein blauer Himmel auf, sondern eine Pawlatsche, von deren Decke der Putz abbröckelte und in die nur mittags die Sonne hineinlugte. Andrejko saß den ganzen Tag mit knurrendem Magen in einer Ecke, hielt das Kreuz von seiner Mama unter seinem Hemdchen fest in der Hand, und mit dem schmutzigen Ärmel verschmierte er Tränen über sein ganzes Gesicht. Er sehnte sich nach den Kindern aus der Siedlung, nach dem Schlamm zwischen den Hütten, in den er noch gestern tiefe Rinnen gebuddelt hatte, er sehnte sich auch nach dem Bach, in dem die älteren Jungs Krebse fingen. Aber am meisten sehnte er sich nach seiner Mama, der schönsten und besten Mama der Welt, die ihm jeden Abend vorgesungen und Geschichten erzählt hatte, und wenn er traurig war oder ihn nachts böse Geister heimsuchten, hatte sie ihn getröstet. An seine Mama konnte er sich anschmiegen, in ihren Armen konnte er sich ausweinen, seine Mama fehlte ihm am meisten …

In Žižkov nahm ihn keiner in den Arm, hier waren die Kinder auf sich selbst gestellt. Und ihre Welt – die Pawlatsche, der Innenhof und die Straße – sollte nun sein neues Zuhause werden.

Der kleine Andrejko mit seinen abstehenden Ohren und verweinten Augen und der ewigen Schnoddernase war zum Steinerweichen, und da Štefan und Ida ihn schon am Hals hatten, machten sie sich das zunutze. Die Gadsche sind dumm, sagte Štefan, vor einer ausgestreckten Hand wenden sie den Blick ab und suchen lieber in der Tasche nach ein paar Kronen, nur damit sie sich später nicht dafür schämen müssen, geizig gewesen zu sein …

Die Tante spazierte mit Andrejko durch den Park vor dem Hauptbahnhof, manchmal ging sie auch in die neue Bahnhofshalle, das eine oder andere Mal bummelten sie sogar bis hinauf nach Vinohrady oder nach unten in die Innenstadt, in die Jindřišská oder Opletalova. Weiter traute sie sich nicht, dort begann die fremde Welt der Valutaschieber, der Zuhälter und Nutten, der Geheimpolizisten, der Kellner aus den besseren Schuppen und anderer zweifelhafter Existenzen. Wenn die Tante dort aufkreuzte, fand sich immer jemand, der sie verjagen wollte, manchmal bekam sie auch noch ein paar Faustschläge mit auf den Weg, damit sie sich besser merkte, wo ihr Platz war. Nicht einmal Štefan hätte da Ordnung hineinbringen können, in diesen trüben Wassern kannte auch er sich nicht aus, diesen komplizierten und feinen Spinnennetzen war sein Kopf nicht gewachsen. Andere Romafamilien, die es gleich nach dem Krieg nach Prag verschlagen hatte, waren größer und mächtiger, daher gehörten die besseren Straßen, Passagen und Plätze ihnen. Die Dunkas mussten sich mit dem Bahnhof zufriedengeben.

Andrejko war klein und dünn und zitterte ständig am ganzen Leib, weil er zum Anziehen gerade nur so viel bekam, dass er nicht erfror. Unter seiner Nase hing der Schnodder, seine Zähne klapperten, als holpere eine Karre über Kopfsteinpflaster, und vor Kälte machte er sich ständig in die Hose. Aber die Tante zog ihn erst abends um, sie hatte nämlich schnell herausgefunden, dass sie umso mehr Geld fürs Essen oder eine Fahrkarte nach Beroun oder Rokycany erbettelte, je schlechter der Junge aussah. Andrejko fand das merkwürdig, sie fuhren ja nie mit dem Zug, aber wenn sich die Tante vor jemandem aufbaute und Geld verlangte, fing er gleich an zu weinen, weil auch er in dem Moment fest davon überzeugt war, dass man sie bestohlen hatte, dass sie Geld verloren hatten, dass in Beroun seine hungrigen Geschwister auf sie warteten …

Andrejko schlief mit seiner Cousine Jolanka unter einer Decke. Weil er dauernd erkältet war, machte er auch nachts in die Hose und das Bett stank und auch die kleine Jolanka stank, weil die Tante sich nur dann an die große Wäsche machte, wenn sie Zeit und Lust hatte, und das kam nicht gerade häufig vor. Und so verprügelte Jolanka ihn jedes Mal oder warf ihn aus dem Bett, und der Kleine musste auf dem Boden schlafen. Den ganzen Tag litt er Hunger und sein Magen knurrte, aber er durfte kein Essen annehmen. Einmal beugte sich eine Frau zu ihm hinunter und reichte ihm ein Wurstbrötchen, noch in eine Serviette eingewickelt, direkt vom Imbiss, da schlug ihr die Tante das Brötchen aus der Hand, zerstampfte es wütend auf dem Boden und schrie: Was nützt hier ein beschissenes Brötchen, der Junge hat Hunger und braucht *lovy*, Geld …

Und der Kleine lernte fleißig. Er lernte zu hungern, ohne Essen anzunehmen, er lernte, selbst in der größten Hitze vor Kälte zu schlottern, und er lernte, auch die kleinste Münze Onkel Štefan zu geben, der immer in der Nähe Bier trank, ein Auge auf die Bullen hatte und die Konkurrenz verjagte.

4.

Štefan stammte aus der gleichen Gegend wie Andrejko. Seine Siedlung lag bei Snina, und da sie größer war als die von Poljana, war sie den Behörden bald ein Dorn im Auge. Vielleicht wurde sie deshalb nach dem Krieg als erste im Kreis aufgelöst. Dabei stellte man den Dunkas und den Lakatoš rosige und glückliche Zeiten in Aussicht, neue Wohnungen mit fließend Wasser, Elektrizität und Zentralheizung, Krippen für die Kinder und Arbeit für die Erwachsenen. Vor allem aber versprach man ihnen Geld, das sie aus dem Dreck und Schlamm herausholen würde, weg von den Mückenschwärmen, damit endlich Schluss wäre mit Kälte und Hunger, damit nie wieder ihre Kinder wenige Tage nach der Geburt zu Grabe getragen werden müssten. Da drüben, im Westen der Tschechoslowakei, sagten die Kreisbeamten und zeigten in die Ferne, da liege das Gelobte Land, im Böhmerwald stünden reihenweise Häuser, die früher den Deutschen gehörten, verlassene Glashütten und Hammerwerke, ganze Gutshöfe und Dörfer warteten dort auf neue Bewohner ... Die Dunkas hatten aber nicht um Arbeit gebeten, sie wussten auch nicht, wo der Böhmerwald lag und was ein Hammerwerk war, erst als das Wort Geld fiel, kam Leben in ihre Augen, und die Beamten zogen weitere Papiere aus ihren Aktentaschen und zeigten schon wieder in die Ferne: Das meiste Geld warte in den Kohlengruben und Eisenhütten bei Kladno, sagten sie, in den Chemiewerken bei Ústí nad Labem und in Ostrava, dem glühenden Stahlherzen der neuen Republik …

Du schwarz-verrußtes Ostrava, du getreues Mädchen, heißt es in einem Lied … Ausgerechnet dort, in Mariánské Hory in Ostrava, sprang eines Tages vor einem älteren Mietshaus auch der junge Štefan von der Klappe eines Lastwagens herunter.

In der verlassenen Siedlung von Snina tauchten Planierraupen auf, und all die aus Lehm, Holzplanken, rostigem Blech und Pappe zusammengeschusterten Hütten, Bretterbuden, Hühnerställe und Holzverschläge fielen wie Kartenhäuser in sich zusammen.

Zu dieser Zeit aber fuhr Štefan schon in den Schacht, in die Kohlengrube Hlubina. Nicht dass er so scharf gewesen wäre auf die Plackerei, aber da er nun schon mal in Ostrava war, blieb ihm nichts anderes übrig. Immerhin konnte man so gutes Geld verdienen, und obwohl Štefan kaum schreiben konnte, brachte er nach ein paar Wochen mehr nach Hause als ein Arzt oder ein Universitätsprofessor. Das stieg ihm dermaßen zu Kopf, dass er aufhörte, auf der Straße seine Verwandten zu grüßen, die sich anfangs mit wechselnden Aushilfsarbeiten über Wasser hielten und später nur noch Kohle von der Schlackenhalde klaubten oder in der Müllkippe wühlten.

Peňážky, Penunze, Moneten … Solange die Dunkas in ihrer Siedlung gelebt hatten, war ihnen Eigentum nicht wichtig, sie besaßen ja weder Grund und Boden noch Häuser oder Felder, die sie hätten verlieren können, und Geld hatten sie gerade so viel, wie ihnen in der Kneipe unter die Geigensaiten oder in die Bögen gesteckt wurde oder sie für Pferde und gegerbte Felle bekamen. Aber die Pferdehändler und die Juden hatte der Krieg davongeschwemmt, und von den

Dörflern gab es nur Kartoffeln, Mais oder Kohl als Lohn, denn auch um diese machte das Geld einen großen Bogen. Dafür hatten die Dunkas mehr als genug an Hunger und Kälte gehabt, aber jeder von ihnen hätte das letzte Ei oder die letzte Handvoll Mehl geteilt, damit ihre Kinder ja keinen Hunger leiden müssten.

Erst der Zaster aus den Kohlengruben und Eisenhütten von Ostrava trieb einen Keil zwischen sie, schneller und gründlicher als ein Hochwasser spülte es die alten Gewohnheiten davon, und nach nur wenigen Monaten war vollbracht, was fern im Osten die Planierraupen begonnen hatten.

Die Dunkas, in kleine Wohnungen und Zimmer in den Bergmannsheimen versprengt, lebten nun anders, als sie es seit Jahrhunderten gewöhnt waren. Zum ersten Mal stiegen sie Treppen hoch, lernten den Wasserhahn zu drehen und die Toilettenspülung zu betätigen, und bald kam auch der Tag, an dem der eine vor dem anderen sein Geld versteckte. Beschnitten und gestutzt von den vier Wänden ihrer winzigen Wohnungen war auf einmal jeder sich selbst überlassen. Und auch wenn sie weiterhin gemeinsam ihre schluchzenden Lieder sangen, auch wenn sie sich weiterhin gemeinsam mit Billigfusel betranken, spürten sie es, irgendwo tief drinnen tat es ihnen weh, und wenn sie aus dem Rausch erwachten, war der Schmerz wieder da.

Die Dunkas von Poljana, die so viele Jahrhunderte zusammengeblieben waren, allen Hungersnöten, Krankheiten und Kriegen zum Trotz, diese Dunkas gab es nicht mehr.

Auch wenn Štefan zu Hause immer noch seine Muttersprache benutzte, das alte Romani, fanden sich auf seiner Zunge immer häufiger Wörter, die er im Schacht und in den Bergmannsspelunken aufgeschnappt hatte, Wörter in dieser sonderbaren Sprache, in die das Leben der Goralen aus den

Beskiden, der Hultschiner Schlesier und Zipser Zigeuner umgeschmolzen wurde, das Leben der Juden und Ruthenen aus Galizien und der Karpato-Ukraine, die nicht mehr zum Handeln und Geschäftemachen, sondern zum Arbeiten hierherkamen, zum Malochen, zum schweren und gefährlichen Frondienst in der Kohlengrube, an den Siemens-Martin-Öfen und in den Walzwerken. Es war ein schnelles und wortkarges Leben. Weder am Ofen noch im Schacht war Zeit zum Schwatzen, und im Wirtshaus floss wegen eines falschen Wortes gleich Blut, denn so war Ostrava und so waren die Menschen, deren Lebenswege hier aufeinanderprallten.

Ostrava war in Licht gehüllt, von den Stichflammen der Hochöfen, der Kokerei und der Stahlwerke erleuchtet, die Stadt funkelte und explodierte in den Schnapsläden, Kneipen und Spelunken, dort schmiss man gleich eine Runde für alle, dort kriegte man auch schnell was auf die Fresse, ohne zu wissen, warum. Ostrava lebte in drei Schichten, einen *fajront*, einen Feierabend, gab es nicht, das Leben lief auf vollen Touren. Die Räder der Fördertürme, die breitbeinig über der Stadt ragten, standen nicht einmal nachts still, der glühende Fluss aus Roheisen, der in der Karolina oder in der Nová Hut' beim Abstich aus dem Schmelzofen strömte, kühlte selbst an den Feiertagen nicht ab, und auch die Fasshähne und die flinken Hände der Schankwirte kannten bis zum Morgengrauen keine Pause. In Ostrava trank man bis zur Bewusstlosigkeit und bis zur Neige … Weiße Pferde galoppierten über die Stadt, über den verrußten Häusern waren die Sterne selten zu sehen, und in den Straßen roch es nach Koksgas, Männerschweiß und Teer, nach Bier und Zwiebeln.

Die Menschen, die nach Ostrava kamen, wurden wie in einem Zaubertiegel verschmolzen: arme Bergbewohner aus den Beskiden und aus Kysuce, Bauern aus Jablunkov, Polen aus Těšín, dem zerstörten Warschau und aus Galizien, das durch die neue Grenze geteilt wurde, Walachen aus ihren einsamen Gehöften und auch Tschechen, die hierher zum Arbeitseinsatz geschickt worden waren, manchmal auch zur Strafe.

Wo gestern noch ein gemartertes Pferd einen Pflug über die magere steinige Erde gezogen hatte, dort pflügte der Mensch jetzt ganze Landschaften um. Wo abends noch der Wind über Grashalme und Stoppelfelder gestrichen hatte, dort stand am nächsten Morgen eine neue Stadt aus Beton und Ziegelsteinen, wo sich gestern noch die Häuser der alten Bergmannssiedlung geduckt hatten, dort ragte nun eine Halde gen Himmel, und wo einst nur ein paar ausgemergelte Kühe gegrast hatten, dort glänzte das Wasser der Klärteiche und Seen, die das umgegrabene Land überschwemmt hatten. Ein Spinnennetz aus Drähten, Rohrleitungen und beißendem Rauch hüllte diese Landschaft ein, und die Wege, die Röhren und Leitungen führten von nirgendwo nach nirgendwo …

Obwohl die Lohntüte eines Bergmanns ziemlich prall gefüllt war, brauchte Štefan trotzdem nur ein paar Tage, um das Geld für Schnaps oder junge Frauen auszugeben, für Frauen, die nach dem Zahltag scharenweise vor dem Schachttor auf die stinkreichen und ewig geilen Bergleute warteten. Sich amüsieren und das Leben genießen, das konnten diese Mädchen gut, sie ließen sich gerne ins Wohnheim oder auf eine Parkbank einladen, notfalls auch zu einem Baum führen, um dort wenigstens im Stehen eine Nummer zu schieben, denn die Bergleute mit ihren mächtigen Schultern, tätowierten Armen und den rußgeschwärzten Augen, die sie nach der Schicht absichtlich nicht wuschen, die waren hier der Adel, weil es ihnen auf ein paar Kröten nicht ankam.

Eine von den Bergmannsbräuten, eine von den schwarzen Rosen, die auf der Wasseroberfläche der Kohlenklärteiche und öligen Lagunen erblühten, war Ida.

Ida liebte hübsche Kleider und tanzte gerne, und Štefan brauchte vor ihr nicht mal zu gockeln, es reichte, wenn er immer wieder ein paar zerknitterte Hundert-Kronen-Scheine aus der Hosentasche zog. Als Ida ihn zum Mann nahm, meinte sie, für den Rest des Lebens ausgesorgt zu haben, aber ihrem Schatz hatten es weder der Abbauhammer noch die Grubenlampe angetan, nicht mal der Fäustel wollte ihm ans Herz wachsen. Sein Leben lang hatte er die Sterne und den Morgenhimmel mit den Augen begrüßt, und jetzt musste er sich einen Wecker kaufen, damit er die Schicht nicht verschlief, damit er sich in einen Drahtkäfig quetschen und unter die Erde fahren konnte, bis an den Rand der Hölle, in das stickige Kohlenflöz, in dem von Zeit zu Zeit unheilvoll die Stollenzimmerung knarzte, als wäre sie nicht aus schweren Holzbalken, sondern aus Streichhölzern gebaut.

Seine uralte, nicht zu bändigende Angst vor den vielen Hundert Metern lebendiger Kohle und tauben Gesteins über dem Kopf suchte Štefan mit Schnaps und Bier zu betäuben. Gleich nach *fajront* begab sich die ganze Brigade samt Vorarbeiter in die Schenke, und mit der Zeit wurde der Schnaps immer stärker und die Bergmannsbräute wurden süßer und jünger.

Ida störte sich nicht daran, dass sie Štefan teilen musste. Sie war nur rasend vor Wut darüber, dass Štefan mit diesen Nutten und Schicksen sein Geld verjuxte.

Und eines Tages verbummelte Štefan die Schicht und kam nicht zur Arbeit. An dem Tag explodierte im vierten Stock des Schachts das Grubengas, und unter den Schuttmassen blieb auch Štefans Nachbar liegen, der junge Janoszek, der im Krieg alles verloren hatte und nur des Geldes wegen unter Tage fuhr, damit er sich zu Hause in Racibórz nicht vor seiner Graženka schämen musste … Und als Štefan ein paar Tage später mit eigenen Augen sah, wie aus dem Drahtkäfig herausgeholt wurde, was von Janoszek übrig war, da war an seiner Entscheidung nicht mehr zu rütteln. Scheißmaloche, grölte er abends in der Kneipe und knallte das Halbliterglas wütend auf den Tisch, die Schweine haben einen Bergmann im Loch gelassen, *kurvy zajebany*, diese verdammten Arschlöcher … Über den Schichtführer ließ er ausrichten, dass ihn keine zehn Pferde mehr in den Schacht hineinkriegten, er, Štefan, sei durch kein Soll und keinen Rekord mehr zu ködern, auf ein Bergmannsbegräbnis könne er gut und gerne verzichten, der Steiger solle sich die Moneten in den Arsch stecken und alleine in die Grube einfahren … Ida zeterte herum, welcher Teufel hatte sie bloß geritten, ihn zu heiraten, und die Nachbarinnen, denen sie gestern stolz ihr neues Kleid vorgeführt hatte, setzten noch eins drauf: Wo ist denn dein Kohlebaron geblieben, fragten sie, wozu ist 'ne Henne gut, die nicht legt, wozu ein Kerl, der nichts nach Hause bringt … Aber Ida und Štefan hatten schon den kleinen Imro, und da Ida mit dem zweiten Kind schwanger war, musste sie die Klappe halten.

Mit seinen Kumpels, den *chachary*, den starken Kerlen von Ostrava, die an einem Abend mehr durch ihre Kehlen jagten als andere in einem ganzen Monat, mit denen konnte Štefan nicht mehr mithalten, ohne Geld war er nicht mal für die Mädchen interessant, und die keifende Ida wurde unsanft auf den Boden der Tatsachen zurückgeworfen und landete wieder zwischen den Zigeunern – zwischen Zigeunern, die im Abfall wühlten und auf den Halden von Zarubek Kohle klaubten, zwischen alten Frauen und dreckigen Kindern, die sich um die Mülltonnen drängten, zwischen den schmutzigen und zerlumpten Zigeunern, über die sie noch gestern die Nase gerümpft hatte, weil sie im Müll wühlten und Hunde aßen … Ida und Štefan kehrten reumütig zu ihrer Muttersprache, *romaňi čhib*, und ihren alten Bräuchen zurück. War das Wetter schön, stellten sie den Herd in den Hinterhof und kochten draußen, war die Toilette verstopft und es fand sich keiner, der sie reparierte, gingen sie in den Keller oder um die Ecke ins Gebüsch, war ihnen kalt – bei Kälte und Regen lag die Halde plötzlich so weit entfernt –, rissen sie Holzplanken aus den Zäunen heraus und verheizten sie …

Vor der Kälte fürchtet sich ein Zigeuner wie vor dem Tod. Eines Nachts hörten die Nachbarn ein Getöse, als würde jemand die Decke durchbrechen. Es wollte ihnen keine Ruhe lassen und sie gingen hinauf, dort fanden sie Štefan, der mit einem Krampen die Dielen aus dem Boden herausbrach, um sie klein zu hacken und zu verfeuern, weil es ihn gefröstelt hatte. Eine Woche später, als die letzten Bretter verheizt waren, schnappte sich Štefan die Säge und machte sich über die Dachbalken her, aber die übrig gebliebenen Balken konnten den schweren Dachstuhl nicht mehr tragen. Dachziegel fielen auf den Bürgersteig herab, ein Schornstein kippte um, und im obersten Stockwerk klaffte ein zwei Finger breiter Riss in der Mauer. Da zog Štefan zum Ortsamt und pöbelte dort, die Gadsche sollten endlich ihre Hintern hochkriegen und sich ansehen, wo seine Kinder leben mussten, und dabei schlug er mit den Dachziegeln auf den Tisch, die er auf der Straße aufgelesen hatte. Ein paar Tage später rückte eine Kommission an. Frauen in langen und bunten Röcken standen vor der Tür, sie brabbelten, schrien und versuchten die Beamten ins Haus zu zerren, diese fürchteten aber, das

Haus könne jeden Moment einstürzen, vor lauter Angst blieben sie lieber draußen und begnügten sich damit, johlende Kinder und flinke Hände zu verscheuchen, die es auf ihre Jackentaschen abgesehen hatten. Ängstlich pressten sie ihre Aktenmappen an die Brust und trafen noch auf der Straße die Entscheidung, das Haus, welches zwei Weltkriege überdauert und erst vor einem Jahr den Dunkas zugewiesen worden war, müsse abgerissen werden.

Damals ging man in Nová Huť und in Vítkovice dazu über, die Filter nachts auszuschalten, damit die Öfen besser zogen, und ganz Ostrava erstickte im beißenden Rauch. Als Štefan und Ida mit ihren Kindern zum Bahnhof zogen, tränten ihnen die Augen.

Der Zug brachte sie mitten ins Gelobte Land, nach Prag, das aus Stein und Kalk errichtet worden war, in die Stadt der goldenen Dächer, der schlanken Türme, Synagogen und Kirchen, von denen die wichtigste, der Veitsdom, auf dem Hradschin steht und bei Vollmond leuchtet, weil in seinen Grundfesten ein keltischer Menhir vergraben liegt … Den Dunkas, gewöhnt an goldenes Laub, Feuer und Rauch, gingen in der Stadt der Astronomen, Alchimisten und wundertätigen Rabbiner die Augen über, in dieser Stadt der Wetterfähnchen, astronomischen Uhren und ausladenden, wie mitten in der Bewegung erstarrten Statuen konnten ihre Blicke keinen Halt finden, und ihre Füße, vertraut mit Schlamm und duftendem Gras, stolperten durch die dunklen, kopfsteingepflasterten Gassen, durch die vor nicht allzu langer Zeit alte Fuhrmannswagen gerattert waren und wo Schlag Mitternacht ein kopfloser Ritter galoppierte, ein Ritter schwarz wie die Nacht, von dessen Pferdes silbernen Hufen die Funken stoben, wenn sie das Pflaster berührten …

Aber die goldenen Türme und erhabenen Kirchen interessierten die Dunkas nicht. Eine Zeit lang lebten sie in Libeň, es war wie früher, sie campierten unter freiem Sternenhimmel, der breite Fluss spülte Schwemmholz für ihre blakenden Feuer heran, die tagein und tagaus brannten, am Ufer der Moldau oder bei Regen unter der Brücke. Dort brachte Ida den kleinen Marián zur Welt und ein Jahr später Jolanka … Aber dann trat der Fluss über die Ufer, und Štefan schleppte Ida und die Kinder zum Ortsamt, dort machten sie es sich im Flur gemütlich, als wollten sie für immer bleiben, und bekamen gleich am selben Tag die Zuweisung und die Schlüssel für eine Wohnung ausgehändigt, für ein kleines Zimmer mit Küche im ersten Stock eines Mietshauses in Žižkov.

Sie brauchten lange, bis sie verstanden hatten, warum ihnen darin so kalt war. Der Innenhof war sehr eng, und nicht einmal im Sommer schien die Sonne in ihre Fenster hinein.

Die Jahre im Schacht, vor allem aber seine Bergmannsrente brachten Štefan einen Höllenrespekt ein, keiner der Dunkas würde freiwillig unter Tage fahren, da könnte man ihnen das Blaue vom Himmel oder pures Gold versprechen. Daher war Štefan auch nie um Ohrfeigen oder um Schimpfwörter verlegen, er sagte auch nie: Imro, hör auf zu nerven und putz endlich die Schuhe, er brauchte bloß auf die Tür zu zeigen und zu bellen: Schuhe spiegelblank!, und schon ließ der kleine Imro alles liegen, holte schnell Wasser von der Pawlatsche und schrubbte und putzte, bis alle Schuhe glänzten.

Štefan ließ keinen Zweifel daran, dass er derjenige war, der die Zügel in der Hand hielt. Er duldete nicht, dass ihn einer überflügelte. Wer seine Hörner zeigte und nach vorne drängelte, der musste weg.

Anders ging aber auch nicht. Wer von Zeit zu Zeit nicht

die tobenden Bengel in ihre Schranken wies, wer seine Frau nicht schlug, keine Schränke, Stühle oder wenigstens Hocker zertrümmerte, der konnte unmöglich ein echter Kerl sein, der handelte sich nur Spott ein, dem glaubte nicht mal die eigene Frau, dass er sie liebte. Und würde er nur einmal kneifen wollen, würde er sich sträuben, auf der Straße einen fairen Faustkampf auszufechten, da käme sie nie wieder zu ihm unter die Bettdecke gekrabbelt.

Die Wohnung quoll bald über von Dunkas, die Verwandten kamen und gingen, und Andrejko wusste kaum noch, wer zu wem gehörte. Jeder, ob alt oder jung, war ein *bači*, Onkel, sogar Štefans Söhne sagten manchmal zu ihrem Papa *bači* statt *dadko*, *dadoro*.

Um Geld zu sparen, zapften die Dunkas den Strom im Flur an, das Wasser holten sie von der Pawlatsche und geheizt wurde mit dem, was die Kinder nach Hause brachten, denn die Kohle zu kaufen wäre keinem in den Sinn gekommen. Außerdem bekam Štefan schon beim bloßen Anblick eines Kohlenkastens die Krätze … Manchmal brachten die Kinder nichts zum Heizen mit, dann zitterten alle vor Kälte und suchten das Weite, nur um dem tobenden Štefan zu entkommen, manchmal kamen sie auch lieber gar nicht nach Hause und zogen bis zum Morgengrauen durch die Straßen.

Die kleine und feuchte Wohnung war den Dunkas zu eng, eng wie ein eingelaufener Pullover oder ein Kleid aus dem Vorjahr, der Innenhof unter den Pawlatschen reichte auch nicht, und so verbrachten die Kinder die meiste Zeit draußen. Ihr wahres Zuhause waren die schmalen und steilen Straßen von Žižkov, die Hinterhöfe und Durchgänge zwischen den Häusern, der kleine Park vor dem Fußballstadion Viktoria Žižkov, der Tunnel durch den Berg Vítkov, der in ähnliche, aber deutlich andere Welten von Karlín und Libeň mündete, die von Žižkov durch Eisenbahngleise getrennt waren; oberhalb der Gleise versteckten sich die Kinder im Gebüsch und bewarfen die vorbeifahrenden Züge mit Steinen. Žižkov war aber auch der Lärm und das Geschrei, die aus den verrauchten Kneipen und Spelunken herausquollen, Žižkov, das waren die Grünflächen im Žiďák-Park oder auf dem Parukářka, es war auch die geheimnisvolle Landschaft des Güterbahnhofs, wo verrostete Weichenanlagen und abgestellte Waggons herumstanden. In dieser Welt waren die Dunkakinder zu Hause.

Dort träumten sie, zerlumpt, verrußt und verdreckt, von weißen Hemden, schwarzen Lackschuhen und Luxuskarossen mit offenem Dach. Und vor lauter Wut pinkelten sie auf dem Nachhauseweg in die Hauseingänge der Gadsche und schmissen ihnen Steine in die Fenster.

Abends hörte man aus den Kneipen, Spelunken und Kaschemmen die greinende *heligonka*, die Ziehharmonika, kreischen: *Ručičky nebojte se*, meine liebsten Hände, fürchtet euch nicht, tamtata, tamtata, *vy dělat nebudete*, arbeiten, das müsst ihr nicht, oder *Na Pankráci, na malém vršíčku*, in Pankrác, auf dem kleinen Hügel, dort steht eine schöne Allee … In den Autos und Straßenbahnen schwitzten Menschen mit starren Gesichtern und in schwarzen Anzügen und Abendkleidern, sie fuhren in die Stadt, ins Theater, Konzert oder auf ein Glas Wein, und die Dunkas standen auf dem Bürgersteig herum und sahen verwundert den sprühenden Funken aus der Oberleitung zu. Und dann stimmte einer von ihnen, wie selbstvergessen, aus dem Schmerz über die engen Straßenschluchten und den vergitterten Himmel heraus, *Joj mamo* an. Bald gesellte sich der Nächste dazu, ein paar Töne versetzt und um eine Terz höher; *Joj mamo, bokhaľi som* … Und sobald noch ein Dritter dazukam, mussten sie schon aufhören, um nicht loszuweinen, um nicht vor Schmerz und Heimweh auf der Straße zu sterben.

Oben in den Fenstern, hinter schweren Vorhängen, hörten ihnen Musiklehrerinnen zu, die seit Monaten und Jahren mit den Gadsche-Kindern Tonleitern, Etüden und vergrößerte Quintseptakkorde gebüffelt hatten. Die Dreistimmigkeit, die aus den Zigeunerkehlen kam, diese Dreistimmigkeit, die das Notensystem sprengte, bewegte sie tief und schmerzte zugleich. Und die Lehrerinnen spürten, wie etwas Altes, Schönes und Großes ihre Seelen berührte.

Jekhfeder pat'iv luvutariske … Die höchste Ehre gebührt dem Geigenspieler … *Barval'ipen lovenca, čoripen gil'enca* … Geld gesellt sich zu Geld, den Armen bleiben die Lieder.

Aber die Musik macht nicht satt und das Singen stillt den Hunger nicht. Und so schnappte sich Ida manchmal alle Kinder, nahm noch ein paar Nachbarskinder mit und zog mit der ganzen Schar zum Ortsamt. Dort fürchtete man sich vor den lauten und zudringlichen Dunkas, und da sich die Beamten auf keine langen und unsinnigen Streitgespräche mit Ida einlassen wollten, gaben sie ihr lieber sofort was oder stellten wenigstens eine Zahlung in Aussicht.

Das Geld nahm ihr gleich vor der Tür Štefan ab. Und dann passierte mit dem Onkel jedes Mal etwas ganz Furchtbares. Er kam wie verwandelt nach Hause zurück, er torkelte über die Pawlatsche, trommelte mit den Fäusten gegen die Türen, und jeden, der ihm vor die Füße geriet, beschimpfte er mit den furchtbarsten Flüchen. Dann ließ er sich aufs Bett fallen und wälzte sich hin und her, jammerte und schrie vor Schmerzen. Manchmal verwechselte er sogar die Haustür, schlief im Nachbarhaus ein und wurde am nächsten Tag von der Polizei nach Hause gebracht, verdreckt, vollgepinkelt, manchmal auch verletzt. Die Kinder spähten durch das Schlüsselloch, und sobald sich Štefan nicht mehr rührte, berieten sie flüsternd hinter der Tür, ob er nun tot sei oder nur schlafe. Andrejko fürchtete sich vor Štefan und gleichzeitig fand er es traurig, dass der Onkel so leiden musste, aber im Laufe der Zeit, als ihm die Žižkover Welt vertrauter wurde, hörte er auf, sich zu wundern.

Als Fero wieder gesund war, zog es ihn zurück auf die Gleise, denn seine Welt begann und endete auf dem Bahnhof. Die letzten Stationen im Osten hießen Snina und Stakčín, hinter Poljana gab es nicht einmal eine richtige Straße, nur noch *sadíny*, Gärten mit Johannisbeeren und Sonnenblumen, oder schmale Feldstreifen mit Mais, Kartoffeln und Kohl, dahinter lagen Wiesen mit *bábele*, den wohlriechenden Heuhaufen. Schneeballsträucher und Hagebuttenhecken säumten die staubigen Wege, später tauchten einsame Kirschbäume und alte Eichenwälder auf, ganz oben breiteten sich die *poloniny* aus, die Bergwiesen auf der Hochebene. Und wenn Fero dort, am äußersten Ende der Welt, genug geweint hatte, drehte er sich um, und seine Augen glänzten wieder, weil ihm die nächste Reise bevorstand, eine lange Reise in die entgegengesetzte Richtung, nach Westen, nach Prag.

So war Feros Leben. Wie eine Glocke, die hin und her baumelt, wie ein Pendel, das hin und her schwingt, so, wie der Tag zur Nacht wird und auf den Winter der Sommer folgt, fuhr Fero immer wieder zwischen Stakčín, Košice und Prag hin und her; und genauso wie sich im menschlichen Leben Freud und Leid abwechseln und wie eine Ziehharmonika die verrauchte Kneipenluft einzieht und wieder auspustet, genauso regelmäßig pendelte Fero zwischen seinen beiden Welten, als folgte er dabei seinen eigenen Atemzügen.

Aber eines Nachts wurde er vom Schaffner dabei beobachtet, wie er gerade eine leere Handtasche aus dem Fenster warf, und als der Zug in Olomouc einfuhr, erwartete ihn dort schon die Polizei, gleich am Bahnsteig legte man ihm die Handschellen an. Als man in seinen Taschen zerknüllte Geldscheine fand, da jammerte Fero, man wolle ihn bestehlen, aber dann zog er andere Saiten auf und brüllte, er würde das Arschloch, das ihm das Zeug in seine Taschen gesteckt hatte, umbringen, man solle ihn nur freilassen, den Taugenichts würde er schon von alleine finden. Doch da schob man ihn bereits ins Auto und brachte ihn auf die Wache, und keine Macht der Welt hätte ihn noch vor dem Knast retten können.

Die verwaisten Dunkas beweinten Feros hartes Schicksal, sie beklagten die Ungerechtigkeit der Gadsche, denn sie ahnten nur zu gut, wie der Onkel im Gefängnis leiden würde, sie wussten, dass der Knast für ihn schlimmer sein würde als Prügel oder Tod, sie sahen ihn schon mit gebrochenem Herzen hinter den Gitterstäben hocken wie einen herumstreunenden Hund, der in den Feldern gefangen und an eine Hundehütte gekettet worden war.

Und einer von ihnen griff nach der Geige, um den stechenden Schmerz unter seinem Hemd zu lindern, aus den offenen Fenstern strömten langsame, lang gezogene Töne in die Nacht hinaus, sie waren zum Zerreißen gespannt wie dünne Saiten oder Nerven, wie Fäden eines Spinnennetzes, das über einem Abgrund hängt. Und in diese bodenlose Tiefe löste sich Fero mit seinem zerschnittenen Gesicht auf, Fero mit den Narben in Form eines Kreuzes, Fero, der die Eisenbahn liebte, das Reisen und den weiten schwarzen Himmel über dem Kopf, vor allem aber die Freiheit, ja, die Freiheit …

***

Damals, in jener sonderbaren, stickig heißen Augustnacht war die Luft voller Geräusche und Erwartungen, alle Kinder mussten raus aus der Wohnung, im Zimmer brannte Licht, Stöhnen und Schreie drangen hinaus. Am nächsten Morgen hatte Tante Ida keinen dicken Bauch mehr, das Bettlaken war mit Blut verschmiert, und ein kleines Kindchen lag in weiße Decken gewickelt, wie ein Kaninchen mit abgezogenem Fell oder eine Puppe sah es aus, und alle drängten sich um das Baby herum, kitzelten es an seinen winzigen Händen und säuselten *šukaroro čhavoro*, so ein hübscher Junge …

Der Freudentaumel war noch nicht vorüber, als Andrejko begriff, dass mit der Ankunft dieses Bündels für ihn etwas zu Ende ging, ab jetzt drehte sich alles nur um den Kleinen, und er, Andrejko, war plötzlich abgeschoben. Wenn er unbeobachtet war, stach er dem kleinen Milan Stecknadeln in die Füße, schüttete ihm Salz in die Milch oder versuchte ihn mit dem Kissen zu ersticken, aber der Kleine war wie alle Dunkas zählebig und hielt die Qualen aus.

Als das Baby so kräftig war, dass es den ganzen Tag mit der Mama draußen sein konnte, nahm Ida lieber Milan statt Andrejko mit zur Arbeit. Der kleine Milan brachte viel mehr Geld ein, und da Ida es gelang, einen Teil ihrer Einnahmen vor Štefan zu verstecken, blieb manchmal auch für die anderen Kinder etwas übrig, und als Andrejko sein erstes nagelneues T-Shirt und später auch noch Schuhe bekam, hörte er auf, den Kleinen zu quälen.

Ein Jahr später brachte Ida ein winziges Mädchen mit Stupsnase und wunderschönen schwarzen Augen zur Welt, zart wie ein Gänseblümchen. Štefan runzelte die Stirn: ein Mädchen, Mädchen zählten nicht als Kinder, wenn jemand wissen wollte, wie viele Kinder du hast, fragte er nach deinen Söhnen. Aber da Štefan schon genug Söhne hatte und die

Kinderzulage auch für Mädchen galt, nahm er die Kleine an. Er beugte sich über sie, legte ihr ein Fünf-Kronen-Stück in die Hand, und zum Schutz vor bösen Kräften band er ihr eine rote Schleife ums Handgelenk. In diesem feierlichen Moment vergaß Štefan sein Tschechisch und sagte auf Romani: *Kaj dži andre tiro meriben love te gines* ... Mögen dich Geld und Gesundheit bis an dein Lebensende begleiten ...

Der Kleinen gab man den Namen Anetka, aber da sie noch dunkler war als die anderen Kinder, nannte man sie bald *Kalori*, die Schwarze.

Andrejko erkannte schnell, dass das Wichtigste auf der Welt *mergle* waren, Moneten, Penunze. Zu Hause konnte er schlafen, dort bekam er was zu essen, manchmal sogar abgetragene Kleider von seinen Cousins, aber das reichte vorne und hinten nicht. Er hätte sich so gerne Eis oder Schokolade gekauft, wäre ins Kino gegangen, hätte so gerne eigenes Spielzeug gehabt, Autos und Plüschtiere wie die kleinen Gadsche. Andrejko träumte von Spielsachen, von Eis und einem neuen weißen Hemd, aber ihm war klar, dass ohne Geld, Moneten und Penunze seine Träume nur Träume bleiben würden. Doch er hatte keine Lust zu warten, bis er groß sein und so viele Kinder in die Welt gesetzt haben würde wie Onkel und Tante, damit er die Kinderzulage bekäme und jemanden hätte, den er zum Abschneiden von Kabeln, Abschrauben der Aluverkleidung von den Straßenlampen, zum Betteln vor dem Bahnhof oder auf den Strich schicken könnte. Andrejko brauchte das Geld früher. Noch heute, sofort.

Die Gadsche, die Weißen, die hatten schon immer auf der anderen Seite des Flusses gelebt, sie gehörten zu einer anderen Welt, die konnte man ohne Skrupel austricksen oder bestehlen. Das eigene Fleisch und Blut jedoch zu bestehlen war ein Verbrechen. An einem Gadsche klebt das Geld, einem Dunka aber pfeift der Wind durch die Hosentaschen, und auch wenn er mal etwas herangeweht haben sollte, bläst er das umso schneller wieder fort …

Für die Dunkas aus Poljana hatte Besitz nie eine Rolle gespielt, für sie war das Leben wichtig, das verschlafene Blinzeln gegen die Sonne, das Singen und das Schluchzen ihrer Geigen. Sie hatten immer nur gerade so viel besessen, wie in einen Pritschenwagen hineinpasste oder im Zug mitgenommen werden konnte, etwas Kleidung und rußgeschwärztes Kochgeschirr, die reicheren hatten noch eine Bettdecke. Und vielleicht etwas Gold, Ringe, Armreifen und Ohrringe, ihr einziges Hab und Gut, das weitergereicht und vererbt wurde.

Häuser, Felder oder Wiesen hätten sie erstickt, dort hätten sie den Rücken krumm machen und arbeiten müssen, aber sie konnten weder pflügen noch eggen, sie konnten weder Kartoffeln setzen noch Getreide säen, denn die Ernte hätten sie erst in einem Jahr gesehen … Dafür schnappten sie sich manchmal des Nachts ihre Körbe und Taschen und zogen auf die Felder der Gadsche, um das zu ernten, was der Herr für alle gesegnet hatte. Die nächtliche Ernte war dann bis zum nächsten Morgen aufgegessen …

So hatten seit Jahrhunderten die Slowaken und die Ruthenen neben den Zigeunern gelebt, die einen in Häusern und Hütten, die anderen in Bruchbuden und Erdlöchern. Für alle gab es in Poljana einen festen Platz, und niemals wäre einer auf die Idee gekommen, die beiden Welten voneinander zu trennen, geschweige denn mit einer Mauer unpassierbar machen zu wollen. Die Erwachsenen schienen auch in Prag keine Probleme zu haben, sie zerbrachen sich darüber nicht den Kopf, aber ihre Kinder, die auf den Straßen von Žižkov zu Hause waren, die nahmen dieses Zusammenleben anders wahr, diese Kinder sahen die Kluft, die zwischen der schwarzen und der weißen Welt klaffte.

Schmuddelige Zigeunerkinder lümmelten auf dem Jahrmarkt herum, schnorrten Geld für Zuckerwatte und linsten neidisch zu den kleinen Gadsche, die auf dem Karussell oder auf einer Schaukel thronten. Kleine Zigeuner traten sich vor Spielzeuggeschäften die Beine in den Bauch, standen vor Konditoreien herum, angelockt von dem Duft frisch gebackener Torten und heißer Schokolade, und pressten ihre Näschen gegen die Fensterscheiben, hinter denen sich kleine Gadsche mit Teddybären und Puppen auf dem Schoß die Bäuche vollschlugen; sommersprossige Jungs in Matrosenhemden und niedliche Mädchen in rosa Kleidchen mit Schleifen im Haar. Ihre Mütter nippten derweil an ihrem Kaffee und wischten von den rosigen Wangen ihrer Sprösslinge und von den Plüschschnäuzchen und Porzellanmündern die Sahne ab … Diese Ungerechtigkeit raubte Andrejko den Schlaf, ganze Nächte hindurch schluchzte er, hielt das Kreuz seiner Mama in der Hand und verschmierte sich die Tränen über die schmuddeligen Wangen.

Eines Tages würde er es ihnen zeigen, schwor er sich und ballte die Hände zu Fäusten, die würden alle nur staunen. Wenn er groß ist, würde er Jolanka heiraten. Sowieso schlief er jetzt schon mit ihr unter einer Decke, wie der Onkel mit Tante Ida, und einmal würde er um ihre Hand bitten, da würden alle große Augen machen. Dann träten sie zur Seite, damit er durch ihre Mitte schreiten könne, er, Andrejko, fein angezogen, in einem weißen Hemd, er würde ganz lässig in die Tasche greifen und den kleinen Rotznasen eine Handvoll Münzen zuwerfen, damit alle sähen, dass sie es nicht mit einem armen *degesi* zu tun hatten, für den man nur verächtliche Blicke übrig hatte, weil er durch Schlamm stapfte und

Hunde fraß … Die würden schon merken, dass er es zu was gebracht hatte und dass ihm das hübsche Schwesterchen zustand.

Und seine Kinder würden nicht auf der Straße herumlungern und ihre Näschen an den Schaufenstern platt drücken, sie würden nicht mit einem leeren Pappbecher durch die Bahnhofshalle irren müssen. Seine Kinder würden den ganzen Tag nur Achterbahn fahren und danach drinnen am Tischchen Platz nehmen und sich den Bauch mit Süßigkeiten vollschlagen …

5.

Štefan hielt nichts von der Schule. Hinschicken musste er die Kinder schon, aber er tat es nur unwillig und zog dabei über die beschissene Schule her, sie tauge nichts, würde den Kindern nur die Seele rauben, für die Bildung sei sowieso er zuständig, er habe Lesen und Schreiben im Schacht gelernt, mehr brauche er nicht, und für die anderen müsse das auch reichen.

Mit Ausnahme von Štefan waren alle Dunkas Analphabeten. Doch wenn es um Geldauszahlungen ging, setzten sie stolz und gern ihre Unterschrift aufs Formular, auch wenn manche von dem ganzen ABC nur die paar krakeligen Druckbuchstaben kannten, aus denen sich ihr Name zusammensetzte. Die Übrigen quittierten die Auszahlung mit drei Kreuzchen. Dafür war jeder Dunka von klein auf gut im Rechnen, damit man ihn in der Altpapiersammelstelle an der Waage oder in der Kneipe beim Zahlen nicht beschubste. Allerdings konnten manche von ihnen nur nach Farben zählen: der Fünfziger war rot und der Hunderter grün … Und was ihre Ansprüche betraf, die Gesetze, die alles festlegten, da kannten sie sich besser aus als die Anwälte beim Ortsamt, die erst lange in Gesetzessammlungen blättern mussten, um sicherzugehen, dass sie wirklich verpflichtet waren, den Dunkas für Kohle, Schulkantine oder neue Möbel Geld auszuzahlen. Auch die Verhältnisgleichung hatte Štefan schneller kapiert als alle Dozenten, Professoren, Inhaber von Lehrstühlen für Angewandte Mathematik und überhaupt alle Akademiker: je mehr Kinder, desto mehr Geld, Zigaretten und Branntwein.

Die Kinder taten sich schwer in der Schule. Sie konnten sich bemühen, wie sie wollten – sie hatten keine Chance, weil zu Hause Romani gesprochen wurde. Selbst wenn sie tschechisch sprachen, dachten sie auf Romani, denn ihre Muttersprache lag irgendwo unter ihrer Zunge verborgen, und es dauerte eine Ewigkeit, bis sie sich die Worte der Lehrerin übersetzt hatten, und beim Antworten mussten sie schon wieder übersetzen; mühselig angelten sie dabei nach tschechischen Wörtern und all den komplizierten Formen, Fällen und Zeiten. Sie waren es nicht gewohnt, ruhig in der Bank zu sitzen, zuzuhören oder zu zeichnen, und der Füller und die Kleckse, die unter ihren Händen erblühten, machten sie unglücklich. Mühsam entzifferten sie einen Buchstaben nach dem anderen, waren aber nicht imstande, aus ihnen Silben und Wörter zusammenzusetzen. Und wenn sie sich bis ans Ende eines Satzes durchgekämpft hatten, wussten sie nicht mehr, was am Anfang gestanden hatte, weil die Wörter für sie keine Bedeutung hatten, es waren Anhäufungen von Buchstaben in einer fremden Sprache, dem komplizierten und verhassten Tschechisch, der Sprache der Weißen, dem *Gadžikanes*.

Warum sollten sie auch etwas lernen? Ihre Eltern lebten sowieso von *čhavengere love*, und wenn sie was brauchten, dann nahmen sie es sich oder streckten die Hand aus und sagten: Gebt her …

Als Štefans Bruder Miro eine Krankschreibung brauchte, stellte ihm der Arzt gern ein Attest aus, weil er bei seinem geliebten Škoda keinen abgebrochenen Seitenspiegel oder aufgestochene Reifen vorfinden wollte. Einige Wochen später tauchte Miro vor der Gesundheitskommission auf, krümmte sich dort eine Weile vor Schmerzen und wurde anschließend mit einer Invalidenrente nach Hause geschickt, inklusive der Bestätigung, dass er nie wieder mit Arbeit, Gesetzen oder anderem Gadsche-Unsinn behelligt werden solle. Als er abends mit Štefan die Rente begoss, lachte er sich scheckig über diese Ärzte, wie doof die seien, wozu brauchten die weißen Deppen überhaupt ihre Schulen, wenn man ihnen dort nicht beibringe, dass Arbeit viel weniger wichtig als Selbstversorgung sei.

Das kriegten auch die kleinen Dunkas mit, und so sagten sie es auch der Lehrerin, als sie ihnen vorwarf, nicht einmal ein ganz kurzes Gedicht pro Woche auswendig zu lernen, als sie sich sorgte, was aus ihnen werden solle. Warum Scheißgedichte lernen, 'nossin, sagten sie, unsere Eltern arbeiten auch nicht, und sie haben's gut, besser als Sie …

Die kleinen Dunkas lebten auf der Straße, weil ihnen die Wohnung zu eng war. Auch die Schulklasse war ihnen zu eng, weil sie Quecksilber im Leib hatten, sie rauften und störten eigentlich nur aus purer Langeweile, und wenn draußen was los war, sprang gleich einer vom Stuhl und die anderen Kinder taten es ihm sofort nach, sie drängten sich vor dem Fenster zusammen und schrien und machten nach, was da unter ihnen vor sich ging, während die schwitzende Lehrerin mit dem Rohrstock auf den Tisch schlug und kreischte, bis ihr die Stimme versagte. Und die schwarzhaarigen Kinder, die im September noch ganz vorne saßen, weil sie meistens schmächtiger waren als die kleinen Gadsche, füllten allmählich die letzten Reihen des Klassenraums, weil sie dem Lehrstoff nicht folgen konnten und den anderen ein Klotz am Bein waren. Binnen weniger Wochen verabschiedeten sie sich dann endgültig, sie wechselten in die Sonderschule, zu Ihresgleichen, wurden in die zweite Liga heruntergestuft – aufs Nebengleis abgeschoben, das meist zugleich auch das tote Gleis war.

Andrejko war geschickt und seine Hände waren dermaßen flink, dass nicht mal ältere Jungs mit ihm Hütchen spielen wollten. Da überlegte Štefan, dass man Andrejkos Talente nicht unnötig verkümmern lassen sollte, und beschloss, ihn erst gar nicht zur Schule zu schicken.

***

Und Andrejko enttäuschte ihn nicht. Auch wenn sein erstes *tschoro* eher aus Versehen passierte – er wollte nur kurz mit der Straßenbahn zum Hauptbahnhof, aber das Portemonnaie in der Einkaufstasche bot sich geradezu an, Andrejko musste sich nur ein wenig bücken … Als er die Handvoll zerknitterter Scheine zu Hause auf den Tisch legte, da kamen Ida die Tränen, und Štefan strich die Banknoten glatt, betrachtete sie gegen das Licht und wiegte den Kopf. Abends spitzte er einen Bleistift, riss die mittlere Doppelseite aus Jolankas Schulheft und schrieb mit seiner krakeligen Schrift: Laco Dunka, Zigeunersiedlung, Poljana.

Und in der im Schlamm versinkenden Siedlung trafen die allerersten Briefe überhaupt ein. Vorgelesen wurden sie vom alten Laco, der als Einziger ein wenig lesen und schreiben konnte, doch ging dies mehr schlecht als recht, weil Štefan sie in seinem gebrochenen, im Schacht aufgeschnappten Ostrava-Tschechisch schrieb, beim Schreiben aber auf Romani dachte, und Laco musste in Poljana seine Briefe zurück ins Romani übersetzen, weil in der Siedlung niemand etwas anderes sprach. Laco übersetzte Štefans Briefe jedes Mal anders, er fantasierte sich einiges zurecht, und die Dunkas regten sich auf, dass er nicht richtig lese, sie rissen ihm den Brief aus der Hand und versuchten selbst, das Geschriebene zu entziffern, merkten es aber meistens nicht einmal, wenn sie das Doppelblatt aus Jolankas Heft verkehrt herum hielten.

Andrejkos Ruhm wuchs stetig. Von seiner Auffassungsgabe und seinen flinken Fingern wurde Legendäres berichtet, nicht nur in Poljana und Snina, sondern auch in Medzilaborce oder Humenné. Die Dunkas lebten auf. Ihre Augen, an Schlamm und Dreck gewohnt, wurden hell wie früher, als sie noch mit Pferden, offenem Feuer und Planwagen gelebt hatten, sie füllten sich mit Licht und Zuversicht und waren wieder voller Hoffnung auf ein neues Leben, ein Leben in jenem fremden Land, in dem es Andrejko so gut ging und es eines Tages auch ihnen gut gehen würde. Wie Zugvögel verließen sie ihre Nester, wie Schwalben, die dem Ruf warmer Länder folgen, oder Wildgänse, die der Sonne hinterherfliegen.

Der letzte Schnee war noch nicht geschmolzen, nicht alle Wege von der Sonne getrocknet, als die Dunkas anfingen, alles zu verkaufen, was sich verkaufen ließ, und nachdem sie den letzten Hund und das letzte Huhn gegessen hatten, brachen sie auf. Nicht nur die Dunkas aus Poljana verließen ihre im Schlamm versinkenden Siedlungen, auch die verwandten Kotlárovci aus Zboj und die Dunkas und Lakatoš aus Snina, die sich *rajkane*, die Herrschaften, nannten, um sich von den *degesi* auf dem Land zu unterscheiden, machten sich auf den Weg. Sie ließen ihre Erdlöcher und Hütten zurück, spannten sich vor ihre Bollerwagen und zogen zum Bahnhof, um dort zum ersten Mal in ihrem Leben einen Zug zu besteigen. Kopflos ließen sie sich in die Dunkelheit fallen und strebten dem verführerischen Widerschein der schlanken Türme, ausladenden Kirchen und roten Krempziegeldächer entgegen, irgendwo weit hinter dem Horizont.

Sie hatten noch nicht einmal die Hälfte des Weges zurückgelegt, als der alte Laco vom Sitz sprang und zur Tür stürzte, er wollte raus, sofort, der Zug fahre zu schnell, und er, Laco, seine Seele, bliebe zurück …

Und dann zogen sie in einer Horde durch die Straßen von Prag. Die Frauen schwitzten in ihren langen Röcken; auf den Armen, in bunte Tücher eingewickelt, trugen sie kleine Kinder, die Männer stützten buckelige Greisinnen und ächzten unter schweren Rucksäcken, Taschen und Pappkartons, ein jeder hatte ein sorgfältig zugeknöpftes weißes Hemd und einen schwarzen Anzug an, auf dem Kopf einen schwarzen Hut, den er niemals abnehmen würde, selbst wenn er vor Hitze umkommen sollte. Einer trug eine Geige unterm Arm, ein anderer schleppte ein mit einem dünnen Band verschnürtes Federbett; über den glühenden Asphalt, der übersät war mit herumliegenden Kippen, scharfen Glasscherben und rostigen Kronkorken, tanzten und hüpften nackte Kinderfüße, von Lacos Schulter baumelte ein Strick, als würde er hier auf der Straße ein Huzulen-Pferdchen fangen wollen …

Plötzlich blieb Laco mitten auf der Straße stehen, nahm weder das Klingeln der Straßenbahn noch das Hupen der Autos wahr, die ihm ausweichen mussten, sein Blick ging in die Ferne, über die Dächer hinaus in den Himmel, der mit Stromleitungen, elektrischen Drähten und den verzierten Giebeln der Mietshäuser zugenäht war, und er fing an zu weinen.

Štefan kam ihnen auf der Pawlatsche entgegen, schloss jeden stürmisch in seine Arme und küsste sie ab, *O Del tumen and'a, lačho d'ives*, lud er sie ein, gebe Gott euch einen guten Tag … Die Frauen wischten sich die Tränen ab, die Männer schrien und klopften sich auf die Schultern, manche von ihnen begegneten sich zum ersten Mal in ihrem Leben, obwohl ihre Siedlungen nicht weit voneinander entfernt gelegen hatten. Štefan schenkte Schnaps ein und schickte gleich noch ein Gläschen hinterher, denn auf einem Bein steht es sich schlecht, und aus reiner Freude folgte flugs noch ein Gläschen für das dritte Bein. Stolz geleitete er seine Gäste über die Pawlatsche. Die Kinder lugten neugierig in die anderen Wohnungen hinein, und die Erwachsenen versammelten sich vor dem Spülbecken, drehten staunend den Wasserhahn auf und bespritzten sich mit Wasser, die Frauen rafften ihre Röcke und probierten der Reihe nach die Wassertoilette aus, die Männer standen am Lichtschalter und machten abwechselnd das Licht an und wieder aus und jauchzten dabei vor Freude wie kleine Kinder. Denn in der Siedlung gab es keinen Strom, den hatten nur die Gadsche im Dorf, während sich die Dunkas nicht einmal das Petroleum für die Lampen leisten konnten, statt Glasscheiben hatten sie Kartoffelsäcke in den Fenstern hängen, und das Wasser holten sie aus demselben Bach, in dem ihre Kinder sich Schlammschlachten lieferten und den sie alle als Abort benutzten. Aber bis zum heutigen Tag hatte sich keiner von ihnen den Kopf darüber zerbrochen, weil nach dem nächsten Regenguss alles wieder rein war, wie schmutzige Kleider nach der Wäsche, außerdem hatte selbst der Pope beim letzten Besuch in der Siedlung gesagt, der Mensch sei Staub und würde wieder zu Staub werden …

Auch der alte Laco dachte nicht mehr an sein altes Zuhause, Laco, der noch gestern seinen wunderschönen Hengst aus der Siedlung weggebracht hatte. Zuerst hatte er ihn ins

Dorf geführt, um ihn dort zu verscherbeln, aber es sich dann anders überlegt, eine Schande wäre das, einen so schönen Hengst einfach zu verkaufen, und er hatte das Dorf hinter sich gelassen und sein geliebtes Pferd quer durch den Wald von Borsučiny bis auf die Hochebene hinaufgebracht, dort hatte er ihm das Halfter abgenommen und ihm mit seinem Knotenstock einen solchen Klaps auf den Hintern gegeben, dass das scheuende Pferd durch das hohe, mit Morgentau getränkte Gras davongaloppiert und schließlich im Wald verschwunden war. Laco hatte ihm nachgesehen und konnte seine Tränen nicht zurückhalten. So geweint hatte er weder bei der Beerdigung seiner Frau noch bei der seines Sohnes, der zwei Wochen darauf gestorben war.

Das hatte sich erst am Vortag ereignet ... aber kaum hatten Laco und Štefan die dritte Flasche aufgemacht, fiel Laco unter den Tisch und sein Hengst löste sich in der Dunkelheit auf. Alle Dunkas aus Poljana waren da. Nur Andrejkos Mama, die schöne Mária, war nicht in Žižkov aufgetaucht. Andrejko lief von einem zum anderen, zupfte an Ärmeln, fragte, wo seine Mama abgeblieben sei, aber keiner hatte Zeit für ihn, sie wimmelten ihn ab oder redeten über etwas anderes.

In Žižkov begann für die Dunkas ein neues Leben. Ein Leben zwischen Mietshäusern, Autos und Straßenbahnen, ein Leben im Zeichen der Uhrzeiger. Früher hatte ein Dunka nur aus einem Grund eine Armbanduhr besessen: um mit ihr anzugeben, so wie er es von den Gadsche kannte, es spielte keine Rolle, ob sie ging oder nicht, weil das Leben in Poljana der Abend- und Morgendämmerung folgte. Sie lebten ja auch nach der Sonne, dem Wind, dem Regen und den Sternen. Aber in Prag waren sie in einer anderen Welt aufgetaucht, in einem vollkommen anderen Zeitalter angekommen, binnen einer Nacht hatten sie ganze Jahrhunderte übersprungen, die von den Gadsche mühsam hatten erobert werden müssen.

Auch an den Lärm und die Schritte über ihrem Kopf konnten sie sich nur schwer gewöhnen, sie hatten sich bisher immer ausbreiten können, hatten unter freiem Himmel gelebt, die ersten Tage wollten sie nicht einmal drinnen schlafen, sie machten es sich im Innenhof bequem, sie hatten Angst, die hohen Decken könnten nachts über ihnen einstürzen ... Mit der dritten Dimension, der Höhe, taten sie sich ebenfalls schwer, damit, dass eine Treppe in ein anderes Stockwerk führte und dass die Wohnungen und die Außentoiletten übereinanderlagen.

Der Abtritt, wie sie ihn kannten, war ein schmaler Bretterverschlag oder ein quer über einer Grube liegender Baumstamm oder ganz gewöhnliches Gestrüpp, aber es war immer ein Ort, an dem man träumen, laut schreien oder weinen konnte, denn nirgendwo auf der Welt konnte man sich so gut erleichtern wie unter dem Sternenhimmel, da wurde man von Ideen heimgesucht, dass man es geradezu kalt den Rücken hinunterrieseln spürte ... aber hier, am äußeren Ende der Pawlatsche, ließ sich nicht einmal eine Zigarette in Ruhe rauchen, ständig trommelte jemand gegen die Tür, dass man endlich den Hintern hochheben und sich trollen solle, und wurde eine Etage höher die Spülung in Gang gesetzt, brauste es so, als würde einem alles direkt auf dem Kopf landen ...

In Žižkov wurde wieder neu erschaffen, was in Ostrava zerstört worden war: eine große und starke Familie, verbunden durch hundertjährige Bräuche und Gesetze, die ganz anders waren als die Gesetze der Gadsche, anders als alles, was die Nachbarn oder Beamten gewohnt waren. Štefan ließ nur jene weißen Gesetze gelten, die für ihn von Vorteil waren, Regeln interessierten ihn nicht. Und nun strahlte er, weil er Gäste hatte, *Kas o Del andro kher and'as, me les avri na čhivava* … Wen Gott ins Haus bringt, den wirft man nicht hinaus – so lauteten wiederum seine Gesetze.

Wenn die Gadsche Besuch bekamen, brühten sie Kaffee auf und legten ein paar Kekse auf den Teller, aber für die Dunkas bedeuteten Gäste viel mehr: Einem Gast öffnete man Herz und Speisekammer, man tischte ihm das beste Fleisch, Wurst und Schinken auf, und wenn alles aufgegessen war, borgte man sich Geld, selbst wenn man bis zum Monatsende nur noch von trockenem Brot leben sollte. Was man hatte, das teilte man, und hatte man nichts, dann wurde auch das geteilt … Die Essensreste warf man weg, selbst wenn man daraus eine letzte Mahlzeit hätte zubereiten können – ein Dunka würde niemals ein kalt gewordenes Mittagessen oder das Nachtmahl vom Vortag verzehren … Es war undenkbar, einem Gast die Tür zu weisen, oder lächelnd anzumerken, dass ein Gast einem Fisch gleiche, der auch nicht lange frisch bleibe; ein Gast war nicht nur Gott im Haus, sondern noch viel mehr, und Štefan ließ seine eigenen Kinder auf dem Boden schlafen, nur damit jeder, der den langen Weg zu ihm gewagt hatte, bequem sein Haupt betten konnte.

Die Poljaner vertranken das Geld, das sie aus der Slowakei mitgebracht hatten, gemeinsam mit Štefan, sie spielten, sangen, schrien und tanzten, aber nicht wie die Gadsche, in zugeknöpften Kleidern und mit Schritten aus der Tanzschule. Jeder tanzte so, wie es ihn gerade überkam, wie es aus ihm heraussprudelte, der eine saß nur da und wischte sich die Tränen fort, der andere stampfte im Rhythmus oder wankte wie ein trunkener Bär durchs Zimmer, aber für jeden von ihnen schienen diese Minute und diese Stunde die wichtigste in ihrem Leben zu sein, sie tanzten mit über den Kopf erhobenen Armen und ihre Augen leuchteten, die Frauen wirbelten herum und ließen ihre Röcke hochfliegen, die Männer rissen sich die Hemden vom Leib, das weiße Festtagshemd oder das alte feuerrote mit den Puffärmeln, weil auch ihre Seelen wund waren …

Alle klatschten in dem unregelmäßigen Rhythmus oder stampften auf den Boden, auf die ausgetretenen Holzdielen, die glatt poliert waren von den schlurfenden Schritten der einstigen Mieter, Näherinnen aus Žižkov, kleiner Beamter und Arbeiter, die sich jeden Morgen mit einem Butterbrot und einer Blechkanne Ersatzkaffee hinaus in die Dämmerung geschleppt hatten …

Die Feste zogen sich stets über mehrere Tage hin, als feierten die Dunkas eine einzige Riesenhochzeit, immer wieder wachte nachts einer auf und wankte hinaus auf die Pawlatsche, um über das Geländer zu pinkeln oder sich zu übergeben, und dann holte er Luft und fing an zu singen, zu weinen oder zu schreien, aus purer Feude am Leben oder um sich Erleichterung zu verschaffen, damit der glühende Kessel in seinem Inneren nicht explodierte.

Joj mamo, joj mamo, bokhal'i som … Heisere Zigeunerstimmen hallten weit in den verschlafenen Morgen hinein; diejenigen, die abends unter dem Tisch gelandet waren, wachten auf und suchten nach einer neuen Flasche oder nach einem Glas mit eingelegten Gurken, damit der verdammte Kopf nicht mehr so schmerzte, während ein paar Meter weiter die erste Straßenbahn mit halb schlafenden Fahrgästen vorbeiratterte, mit den dummen Gadsche, die auf die Uhr schielten, ob sie es auch heute rechtzeitig ans andere Ende der Stadt schaffen würden, vor die Tore der Motorlet-Fabrik in Jinonice oder der Tatra-Werke in Smíchov, ob sie auch heute wohlbehalten vor Schichtbeginn ihre Stechuhr, ihre Drehbank oder Fräsmaschine erreichen würden.

Und abends, wenn die Gadsche aus ihren Büros, Läden und Fabriken zurückkamen und müde vor dem Fernseher in den Sessel sanken, da waren die Dunkas immer noch dabei, zu schreien, zu weinen und sich zu freuen …

Zwischen den Familien gab es aber auch Krach. Und so blieben nur die Dunkas bei Štefan in Prag, die anderen, die Kotlárs und Lakatoš, zogen nach ein paar Tagen weiter gen Norden, nach Ústí und nach Most, weil man dort ganz neue Wohnungen bekam, einzig gegen eine krakelige Unterschrift oder drei Kreuzchen unter einem Arbeitsvertrag mit dem Berg- oder Chemiewerk. Die Häuser wurden von ihren weißen Landsleuten aus Humenné oder Michalovce gebaut, die Betonplatten wurden quer durch die ganze Republik geliefert, und aus diesen Platten wurden ganze Städte errichtet, tapezierte Käfige mit Wassertoiletten.

Für Menschen, die mit Sonne, Sternen und Schlamm großgeworden waren, für die waren Strom und sauberes Leitungswasser nicht alles. Denn die Wärme in den Rohren sah man nicht, Feuer aus herausgerissenen Parkettstücken oder zerhackten Türen war etwas ganz anderes, das Leben begann erst mit den Flammenzungen und mit der Hitze, die sich zwischen den Handflächen ausbreitete … Ein Essen, das in einer engen Küche zubereitet wurde, konnte keinem Menschen schmecken, der an verrußte Kessel gewöhnt war, an den Geruch von anbrennendem Fett oder von Hühnern, die auf offenem Feuer samt Gefieder zubereitet wurden; ein solches Essen konnte keine Augen erfreuen, die durch die glühende Hitze der Glimmkohle zum Leuchten gebracht wurden … Im Sommer spendete die Heizung keine Wärme, die Rohre waren in ein paar Minuten durchgesägt, und die Flasche Apfelschnaps wärmte schon gleich auf dem Rückweg von der Rohstoffsammelstelle … Die verbrannten Türen fehlten auch keinem, niemand schloss sich in einem Zimmer ein, man brauchte einen freien Raum, um die anderen zu treffen, um sie zu sehen, mit ihnen am Tisch zu sitzen, zu reden und zu singen oder einfach um gemeinsam zu schweigen und einander zu berühren, zu atmen und zu leben.

So lebten die Lakatoš und die Kotlárs in der alten Bergmannstadt Most. Sie durchbrachen die Wände zwischen den einzelnen Wohnungen, damit sie nicht durchs Treppenhaus mussten, wenn sie die Nachbarn besuchen wollten, sie sägten die Heizungsrohre durch und verfeuerten die Türen, brachten die Regenrinnen und Blechplatten in die Sammelstelle, an den Regen von gestern dachte keiner mehr, und wenn einer das Fenster nicht aufbekam, dann schlug er es aus, damit der Rauch den Weg nach draußen fand … Bis zum Herbst waren von den Häusern nur verrußte Betonplatten und nackte Fensterhöhlen übrig geblieben, durch die der Wind pfiff. Auch der nagelneue Aufzug war in der Rohstoffsammelstelle gelandet, sogar die Seile und das Geländer um den Schacht herum, und damit die Männer nicht mit leeren Händen zurückkommen mussten, schleppten sie von der Mülldeponie alte Kühlschränke und kaputte Möbel an. Den Müll warf man aus dem Fenster oder in den Aufzugsschacht, weil es zu den Mülltonnen zu weit war, und alle schwatzten, sangen und schrien, gingen mit ihren Rasiermessern und Dolchen aufeinander los, aber noch bevor das vergossene Blut getrocknet war, lagen sie sich schon wieder in den Armen. An ihre morastigen Siedlungen weit weg im Osten dachte keiner mehr, nicht einmal an den Onkel Štefan in Žižkov.

Eines Tages brachten die Kinder einen Welpen nach Hause, einen zotteligen Mischling mit rosiger Zunge, stechenden

Schlehdornaugen und langen, schlammverklebten Zotteln. Der kleine Hund war aus demselben Holz geschnitzt, tagaus, tagein suchte er alle Ecken im Innenhof ab, wühlte im Müll und suchte nach vergammelten Fleischresten, Knochen und verreckten Ratten, manchmal schnappte er sich eine Fußmatte und schleppte sie in die Mitte der Pawlatsche, dort fläzte er sich zufrieden hin und tat so, als schliefe er, dabei entging ihm rein gar nichts. Am liebsten bellte er nachts, das ganze Haus sprang auf die Beine, die Mieter stopften sich Watte in die Ohren und verkrochen sich unter ihren Kopfkissen, bissen die Zähne zusammen und versuchten noch einmal einzuschlafen, für die kurze Zeit, bis der Wecker klingelte oder der Zigeunerköter wieder zu kläffen anfing …

Als der kleine Hund verschwunden war, fühlten sich alle erleichtert, aber ein paar Tage später tauchte er wieder auf, mit einem verwuschelten Hundefräulein im Schlepptau. In einem Pappkarton neben der Heizung kamen die Welpen auf die Welt, blinde Haarknäuel auf wackeligen Beinchen, sie wurden von den Kindern mit bunten Schleifen geschmückt und überallhin mitgenommen, zusammen mit den Babys im Kinderwagen spazieren gefahren, sie aßen alle gemeinsam und schliefen in einem Bett. Die Welpen wurden größer, ihre Zähne und Klauen wurden spitz und scharf, sie rissen Fußmatten, Schuhe und Wäsche in Stücke und gaben kein unsicheres Kläffen mehr von sich, sondern bellten richtig, oder sie wimmerten laut, wenn ihnen etwas wehtat.

Die kleinen Köter waren gerissen. Sie hatten sofort raus, welches ihr Rudel war, vor wem sie kuschen, vor wem sie den Schwanz einziehen mussten, an wessen Beine sie sich fröhlich schmiegen durften, wen sie anknurren, anbellen und wem sie die Hosenbeine zerfetzen sollten. Bald wussten sie, vor welcher Tür sie die Reste vom Abendessen abwarten und vor welcher Tür sie unbedingt pinkeln sollten, um deutlich zu machen, dass sie ihnen gehörte und dass sie sich hinter dieser Tür zu Hause fühlten.

Fremde Türen und Klinken wiederum wurden von Andrejkos Cousins angepinkelt, manchmal auch von Štefan, wenn er nachts nach Hause kam, und die verzweifelten Nachbarn hörten allmählich auf, sich zu beschweren, es war sowieso fruchtlos, denn auf der ganzen Welt gab es keine Macht, die den Dunkas hätte Befehle erteilen können. Und die Dunkas schüttelten verständnislos die Köpfe, was hatten die Gadsche denn schon wieder, warum diese frostigen Blicke, die starren Mienen und wütend zugeknallten Türen, sie, die Dunkas, lebten doch so, wie sie es gewohnt waren, sie konnten doch nichts dafür, dass sie so wenig Platz und ihre Kinder Hummeln im Hintern hatten …

Als Erster gab der alte Herr Horáček auf und zog zu seiner Tochter nach Benešov, auf seine alten Tage könne er so nicht mehr leben, er fuchtelte mit dem Stock, als könnte er diese fremden, sonderbaren und lauten Menschen, die sich scheinbar das ganze lange Jahr hindurch nicht wuschen, mit seinem dünnen Spazierstock vertreiben. Bald danach zog auch Frau Chrastinová aus ihrer Parterrewohnung aus, weitere Nachbarn folgten, sie gingen zum Amt und baten um neue Wohnungen, alle wollten weg von Žižkov, von ihrem heimatlichen Viertel, möglichst weit weg von Hundepfützen, blakenden Feuerchen, verrußten Decken, Glasscherben, ausgeschlagenen Fenstern, verbrannten Türen und einer Holztreppe, die sich hundert Jahre gehalten hatte, um innerhalb eines einzigen Winters ausgerissen zu werden …

Jedes Mal, wenn ein Umzugswagen vor dem Haus hielt, rannten die Dunkas nach unten, um zu helfen, die Erwachsenen schleppten Schränke, Betten und Tische, die Kinder flitzten mit Gadsche-Lampen, Fikusbäumchen und Büchern hin und her. Als hätten alle einen Schluck Lebenswasser zu sich genommen, sogar die schwerstkranken Invaliden lebten auf, die doch noch einen Tag zuvor vor der Gesundheitskommission geschworen hatten, so gerne arbeiten zu wollen, es aber nicht zu können, wegen der höllischen Rückenschmerzen, Herr Dochtor … Beim Umzug waren alle dabei, denn auf der Pawlatsche stand Štefan und sah aufmerksam zu, um später die freien Wohnungen und Zimmer je nach Verdienst zu verteilen.

Das erste Mal holten sich die Dunkas die Wohnungsschlüssel noch vom Amt, sie schlugen dort die Hände zusammen und jammerten und klagten, wie viele Kinder sie hätten und wie böse die Frau hinter dem Schreibtisch sei, sie würde die Zigeuner nicht mögen, sie habe kein Herz, wenn sie so viele Menschen zusammen auf so kleinem Raum leben ließe … Das nächste Mal kamen sie und sagten nur: Her mit dem Schlüssel … und später bemühten sie sich gar nicht mehr zum Amt und fragten niemanden.

Aber es wollte auch nie wieder ein Gadsche in ihr Haus einziehen.

Schließlich floh sogar die alte Frau Procházková, die hier geboren worden war und hier auch hatte sterben wollen. Die alte Dame gehörte zum Haus und das Haus hatte einst ihr gehört, bevor es ihr genommen worden war, von selbst wäre sie nie gegangen. Aber Andrejkos Cousins konnten sie nicht ausstehen, sie hatte ständig was zu meckern, warum sie den Kram von der Straße ins Haus schleppen würden, warum sie die ganze Nacht schreien müssten, warum sie im Innenhof Feuer machten, wieso es ihnen nicht peinlich sei, so unanständig zu reden und zu schreien, was hätte sie, die Frau Procházková, denn verbrochen, dass sie sich das hier anhören, dass sie hier so leben müsse … Du Fotze, halt die Klappe, du alte Hexe, riefen sie ihr über den Hof zu, und Štefan ließ es zu, weil er nur zu gut wusste, dass der alten Frau keiner zur Hilfe kommen, dass keiner nur einen Finger für sie krumm machen würde, weil sie eben eine ehemalige Hausbesitzerin war.

Einmal, als sie nicht zu Hause war, fingen Imro und Marián ihren schwarzen Kater und nagelten ihn an die Tür, kreuzigten ihn mit ausgebreiteten Pfoten – es war kurz vor Ostern –, damit die olle Fotze nicht zur Kirche musste … Andrejko und die anderen Kinder sahen den Cousins zu und hörten, wie das furchtbare Katzengeschrei, das Röcheln und das Jammern, immer schwächer wurde, bis es ganz still wurde im Hof.

Als Štefan abends nach Hause kam, wankte er an dem ausgerissenen Pawlatschengeländer vorbei und rempelte dabei die alte Frau an, sie hockte jammernd auf dem Boden, er stieg über sie hinweg und spuckte noch aus, aber der Kater wollte ihm doch keine Ruhe lassen. Nachts kehrte er zurück, riss den steifen Kadaver von der Tür und schmiss ihn in den Hof auf den Misthaufen. Der ist schwarz, bringt nur Unglück, schrie er so laut, dass es jeder im Haus hören konnte, Hundsblut, Pest und Cholera, wütete er, Ida duckte sich vor ihm, und die Jungs rannten weg, sie trauten sich erst in die Wohnung, als Štefan eingeschlafen war.

Die alte Frau Procházková, der einst das Haus gehört hatte, verschwand, sie zog nicht einmal aus, sondern ist einfach gegangen, um nie wieder zu der nach Urin stinkenden Tür mit den Nagellöchern zurückzukehren.

Während sich die Erwachsenen von einem trüben Morgen in den nächsten hinein tranken, machte sich der kleine Andrejko auf zur Arbeit. Am besten klappte es in der proppevollen Straßenbahn oder im Bus, gut ging es aber auch in einer Schlange und im Gedränge vor einem Geschäft. Weil er so klein war, nahm ihn keiner wahr, und dabei war er überall zugleich, er ersann immer neue Tricks, und bei der Polizei dachte man schon, dass im Revier mehrere Cliquen von Taschendieben ihr Unwesen trieben. Das Geld behielt Štefan, die Papiere und Schlüssel holten nachts sonderbare Individuen ab, über die man zu Hause nicht mal im Flüsterton reden durfte.

Bald erfuhr auch Andrejko am eigenen Leibe, wie schmerzhaft Ruhm sein konnte. Bereits seit einigen Tagen spürte er fremde Augen im Rücken, aber er wusste nicht, aus welcher Richtung er den Schlag erwarten sollte. Unvermittelt vertraten ihm zwei ältere Jungs den Weg, diese Straße gehöre ihnen, er solle sich schleunigst verkrümeln, sonst würde es ihm schlecht ergehen, sagten sie, und damit er merkte, dass es ihnen ernst war, gaben sie ihm gleich noch ein paar Schläge in den Bauch.

Als sich Andrejko vom Gehsteig erhob, war niemand mehr zu sehen. Schmerzgekrümmt schleppte er sich nach Hause und sagte gleich in der Tür, er höre auf zu arbeiten, aber Štefan lachte ihn nur aus, es wäre doch eine Schande, auf so geschickte Finger zu verzichten, und er befahl Marián und Imro, auf Andrejko aufzupassen. Den beiden gelang es bald, die anderen kleinen Diebe zu verscheuchen, Andrejko schlossen sich weitere Kinder an, und Štefan rieb sich die Hände, wie gut er das gedeichselt hatte. Warum soll Zigeuner schuften, Zigeuner muss vorausschauen, brüstete er sich, als er auf dem Tisch die zerknitterten Geldscheine glättete, gut hat der Junge gelernt, sehr gut gelernt …

***

Während in den lädierten Nachtzügen mit ihren zerschnittenen Sitzen, Glasscherben und angetrockneten Blutflecken auf dem Fußboden immer mehr Verwandte aus dem Osten nach Prag fuhren, bauten in Poljana die Dörfler wie in jedem Jahr ihren Kohl und ihre Kartoffeln an, trieben die Schafe zu den Bergwiesen hinauf, zogen jeden Sonntag schwarze Kleidung an und dankten dem barmherzigen Herrn für dieses Geschenk. Eimerweise kippten sie Schnaps hinunter, auch ein paar Lämmchen mussten dran glauben, weil die Zigeunersiedlung verwaist war.

Das war schon einmal so gewesen in diesem Jahrhundert. Damals hatte man die Dunkas aus Poljana ausgesiedelt. Während des Krieges. Nachts waren Soldaten gekommen, hatten die Zigeuner aus ihren Hütten getrieben und sie auf Ladepritschen gedrängt, aber die Dunkas wehrten sich, sie sprachen die fremde Sprache nicht, sie verstanden nicht, wohin sie mussten und warum, sie kapierten nicht, warum die Männer Gewehre und Hunde dabeihatten, wenn doch sie, die Dunkas, sich keines Diebstahls schuldig gemacht hatten, und als die ersten Schüsse fielen, rannten sie in den Wald. Noch tagelang mussten die Soldaten nach ihnen suchen, sie wie Hasen jagen. Im Gehölz stöberten sie nach den zitternden Zigeunern, zerrten sie aus den Heuschobern, schlugen sie zusammen, befahlen ihnen, die Hände über den Kopf zu heben, und trieben sie auf die Landstraße. Zuerst fuhren sie mit ihnen nur in der Gegend herum und suchten nach einer Schlucht, in der man sie hätte erschießen können, aber dann brachten sie sie in ein Sammellager am Ufer der Theiß. Dort, in den überfüllten und kalten Baracken inmitten von Sumpfwiesen und Mückenschwärmen, haben die Dunkas erfahren, wie ein echter Winter aussah und was es hieß, wirklich Hunger zu haben, dort haben sie Wanzen, Typhus und tödliche

Erschöpfung kennengelernt. Jeden Morgen trieb man sie noch vor der Dämmerung aus dem Lager, den ganzen Tag lang mussten sie Steine klopfen und Bahnschwellen stopfen, für die malträtierte Wehrmacht auf ihrem Rückzug aus Russland und der Ukraine. Ob alt oder jung, gesund oder krank, jeder musste arbeiten, auch die Frauen und kleinen Kinder, denn nur derjenige, der gearbeitet hatte, bekam abends etwas von der dünnen Suppe aus Brennnesseln, faulen Kartoffeln und aus Futterrüben, die man vor dem Krieg nur dem Vieh gegeben hatte.

Ihre Gabe zu singen, zu jauchzen oder vor Heimweh zu weinen, ging im Lager verloren, auf den Pritschen aus ungehobeltem Holz hörten sie auf, sich zu freuen, zu lieben oder zu hassen, ihre Augen büßten allmählich den Glanz ein. Eines Tages, als die Männer die unendlich weite ungarische Puszta rings um sich herum sahen, dieses Land, flach wie eine Tischplatte, mit vereinzelten Bauernhöfen und den langen Balken an den Ziehbrunnen, da warfen sie die Krampen und Schaufeln weg und nahmen die Beine in die Hand, und als man Hunde auf sie hetzte, sprangen sie in die über die Ufer getretene Theiß. Dort wurden sie von den Soldaten wie Kaninchen abgeknallt. Und die übrig Gebliebenen, die nicht einmal unter einem Zaun hindurchzukriechen vermochten, die gingen vor lauter Hoffnungslosigkeit und Verzweiflung ein, manche erhoben sich noch morgens von ihrer Pritsche und wankten zur Arbeit, nur um ein paar Stunden später in die Kalkgrube geschleppt zu werden.

Am schlimmsten war es, als sich diese Grube auch mit Kindern füllte …

Erst nach dem Krieg erfuhren die Dunkas, was für ein Glück sie in ihrem Unglück hatten, wohin all die Züge gefahren waren, denen sie beim Schotterstopfen ausweichen mussten, diese Viehwaggons, an dessen kleine Fenster sich bleiche Gesichter drängten, erst dann hörten sie die wohlklingenden polnischen Namen Treblinka, Chełmno und Oświęcim …

Die Menschen in den Viehwaggons waren ungarische Zigeuner … und Juden.

Noch vor dem Krieg hatten die Dunkas in den Schtetl und den abgelegenen chassidischen Dörfern in Galizien oder in der Karpato-Ukraine mit Pferden gehandelt. Mit den Juden Geschäfte zu machen war nicht leicht, die Dunkas schlugen sich auf die Brust und zückten ihre Rasiermesser, man würde sich lieber umbringen, als diese wunderschönen, herrlichen Stuten und Hengste für einen derart miserablen Preis zu verkaufen, und die Mordechajs und Abeles zupften an ihren Schläfenlocken, drucksten herum und klagten ihr Leid, auf einmal aber hatte sich alles gedreht, das Innere wurde nach außen gekehrt, die niedrigen Holzhäuser standen in Flammen, als wären sie aus Papier, verkohlte Talmudseiten und Talmudrollen flogen in den Himmel wie Asche aus dem Schornstein, und die wehrlosen Opfer wurden von den blutigen Krallen des Reichsadlers in Stücke gerissen … Nur wenige Chassidim konnten sich retten, denen, deren Fluchtweg über Poljana führte, standen Schrecken und Panik in die Augen geschrieben, keiner wollte berichten, was irgendwo weit weg in Łódź oder Lviv vor sich ging, sie sprachen nicht mehr vom Gelobten Land oder von der goldenen Stadt Jerusalem … auf Knien flehten sie die Dörfler an, rissen sich die Ohrringe aus den Ohren und schlugen sich gegenseitig die Goldzähne heraus, nur damit jemand sie über die Berge außer Landes schmuggelte.

Auch Hancle, die Witwe des Krämers und Wirtshauspächters von Poljana, wurde von der unerbittlichen Maschinerie zermalmt. Ihr Mann hatte den Dörflern *horilka*, den scharfen

Selbstgebrannten, verkauft, mit *rusliky*, kleinen, in Essig und Zwiebeln eingelegten Fischen, dabei krempelte er die Ärmel seines Kaftans hoch, griff ins Glas und fischte nach einem *ruslik*. Wenn er dann das Glas wieder schloss, sorgfältig seine Finger abtrocknete und vorsichtig, um ja nicht über den Strich zu füllen, den *horilka* einschenkte, wirkte es wie eine Zeremonie, als würde man beim Gottesdienst das Abendmahl aus den Händen eines alten Juden empfangen. Weder er noch seine Frau hatten diesen Krieg gewollt, sie waren ja mit wenig zufrieden, ihnen hätte es gereicht, bis zum Ende aller Tage *horilka* auszuschenken und *rusliky* aus dem Glas zu fischen, genauso wie sich die Dunkas auch nichts anderes wünschten, als für immer die Pferde über die Hochebene zu treiben und abends zusammen mit ihrer Geige zu weinen oder unter den Sternen zu jauchzen, und auch die Poljaner wollten nur bis in alle Ewigkeit ihre Felder bestellen, pflügen und säen. Niemand in Poljana hatte diesen Krieg gewollt.

Eines Nachts aber wurden bei Hanele die Fenster eingeschlagen, und an die Tür der schwarzen Schenke malte einer mit Kalk einen sechszackigen Stern. Der alte Gazda Jankura, dieser sture, dickköpfige Bauer, der für einen Juden noch am Vortag kein gutes Wort eingelegt hätte, stellte am Sonntag für jedermann gut sichtbar einen Eimer mit Scheuerbürste neben seine Kirchenbank, und Männer im Sonntagsstaat gingen nach dem Gottesdienst zu Hanele und schrubbten das beschmierte Tor sauber … Aber die alte Frau zog ihre Vorhänge zu und ging nicht mehr aus dem Haus, nur einmal in der Woche spannte sie sich vor ihren quietschenden Karren und kaufte den Bauern Schafswolle und Kaninchenfelle ab, mehr erlaubten ihr die neuen Gesetze nicht, für ein paar Zerquetschte verkaufte sie die Ware dann in der Stadt denjenigen, die die einstigen jüdischen Läden beschlagnahmt hatten.

Den Poljanern war es peinlich, Geld von ihr zu verlangen, sie steckten ihr lieber ein Stück Brot oder Speck zu, aber eines Tages hob die alte Frau einen Pappkoffer auf ihren Karren und stellte sich vor die Kirche. Ein überfüllter Lastwagen kam, Hanele wurde auf die Ladefläche hinaufgezogen, und ihr runzliges Gesicht verschwand hinter einer schweren, grauen Plane.

Seitdem hatte man nie wieder von ihr gehört … Nur ihr Karren blieb am Straßenrand stehen, und keiner aus dem Dorf fand den Mut, ihn wegzuräumen, allerdings nicht wegen des Schimmels, nach dem er roch, und nicht wegen der Motten, die aus ihm hinausschwärmten. Als er von den Dunkas mitgenommen wurde, fühlten sich alle erleichtert. Aber die Dunkas haben sich nicht lange über den Karren freuen können, schon ein paar Tage später tauchten in Poljana wieder Lastwagen auf, diesmal, um sie zu holen …

***

Dieser Krieg hatte sich nicht mit Kanonendonner, knatternden Maschinengewehrsalven und brennenden Häusern angekündigt. Dieser Krieg hatte mit der Vertreibung der tschechischen Gendarmen aus der Wache in Zboj begonnen, mit dem Berufsverbot für tschechische Lehrer und mit dem sechszackigen Stern an der Tür der alten Hanele. Erst später, als der Krieg zu Ende ging, wurden ganze Dörfer von den Deutschen niedergebrannt, und als die Front näher rückte, haben die Bauern von Poljana ihre Pferde holen und haufenweise leblose Körper in zerrissenen grauen Uniformen auf ihre Wagen laden und wegbringen müssen. Danach wurde es wieder ruhig, bis plötzlich die Russen auftauchten, untersetzte Typen in verdreckten Russenhemden, die nach Rauch, Steppengras und Schneeballsträuchern rochen, sie hatten es eilig, schnappten sich ein Stück Brot, spülten es mit einem Schluck Schnaps herunter, und schon hasteten sie weiter. Hinter ihnen wälzte sich ein staubiger Fluss von Menschen in Lumpen, sie kamen auf Pferden, in Wagen und zu Fuß, wie einst die Tartarenhorden aus der Steppe … Erst die Letzten rissen den Dörflern ihre Armbanduhren von den Handgelenken und nahmen ihnen die Pferde weg, die die Deutschen nicht mehr hatten konfiszieren können. Marika, die Magd der Jankuras, wurde von den Russen vergewaltigt, auch Paraska Jasenčáková, ein kleines Mädchen mit Zöpfen, man hatte sie auf dem Nachhauseweg abgefangen und eine ganze Mannschaft wechselte sich auf ihr ab, ihr eigener Vater musste dabei zusehen, bis man ihn mit einer Maschinengewehrsalve niederstreckte …

Merkwürdige Dinge gingen vor sich. Durch das wunderschöne Land am Fuße der Berge kreuzten schwarze Autos mit Kommissaren in langen Ledermänteln, eines Nachts verschwand der alte Jasenčák, der Postmeister aus Zboj, vielleicht weil er als Einziger im Dorf Abitur hatte, ein paar Wochen später wurde auf der anderen Seite der Beskiden ein ganzes ruthenisches Dorf in den Osten umgesiedelt, in die dürre und karge kasachische Steppe.

Da waren die Dunkas schon nach Poljana zurückgekehrt, aus dem Nichts zauberten sie verrußte Kessel hervor und entfachten zwischen ihren verfallenen Hütten kleine Feuer, sie wärmten ihre Hände über den Flammen und waren glücklich, dass sie keine Gleisanlagen mit Schotter mehr stopfen mussten, dass sie wieder nur herumliegen, in die Sonne blinzeln und unter den Sternen schlafen durften … Erst einige Tage später, als der erste heftige Regenschauer kam und sie aneinandergepresst vor Kälte mit den Zähnen klapperten, erst da fingen sie an, Steine anzuschleppen und aus Weidenruten, Lehm und Stroh Ziegel zusammenzukleistern.

Es gab viel Arbeit für sie in der Gegend: Pferde beschlagen, holperige Wege ausbessern, aus Stahlscherben, von denen die umliegenden Felder und Wälder geradezu überquollen, neue Pflugscharen, Hacken und Schaufeln schmieden … aber in den Bergen wurde immer noch geschossen, noch zwei Jahre nach Kriegsende wurden auf der polnischen Seite der Beskiden die übrig gebliebenen Ruthenendörfer von Soldaten niedergebrannt, ihre Bewohner wurden nach Schlesien und Pommern gebracht, wo nach der Vertreibung der Deutschen Häuser leer standen. Auch das Städtchen Sianki, in dem die Dunkas früher ihren Pferdehandel betrieben hatten, war dem Feuer zum Opfer gefallen. Die Ruthenen verschwanden ebenso schnell aus Galizien, wie einige Monate zuvor die chassidischen Dörfer in Flammen aufgegangen waren. Und nur wenn im Frühjahr mitten im Wald eine Kirsche, wilde Johannisbeeren oder Rosensträucher blühten, konnte man erkennen, dass dort einst ein Dorf gestanden und Menschen gelebt hatten.

Im Osten, hinter Ubła und Nová Sedlice, wurde eine neue Grenze gezogen. Als hätte ein böser Zauberer seine Axt ins lebendige Fleisch geschlagen und die Berge geteilt. Alte Wege wurden von nagelneuen Schranken gekappt, die Gleise der Schmalspurbahn von Stužice wurden allmählich von dünnen und schwächlichen Bäumchen überwuchert. Hinter der neuen Grenze blieben Volosianka und die Huzulendörfer der Verchovina zurück, auch der Markt von Chust, auf dem die Poljaner jedes Jahr im Frühling Schafe gekauft hatten. Noch bevor die Volosianer am Sonntag von der Kirche nach Hause kamen, hatten sie Felder und Vieh verloren. Sogar ihre

Schafe waren verschwunden. Die neuen Herren nahmen ihnen alles, sie verriegelten die Kirche, banden eine rote Flagge an das griechische Kreuz auf der Turmspitze und sperrten den Popen ein, genauso wie den ehemaligen Bürgermeister, den Dorflehrer und alle anderen, die die schwere Schuld auf sich geladen hatten, lesen und schreiben zu können oder vor dem Zweiten Weltkrieg Briefe ausgetragen oder den Kindern das Einmaleins beigebracht zu haben …

Auf der slowakischen Seite der Beskiden wurden keine Dörfer niedergebrannt. Doch auch hier gingen Menschen verloren. Den alten Jankura, den mächtigsten Bauern im Ort, verfrachtete man irgendwohin in den Böhmerwald, zusammen mit seiner weinenden Frau und seinen erschrockenen Kindern, weil er seine Felder, Pferde, Kühe und Schafe nicht an die Genossenschaft hatte abgeben wollen. Die Genossenschaft wurde allerdings einige Jahre später aufgelöst, und da kehrte auch Jankura wieder zurück ins Dorf. Seit Anbeginn der Welt waren die Poljaner sehr dickköpfig, davon abgesehen hatten sie sich mit eigenen Augen davon überzeugen können, wie schlecht die neuen Herren mit dem gestohlenen Besitz umgingen, den sie nicht mit Schwielen, Schweiß und Blut erworben, sondern ohne Mühe in die Tasche gesteckt hatten … Auch der Pope von Poljana kam erst nach Jahren als gebrochener Greis zurück, mehrmals umrundete er die geschlossene Kirche, setzte sich dann vor die zugenagelte Tür und weinte, die Dörfler nahmen ihn auf, und er erzählte mit versagender Stimme und unter Schluchzen, wie er auch im Gefängnis Gottesdienst abgehalten und für alle Poljaner gebetet hatte, in seiner Sträflingskluft, und wie er das Abendmahl mit einem Stück vertrockneten Brotes, von der Tagesration abgespart, und mit Wein aus vergorener Marmelade gefeiert hatte …

Über den staubigen Weg von Stakčín kam der erste Bus angetuckert, das Dorf wurde an die Elektrizität angeschlossen, die Menschen schafften sich nach und nach Glühbirnen und Radios an, auch der Dorfrundfunk wurde eingeführt, und der alte Lipčak, der noch einige Jahre nach dem Krieg durch die Ortschaften gelaufen und mithilfe einer Trommel Nachrichten und Anordnungen verkündet hatte, musste seine Trommel samt Stöcken an den Nagel hängen. Statt eines Ochsengespanns fuhren die ersten Traktoren aus dem Stall, und nachdem man die Hauptstraße asphaltiert hatte, wurde untersagt, weiterhin Holz und Stroh auf Schlitten zu transportieren, wie es seit Jahrhunderten gang und gäbe war. Das Brot wurde aus einer Staatsbäckerei geliefert, und in den Häusern von Poljana erloschen die Öfen. Die Menschen hörten auf, das Brot, das nicht durch ihre Hände gegangen war, für das sie weder gesät noch geerntet, weder Mehl gemahlen noch Teig geknetet hatten, in Ehren zu halten, sie vergaßen, vor dem Anschneiden über dem Brotlaib einen Segen zu sprechen und aßen nicht mehr alles auf. Wenn ein Pferd beschlagen, ein zersprungener Kessel gelötet oder ein Ofen mit Ton ausgebessert werden musste, rief keiner mehr einen Zigeuner herbei, keiner richtete in der Siedlung aus, dass man Erntehelfer brauchte oder für den Sonntag im Wirtshaus oder bei einer Hochzeit Musiker benötigte. Die Dunkas hörten auf, ins Dorf zu gehen, die Dörfler machten einen großen Bogen um die Siedlung, und in der Schenke füllte man den Zigeunern nicht mehr die Gläser. Als die ersten Dunkas zum Bahnhof zogen und nach Böhmen fuhren, freundeten sich die Daheimgebliebenen schnell mit dem Gedanken an, dass man besser das Geld vom Sozialamt beziehe, als arbeiten zu gehen, sie hatten kapiert, dass sie von ihren Kindern besser leben konnten, und von Zeit zu Zeit behalfen sie sich mit Kohl und Kartoffeln aus den schmalen Feldern hinter Poljana, manchmal ließen sie auch ein Lämmchen aus dem *košiar* oder von der Weide mitgehen. Aber als Laco und der junge Dezider erstmals einen neugeborenen Hengst direkt von der Koppel wegtrieben, da griffen die Dörfler zu ihren Stöcken und es floss Blut, denn die beiden hatten jenes ungeschriebene Gesetz verletzt, das in Poljana jeder, ob schwarz oder weiß, seit Jahrhunderten in Ehren hielt.

Und so wuchs auch hier allmählich eine unsichtbare Mauer empor, eine Mauer zwischen der Siedlung und dem Dorf, zwischen den Zigeunern und den Gadsche, die es im ganzen Land gab, eine Mauer zwischen Männern, die ins Wirtshaus durften oder nicht und beim Arzt getrennte Wartezimmer vorfanden, eine Mauer zwischen Kindern, die dieselbe Schule durch zwei unterschiedliche Eingänge betraten, getrennte Toiletten und zweierlei Geschirr in der Kantine benutzen mussten, das eine nagelneu und blitzeblank für die Gadsche-Kinder, die mit Messer und Gabel aßen, das andere zerkratzt und angeschlagen für die Zigeunerkinder, die sich mit einem Löffel begnügen mussten.

Aber nicht jeder im Land hatte alles vergessen, manch einer schämte sich noch heute für die Lager von damals. Vielen war nicht wohl beim Gedanken an die zwei Eingänge und an zweierlei Teller und Toiletten, es tat ihnen leid, dass die Dunkas Poljana verließen, dass sie nach der alten Hanele nun auch die Zigeuner verlieren sollten. Sie vermissten die Kinder aus der Siedlung, die sie früher von den Apfel- und Birnbäumen hatten herunterschütteln müssen, sie sehnten sich nach der schluchzenden Geigenstimme, es schmerzte sie, dass sie schon wieder ärmer geworden waren …

Als die alte, verrußte Schenke abgerissen wurde und die Reste der Siedlung unter Brennnesseln und Melde verschwanden, da gerieten Hanele und die Zigeuner allmählich in Vergessenheit. Da hätte Michal Lemek, der Bürgermeister von Poljana, in seiner Chronik unter diesen Abschnitt der Dorfgeschichte endlich einen dicken Strich ziehen können, er hätte diesen Weg, der einmal von den Dorfbewohnern und von der Dunka-Sippe gemeinsam beschritten worden war, endgültig für geschlossen erklären können. Wenn ihn nicht eine seltsame Vorahnung befallen hätte, das Gefühl, dass alles anders kommen könne …

6.

Andrejko brauchte nun niemanden mehr, der seine Wehwehchen verarztete, die Sehnsucht nach seiner Mama trieb ihm keine Tränen mehr in die Augen. Zusammen mit den anderen Jungs lungerte er in den Straßen von Prag herum und dachte pausenlos darüber nach, wo man was klauen könnte, nicht mal vor den Bullen hatte er Angst. Obwohl sie ihn manchmal erwischt hatten: Wie aber sollte man einer kleinen Rotznase im schmuddeligen T-Shirt und einer Hose mit abgerissenen Taschen, die das Gesicht zum Weinen verzieht und den Mund nicht aufmacht, etwas beweisen, wenn klar war, dass das geklaute Geld bereits durch mehrere flinke Kinderhände gegangen war und dass die leere Geldbörse längst in einem Mülleimer, unter den Füßen nichts ahnender Fahrgäste oder sogar wieder an ihrem alten Platz in der Einkaufstüte oder in der Manteltasche lag? Und die Jungs waren tatsächlich flink. Einer passte auf, zwei andere stellten sich in die Ladentür oder mitten auf die Treppe in der Straßenbahn, Andrejkos Hand schnellte unter einer lässig über der Schulter hängenden Jacke hervor, und schon lichtete sich das Gedränge, die Jungs, die von Andrejko ablenken sollten, machten die Biege, und der Allerkleinste aus der Clique schlenderte seelenruhig mit der Beute nach Hause.

Am besten ging es in der Straßenbahn, aber auch in der Schlange vor einem Geschäft, im Bus oder in der Metro lief es nicht schlecht. Die wahre Erntezeit lag vor Weihnachten, in den überfüllten Geschäften, oder im Sommer, wenn es in Prag vor Touristen wimmelte, Touristen mit Reisepässen aus reichen Ländern mit verlässlichen Währungen wie Dollars, Francs oder D-Mark, die von Štefans Bruder, dem Invalidenrentner Miro, nicht mehr in Kneipen und Spelunken, sondern in den besseren Etablissements feilgeboten wurden. Dort, in weichen Plüschsesseln im Hinterzimmer, saßen die Gadsche-Chefs in teuren Anzügen und führten die Geschäfte.

Es gab aber noch einen anderen, zuverlässigeren Weg, an Geld zu kommen: Frührente und Kindergeld. Darin bestand der größte Unterschied zwischen der schwarzen und weißen Welt, ein Unterschied wie Tag und Nacht, wie Wasser und Feuer: Um ein, zwei Kinder durchzubringen, besorgte sich ein Gadsche einen zweiten oder dritten Job, für den Sonntag sogar noch eine zusätzliche Maloche – ein Zigeuner ging es anders an, viel klüger. *Nane čhave, nane love, nane bacht*, hieß es, ohne Kinder weder Moneten noch Glück, und dass es besser, einfacher und angenehmer war, Kinder zu zeugen, als jeden Morgen zeitig zur Arbeit aufzubrechen, lag auf der Hand … Manchmal trieb sich Štefan ganze Vormittage in den Ämtern herum, um herauszufinden, wie viele Kinder er machen müsste, um monatlich auf zehntausend zu kommen, und wie viele, um weitere zweitausend zu bekommen, bis er sich am Ende mit den Beamten streiten musste, dass sie alles falsch berechnet hatten …

Miro wiederum brachte das Diebesgut von Andrejkos Clique in Umlauf, und wenn er schon deswegen Hotels aufsuchte, vermittelte er dort mithilfe des Empfangspersonals auch gleich seine Cousinen oder andere Frauen, die sich was dazuverdienen wollten, an die Gäste weiter. Den Kindern wollte es nicht in den Kopf, wie der Onkel Geld verdienen kann, indem er etwas zuhält, aber sie fanden, Miro war ein toller Hecht, er trug Jeans, fuhr Auto, und manchmal spendierte er ihnen Fahrten mit der Achterbahn oder auf einem Karussell, bis zum Abend durften sie fahren, so dass ihnen die ganze Nacht schlecht war. Die Erwachsenen aber fürchteten sich vor Miro, weil er gerne einen über den Durst trank und sich dann aufspielte und mit einer entsicherten Pistole herumfuchtelte, die er mal bei den Bullen hatte mitgehen lassen.

Die anderen Dunkas besaßen keine Waffen, höchstens einen Hirschfänger oder ein Rasiermesser, um Kabelisolierung herunterzuschälen, die Aluminiumverkleidung der Straßenlaternen aufzubrechen oder alte Pappkartons aufzuschneiden. Jeder schlug sich durch, so gut er konnte. Männer brachten altes Eisen in die Rohstoffsammelstelle, alte Frauen und Kinder schnorrten vor dem Bahnhof Zigaretten oder Kleingeld für eine Fahrkarte. Und wenn es ganz arg wurde, fand sich immer eine helfende Hand, jemand borgte Geld oder half mit Lebensmitteln aus, denn man wusste ja nie, wann man selbst Hilfe brauchen würde. Das Blatt konnte sich manchmal ganz schnell wenden, das Glück war launischer als das Aprilwetter.

Wer keine Kinder hatte und nicht mal in der Lage war, eine Frührente zu ergattern, der musste zur Arbeit, den Maurern auf dem Bau zur Hand gehen, bei der Eisenbahn die Weichen schmieren oder Straßenbahnwaggons waschen. Am schlimmsten war es in der Fabrik. Die Dunkas waren es nicht gewohnt, im Dunkeln aufzustehen, sie hielten es nicht aus, an der Maschine zu stehen, und schon eine halbe Stunde später saßen sie im Pausenraum und wunderten sich, warum der Meister so schrie, sie hatten ja schon gearbeitet, ihre Hände waren so schrecklich müde … Das Geld sahen sie erst einen Monat später am Zahltag, der Durst nach der furchtbaren Plackerei war aber schon heute da, der wollte nicht auf die Lohntüte warten … und sie gingen zum Meister und bettelten, Herr Meister, bitte, geben Sie Vorschuss, wenigstens einen Hunderter, unsere Kinder frieren, unsere Kinder haben Hunger …

Aber faul, faul waren sie nicht, das auf keinen Fall. Wenn sie abends von der Schicht kamen und man ihnen Geld in Aussicht stellte, da schnappten sie sich den Krampen oder die Schaufel und legten sich ins Zeug, als hätte man sie mit Lebenswasser begossen, sie schufteten ohne Pause, bis ihnen der Schweiß auf der Stirn stand und die Schwielen auf ihren Handflächen zu bluten anfingen. Auch nachts, mit einem Metallsägeblatt in der Hand waren sie flinker als ein gelernter Schlosser … Dumm waren sie auch nicht. Als Miro, der nur mit Müh und Not die fünfte Klasse beendet hatte, den Führerschein haben wollte, lernte er das ganze Gesetz auswendig, Wort für Wort, sogar den Testbogen mit sämtlichen Antworten, so ein Gedächtnis hatte Miro, so waren die Dunkas, wenn sie etwas wirklich wollten oder brauchten …

Aber am liebsten saßen sie im Hof, schrien sich etwas zu, tranken und rauchten. Das war ihre Art der Arbeit, das war ihr Leben, ihre Freiheit. Wenn sie über das Maß getrunken hatten und es zwischen ihnen zu knallen begann, trollten sie sich lieber, auf die Straße oder in den Park, und dort, unter den alten Bäumen, überfiel sie die *chandra*, die östliche, melancholische Sehnsucht, und manchmal sangen sie, einer stimmte ein Lied an, ein anderer fiel mit zweiter Stimme ein, und der Nächste intonierte sauber die dritte Stimme, zu guter Letzt brachen sie wie kleine Kinder in Tränen aus.

Leute, die im Park mit ihren Hunden Gassi gingen, verlangsamten den Schritt, um mit halbem Ohr zuhören zu können, kleine Kinder fühlten sich von einer sonderbaren, betörenden Kraft zu den Dunkas hingezogen, sie waren wie verhext und mussten geradezu weggezerrt werden.

Das alte Haus in Žižkov fiel allmählich in sich zusammen. Keiner reparierte die ausgebrochene Klinke, keiner spülte den verstopften Ausguss frei, keiner putzte die Toiletten oder brachte eingeschlagene Fenster zum Glaser, keiner räumte den abgefallenen Putz oder die Brocken vom Sims beiseite. Die Toilettentüren auf den Pawlatschen, das Holzgeländer und die Treppe zum Dachboden wurden verfeuert, man hatte die Dielen aus dem Fußboden herausgerissen und sie klein gehackt, Holz war in Prag schwer aufzutreiben, und Kälte war schlimm, schlimmer als der Tod ... Wenn Essen gekocht werden sollte, stellten die Frauen den Ofen nach draußen, es störte sie nicht, dass sich der Hof mit Rauch füllte und auf den Pawlatschen frisch gewaschene Wäsche hing. Alles, was die Dunkas auf der Straße oder in den Nachbarhöfen fanden und was nicht niet- und nagelfest war, wurde ins Haus gebracht, der Innenhof und die Pawlatschen füllten sich mit vergammelten Matratzen, mit Parkbänken, Rollen von rostigem Drahtzaun und Schläuchen von abgemantelter Kabelisolierung, mit abgerissenen Mülltonnendeckeln und leeren Pappkartons, auch ein paar Fahrräder standen da, nicht geklaut, nur geliehen. Das Glanzstück war ein Autowrack mit halb losgerissenen Türen, nicht mal die Dunkas wussten, wie es hierhergeraten war. Auf das ganze Tohuwabohu im Innenhof regnete und schneite es, die Kinder gingen zum Spielen, Pinkeln und Zündeln dorthin, die Frauen kippten direkt von der Pawlatsche den Hausmüll hinunter, weil die Mülltonnen so weit weg standen, man hätte bis auf die Straße gehen müssen.

Das Pflaster aus Granitsteinen, an die Schreie der Scherenschleifer und die Klänge des Akkordeons oder des Leierkastens gewöhnt – die Mieter warfen den Musikern das Kleingeld von der Pawlatsche aus zu, manchmal als Dankeschön, manchmal aber auch, damit sich der Musikus mit seinem krakeelenden Kasten schleunigst ein paar Häuser weiter trollte – dieses hundertjährige Kopfsteinpflaster war unter der gärenden Müllschicht, aus der Brennnesseln wuchsen, kaum noch zu erkennen. Aus der löchrigen Dachtraufe reckten sich junge Birken der Sonne entgegen, jede Nacht gingen eine weitere Tür oder ein Fenster verloren, und der Innenhof wie das gesamte Haus schienen rücklings in die Vergangenheit hineinzustolpern, als kehrte die ursprüngliche Wildnis zurück, als holte sie sich das zurück, was ihr vor Jahrhunderten von den Menschen und ihrer Stadt entrissen worden war.

Die Gadsche machten einen Bogen um das Haus, sie liefen vorsichtiger an ihm vorbei als an einem Verkehrspolizisten, und auf dem Ortsamt stellten die Damen jedes Mal gerne einen Auszahlungsschein für die Dunkas aus, nur um für ein paar Tage Ruhe vor ihnen zu haben.

Aber selbst wenn die Dunkas durchdrehten und mit dem Messer aufeinander losgingen, blieb doch jede Fehde unter ihnen. Einem Gadsche etwas anzutun, einem Weißen, das hätten sie sich nicht gestattet. Die hauchdünne Grenze, die sie von den Gadsche trennte und die nicht überschritten werden durfte, die sahen und fühlten sie ganz genau, sie hatten Achtung vor ihr, vielleicht weil ihre Rücken immer noch gut die Hiebe spüren konnten, die sie in Poljana für die geklauten Kohlköpfe oder Kartoffeln eingesteckt hatten. Was frei auf der Weide lief oder auf dem Feld wuchs, das gehörte niemandem und zugleich allen, es war wie Luft und Wasser, die Gott der Herr für alle gesegnet hatte … und wurden die Dunkas mal mit einem Sack Mais oder Kartoffeln erwischt, da schimpften sie, die Gadsche wären selber schuld, sie sollten besser auf ihre Kartoffeln aufpassen. Aber was die Poljaner hinter Schloss und Riegel hielten, das war den Dunkas heilig. In ein Haus oder ein Auto einzubrechen oder gar einen Menschen zu überfallen, das lag außerhalb ihrer Vorstellungskraft, dafür gab es Gesetze, und hinter denen lauerte die Strafe, die Stöcke, *čagany*, die einem den Rücken weich klopften, und lodernde Flammen, die aufs Dach ihrer Hütten sprangen. Für diese Strafe brauchte man keine Gendarmen, keine Gerichte und kein überflüssiges Gerede, die Strafe folgte dem Verbrechen auf dem Fuße, damit sich die Dunkas die Verbote besser merkten.

Nur ein einziges Mal hatten die Dunkas einen Gendarmen geholt, sie sagten, ihr Gejza sei vom alten Jankura zusammengeschlagen und verstümmelt worden, ihr Gejza, der niemals jemandem auch nur ein Haar gekrümmt hatte, über seinem Kopf schwebte ja fast ein Heiligenschein, so gütig sei er, und der Jankura hätte sich nur deswegen an ihm vergriffen, weil er die Zigeuner nicht mochte, sagten sie. Die Gendarmen kamen, aber der alte Bauer erwiderte ruhig, ja, er habe jemanden mit dem Stock verdroschen, aber keinen Zigeuner, sondern einen Dieb, und die Wachmänner legten schweigend die Hände an die Mützen und machten sich davon.

Der alte Laco sagte: *Te den, olja, ten maren, denaš* … Wenn man dir gibt, nimm, wenn man dich schlägt, lauf weg … Aber die Gadsche in Böhmen waren so dumm. Sie schlugen niemanden, und häufig reichte es, die Hand auszustrecken, und sie gaben lieber was, nur damit man sie in Ruhe ließ.

Wenn im Park die kleinen Dunkas einen erschrockenen Gadsche-Knirps umringten, waren sie sich in dem Moment auch hundertprozentig sicher, dass sie den Ball nur ganz kurz behalten würden, sie wollten nur schauen, wie er sprang, klar kriegte der Kleine sein Fahrrad sofort wieder, sie testeten es nur kurz, machten eine kleine Probefahrt, um die Parkbank hier … und dann fuhr einer kurz herum, nach ihm sprang ein anderer in den Sattel, dann noch einer, es wurde dunkel, und das Fahrrad war nirgendwo zu sehen, auch der Fußball war weg, und als der kleine Gadsche weinend nach Hause ging, waren die Dunkas gerade dabei herauszufinden, auf welcher der steilen Žižkover Straßen sie in voller Fahrt anhalten konnten und wie viele von ihnen auf eine Fahrradstange passten. Die Fahrräder hielten ohnehin nicht lange. Zuerst brach die Klingel weg, die Schutzbleche rissen sie selbst ab, damit es auf dem holperigen Pflaster nicht so laut schepperte, und da sie zu zweit oder auch zu dritt über die Bordsteinkante fuhren, sprangen bald die Speichen, und die Räder waren völlig verbeult. Sie fuhren auf den Felgen, weil niemand die durchgewetzten Mäntel flickte, sie mussten mit den Füßen bremsen, weil sich niemand fand, der die Bremsklötze gewechselt und die ausgefransten und zerrissenen Bremsseile erneuert hätte. Einmal wurden sie von einer Polizeistreife erwischt, man brachte sie samt Fahrrad gleich den Berg hoch nach Vinohrady zum rechtmäßigen Besitzer, aber das Rad war schon dermaßen zugerichtet, dass es nicht mal der Papa wiedererkannte, der es ein paar Wochen zuvor seinem kleinen Sohn fürs gute Zeugnis gekauft hatte … Und als es endgültig auseinanderfiel, gab es im Park zuhauf andere Gadsche-Kinder mit anderen Fahrrädern, und die kleinen Dunkas sahen sie so aufrichtig und flehend an, sie schworen hoch und heilig, nur eine ganz kleine Probefahrt machen zu wollen …

Auch die Tante hatte bald ihren Gadsche-Trick heraus. Sie zahlte beim Einkaufen mit einem Zwanziger, wollte aber auf fünfzig oder hundert zurück. Hinter ihr stand immer jemand, der mit eigenen Augen gesehen haben wollte, wie die Frau mit einem Hunderter gezahlt hatte, und da legte Ida schon los, man wolle sie betrügen, sie, eine arme Zigeunerin, dafür sei man mutig genug … und die kleine Anetka hielt sich an Mamas Rockzipfel fest und machte so große, traurige und hungrige Augen, dass es zum Steinerweichen war, die Menschen in der Schlange hinter ihnen traten ungeduldig von einem Fuß auf den anderen und zischten, bis der armen Verkäuferin die Nerven versagten und sie das Wechselgeld auf den Tresen legte, auf fünfzig oder hundert Kronen, sie wusste ja gar nicht mehr, was für einen Schein sie noch vor ein paar Sekunden in der Hand gehalten hatte. Ida suchte sich immer ganz junge Verkäuferinnen aus, denen man schon von der Tür aus ansah, dass sie nicht lange kämpfen würden, das Minus in der Kasse entdeckte man erst abends, und es musste von der verweinten Verkäuferin ersetzt werden, während das verlorene Geld, Idas Moneten, schon längst über alle Berge war …

So also erledigte die Tante ihre Einkäufe. Und als ihr in Žižkov das Pflaster zu heiß wurde, versuchte sie ihr Glück in Libeň, dann in Vinohrady und in Nusle, wo man sie noch nicht kannte. Aber einmal hatte sie Pech, die Verkäuferin ließ sich nicht für dumm verkaufen, sie beteuerte, an diesem Tag noch keinen Hunderter bekommen zu haben, sie stritt sich mit der Tante und auch mit dem Herrn hinter ihr, der behauptete, dass er den Schein mit eigenen Augen gesehen hätte, auch mit den ungeduldigen Kunden legte sie sich an, sie möchten bitte so freundlich sein und entschuldigen, aber dies müsse geklärt werden. Hinten im Laden hörte das ihr Chef, er griff zum Telefon, und die Polizei ließ sich nicht einschüchtern, sondern setzte mit Ida ein Protokoll auf, und als immer mehr Verkäuferinnen sie auf dem Foto wiedererkannten, sah es für die Tante schlecht aus. Dass sie nicht ins Gefängnis kam, hatte sie einzig und allein ihren Kindern zu verdanken; während der Gerichtsverhandlung zerflossen Jolanka und die kleine Anetka in Tränen und wischten sich ständig ihre Nasen am Ärmel ab, bis es die Richterin nicht mehr aushalten konnte und die Tante auf Bewährung nach Hause schickte. Ihr Urteil machte Ida trotzdem ganz wütend, beim Nachhausegehen blieb sie immer wieder stehen, drehte sich um und drohte mit der Faust. Noch lange beklagte sie sich über das Unrecht und die polizeiliche Willkür.

Denn vor Gericht hatte Ida nicht die Unwahrheit gesagt, sie glaubte wirklich, mit einem Hunderter gezahlt zu haben. Alles, was einem Vorteil oder Nutzen bringen konnte, das war richtig, und das stimmte dann auch … Wenn sich Štefan beim Arzt vor Schmerzen krümmte, um zu zeigen, dass er den morgigen Tag nicht mehr erleben würde, wurde er im gleichen Moment von echten Rückenschmerzen heimgesucht, so dass es die ganze Nacht in seinem Kreuz knackte, bis zum Morgengrauen.

Eines Tages flog in das Schaufenster des Feinkostladens, in dem man die Tante geschnappt hatte, ein halber Ziegelstein. Keiner wusste warum, denn es war nichts weggekommen …

Die Dunkas wollten niemandem etwas zuleide tun, sie wollten nur leben. So wie sie es seit Jahrhunderten gewohnt waren, ohne sich an den gestrigen Tag zu erinnern oder über das Morgen zu grübeln. Sie lebten Tausende von Leben, denn sie wurden jeden Tag neu geboren und sie starben jeden Tag aufs Neue. Was sie am Vormittag verdient hatten, das war bis zum Abend ausgegeben, was sie am Vortag verloren hatten, daran dachten sie heute nicht mehr. Es machte ihnen nichts aus, wenn man ihnen nichts mehr ausschenken wollte oder wenn sie im Voraus zahlen mussten, das waren sie gewohnt, aber wenn man sie zweimal auf Ehrenwort anschreiben ließ und beim dritten Mal wegjagte, fingen sie an zu krakeelen, und im Laden wimmelte es gleich von ihren Leuten, manchmal zückten sie sogar das Rasiermesser oder nahmen sich die Ware aus dem Regal und gingen ohne zu zahlen heim, nicht mal die Tür schlossen sie hinter sich, und die verblüffte Verkäuferin hörte sie auf der Straße schreien, was für eine blöde Kuh sie sei, eine miese Schlampe, gestern noch hätte sie gegeben und heute nicht mehr …

Anglal ma ďives, palal ma šišitno, vor mir Licht, hinter mir Dunkelheit … als hätte es das Gestern nicht gegeben. Wenn sie auf dem Dachboden die Balken zersägten, die Regenrinnen abrissen und das Blechdach über dem eigenen Kopf auftrennten, dachte keiner daran, dass es vor einer Woche geregnet hatte und dass es vielleicht bald wieder regnen könnte.

Und so wechselten sich bei ihnen strahlende Tage, an denen sich die Tische unter Unmengen von Essen und Trinken bogen, mit dunklen Tagen und Wochen ab, in denen sie vor Kälte schlotterten, alle Ecken nach den letzten Krümeln absuchten und in erster Linie damit beschäftigt waren, ihr Magenknurren zu überhören. Es gab Tage und Nächte, an denen sie mit geöffneten Herzen und über den Kopf erhobenen Armen sangen und tanzten, dass man damit Tote zum Leben hätte wiedererwecken können, und es gab Tage, an denen die Erwachsenen ihre Messer zückten und die verängstigten Kinder Zuflucht unter dem Bett oder dem Tisch suchten. Es gab Tage, an denen sie ihr letztes Hemd zerrissen hätten, um es mit den anderen zu teilen, und es gab jene Tage, an denen sie sich lieber auf die Straße retteten, weil sie sich zu Hause gegenseitig umgebracht hätten vor lauter Überdruss und schlechter Laune.

Die älteren Cousins mochten Andrejko nicht, weil er fast täglich für die Kleinen ein Spielzeug oder Süßigkeiten mitbrachte, geklaut oder gekauft vom Geld aus einem *tschoro*. Für sich kaufte Andrejko nichts. Wenn er mal etwas brauchte, neue Schuhe zum Beispiel, dann ging er ins Kaufhaus Kotva oder ins Bílá Labuť, probierte sie an, stellte seine abgelatschten Stiefel ins Regal und spazierte seelenruhig an der Kasse vorbei ins Freie, dabei balancierte er einen Fußball, den er eine Etage höher hatte mitgehen lassen. Und sollte er zu Hause merken, dass ihm die Schuhe nicht gefielen oder dass sie drückten, ging er am nächsten Tag wieder hin und tauschte sie gegen ein anderes Paar aus … So kaufte er auch für sein Schwesterchen Anetka ein, das dünne schwarze Mädchen mit den riesigen Augen, und für Jolanka, die sich allmählich in eine junge Frau verwandelte, und Marián und Imro waren eifersüchtig auf ihn, wegen dieser Geschenke hassten sie Andrejko regelrecht, und nur mit Müh und Not konnten sie ihren aufgestauten Hass und Groll unterdrücken.

Einmal brachen sie auf einem Parkplatz ein Auto auf und nahmen das Radio mit, stellten es in der Küche auf den Tisch und warteten auf Andrejko. Als der Kleine die zerschnittenen Hände der Brüder und die abgerissenen Kabel sah, die schlaff von der Tischplatte herunterhingen, da lachte er seine Cousins aus, so könnten auch dressierte Affen Radios klauen, sie seien beide Dummköpfe mit zwei linken Händen … Marián sprang ihm an die Gurgel und stieß ihn heftig gegen die Wand, Imro schrie, Was mischst du dich ein, du *kokot*, du Wichser, und die beiden Brüder droschen auf Andrejko ein, ihr Groll und ihr Hass waren zu stark, das Fass war übergelaufen … Zu guter Letzt, da lag der Kleine schon auf dem Boden, traten sie ihn so heftig, dass er sich danach kaum noch bewegen konnte.

Das ganze Haus geriet in Aufruhr. Dass man jemanden dermaßen zurichtet, der klein ist und noch dazu zur Familie gehört, das hatten die Dunkas noch nie erlebt, das war ein echtes Verbrechen … Die Tante weinte, die kleineren Kinder machten um Marián und Imro einen großen Bogen, und Štefan verfluchte seine Söhne laut; um ihnen aber die Tür zu weisen, sie zu verjagen, dazu fehlte ihm die Kraft.

Wenn in Poljana der *čhibalo*, der Vajda, das Zigeuner-Oberhaupt, früher einem den Weg aus der Siedlung gewiesen und gesagt hatte, es gäbe kein Haus, wo der Ausgestoßene Brot fände, es gäbe keine Hände, die ihm Wasser reichten, so war das die schlimmste Strafe seit Anbeginn der Welt, das Schlimmste, was man sich überhaupt vorstellen konnte. Das eigene Zuhause zu verlieren war furchtbarer, als zum Tode verurteilt zu werden. Denn das Zuhause, das waren nicht nur die Häuser und die Hütten, es waren vor allem die Menschen: Horden schmuddeliger Kinder, die barfuß durch den Schnee liefen, Frauen, die sich ums Feuer und um den Herd kümmerten, verhutzelte *strygas*, weise alte Frauen, die Heilkräuter sammelten und aus der Hand lasen, was einem bevorstand und was unvermeidbar war, gebrechliche, weißhaarige Greise, die auf der Türschwelle saßen und von einer weiten Reise erzählten, und auch die alten Lieder, die *phurikane gil'a*, das alles zusammen war das Zuhause.

Die Cousins fühlten sich beflügelt, sie waren dabei, einen neuen, unbekannten Weg zu entdecken, und sie fanden Gefallen an ihm. Mit dem kleinen Kater, den sie an der Tür der alten Procházková gekreuzigt hatten, hatte es begonnen, und gleich nachdem sie Andrejko vermöbelt hatten, stürzten sie sich in eine mutige Auseinandersetzung mit einer zittrigen Oma im Park. Die paar Scheine, die sie so verdienten, waren es kaum wert, aber es folgten bessere Tage, ein Einbruch in einen Kiosk und die ersten Zigarettenstangen oder die zusammengeschlagene und ausgeraubte Briefträgerin, die in Karlín die Rente austrug. Die geknackten Autos zählten sie kaum noch …

Der Damm war gebrochen … und die anderen Dunkas schlichen um den zerschundenen Andrejko herum und ahnten, dass etwas passiert war, was nicht hätte passieren dürfen. Schweigend, mit düsterer Miene gingen sie Marián, Imro und Onkel Štefan aus dem Weg, sie sangen nicht mehr. Weil sie nur dann singen konnten, wenn es ihnen gut ging, oder wenn der Weltschmerz sie überkam und ihre Herzen sich öffneten. Aber diesmal fiel die Tür mit einem Unheil verkündenden Knall ins Schloss, und drinnen blieb die Angst, die unbewusste Angst davor, die feine Grenzmarkierung hinter sich gelassen zu haben und dort zu stehen, wo die Gesetze der Gadsche warteten: die Stöcke, die auf dem Zigeunerrücken tanzten, die Feuerzungen, die die Dächer ihrer Hütten ableckten, und die Äxte, die die Holzräder ihrer Pritschenwagen klein schlugen. Die uralte Angst vor Rache und Vergeltung, die vom Vater an den Sohn weitergereicht wird, saß ihnen im Nacken, eine Angst, die sie würgte, als wären sie gehetzte Tiere.

Aber Prag war groß. Die Vergeltung kam nicht. Allmählich gewöhnten sie sich daran, sie liefen jedoch weiterhin geduckt und blickten immer wieder über die Schulter, die schleichende Angst vor dem morgigen Tag ließ sie nicht mehr los.

An einem Morgen im Herbst war der alte Pferdehändler Laco nicht mehr wach zu bekommen, dieser dürre und gebeugte alte Mann mit dem grauen Haar und den tiefen Falten im Gesicht. Sie setzten ihn also an den Tisch, als Ersatz für ein Halfter legten sie ihm einen Strick in die Hand, und plötzlich fühlte sich jeder dem anderen wieder nah. Gemeinsam saßen sie um den Tisch, gemeinsam hielten sie drei Tage und drei Nächte Wache bei Laco, sie waren ganz leise, keiner sang, keiner lachte, sie füllten sich und den starren Toten mit Schnaps ab, auf dass er gut vorankomme auf seinem letzten Weg, und entsprechend einem alten Brauch gossen sie jedes Mal ein paar Tropfen auf den Boden, um die Erde, der Laco anvertraut werden sollte, versöhnlich zu stimmen … Als sie im Sarg seine steifen Knie durchdrücken wollten, schnellte Lacos Oberkörper mit den gekreuzten Armen in die Höhe, als hätte der Alte ihnen noch etwas sagen wollen, bevor der Sargdeckel über ihm zugenagelt würde, und sie rannten alle auseinander, und noch tagelang lief es ihnen kalt den Rücken herunter und ihre Zähne klapperten wie ein Holzkarren auf dem harten städtischen Straßenpflaster.

Alle spürten, dass der Abschied vom alten Laco auch den endgültigen Abschied von den alten Zeiten der Mitternachtsfeuer bedeutete, das Ende der Zeiten der wilden Pferde und der nackten, durch den Schlamm stapfenden Füße einläutete, der Zeiten der Holzräder, unter denen die Erde nach hinten lief, es war ein Abschied von wundersamen Nächten, in denen die Sterne vom Himmel fielen, von Nächten voller Licht, wenn der Mond wie ein Laib Käse über den Himmel zog und in den alten Hainen Zauberkräuter blühten, und ein Abschied von den gewöhnlichen schwarzen Nächten, wenn sich die Dunkelheit über die Kohl- und Kartoffelfelder der Gadsche legte …

Durch die Tür, von Miro einen Spaltbreit geöffnet und von Marián und Imro mit einem Fußtritt aufgestoßen, drängte eine neue, rücksichtslose Welt hinein, die Welt der Springmesser, Pflastersteine und malträtierten Rentner, eine Welt, in der kein Platz mehr übrig blieb für langes und bedächtiges Paffen auf der Türschwelle, fürs Handlesen und sehnsüchtiges Schluchzen unter dem leuchtenden Sternenhimmel. Ohne Vorwarnung hielt bei den Dunkas eine Welt Einzug, die ihnen niemand erklärt hatte.

Sobald sie den alten Laco auf den Olšaner Friedhof gebracht hatten, setzten sich die Mühlen Gottes in Bewegung. Die Straße unter ihren Fenstern begann im Schein blauer Lichter zu pulsieren, und auf die Pawlatschen stürmten schwarz gekleidete Männer, die Polizei trat die Türen ein, zerrte die erschrockenen Dunkas aus den Betten und führte sie ab, auch Onkel Štefan und seine Söhne mussten mit. Das Ganze spielte sich innerhalb weniger Minuten ab, die verschlafenen Dunkas duckten sich in ihren Betten, blinzelten ins grelle Licht und zitterten wie Küken, wenn ein Wiesel in den Hühnerstall schlüpft … Und als am nächsten Morgen die Bullen erneut das Haus durchkämmten und auch noch den hinkenden Andrejko mitnahmen, krochen Milan und Anetka zu Jolanka ins Bett, in die warme Mulde, die dort ihr Brüderchen zurückgelassen hatte, und sie schmiegten sich aneinander, verwirrt und schaudernd angesichts dessen, was noch kommen sollte.

Andrejko ballte wütend die Hände zu Fäusten, weil seine Cousins alles auf ihn abgewälzt hatten, all ihre Raubüberfälle und Autoeinbrüche, an denen er keine Schuld trug. Er saß allein in einer kleinen Zelle mit einer Blechtür ohne Klinke und einem winzigen Gitterfenster dicht unter der Decke, eine schwache Glühbirne flackerte über seinem Kopf, und ein Eimer mit Urin stank in der Ecke. Immer wieder brachte man ihn zum Verhör, aber man bekam kein einziges Wort aus ihm heraus. Schließlich tauchte eine dicke und stark geschminkte Frau auf, sie schnaufte und rang nach Luft, dann fing sie an, Andrejko nach seinen Eltern, Tanten und Onkel auszufragen, nach seinen Cousins und auch nach der Schule, in die er hätte gehen sollen. Andrejko starrte stur vor sich hin und schwieg, aber als sie ihn anfassen wollte, biss er wütend in ihre schwitzige Hand. Der Geschmack ihrer Haut und der intensive Geruch ihres Parfüms verursachten ihm Übelkeit, und er legte seine ganze Angst eines gehetzten Tieres in den Biss hinein, seine ganze Verzweiflung und seine Wut … man konnte ihn kaum losreißen. Als die Dicke eine Stunde später in der Tür seiner Zelle auftauchte, trug sie einen Verband und ihr Gesicht unter der üppigen Schminkschicht war vor Wut verzerrt. Hinter ihr im Flur waren zwei Polizisten zu sehen, sie blieb auf der Schwelle stehen und bellte Andrejko an, jeder sei seines Glückes Schmied, und er könne nun Gift darauf nehmen, dass er seine liebe Familie, diese Nutten, Diebe und Taugenichtse nie mehr wiedersehen würde, dafür trage sie, die Dicke, persönlich Sorge, in das Haus in Žižkov kehre er nie und nimmer zurück, stattdessen komme er an einen Ort, an dem man ihn schon zur Vernunft bringen werde … Die Frau genoss ihre Rede, die einzelnen Wörter kamen wie gemeißelt aus ihrem Mund, und Andrejko hörte ihr schweigend zu, den Kopf zwischen die Schultern gezogen, starrte er auf den Betonfußboden.

Erst als die Tür hinter ihr zufiel, fing er an zu weinen.

7.

Die Besserungsanstalt von Kostelec war ein ehemaliges Schloss mit abgebröckeltem Putz und Maschendraht vor den Fenstern, das Eingangstor war mit grauem Blech verkleidet. Drinnen befanden sich ein langer dunkler Flur mit einer Reihe von Spinden, in den Zimmern Eisenbetten mit abblätternder Farbe und einem Nachttisch für jeweils zwei Jungen, am Ende des Flurs schmutzige und stinkende Duschen und Toiletten ohne Türen und im Erdgeschoss ein Speisesaal, der so klein war, dass die jüngeren Kinder im Stehen essen mussten.

Genauso wie das Haus sahen auch die Jungen und die Erzieher aus: verwahrlost und gleichgültig, immer angespannt und auf der Lauer, gefasst auf Schläge von vorne und von hinten, bereit zu allem.

Andrejko hatte zwar zum ersten Mal in seinem Leben ein Bett für sich allein und bekam dreimal am Tag zu essen, aber ihm war, als hätte man ihn unter dreiundzwanzig Imros und Mariáns geworfen, manche der Jungen kamen ihm sogar noch schlimmer vor, und weil er neu war, wurde er zum Prügelknaben auserkoren, zum Sklaven, der den Älteren etwas zu trinken bringt und die Schuhe putzt, morgens die Klos sauber wischt und die Betten macht und sich abends in den Schrank einsperren lässt und alle Viertelstunde die Tür aufreißt und wie ein Kuckuck die genaue Zeit meldet, damit sich die anderen nicht langweilen, oder zwischen den Betten robbt und immer wieder den Kopf hebt und den Haltestellenspruch aus der Metro aufsagt, *Ukončete výstup a nástup, dveře se zavírají*, Beenden Sie das Aussteigen und Einsteigen, die Türen schließen … Die Welt von Kostelec war klein, und es hing von der Kraft des Einzelnen ab, ob er oben oder unten landete. Seinen Platz an der Sonne musste sich jeder hart erkämpfen, nicht selten auch mit Prellungen, ausgeschlagenen Zähnen oder einem gebrochenen Arm bezahlen. Das Schlimmste war, schwach zu werden, sich mit den Erziehern oder kleinen Kindern zu verbrüdern, etwas zu wissen oder zu können, es war ein Verbrechen, sich um etwas zu bemühen, den gewohnten Gang zu stören und aus der Reihe zu fallen. Deswegen gab auch keiner mit dem an, was seine Geschwister oder Eltern da draußen machten oder was sie besaßen, sondern damit, wofür und wie lange sie schon im Knast saßen. Wenn das zufällig nicht der Fall war, dachten sich die Jungs eben etwas aus und glaubten dann auch felsenfest selbst daran; mit ernster Miene und dünner Stimme erzählten sie: Keine Ahnung, wie viel mein Alter gekriegt hat, fünfzehn, zwanzig, vielleicht lebenslänglich, na ja, was man einem heutzutage für Mord aufbrummt eben …

Mirek hatte bereits die Grenze überschritten, vor der die anderen noch zögerten. Wenn sein Vater aus der Kneipe nach Hause kam, hatte er die Kinder geschlagen, und zwar so heftig, dass sie tagelang die Wohnung nicht verlassen konnten, aus Scham über ihre blauen Flecken. Und eines Abends war der Bogen überspannt, der Vater ließ von den verprügelten Kindern ab und wandte sich der Mama zu, sie zitterte und wich zurück, stolperte über einen Stuhl, der betrunkene Vater warf sich auf sie, zog sie an den Haaren, schlug ihren Kopf auf den Boden und riss ihr das Nachthemd herunter, die Mama schrie, und Mirek holte aus der Anrichte ein Messer und stach immer wieder auf den Vater ein … In seinem Alter konnte man ihn noch nicht einsperren, er kam nach Kostelec und seine Mama in die geschlossene Anstalt, weil sie seitdem ganze Nächte nur noch geschrien hatte … Andrejko beneidete Mirek um seine Mama, die zwar in der Klapse saß, ihm aber von Zeit zu Zeit schrieb, er möge durchhalten, sie würde ihn eines Tages holen …

Am meisten wurde Andrejko ausgerechnet von den Schwächeren gequält, die noch vor Kurzem selbst als Prügelknaben gedient hatten und jetzt die Chance witterten, eine Stufe höher zu steigen, das lädierte Selbstbewusstsein und die verletzte Seele zu heilen. Wer aufstieg, der musste den anderen nicht mehr die Schuhe putzen oder die Klos schrubben, und nachts, wenn es einen der Älteren überkam, musste er ihm nicht auf die Toilette folgen oder zu ihm unter die Bettdecke schlüpfen und danach noch das Bettlaken säubern, damit morgens nichts zu sehen war …

Andrejko ließ sich lieber zusammenschlagen, als jemandem unter die Decke zu folgen, und so nahm ihn sich fast jeden Abend, wenn das Licht gelöscht war, jemand vor, beutelte ihn und zischte ihm zu, er werde hier nicht lebend rauskommen, manchmal schubste man ihn im Gedränge die Treppe herunter oder stellte ihm ein Bein, wenn er mit dem Essenstablett in der Hand nach einem freien Platz suchte, am ärgsten aber war es abends, wenn sich die Erzieher in ihre Büros zurückgezogen hatten, zu ihren halb leeren Flaschen, die im Regal hinter den Fachbüchern über Jugenderziehung standen, und zu ihren Fernsehern, die sie auf voller Lautstärke laufen ließen, damit ihr Dienst nicht vom Weinen und Schluchzen ihrer Zöglinge gestört wurde …

Andrejko kam von der Toilette zurück und zitterte vor Angst, weil er wusste, dass im Zimmer bereits das Licht aus war und dass man ihm hinter der Tür auflauerte, seine Hand lag schon auf der Klinke, und da drehte er sich um, rannte los und klopfte an die Tür des Erzieherzimmers. Vielleicht würde ihm jemand helfen … Aber die Erzieherin sah ihn kaum an, sagte nur barsch über die Schulter, er solle auf der Stelle zurückgehen, und ließ gleich die älteren Jungs kommen, sie möchten doch für Ordnung auf dem Zimmer sorgen, warum müsse sie sich so spät abends von diesem Zwerg mit so einem Schwachsinn belästigen lassen … Und dann ging alles sehr schnell, im Zimmer warf einer eine Decke über Andrejko, ein anderer riss ihn zu Boden, aus dem schwarzen Nichts tauchten Fäuste auf, und man trat gegen die Decke und schlug auf sie ein, solange sich unter ihr noch etwas rührte … Das nächste Mal überlegst du dir das besser, bevor du petzen gehst, du Arschloch, pressten sie zwischen den Zähnen hervor, obwohl sie schon selbst merkten, dass Andrejko nichts mehr hören konnte, aber er hatte gepetzt, er hatte gegen das Gesetz verstoßen, und dafür musste er büßen.

Doch je mehr er geschlagen wurde, desto mehr zog er sich in sich selbst zurück, tagelang sprach er kein Wort, und wenn er in der Schule den Mund aufmachen sollte, fing er an zu stottern. Das fiel den Jungen sofort auf, das Arschloch stottert, feixten sie, verschränkten die Arme hinter dem Rücken und liefen laut gackernd hin und her, wie Hennen, wenn sie ein Ei gelegt haben. Sie hörten aber auf, Andrejko zu schlagen, es machte ihnen auch keinen Spaß mehr, ihm die Decke überzuwerfen, keiner fasste ihn mehr an, als wäre er aussätzig, als würden sie sich nicht anstecken wollen.

Die Erzieher stellten in ihrem Gutachten fest: Im Kollektiv unbeliebt, lehnt ab, sich einzugliedern und mitzumachen, und damit war für sie die Sache ein für alle Mal erledigt.

In der Anstalt fing Andrejko zwar an, zur Schule zu gehen, aber er lernte dort nicht einmal lesen, weil die Lehrer nur damit beschäftigt waren, für Ruhe zu sorgen, außerdem wechselten sie häufig, das Heim stellte für sie lediglich einen weiteren nutzlosen und verlorenen Posten dar, auf den man zur Strafe versetzt wurde und wo jegliches Bemühen sinnlos war. Die Blagen landen sowieso im Knast, sagten sie verächtlich, nicht mal das Romani kann man aus ihnen herausprügeln … Einmal wurden ihnen Praktikantinnen von der Hochschule geschickt, die Studentinnen schwitzten vor Lampenfieber, sie schrien nicht herum, schlugen auch nicht mit dem Rohrstock auf den Tisch oder über die Finger der Schüler, aber schon nach ein paar Tagen suchten sie weinend das Weite. Die Jungen gaben ihnen einfach keine Chance … und litten nachts unter wilden Träumen und Fantasien, so dass die Jüngeren von einem Bett zum anderen rennen mussten …

Weihnachten nahte. Einige Jungen fuhren über die Feiertage nach Hause, und die Übrigen mussten nicht zur Schule, sie streiften durch die verlassenen Flure und drehten in einer Ecke oder auf der Toilette eine abgegriffene Postkarte in den Händen: Ich wünsche dir frohe Weihnachten, deine Mutter, stand meistens auf dieser Karte, die sie tagsüber unterm Hemd verwahrten und nachts mit unter die Bettdecke nahmen, und obwohl sie ahnten, dass sie nur deswegen zweimal jährlich Post bekamen, damit sie nicht zur Adoption freigegeben wurden, wartete trotzdem jeder von ihnen darauf, dass er geholt würde, dass ein Wunder geschehe.

Am Heiligen Abend liefen im Anstaltsradio Weihnachtslieder, zum Abendessen gab es einen Klacks Kartoffelsalat und kaltes Fischfilet, weil die Köchinnen schnell nach Hause wollten, und das war's. Die Erzieher verzogen sich zu ihren Familien, zu ihren Kindern, Weihnachtsbäumen und Geschenken, während die Jungs auf den Betten herumlagen und Radio hörten. Hie und da, um die eigene Verlegenheit und Traurigkeit zu kaschieren, holte einer seine sorgfältig aufbewahrte Zigarette hervor und ließ sie herumgehen, an einem anderen Tag hätte das keiner gemacht, weil Zigaretten entweder den Erziehern geklaut oder reingeschmuggelt wurden, und wer dort niemanden hatte und kein Geld auftreiben konnte, um sie sich kaufen zu können, musste sich jede Fluppe hart erarbeiten, häufig auch unter der Bettdecke.

Im Radio trällerten geschulte Kinderstimmen ohne Ende ›Alle Jahre wieder‹ und ›Stille Nacht, heilige Nacht‹, bis einer es nicht mehr aushielt, auf den Tisch sprang und das Lautsprecherkabel aus der Wand riss, damit es endlich aufhörte mit Weihnachten und mit den Weihnachtsliedern, damit es endlich still war … die anderen hoben nicht einmal die Köpfe und reichten schweigend die Zigarette herum. Die Kleineren, die noch genau wussten, wie ein geschmückter und leuchtender Weihnachtsbaum aussah und wie man Geschenke auspackte, die schluchzten nachts unter der Bettdecke, denn lautes Weinen konnte man sich nicht einmal zu Weihnachten erlauben.

Jeder weinte in dieser stillen Heiligen Nacht. Der eine ins Kopfkissen, der andere in sich hinein. Auch Andrejko weinte, auch er hatte gehofft und fest daran geglaubt, dass ihn jemand besuchen kommen würde, dass er Jolanka wiedersähe. An sie, sein naseweises Schwesterchen, dachte er viel, auch an seine Mama, die nicht nach Prag gekommen war, den ganzen Tag stand er am Fenster, sah zum Tor hinüber, in den Fingern drehte er das silberne Kreuz, wischte sich mit dem dreckigen Ärmel die Augen und flüsterte, Mama, liebe Mama, *dajori mirori*, wo bist du, du hast mich doch nicht vergessen … Aber solche wie ihn gab es dort so einige, jeder stand allein an seinem Fenster, es standen hier mehr Kinder herum, als es Elternpaare gab, die wenigstens einmal im Jahr dieses Kostelec, wohin sie zu Weihnachten immer ihre Karten schickten, überhaupt auf der Landkarte zu finden versuchten.

Aber beim Pförtner tauchte keiner auf, niemand fragte nach Andrejko, und der Kleine wartete vergeblich auf eine Postkarte, er hätte sich auch mit der dämlichsten zufriedengegeben. Die Tante, die kann nicht schreiben, dachte er fieberhaft nach, aber der Onkel, der könnte ... Auch wenn hinter ihm, Andrejko, die schwere Tür der Besserungsanstalt zugefallen war, ist er doch noch nicht gestorben, er ist doch kein Stück Trödel, das man vergessen hat, kein liegen gebliebenes Spielzeug oder eine weggeworfene Kaugummiverpackung. Vielleicht würden sie ihm gerne schreiben, kannten aber seine Adresse nicht, vielleicht hatten sie auch geschrieben, aber die Erzieher hatten ihm die Post nicht gegeben, um ihn dann anzubellen, dass keiner an ihn denke, dass er da draußen keinen mehr habe und dass sie ihn nicht mal zur Adoption freigeben würden, weil Zigeuner sowieso keiner haben wolle ... Wie oft hatte Andrejko schon vor dem Fenster gestanden, und jedes Mal hatte ihn eine schrille Erzieherstimme zusammengefaltet, was er eigentlich noch wolle, hier bekomme er was zu essen, hier habe er ein eigenes Bett und überhaupt, er solle sich endlich eingliedern und dankbar sein ...

Gleich im Frühling büxte Andrejko aus. Beim ersten Ausgang verschwand er kurz ins Gebüsch, Pipi machen, und bevor die anderen kapierten, was vor sich ging, war er schon weg. Es überraschte ihn selbst, wie leicht es war, abzuhauen, und er schlug sich gegen den Kopf, worauf hatte er bloß all die Monate gewartet, warum war er erst jetzt abgehauen ... Die

Eisenbahngleise entlang machte er sich auf den Weg zum nächsten Bahnhof, verbissen und wütend, wie ein hungriger Hund, der eine Fährte witterte, und gegen Abend war er schon in Prag. Aber schon im Innenhof sah er, dass das Leben im Žižkover Mietshaus inzwischen anders verlief, als er es sich in seinen nächtlichen Wachträumen ausgemalt hatte. Die lauten Stimmen und der Gesang der Erwachsenen waren verschwunden, keine krakeelenden Kinder tollten hier herum, das Haus stand halb leer, die dort noch lebenden Dunkas grüßten ihn kaum, als wäre Andrejko ein Fremder. Onkel Štefan und die beiden älteren Cousins waren weg, Tante Idas Bauch wuchs schon wieder und sie machte sich Sorgen, aber Andrejko hörte ihr kaum zu, er hielt Ausschau nach Jolanka …

Abends krochen die Kinder zu ihm ins Bett. Milan wollte wissen, wie es in der Anstalt war, die kleine Anetka schmiegte sich an ihn und gab ihm einen dicken Kuss, statt Jolanka, sagte sie und sah ihn mit ihren riesigen schwarzen Kulleraugen an, und so schliefen sie auch ein, Andrejko in der Mitte, eine Hand unter Milans Kopf, die andere in Anetkas Umarmung, sie seufzten zufrieden und fühlten sich wohl.

Trotzdem werde ich Jolanka heiraten, dachte Andrejko im Einschlafen, wenn sie wieder da ist, nehme ich ihre Hand und lasse sie nie wieder los.

Doch schon am nächsten Morgen hielt ein Polizeiauto vor dem Haus, und zum Mittagessen war Andrejko wieder in der Anstalt, mitten im Speisesaal stand er mit kahl geschorenem Kopf, wegen der Läuse, hieß es bei den Erziehern, dabei wusste jeder, dass ein kahler Kopf Erniedrigung und Strafe bedeutete – ein Hinweis für die anderen, wem sie das Ausgeh- und Fernsehverbot zu verdanken hatten. Nach dem Zapfenstreich warfen die Jungen die Decke über ihn, droschen auf ihn ein und traten ihn mit den Füßen; eine Woche ohne Fernsehen, die dauert ja länger als die Ewigkeit …

Was ist denn mit dem los, gestolpert oder was, wunderten sich am nächsten Morgen alle, als sie vergeblich versuchten, Andrejko zum Aufstehen zu bewegen. Die Erzieherin ließ ihn ins Krankenzimmer bringen und schloss ihn vorsichtshalber dort ein, aber einen Arzt rief sie nicht, um keine Erklärungen abgeben zu müssen. Ihre einzige Sorge war, dass dieses stöhnende Knochenbündel nicht den Geist aufgab, bevor die Prellungen und Wunden verheilt waren. Selbst der Herr Direktor bemühte sich jeden Tag zu Andrejko: Kopf hoch, junger Mann, bald bist du wie neugeboren, rief er ihm schon von der Schwelle aus zu, und insgeheim freute er sich, dass der Halunke am Leben blieb, denn sonst würde er die Prämien verlieren, vielleicht sogar seine Stelle, die da oben hatten womöglich noch mehr Angst vor einem Malheur als er …

Aber Andrejko war zäh. Als er endlich aufstehen durfte, humpelte er ans Fenster, das ihn von der bunten und duftenden Welt da draußen trennte, sein Gesicht war zwar schmerzverzerrt, aber seine Augen leuchteten auf, sein Blick ging über den Zaun und die Anstaltsmauer hinweg: Dort flogen Vögel frei umher, dort schien die niedrige und freundliche Herbstsonne durch einen leichten Dunstschleier.

Jeder in der Anstalt bekam mit, wie Andrejkos Blick bei den Schwalben verweilte, die sich auf den Telefondrähten zu ihrer langen Reise in die Wärme rüsteten, bei den Störchen und Wildgänsen, die in den Süden zogen … Wenn ein Ausgang bevorstand, fand sich immer einer, der sagte: Er hat schon wieder Zigeunerisch gesprochen, Genossin Erzieherin … und Andrejko durfte wieder nicht mit. Denn Romani zu sprechen war verboten, und Ausgang gab es nur zur Belohnung.

Eines Nachts stahl sich Andrejko auf die Toilette, quetschte sich durch das kleine Fenster und rutschte am Blitzableiter in den verwilderten Garten hinunter, kletterte über den Zaun, krabbelte durchs Gebüsch, schob sich durch die Brennnesseln und rannte hinaus aufs Feld, das offen vor ihm lag wie weit geöffnete Arme, seine Füße sanken in die frisch beackerte Erde, die frostige Luft drohte seine Lungen zu zerreißen, aber er musste weiterlaufen, jetzt ging es um alles, er rannte um sein Leben, wie ein gehetztes Tier, er rutschte auf Erdklumpen aus, fiel immer wieder hin und rappelte sich immer wieder hoch, kein einziges Mal blieb er stehen, kein einziges Mal blickte er zurück.

8.

Andrejko trieb sich in der Gegend um Kostelec herum, und die Welt wirkte längst nicht mehr so durchsichtig und verlockend wie von drinnen durch den Maschendraht. Nachts schreckten ihn Geräusche auf, leise Tritte, knackende Zweige, Schritte, die er näher kommen spürte. Manchmal bog der Wind die Baumkronen und duschte ihn mit eiskalten Wasserspritzern ab, so dass die Kälte ihn noch stärker umklammert hielt, am schlimmsten aber war die Angst vor dem nächsten Tag, die Angst davor, dass er erneut gefasst und zurückgeschickt werden könnte, dass ihn dort die Jungen zu Tode prügeln und die Erzieher sich freuen würden, ihn endlich los zu sein …

Nach ein paar Tagen konnte er die ersten nächtlichen Geräusche unterscheiden, und er hatte auch die ersten Wörter der sonderbaren Waldsprache gelernt. Nun verwechselte er das Röhren eines Hirsches nicht mehr mit Hundegebell, nachts wusste er sich so zu betten, dass ihn nicht fror und der Tau ihn nicht durchnässte, und nicht einmal der Donner eines nahenden Gewitters konnte ihn erschrecken. Nur einmal bekam er es wirklich mit der Angst zu tun, als er sein Nachtlager im Jungholz aufgeschlagen hatte und nur ein paar Schritte entfernt besoffene Jäger vorbeizogen, die auf jeden Schatten zielten und bei jedem Rascheln losballerten … Andrejko fürchtete sich vor Jägern und Menschen überhaupt stärker als vor dem nächtlichen Wald und mauserte sich allmählich zum Selbstversorger. Wie ein Bär schlug er sich den Bauch mit Brombeeren voll, pflückte sich im Garten hinter dem Forsthaus ein T-Shirt voller Äpfel oder holte sich Eier aus dem Hühnerstall, und wenn man vergessen hatte, im Eiskeller oder in der Kammer das Fenster zu schließen, nahm er von dort ein paar Gläser mit Kompott oder Marmelade mit. Nie vergaß er aber, hinter sich aufzuräumen, er rieb über die staubigen Regale, damit keine Kreise von den fehlenden Gläsern zeugten, schloss sorgfältig das Fenster und verwischte seine Fußspuren.

Nachts war es kalt und gegen Morgen gab es schon den ersten Frost, und er trug nur die Kleidung, in der er abgehauen war, und einen ausgeleierten, viel zu weiten Pullover, den er in einem Garten von der Wäscheleine genommen hatte. Aber ein warmer und trockener Platz zum Schlafen ließ sich immer finden, in einer Futterkrippe, unter einer Fasanenschütte oder in einem Heuschober. Einmal übernachtete er auf dem Dachboden einer Scheune, die dicht neben dem letzten Haus einer Ortschaft stand; an jenem Abend regnete es heftig, und weit und breit war keine andere Schlafstätte zu finden. Doch der Hofhund witterte ihn und kläffte wütend. Vor lauter Angst, dass seine Flucht nun ein Ende haben würde, machte sich Andrejko in die Hose, aus dem Hof hörte man aber nur Schimpfworte, ein paar dumpfe Schläge und ein Wimmern, später dann das Rasseln der Kette, als sich der Hund mit eingezogenem Schwanz in seine Hütte trollte …

Es wurde still, und Andrejko hörte auf zu zittern, er bohrte sich in das duftende Heu hinein und stellte sich vor, das Christkind zu sein, *Devl'ikano čhavoro*, von der einen Seite wärmte ihn der Esel mit seinem Atem, von der anderen das Kälbchen, und Andrejko packte erneut die Sehnsucht nach

Jolanka, aber auch nach seiner Mama und ihrer Umarmung, alle Schätze der Welt hätte er dafür geben, wenn er sich an sie hätte schmiegen dürfen …

Und auf einmal tat ihm der Hund leid.

Als die Tage noch kürzer und noch kälter wurden, fühlte er sich sterbensunglücklich. Nach Žižkov zurück konnte er nicht, in die Anstalt auch nicht, dort würde man ihn wieder kahl rasieren, in Einzelhaft sperren oder gleich unter der Decke totschlagen … Ohnehin wusste er nicht mehr, in welcher Richtung Kostelec lag, und er wollte es auch nicht wissen. Aber er brauchte einen Ort, wo er sich zusammenrollen und ohne Angst einschlafen könnte, er wäre so dankbar für ein Stück Brot und einen Teller Suppe oder wenigstens eine Tasse Tee, zum Aufwärmen …

Als ihm einmal besonders schwer ums Herz war und seine Zähne vor Kälte nur so klapperten, schloss er die Augen und träumte von der Sonne, die die sumpfigen Feldraine trocknet, den Nebel auflöst und seine vor Kälte steifen Beine wärmt; gegen Morgen konnte er nicht mehr schlafen, er sah zu, wie der Himmel, auf dem ein letzter klarer Stern leuchtete, immer heller wurde, und seine Gedanken streiften gen Osten, zu den wunderschönen Bergen und den staubigen, von Ebereschen gesäumten Wegen, zu den Bergwiesen mit duftenden *bábele*, zu den Buchenurwäldern, in denen in heißen Sommernächten Zwerge und durchsichtige Quellenfeen tanzen und das goldene Moos und das morsche Holz der Baumstümpfe irrlichtern. Andrejko träumte von der Hütte aus Brettern, Lehm und rostigem Wellblech, in der er geboren worden war. Er wusste, dass die Häuser dort noch immer stehen mussten, die Onkel mit ihren Geigen und die Tanten mit zusammengebundenen Bettdecken um die Schultern und mit Horden von kleinen Kindern waren doch vor gar nicht so langer Zeit nach Prag gekommen, dort musste auch seine schöne und liebe Mama zu finden sein, sie war bis jetzt nicht in Žižkov aufgetaucht, und wo sollte sie denn auch sonst sein, wenn nicht zu Hause in Poljana, bestimmt wartete sie dort auf ihn und schaute jeden Tag in die Ferne, wann sie zwischen den Bäumen endlich seinen Lockenkopf sehen würde …

Und in der folgenden Nacht, die er vor Kälte schlotternd auf einer Bank in einer einfachen Bahnhaltestelle inmitten von Feldern verbracht hatte, traf er seine Entscheidung. Er würde zu seiner Mama fahren, er würde sich auf den Weg machen, der Sonne und der Morgenröte im Osten entgegen … und die neugeborene Hoffnung brachte neuen Glanz in seine Augen. Noch in der Morgendämmerung sprang er in den ersten Zug, der dort hielt, den ganzen Tag schlug er sich durch weitere Züge und Bahnhöfe durch, und wenn er den Mut fasste, nach dem Weg zu fragen, bemerkte er nicht einmal, dass er nicht mehr stotterte.

In jenen Tagen, als er hungrig und verfroren die Gegend um Kostelec durchstreift hatte, war etwas in ihm zerbrochen. In jenen Tagen voller Hunger, Kälte und Angst, in jenen Tagen des berauschenden Freiheitsgefühls, als er nach seinem Weg suchte und ihn auch fand, da mussten in ihm die Weichen neu gestellt worden sein.

Am Abend kauerte er bereits in einem Abteil des Nachtzugs von Prag nach Košice und Medzilaborce, lauschte dem stampfenden Rhythmus der Stahlräder auf den Gleisen und dachte an Onkel Fero. Fero war in einem Zug zur Welt gekommen, als seine Mutter nach Poljana zurückgekehrt war, in einem Zug hatte man seine Wangen zerschnitten, und zu guter Letzt war er in Handschellen aus einem Zug abgeführt worden; die über die Weichen polternden Räder, die Lichter der Haltestellen und Bahnhöfe – das war seine Freiheit, sein Leben … Aber ihn, Andrejko, würde man nicht fangen, man durfte ihn nicht fangen … Aus Gewohnheit musterte er die Taschen und die Mäntel seiner schlafenden Mitreisenden, direkt vor ihm hing eine halb offene Handtasche, aber er war wie gelähmt, er hatte keine Kraft mehr, außerdem lag die nächste Station, in der er aus dem Zug hätte springen können, nicht zwei Minuten entfernt wie bei einer Prager Straßenbahn, sondern viel, viel weiter.

Längst war es dunkel. Auf die weitläufige Elbebene folgten die ersten Hügel, danach eine Landschaft, die so flach war wie ein Brett, mit Auenwäldern und Stoppelfeldern, die sich scheinbar endlos hinzogen, die Lichter von Haltestellen und Bahnhöfen huschten am Fenster vorbei, das schwarze Ostrava tauchte auf, dann Třinec, Rauchwolken, ein beißender Gestank nach Koksgas, lodernde Flammen aus Schornsteinen und Hochöfen, der Zug schlängelte sich zwischen einsamen Gehöften in den Beskiden und der Kysuce hindurch, der Himmel wurde wieder hell, und die Schaffner liefen durch die Wagen. Andrejko musste sich auf der Toilette verstecken. Er stand auf der Schüssel, und durch das gekippte Fenster betrachtete er die Berghänge, sie waren so schön, so warm und farbenfroh. Der Zug tauchte aus dem Nebel auf, und zum Greifen nah erstrahlte das Massiv der Tatra unter dem Zuckerguss des ersten Schnees, der Zug ratterte durch die tiefen Wälder von Spiš und schnaubte weiter gen Osten, die Bahnhofslautsprecher meldeten die restlichen Stationen, es blieben immer weniger übrig, wie die Perlen auf dem Rosenkranz, der früher von alten Weibern gebetet wurde, Spišská Nová Ves … Margecany … Kysak … Košice … Die Räder zählten die letzten Kilometer und die letzten Eisenbahnschwellen dieser langen Reise ab, und Andrejko war ganz angespannt, weil er zurück zu seiner Mama fuhr, wie ein verirrter Vogel kehrte er zurück in sein Nest.

Als sie Kysak verließen und er im Gang über Taschen, Rucksäcke und schlafende Reisende kletterte, bemerkte er den zweiten Schaffner nicht. Der packte Andrejko am Kragen, streckte die Hand aus und wollte seine Fahrkarte sehen. Andrejko erstarrte, ihm war, als hätte man einen Eimer eiskaltes Wasser über ihn gekippt, er zeigte nach vorne und stotterte, D-d-dort, b-b-bei der M-m-mama …

Dort vorne, da sei seine Mama, sie habe die Fahrkarte, zeigte er in den Gang und fing an zu weinen. Der Schaffner ließ ihn los, er würde ihn schon noch finden … Noch lange nachdem der Zug in Košice eingetroffen war, suchte Andrejko auf dem Bahnsteig nach seiner Mama, denn jetzt glaubte auch er, dass sie mitgefahren war, dass sie hier auf ihn wartete …

In Stakčín stieg er aus dem Triebwagen, das war der letzte Zug seiner langen Reise, weiter führten die Gleise nicht. Für eine Busfahrkarte hatte er kein Geld, also ging er zu Fuß weiter, die Straße folgte einem kleinen Fluss, schlängelte sich dann durch Buchenhänge hinauf zu Wiesen mit Birkenhainen und vereinzelten Kirschbäumen, zu schmalen Feldern und staubigen, von Hagebutten und Ebereschen gesäumten Wegen, alles duftete, leuchtete golden und strahlte Wärme aus, aber der erschöpfte Andrejko vermochte sich kaum noch auf den Beinen zu halten. Abends tauchten die ersten Häuser von Poljana auf, Andrejko blieb dicht am Waldrand und hielt Ausschau nach der Siedlung, nach den Hütten und Bretterbuden, die man schon von Weitem am Rauch, Kindergeschrei und manchmal auch an schluchzenden Geigenklängen erkennen konnte …

Jäh fand er sich inmitten von schwarzen, morschen Brettern und rostigen Blechplatten wieder, sie waren von Melde, Brennnesseln und den dornigen Schlingen der Brombeeren überwuchert, ratlos blickte er sich um, er wollte nicht glauben, dass seine Reise ausgerechnet hier enden sollte, dann setzte er sich auf den Boden und fing bitterlich zu weinen an. Er hatte keine Kraft mehr weiterzugehen, er war hundemüde, es gab hier aber kein Dach, unter dem er hätte Unterschlupf finden können, es gab keinen Menschen, der für ihn, Andrejko, etwas empfand, es gab keine Mama. Sein Nest lag in Trümmern und Asche, und die Hoffnung, das verlockende Licht, das er vor ein paar Wochen über dem schlammigen Feld hinter dem Anstaltszaun hatte aufleuchten sehen und das später an jener Haltestelle mitten auf einem riesigen Acker erstrahlt war, dieses Licht verlosch allmählich.

Als es dunkel wurde, rollte er sich in der nächstbesten Mulde zusammen, zog sich den Pullover über die Knie und schlief ein.

Und er träumte von seiner Reise, von dieser langen und vergeblichen Reise, er hörte noch immer das Dröhnen der Räder, das seinem stotternden Herzschlag so sehr glich oder dem unregelmäßigen Hufschlag eines verletzten Pferdes …

9.

Der Morgentau und das Blöken der Schafe weckten ihn. Der alte Bielčik trieb seine Herde auf die Weide. Sein Hund nahm Andrejkos Witterung auf und preschte los, die Schnauze dicht am Boden, und als er ihn fand, bellte er ihn wütend an. Juraj Bielčik griff nach seinem Stock und folgte dem Gebell, eine verlaufene Katze oder ein Fuchs, mutmaßte er, vielleicht sogar ein junger Wolf, das würde ihn teuer zu stehen kommen, dachte er und wog den Stock in der Hand … Er wollte schon zum Schlag ausholen, als er den kleinen Jungen in den Brennnesseln entdeckte, zusammengerollt, beide Hände vor dem Kopf, wie er sich vor dem angreifenden Hund zu schützen versuchte, ein abgemagerter und schmuddeliger Junge.

Heilige Mária, rutschte es Bielčik heraus, und er hielt in der Bewegung inne. Um Gottes willen … Als er den Hund weggeschickt hatte, blickte Andrejko zu ihm auf, er lag immer noch zusammengekauert in Erwartung des furchtbaren Hiebs … Sie sahen sich eine Weile an und wussten nicht, was sie sagen sollten, der alte *bača*, der Schafhirte in seinem langen, abgewetzten Pelzmantel, mit einem von Sonne und Wind gegerbten, von tiefen Falten zerfurchten Gesicht, und der vor Angst und Kälte schlotternde Zigeunerjunge in seinem ausgeleierten Pullover, nass und dreckig.

Juraj Bielčik sah in Andrejkos schwarzen Augen Angst und Hoffnungslosigkeit, er sah seinen Pullover, der ihm die Knie bedeckte, seine schmutzige und zerrissene Hose, sein von Dreck und Tränen verschmiertes Gesicht, und er fand in sich keine Kraft, dieses Kind wegzujagen oder ihm gar noch mit dem Stock eine gute Reise zu wünschen. Sich umdrehen und weggehen konnte er aber auch nicht …

Juraj schluckte seinen alten, immer noch glimmenden Hass hinunter, seinen Hass auf alles, das mit der einstigen Siedlung und den Zigeunern zusammenhing, mit Zigeunern, die seine Pferde, seine wunderschönen Fohlen geklaut hatten, jene Fohlen, denen er auf die Welt geholfen und um die er sich mehr gesorgt hatte als um die eigenen Kinder, aber Hass und Groll, die sich nicht entladen können, die bringen ja nichts, und Juraj vergaß seine Fohlen und bedeutete Andrejko mit einem Kopfnicken, dass er aufstehen solle. Dann zeigte er mit dem Stock auf das Dorf und wies den Hund an, die Herde zusammenzutreiben. Wie ein braves Lämmchen trottete Andrejko hinter ihm her, er wusste schon, dass ihm der Alte nichts tun, ihn weder verjagen noch anzeigen würde. Doch selbst wenn: Andrejko war alles egal, er hatte keinen Ort mehr, an den er hätte gehen können, alles, was er sich auf Heuböden, in Fasanenschütten oder Zugtoiletten zusammengeträumt hatte, das alles hatte sich innerhalb von einer einzigen Sekunde in nichts aufgelöst.

Erst viel später erfuhr er, dass man seine Mama, die schöne Mária, auf der Wiese hinter dem Dorf in einer Blutlache gefunden hatte, und dass Dezider, ihr jähzorniger Mann und berüchtigter Pferdedieb, sich seitdem nie wieder in Poljana hatte blicken lassen …

***

Der alte Bielčik hatte keine Ahnung, was Andrejko durch den Kopf ging. Der Junge sprach kaum, und darüber, woher er gekommen war, schwieg er sich erst recht aus. Außerdem brachte er Wörter und Sprachen durcheinander, er konnte zwar außer Tschechisch auch den Zemplíner Dialekt verstehen, aber seine Muttersprache war das nicht. Und da Juraj Bielčik wiederum Ruthene war, mussten die beiden tief im Gedächtnis graben, um ein paar Wörter zu finden, die von beiden verstanden werden konnten und die sie zu unbeholfenen kurzen Sätzen zusammensetzten. Mit den Händen zu reden war manchmal leichter.

Wie schwer und unbeweglich sich Andrejkos Zunge auch gab, umso leichter und geschickter flogen seine Hände. Das fiel Juraj gleich am nächsten Tag auf, als er ihn bat, den verrußten Deckel der alten Petroleumlampe zu säubern. Er war überrascht, weil Andrejko sonst eher verschlafen wirkte, seine Gedanken schienen sich wer weiß wo herumzutreiben, manchmal verbrachte er ganze Stunden am Fenster, dann wieder brach er gleich morgens auf und kam erst abends zurück. Der alte Bielčik ließ ihn ziehen, obwohl er wusste, dass der Junge immer wieder in die Siedlung ging, dort Feuer machte und dann auf den Berghängen umherstreifte. Andrejko kam mit roten Augen zurück und roch nach Rauch, aber Juraj fragte ihn nicht aus und er versperrte auch nicht die Tür, er wollte, dass der Kleine wusste, dass er immer wieder zurückkonnte. Im Haus gab es ohnehin nichts, was man hätte stehlen können, und wo einer satt wird, können auch zwei essen, sagte Juraj, der Junge ist jetzt da und wird eines Tages wieder gehen, und wenn der liebe Gott den Jungen hier haben wollte, sollte man ihm nicht dreinreden.

Aber Andrejko hatte keinen anderen Ort und keinen anderen Menschen, zu dem er hätte gehen können. Und es wurde immer früher dunkel, die Nebel wurden kälter und nässer, eines Morgens setzten sich die Gipfel der Bukovské vrchy und der Beskiden weiße Mützen auf. In der Nacht war der erste Schnee gefallen.

Der Winter war da.

Juraj Bielčik besaß keinen eigenen Hof, und die Bauern von Poljana hatten ihn von jeher als Schafhirt gedungen, schon als kleiner Junge verbrachte Juraj den ganzen Sommer, vom heiligen Georg bis zu Michaelis, oben in den Bergen auf der *salaš*, der Alm. Auch im Winter musste er der Schule fernbleiben, wegen des Schnees. Es war aber ohnehin eine fremde Schule, eine ungarische ... Dafür hatte er sich jedoch schnell hochgearbeitet, vom Helfer über Melker bis zum Vormann, in der ganzen Gegend gab es keinen besseren Schäfer als ihn. Niemand sonst konnte dreimal am Tag einhundertfünfzig Schafe melken, niemand sonst wusste so gut über Krankheiten Bescheid und niemand sonst hatte die Hunde so gut im Griff wie er. Deswegen hatten die Bauern Juraj früher jedes Jahr nach Chust zum Frühlingsmarkt oder in die Huzulendörfer in der Verchovina geschickt, damit er dort für sie Schafe kaufte.

Auch wenn es Juraj mittlerweile schwerfiel, den Sommer auf der Alm zu verbringen, trieb er noch immer jeden Tag die Schafe auf die Weide, ob seine eigenen oder die von den Nachbarn, das spielte für ihn keine Rolle. Die Schafe gehörten zu ihm, ähnlich wie eine Ehefrau, die im Laufe der Jahre Teil des eigenen Lebens wird. Seine wahre Liebe aber galt den Pferden. Er selbst redete wenig, aber wann immer im Wirtshaus das Gespräch auf Pferde kam, leuchteten seine Augen auf. Einen ähnlichen Glanz in den Augen kannte man auch von den Dunkas, den einstigen Nachbarn, die vor langer, langer Zeit mit ihren *rakošánky*, den flinken, von kleinen Pferden gezogenen Korbwagen aus der ungarischen Puszta nach Poljana gekommen waren. Keiner konnte so gut wie sie aus dem Rest eines Stahlreifens oder aus einer alten Hacke einen Huf schmieden, keiner vermochte so rasch einen wild gewordenen Hengst zu beruhigen, keiner verstand besser als sie, was ein Pferd sagen wollte, wenn es seine Mähne schüttelte oder die Ohren drehte. Und auch nur ihnen gelang es, nachts eine Stute oder ein Fohlen von der Koppel wegzulocken, um sie im nächstgelegenen galizischen Dorf an einen Pferdehändler zu bringen.

Früher hatte Juraj auch Zugpferde gehalten, zum Anspannen oder für den Holztransport, damit er im Winter einer Arbeit nachgehen konnte, wenn die Bauern keinen Hirten brauchten, doch dann tauchten die ersten Traktoren in Poljana auf, und es war vorbei mit den Pferden und auch mit den Zigeunern, weil ein Traktor weder beschlagen noch gestriegelt noch im Fluss gebadet werden musste.

Als die Nachbarn hörten, dass der alte Bielčik einen Zigeunerbengel bei sich aufgenommen hatte, gerieten sie außer sich vor Zorn. Ist erst einmal einer da, fuchtelten sie mit den Armen, kommt gleich die ganze Sippe hinterher. Sie stritten sich ein paar Tage lang, wer es der Polizei melden sollte, am Ende ließen sie es aber sein. Laut ausgesprochen hatte es keiner, aber jeder wusste, dass Andrejko in Poljana geboren und getauft worden war, dass er neben ihnen gelebt hatte und dass sie ihn jetzt nicht einfach so wegschicken konnten … Die Frauen rechneten aus, dass Andrejko in jenen unglücklichen Tagen zur Welt gekommen war, als Dezider Dunka Bielčiks Fohlen von der Koppel geklaut hatte und die Männer mit Stöcken und Äxten in die Siedlung gezogen waren, damals, als in einer Ecke des Friedhofs zwei kleine, aus Holzbrettern gezimmerte Kreuze aufgestellt worden waren. Als eines Tages vor Jurajs Tür ein Sack mit abgetragener Kleidung stand, damit der Kleine im Winter was zum Anziehen hatte, da war die Polizei schon längst kein Thema mehr.

Zur Obrigkeit war es in Poljana immer ein weiter Weg. Das Dorf war ruthenisch, aber die Sprache, die man auf dem Amt und in der Schule benutzte, war seit Menschengedenken eine andere. Unter dem Kaiser sprach man Ungarisch, in der Ersten Tschechoslowakischen Republik wurden tschechische Gendarmen und Lehrer in die Gegend geschickt, und während des Zweiten Weltkriegs kamen die Ungarn wieder zurück. Nach Kriegsende gaben die Kommissare der Roten Armee ein kurzes Zwischenspiel; sie wurden allerdings rasch durch die Kommunisten ersetzt, die hier nun seit Jahrzehnten mit grimmiger Miene wüteten, weil sie in kaum einem Dorf die Produktionsgenossenschaft aufrechterhalten konnten, weil es ihnen nicht gelingen wollte, den ruthenischen Dickschädel zu brechen … Konflikte löste man besser zu Hause, darüber war man sich in Poljana einig, im schlimmsten Fall auch mithilfe von Fäusten, Stöcken oder Äxten, die Behörden behelligte man lieber nicht. Denn fast jeder in Poljana brannte seinen Schnaps selbst, legte Fangschlingen im Wald aus oder brachte Zigaretten über die Grenze, um im Gegenzug die Heilige Schrift und Marienbilder ins Land zu schmuggeln. Am besten, man steckte dem Finanzbeamten gleich eine Schachtel Zigaretten oder eine Flasche Schnaps in die Tasche und hoffte inständig, der feine Herr werde das eine und am besten auch das andere Auge zudrücken.

So wurde Andrejko also im Dorf aufgenommen, mit Zurückhaltung und viel Misstrauen, wie ein fremdes Junges in einem Wolfsrudel. Aber der alte Juraj genoss großes Ansehen, sein Wort war etwas wert, und als er sich in der Schenke aufrichtete und sagte, lasst den Jungen gefälligst in Ruhe, er geht euch nichts an, nur mich, da verstummten die Männer allmählich und Andrejko durfte bleiben. Doch nicht alle waren froh darüber. Am lautesten hielten Jurajs Nachbarn dagegen, der alte Jankura und seine Söhne Vlado und Saša, auch Jurajs Sohn Ivan war nicht einverstanden. Der wohnte zwar nicht mehr zu Hause, aber wenn man ihn in der Schenke aufstachelte, er solle mal nachsehen, wer jetzt in seinem Bett schlafe, lief er vor Wut rot an, so dass eine Ader auf seiner Stirn anschwoll, und er presste zwischen den Zähnen hervor: So'n alter Kerl – und Verstand immer noch keinen ... und über Andrejko murmelte er: Den haben wohl die Zugvögel über Poljana rausgekackt.

Andrejko war froh, ein Dach über dem Kopf und etwas zu essen zu haben, aber er fühlte sich unter den Poljanern nicht wohl, er verstand ihren weichen Zungenschlag nicht, er vermisste den Lärm von Žižkov, Jolankas Wärme unter der Bettdecke und die großen Kinderaugen, wenn er Schokolade und Süßigkeiten verteilte. Aber nach Prag zurück konnte er nicht.

Die Tage waren schon ganz kurz, und als das Dorf unter einer Schneedecke verschwand, wurde Juraj klar, dass Andrejko den Winter über bleiben würde. Als er hörte, dass er in Prag gar nicht zur Schule gegangen war, kratzte er sich hinterm Ohr und beschloss, ihm das Lesen beizubringen, obwohl er selbst seine liebe Not damit hatte. Gemeinsam sagten sie also den Buchstaben und Silben den Kampf an, bald wagten sie sich auch an die Zeitung, den Almanach und das Gesangbuch, dort schlugen sie sich mit Wörtern und ganzen Sätzen herum und gerieten dabei manchmal sogar ins Plaudern, auf Tschechisch oder Slowakisch, und wenn das Gespräch stockte, behalfen sie sich mit den Händen.

Eines Abends brachte Juraj aus der Schenke eine verstimmte Geige mit. Er drückte sie Andrejko in die Hand, sagte, Zigeuner müssen spielen, und ließ sich aufs Bett fallen, nicht einmal die Stiefel zog er aus, mit schwerer Zunge murmelte er noch: Vollgefressne Sau suhlt sich im Schlamm, und schlief ein. Am nächsten Tag lief er im Zimmer auf und ab, er jammerte: Willst du dir keine Prügel einhandeln, musst du dem Wirtshaus fernbleiben, und als er den schmerzenden Kopf unter kaltes Wasser hielt, fiel ihm sein nächtliches Geschenk wieder ein, und er erzählte Andrejko, wie die Dunkas einst mit ihren abgemagerten Pferden und Planwagen ins Dorf gezogen kamen und wie sie rissige Kessel flicken, Pferde beschlagen und kaputte Tontöpfe ausbessern konnten. Aber das wahre Leben der Dunkas, sagte er, das sei der heißblütige und feurige Csardas gewesen, Tanzen und Singen, ihre rauen Stimmen und Röcke, die bis zur Taille hochwirbelten, ihre Hände, die über dem Kopf flogen, und ihre riesigen, pechschwarzen Augen, die eine kindliche, sorglose Freude und den Kummer längst vergangener Zeiten widerspiegelten, ein Hophophop jagte das nächste, ein schrilles Jajajaj schoss gellend durch die Luft, den unregelmäßigen Rhythmus klatschten sie mit den Händen, ta tadada ta ta ta, ta tadada ta ta ta – was Juraj mit Worten nicht beschreiben konnte, das trommelte er auf die Tischplatte. Von Noten hatten sie keine Ahnung, aber sobald eine Frau zu singen und zu tanzen anfing, blühte sie auf und wurde schön, ob jung oder alt, dick oder dünn, bis sie einen verhext und ihm das Herz gebrochen hatte, sagte Juraj verträumt …

Zu jenen Zeiten reichte es, wenn der alte Marián Dunka mit seinem silberdurchwirkten Haar mit dem Geigenbogen auf den Tisch klopfte, und schon waren alle ruhig, er zog die dicken Augenbrauen hoch, ging leicht in die Knie, und die Männer spielten los, zuerst slowakische und ruthenische Lieder: *Divočko moloda, kvitneš jak jahode, ta už tvoje ličko, ljubiti ne škoda*, Mein Mädchen, du blühst so schön, wie Erdbeeren sind deine Wangen, Liebe ist keine Schande …, aber sobald die Musiker und die Gäste in Schwung kamen, verlangten alle nur noch nach dem Csardas, und der wurde immer schneller und immer wilder, der hinuntergekippte Schnaps ließ einen das Leben immer intensiver spüren, die Stimmen der Sänger vereinten sich und trennten sich gleich wieder, wie Wasser in einem reißenden Bach, sie drängten zum Himmel hinauf und fielen wieder herab, Unmengen von Schnaps flossen durch die durstigen Kehlen, wie gefällte Bäume kippten die Poljaner einer nach dem anderen um, während von den geschundenen Fingern der Musiker das Blut spritzte und gerissene Rosshaare um die Bögen flatterten. Gegen Morgen zogen sich die Zigeuner zurück und stimmten ihre lang gezogenen und sehnsuchtsvollen Halgato an, nur noch für sich selbst: *Gadžeske bašavav andro kan, Romeske andro jilo*, den Gadsche spiele ich für die Ohren, den Unsrigen für die Seele … Schließlich warfen sie die Instrumente weg und sangen mit ihren heiseren Stimmen: *Čhajori romaňi, ker mange jagori, na cikňi na bari, čarav tro vod'ori* … Mein liebes, liebes Mädchen, ich bitt dich, mach mal Feuer … Und dieses Lied öffnete ihre Herzen so sehr, es machte sie so traurig, dass sie wie kleine Kinder in Tränen ausbrachen und sich ihrer Schluchzer nicht mal schämten.

Denn plötzlich schien alles überflüssig, die Instrumente, die Saiten, die Bögen, selbst die Worte waren leer und nutzlos, es gab nur noch die pechschwarze, heiße Nacht mit ihren Düften und den blinkenden Sternen ringsumher, nur noch die Traurigkeit und der Schmerz waren da, die einem den Verstand raubten …

Und keiner, der in der Morgendämmerung ihren Gesang

vernahm, konnte ihnen mehr böse sein, der musste sein verlorenes Lämmchen, den leer geräumten Hühnerstall oder die heimlich geernteten Kartoffeln vergessen, denn die heiseren Stimmen der Sänger hoben den Zuhörer zu den Sternen empor und führten ihn gleichzeitig zu sich selbst. Seit Anbeginn der Welt gehörten die Lämmer, die Kartoffeln, der Schnaps und die Tränen zusammen, all das hatte schon immer eine Einheit gebildet, und ein Leben ohne die Zigeuner, diese Schmiede, Brunnenbauer und Musiker, war nicht denkbar, in der Gegend von Zemplín sagte man sogar: *Dokym ci cigán nezavinšuje, nepridze do domu ščesce*, bevor nicht der Zigeuner dir Glück gewünscht hat, zieht es nicht in dein Haus ... Hin und wieder hatte der eine oder andere Bauer bei den Dunka-Kindern Pate gestanden, und wenn die Not ganz schlimm war und die kleinen Dunkas durchs Dorf zogen und um Essen bettelten, dann schlug ihnen niemand die Tür vor der Nase zu ... Aber dann, erzählte Juraj, dann wurde die Elektrizität eingeführt, die Leute schafften sich Radios, später auch Fernseher an, die Bauern stellten sich statt der Pferde Traktoren in den Stall, und auf einmal waren die Dunkas überflüssig, ihre Hände wurden nicht mehr gebraucht, und schon floss wieder Blut, aber kein heißes Blut aus heißen Herzen und Köpfen, nicht wegen flatternder Röcke, schiefer Blicke oder wegen eines schlecht gebrannten *horilka*, nein, das war ein anderes Blut, ein Blut voller Hass und Groll, sagte Juraj und sein Gesicht verdüsterte sich, und es dauerte nicht lang, und er verzog sich ins Bienenhaus und erzählte den Bienen, dass es heute keinen Platz mehr auf Erden gebe, weder für Pferde noch für Zigeuner, ein ausgedientes Pferd, sagte er, bringt man zum Schlachter, auch wenn's einem das Herz bricht, aber was soll man mit Menschen machen, die sich in der warmen Sommernacht ihr Hemd vom Leib reißen, sich ins Gras fallen lassen und auf Sternschnuppen warten, was soll mit denen geschehen?

Andrejko drehte die Geige hin und her und zuckte mit den Schultern. Was sollte er auf Jurajs Worte auch erwidern, da er noch nie etwas über das Gestern gehört hatte, da er nicht einmal wusste, wie man Geige spielt. In Prag wurde zwar musiziert und gesungen, aber die Erwachsenen tranken immer häufiger über den Durst und die Kinder fürchteten sich vor ihnen. Er, Andrejko, hatte ohnehin keine Zeit gehabt, er musste mit den anderen Jungen in der Straßenbahn *tschoro* drehen. Aber die Geige ließ ihm keine Ruhe, und noch am selben Abend versuchte er ihr ein paar kratzige Töne zu entlocken. Das verursachte sogar ihm Kopfschmerzen ... Zum Glück war Juraj halb taub und selten zu Hause, weil er tagsüber die Schafe hütete und abends die Nachbarn besuchte oder im Wirtshaus saß.

Und von dort schleppte er ein paar Tage später auch den alten Demčak an ... Demčak hatte unter dem lahmen Lavička die zweite Geige gespielt, und er fing sofort an, von Lavička zu schwärmen, was für ein Musiker der gewesen sei, sein Talent hätte er Gott oder irgendeiner *stryga* zu verdanken gehabt, einer von beiden müsse es ihm in die Wiege gelegt haben. Zoltán Lavička zog das linke Bein nach, es war bei einer Kneipenschlägerei gebrochen worden, aber für einen Arzt hatte er weder Geld noch Zeit, denn hätte er aufgehört zu spielen, wäre er vor Kummer gestorben. Zu den Hochzeiten, Tanzabenden und Begräbnisfeiern wurde er also huckepack getragen ... Lavička spielte, als müsste er jeden Abend aufs Neue sterben, als hielte er die Geige zum letzten Mal im Leben in der Hand, und seine Fiedel schluchzte, dass es einem fast das Herz zerriss. Lavička aß nicht, er spielte nur und trank, später vergaß er sogar zu trinken, und am Ende wurde er vor Schmerz und Sehnsucht beinah wahnsinnig. Während Demčak erzählte, brachte er Andrejko bei, wie man die Saiten nachzieht und wie man sie stimmt, ein paar Wochen später zeigte er ihm den ersten Doppelgriff und das erste Vibrato, und aus dem Knarzen und Kreischen, das Andrejkos Geige von sich gab, schälten sich allmählich Fetzen von Songs heraus, die Andrejko im Radio gehört hatte, oder von alten Zigeunerliedern, die er noch aus Prag kannte. Seine kleinen Finger gewöhnten sich an das Griffbrett, sie rutschten nicht mehr haltlos über die Saiten, hier und da versuchten sie sich sogar an einem Glissando, das ihm Demčak zwar nicht beigebracht hatte, das Andrejko aber in jedem Lied wahrnahm, denn so fühlte er die Musik und so mussten seine ungeschickten Finger sie auch spielen.

In den Passagen, in denen ein Gadsche einen geraden Ton gespielt hätte, in denen er die Töne wie Ziegelsteine oder Spielklötze aufeinandergeschichtet hätte, glitt Andrejkos Bogen ganz weich herunter, und der nächste Ton kam um ein Haar früher oder später als in den Noten verzeichnet. Die Verzögerung war kaum spürbar, sie betrug nur den Bruchteil einer Sekunde, und doch veränderte sie alles: Der Rhythmus geriet ins Stolpern, aber nicht wie ein alter und lahmer Wallach, der zur Futterkrippe hinkt, sondern wie ein junger Hengst, der zum ersten Mal über eine Wiese galoppiert … So macht man das bei uns, so geht *romane gil'a*, verkündete Andrejko stolz. Als Demčak endlich verstanden hatte, dass sich der Kleine nicht mal die paar Noten merken konnte, die er ihm einzubläuen versuchte, klopfte er Andrejko anerkennend auf die Schulter: Richtig, was sollst du auch mit Noten, entweder hörst du was oder nicht, und du hörst was, also brauchst du keine Noten, rief er und winkte ab, deine Leute haben nie geübt, auch Lavička nicht, und schon sprudelte es wieder aus ihm heraus: Für die Dunkas, die ja ganz gewöhnliche *degesi*-Musiker waren, war der alte Lavička ein Halbgott, weil der, der spielte ja selbst eigentlich gar nicht, auch seine Finger nicht, die berührten nur ganz leicht die Saiten, aber sie verströmten eine sonderbare Kraft, die direkt hineinfloss in die weit geöffneten und schmerzenden Herzen der Dunkas, dieser großen Kinder … Als Lavička einmal bei einer Dunka-Hochzeit gespielt hatte, da wollten sie ihn gar nicht nach Hause gehen lassen, am Ende trugen sie ihn bis zur Landstraße und küssten ihm die Hände, weil sie mit eigenen Augen gesehen und mit eigenen Ohren gehört hatten, wie diese Finger die ganze Nacht lang einen unendlichen Fluss der Freude und des Kummers verströmt hatten, einen Fluss, der sich irgendwo tief in seinem Inneren aufgestaut hatte und nun herausmusste, und seit jenem Abend grüßten die Dunkas sogar den Demčak, nicht weil er ein Gadsche war, sondern weil er zusammen mit Zoltán Lavička spielte …

Die Dunkas waren nicht einmal eine richtige Band, die in bestickten Westen und weißen Hemden mit Puffärmeln in Kaffeehäusern auftrat, so wie die Zigeunerkapellen in der guten alten Zeit, mit Geldscheinen, die ihnen unter die Saiten und in die Zimbeln gesteckt oder auf die Stirn geklebt worden waren. Sie spielten in Kneipen, und ihre beiden ramponierten Fiedeln, der allmählich aus dem Leim gehende Kontrabass und die Milchkannen, auf die sie mit den Handballen einen unregelmäßigen und wilden Rhythmus trommelten, brachten dem Wirt jeden Samstag einen zusätzlichen Gewinn ein, aber ihre Stärke, ihre Kraft lag nicht in den Fingern wie bei Lavička. Es waren ihre krächzenden und vom Alkohol ruinierten Stimmen, die sie von ihrem Schmerz und ihrer Freude befreiten und die es einem kalt den Rücken herunterrieseln ließ. Sie hielten die Fiedel nicht mal unterm Kinn wie richtige Musiker, sondern drückten sie beim Spielen direkt ans Herz, denn dort war die Quelle ihrer Musik.

Der Winter neigte sich dem Ende zu, und als der Frühling kam, brachte Juraj immer wieder Männer aus der Schenke mit nach Hause, den Pal'o Jasenčák und den Förster Mihalič. Die Männer lachten, kippten ein Glas *horilka* nach dem anderen und schlugen Andrejko auf den Rücken, bis er husten musste: Ej, du Geigenspieler! … Wie heißt das hier?, wollten sie wissen … *aj, lavutáris* … gut spielt der, brummten sie, und Pal'o stand auf und blieb eine Weile am Fenster stehen. Sieh mal dort, sagte er zu Andrejko, der Widder, so wie der die Hörner über den Boden schleift, so musst du spielen. Wie wenn im Rauchfang der Ruß hochsteigt oder ein Heuschober Feuer fängt.

Aber Andrejko verstand nicht so recht, was Pal'o meinte.

Juraj war der erste Gadsche, der ihm, ohne viele Worte zu machen, die Hand gereicht hatte, und Andrejko fühlte, dass er etwas sagen musste, er spürte, wie etwas aus seinem Inneren herausdrängte, etwas, das nicht herauskonnte, und als er eines Tages hinterm Haus in den Brennnesseln ein paar Hennen entdeckte, leuchteten seine Augen auf, und er machte einen Satz nach vorn, wie ein Torwart warf er sich auf den Boden, aber die Henne entschlüpfte ihm und die anderen stoben erschrocken gackernd auseinander. Andrejkos Gesicht war zerkratzt, seine Hände von Brennnesseln verbrannt, trotzdem ließ er nicht locker, bis er eine von den Hennen gefangen hatte. Aber Juraj sah, dass sie Jankura, seinem Nachbarn, gehörte, und dass ein Flügel gebrochen war, und er schimpfte mit Andrejko: Um Gottes willen, was tust du da … Merk dir eins: Wo du nichts hingelegt hast, brauchst du nichts anzufassen! … Und schon wollte er die Henne zu

Jankura zurückbringen, aber noch im Hof überlegte er es sich anders und bog in den Schuppen ab, in dem der Holzblock stand. In letzter Zeit wimmelt's hier nur so von Mardern und Füchsen, murmelte er, als er den gerupften und ausgenommenen Vogel in den Topf legte.

Geschieht dem ganz recht, schon wegen meinem Hahn, fiel Juraj ein. Im letzten Herbst, als Jankura seinen Garten winterfest gemacht und einen Haufen altes Laub, fauliges Heu und abgesägte Äste angezündet hatte, flatterte nach einer Weile Jurajs Hahn mit brennendem Gefieder aus dem Haufen heraus, Jankura wollte noch schnell die Flammen mit dem Spaten ausschlagen, aber er traf dabei den Gockel so unglücklich, dass der nur noch kurz mit den Beinen zuckte und tot liegen blieb … Gnade dir Gott, wenn du was sagst, schärfte Juraj Andrejko ein, diesmal aber mit viel freundlicherer Stimme und einem verschwörerischen Blinzeln.

***

In Juraj Bielčiks Küche hing eine alte Wanduhr mit einem Messingpendel. Eines Nachts blieb die Uhr stehen, und im Raum wurde es so still, dass Andrejko davon aufwachte. Erschrocken richtete er sich in seinem Bett auf. Über dem Tisch schaukelte die Glühbirne und in ihrem Licht saß Juraj, schnitt Speck in kleine Stücke und spießte sie mit der Messerspitze auf. Dazu aß er Brot – wie immer, wenn er nachts aus der Schenke kam und am nächsten Tag keine Kopfschmerzen haben wollte. Alles war auf seinem Platz, nur die Stille schrie vor sich hin, der kleine Zeiger zeigte auf zwei, beide Gewichte waren oben und das Pendel hing schlaff herunter.

Hast du Zähne, hast kein Brot, und hast du Brot, hast keine Zähne nicht, sinnierte Juraj vor sich hin, und als er merkte, dass der Junge wach war, fügte er hinzu: Da hat Gott der Herr jemanden zu sich gerufen … Schlaf weiter, Andrejko.

Als Juraj mit dem Essen fertig war, fragte Andrejko mit erstickter Stimme: Wo ist Gott, Väterchen Bielčik?

Juraj dachte eine Weile nach, dann aber zuckte er mit den Schultern: Ach, mein Sohn … Gott ist groß und barmherzig, was weiß denn ich … hier oder da, Juraj deutete mit dem Finger nach oben, denk nicht drüber nach und schlaf …

Die stehen gebliebene Uhr setzte er erst am nächsten Tag wieder in Gang. Dabei bemerkte er, dass am Kalender immer noch das Blatt vom Vortag mit der großen Vierundzwanzig und den etwas kleiner gedruckten tschechisch-slowakischen Bezeichnungen Donnerstag und Juli hing, und er riss es mit solcher Bitterkeit heraus, als hätte er damit diesen Tag auch aus seinem Leben gerissen, ihn ausradiert, als hätte er einen neuen Nagel in seinen Sarg geschlagen … Die Pendeluhr tickte und maß die Zeit, und Juraj wollte nicht aus dem Kopf, dass in der Nacht keiner aus dem Dorf gestorben war, aber lange dachte er nicht darüber nach. Der Herr hat's gegeben, der Herr hat's genommen.

Der Sommer war zu Ende, auch der Herbst zog allmählich vorüber. Im Tal löste sich der Nebel immer später auf, manchmal erst am Abend, wenn es dem Wind nicht rechtzeitig gelang, ihn auseinanderzupusten. Aber es gab Tage, an denen die Sonne die morgendliche Kälte vertrieb, und die Ahorn- und Buchenhänge des Kyčera, in ihre goldenen und purpurroten Mäntel gehüllt, tauchten aus dem Nebel auf, die schlanken Tannen glitzerten wie silberne Adern in einem dunklen Stoff, und die dunkelroten, mit Raureif bedeckten Ebereschen und Hagebuttensträucher mit ihren flammenden Früchten leuchteten wie Blutstropfen oder Rubine. In der klaren Luft schien alles ganz nah zu sein, die Sonne glitt über den Himmel, und die Berge schienen mit jedem Atemzug die Farbe zu wechseln, mal gefiel ihnen Gold und Honiggelb besser, mal entschieden sie sich für Ziegelrot oder Rostbraun und Messing.

In Prag gab es nur wenige Bäume, die im Herbst ins Gelbe wechselten; wenn die Akazien von Žižkov ihr angegrautes Laub abwarfen, kamen schon die Regentage, und darauf folgte ein dreckiger und matschiger Winter. Aber hier, in Poljana, hier schien alles in Flammen aufzugehen, die Wälder, Berge und Hügel, jeder Baum und jeder Strauch, das ganze Land schien in einem Feuerwerk von Farben zu explodieren … Auch die Nächte waren hier echt, richtig schwarz. In Prag sah man abends die Sonne nicht untergehen, sie stahl sich schon am frühen Nachmittag aus den engen Straßen und Hinterhöfen hinaus, und abends wurde es zwar dunkel, aber gleichzeitig gingen Lichter an, pausenlos liefen die Menschen durch die Straßen, und auch die Autos und Straßenbahnen blieben nicht stehen.

Wenn sich in Poljana die Sonne schlafen legte, dann wurde es still, die Vögel hörten auf zu singen und die Menschen gingen nach Hause, auch die Schafe und die Kühe trotteten von der Weide heim, die letzten Grashalme rupften sie zwischen den Häusern, während die schwielige Hand von Paľo Jasenčák die Kirchenglocke schwang. Es wurde dunkel, und die ganze Welt löste sich in einer pechschwarzen Finsternis auf. Am Feldrand sah man den Schatten eines scheuen Rehs vorbeihuschen, von Weitem hörte man einen aufgeschreckten Hasen hoppeln oder ein Wildschwein im Maisfeld trampeln.

In der Dorfmitte, hinter einem Steinmäuerchen mit Schindeldach, inmitten der Holz- und Blechkreuze des alten Friedhofs stand die kleine Kirche aus Holz. Sie war aus mächtigen Balken gebaut, ohne einen einzigen Nagel, denn in einem Gotteshaus waren Nägel verboten. Vom Glockenturm ragte streng das griechisch-orthodoxe Kreuz mit seinen drei Querbalken in die Höhe. Das Dach war mit Schindeln gedeckt, und auf dem Fußboden lagen glatt getretene Eichenbohlen mit deutlich sichtbarer Maserung. Aus der niedrigen Türöffnung, in der sich jeder bücken musste, der eintreten wollte, strömte betörender Weihrauchduft, in der Kirche flackerten Lichter, lange schmale Kerzen, die die Poljaner unter den Ikonen anzündeten. Beim Gottesdienst sprach der Geistliche nicht, sondern er sang: *Mírom Hóspodu pomólimsja … jedín svját, jedín Hóspod', Isús Christós, vo slávu Bóha Otcá, amíň* … Wir bitten im Namen des Herrn … eine Welt, ein Gott, Jesus Christus, zu Ehren Gottes des Vaters, und die Dörfler antworteten *Hóspodi pomíluj*, Herr, erbarme dich, die brummenden Stimmen der Männer und die weinerlichen Stimmen der Weiber drängten hinaus ins Freie, sie schienen aus den Untiefen der Zeit zu stammen, als hier im heiligen Hain noch Opfergaben brannten. Andrejko hockte draußen unter dem Fenster, und die aus der Kirche klingende Dreistimmigkeit ließ ihn erbeben. Als würden dort drinnen seine Leute singen, solche dreistimmigen Lieder kannte er aus Prag, als sie damals dort angekommen waren und die ganze Welt sie schmerzte …

Wie hätte es auch nicht wehtun sollen, diese Landschaft am äußersten Ende der Welt zu verlassen, aus dieser rauen und duftgetränkten Gegend wegzuziehen, aus dem Land der goldenen Hänge und feuerroten Hagebutten, das mit dem erbarmungslosen Selbstgebrannten und heißem Blut getauft worden war … Sogar die Gadsche aus Poljana, der alte Juraj, der Förster Mihalič oder Paľo Jasenčák, sie waren anders als die Gadsche in Prag, auch sie waren mit den Bergen und ihren steinigen Feldern verwachsen, Ausflüchte und unnötiges Gerede lagen ihnen fern. Sie tranken bis zur Bewusstlosigkeit, und ein falsches Wort ließ sie gleich nach dem Messer greifen, aber wenn es darauf ankam, den anderen nicht im Stich zu lassen, konnte man auf sie zählen …

Die Männer, die jeden Morgen um vier Uhr in der Frühe auf den ersten Bus nach Snina warteten, damit sie im Vihorlat-Stahlwerk rechtzeitig an der Stechuhr stempeln konnten, warteten schweigend und ruhig, sie waren das Warten gewohnt. Am Freitagabend kehrten wieder andere Männer ins Dorf zurück, sie kamen von ihren weit entfernten Baustellen angereist, spülten die lange Fahrt und die harte Arbeitswoche in der Schenke herunter und schleppten sich am Samstag verkatert ums Haus. Dann stopften sie das löchrige Dach, ölten die quietschenden Türen und töteten ein Kaninchen für den Sonntagsschmaus, häuteten es und nahmen es aus, am Nachmittag hackten sie Holz und schauten bei Freunden auf ein Schwätzchen herein. Am Sonntag gingen sie im Feststaat in die Kirche, nach dem Mittagessen legten sie sich zu einem kurzen Nickerchen hin und schon standen sie wieder an der Bushaltestelle, um bis zum nächsten Morgen ihr Wohnheim in Košice, Bratislava oder Prag zu erreichen. Dort warfen sie das kleine Köfferchen mit einem Stück Speck, einer Flasche Schnaps und einem sauberen Hemd aufs Bett und eilten zu ihrer Baustelle. Ihr Nomadenleben nahmen sie ganz selbstverständlich hin, wie Zugpferde, die vor einen schweren Karren gespannt sind, sie wussten ja, dass ihr Lohn von der Frau und von den Kindern zu Hause benötigt wurde, sie wussten, dass es daran nichts zu rütteln gab …

Wenn ein Neugeborenes in der Kirche getauft wurde, war es nicht mit ein paar Tropfen Weihwasser getan. In Poljana musste das Kind im Namen des Vaters, des Sohnes und des Heiligen Geistes mit dem ganzen Körper in das kühle Taufwasser getaucht werden … Und wenn ein Mensch starb, senkten alle die Köpfe und sagten, *Pán dal, Pán vzal*, der Herr hat's gegeben, der Herr hat's genommen, denn ähnlich wie nach einem anstrengenden Tag auf dem steinigen Feld, im Wald oder Betonmischwerk die Zeit der Ruhe kam, so kam eines Tages auch die Zeit zu sterben. Den Toten wusch man eigenhändig, man kleidete ihn an, zahlte den Sarg und bereitete den Leichenschmaus für alle Dörfler, und das abgedroschene Gefasel eines Trauerredners oder ein künstliches Blumengesteck vor der kühlen Marmorwand eines Kreiskrematoriums fehlte niemandem.

Als Andrejko von einer seiner Wanderungen nach Hause zurückkehrte, trat eben ein Trauerzug aus der Kirche heraus, ganz vorne der Geistliche mit einem Kreuz in der Hand, hinter dem Sarg Mihalič mit seiner Frau Paraska, dicht dahinter Juraj Bielčik … An jenem Tag trank Juraj weit über den Durst, noch in der Schenke mussten ihn die Männer wach rütteln, und als sie ihn durchs Dorf nach Hause schleppten, torkelte Paľo Jasenčák mit einem Eimer kalten Wassers neben ihnen her, aus dem er Juraj immer wieder begoss. Der Anblick des besinnungslosen Juraj machte Andrejko angst, ihm wurde ganz sonderbar zumute, er zitterte am ganzen Leib. Alle paar Stunden sah Paľo nach, ob Juraj noch atmete. Schließlich schaffte er ihn mit Andrejko ins Bienenhaus, sie legten ihn auf den Boden und lehnten seinen Kopf gegen den summenden Bienenstock. Erst dort, bei seinen geliebten Bienen, kam der Alte nach seiner rasenden Trinkerei wieder zu sich.

Auf dem Friedhof, in einem Häufchen frischer Erde wurde ein Holzkreuz aufgestellt, ein schlichtes Kreuz mit Datum und zwei Wörtern: Dmitrij Demčak.

Andrejko wanderte häufig in der Gegend um das Dorf. Manchmal verirrte er sich bis auf die Bergwiesen des Čierťaž, die von mickrigen, zu klein geratenen Ebereschen, Ahornbäumen oder Buchen mit windgekrümmten Baumkronen gesäumt waren, manchmal landete er in Borsučiny, zwischen einsamen Kirschbäumen, wild wachsenden Apfelbäumen und dichtem Unterholz, das vorwiegend aus Hagebuttensträuchern und Schneeballbüschen bestand. Auf den Wiesen ragten riesige Heuschober empor, zum Bersten voll mit Heu, das die Dörfler in den Sommermonaten getrocknet hatten, und Andrejko, berauscht von dem schweren Duft, wurde dort häufig vom Schlaf übermannt. Manchmal wachte er erst in der Nacht vom Geraschel der Mäuse auf, lag dann bis zum Morgengrauen wach und horchte auf die Schreie der Eule. Die Geräusche des Waldes jagten ihm nun keine Angst mehr ein, er fürchtete sich nicht mehr vor der Dunkelheit. In langen Herbstnächten lauschte er den endlosen Sinfonien und Sonaten, die der Regen aufs Dach trommelte.

Einmal, als Andrejko neben Juraj auf einer Lichtung saß und den Harzduft der frisch gefällten Bäume einsog, ermahnte ihn Juraj, immer daran zu denken, welch wichtige Rolle Holz im menschlichen Dasein spiele, denn es begleite den Menschen von der Geburt bis zum Tod. Aus Holz werde die Wiege gezimmert, der Tisch, die Stühle und das Bett, und im Winter spende es Wärme, gleich zweimal sogar, beim Hacken und wenn es im Ofen brenne. Ohne gutes, hartes Eichenholz wäre nicht einmal ein gewöhnlicher Schnaps aus Kartoffeln oder Korn möglich, denn ein Schnaps müsse funkeln im Glas, damit keiner behaupten könne, dass er im Hals kratze und Kopfschmerzen mache, ein richtiger *horilka* müsse bis unter die Fußsohlen brennen.

Und wenn das Ende komme, dann werde aus Holz der Sarg geschnitzt, genauso wie das Kreuz …

An den Abenden erlernte Andrejko das Lesen oder er versuchte sich am Geigenspiel, und tagsüber, wenn er Lust hatte, half er bei den Schafen oder beim Holzhacken. Wenn er keine Lust hatte, ließ Juraj ihn in Ruhe. Allmählich gewöhnten sich die Poljaner an den Kleinen, sie dachten nicht mehr daran, dass er fremd und noch dazu Zigeuner war. Aber eines Nachts hatte jemand mehrere Apfelbäume im Dorf leer gepflückt, der Dieb musste mehrere Säcke prall gefüllt haben, und Jurajs Nachbar, der alte Jankura, trug die Sache gleich am nächsten Abend in die Schenke. Wütend stürzte er herein, nicht mal die Tür hatte er hinter sich geschlossen, und schon schrie er Juraj an, alle wüssten doch, wer noch vor Kurzem hier im Dorf die Hühnerställe leer geräumt, die Schafe weggejagt und die Kartoffeln vom Feld geholt hätte. Was für eine Laus habe sich Juraj bloß in den Pelz gesetzt, ereiferte er sich: Hopp aufs Huhn, vom Huhn auf die Kuh, und von der Kuh an den Galgen … Juraj wusste, dass Andrejko kein Apfeldieb war, er hätte ja den prallen Sack nicht mal über den Zaun wuchten können, und warum hätte er überhaupt Äpfel klauen sollen, wenn er zu Hause genügend hatte? Also ging er auf Jankura los, und bis man es geschafft hatte, die beiden Alten auseinanderzubringen, hatten sie sich ganz schön die Haare gezaust.

Gefunden wurde der Dieb allerdings nicht. Und obwohl Andrejko nicht wusste, warum Juraj sich gerauft hatte, spürte er nur zu gut die argwöhnischen Blicke im Rücken und ging lieber allen aus den Augen; entweder schloss er sich zu Hause ein oder verschwand im Wald. Er stapfte durch die Laubhaufen, prüfte das Eis auf den zugefrorenen Bächen, lief durch den knirschenden ersten Schnee und verfolgte staunend die feingliedrigen Spurenketten von Vögeln, Hasen und Rehen. Juraj, der im Schnee besser lesen konnte als in einem Buch, zeigte Andrejko, wo eine alte Hirschkuh vorsichtig ein Bein vor das andere gesetzt hatte, wo ein junges Reh herumgetollt war und wo ein verwundetes Tier sich mit unregelmäßigen Schritten dahingeschleppt hatte. Einmal stießen sie auf eine Wolfsspur, auf den ersten Blick wirkte sie wie die Spur von einem großen Hund, und nur an einigen Stellen, wo der Abdruck leicht ausgefranst war, merkte man, dass hier nicht ein einsamer Wolf, sondern ein ganzes Rudel unterwegs gewesen war.

Ja, die Wölfe … Im Sommer streiften sie allein oder zu zweit durch die Berge, ihre Anwesenheit fiel kaum auf, nur der Förster stieß von Zeit zu Zeit auf ein Gerippe und ausgerissene Fellfetzen, aber im Winter lebten und jagten die Wölfe im Rudel. An einem Tag strichen sie um Poljana herum, und am nächsten Tag hetzten sie auf der anderen Seite der Berge einen Hirsch zu Tode, immer wieder legte man Eisenfallen und vergiftete Köder aus, aber da war das Rudel längst woanders … Manchmal heulten sie den Vollmond an, und dann ertönte auch im Dorf Gejaule, die Pferde in den Ställen scheuten, die Schafe blökten und die Bauern schlüpften in ihre Pelzmäntel, um nach dem Rechten zu sehen und die Hunde zu beruhigen. Auch Juraj ging aus dem Haus, und am nächsten Tag schleppte er sich mürrisch, kaum ansprechbar und mit dunklen Ringen unter den Augen durch die Stube.

Länger als bis zum nächsten Frühjahr hielt es Andrejko nicht aus in Poljana. Seit Weihnachten schon saß er am Fenster, blickte in die Ferne, auf die verschneiten Felder, Wälder und Wiesen, auf die vom Geflecht der kahlen Äste durchwirkten Hänge und auf die Berggipfel, die einmal in schweren Wolken zu ertrinken schienen und dann wieder leuchtend, mit weißen Mützen bedeckt, in den blauen Himmel ragten. Seine Geige klang immer sehnsüchtiger, häufig weinte sie, als antworte sie einem Ruf oder vernehme den rauschenden Flügelschlag von Wildgänsen oder Kranichen, die gen Süden zogen ... *Soske khere džava, te man ňiko nane*, warum soll ich nach Hause gehen, wenn dort keiner auf mich wartet ... *E daj mange muľa, o dad denašľa*, meine Mama ist gestorben, der Vater fortgelaufen ... *Nane man dajori, ačhiľom korkoro, sar čhindo kaštoro*, ich bin allein geblieben wie ein umgeknickter Baum ... Sogar der halb taube Juraj bekam mit, dass der Junge etwas brauchte, was er hier nicht fand, und aus dem sehnsuchtsvollen Schluchzen der Geige hörte er heraus, dass Andrejko sich bald wieder auf den Weg machen würde.

Endlich war der Schnee geschmolzen, die Quellen sprudelten wieder und die ersten zarten Gräser sprossen aus dem Boden. Eines Abends kam Andrejko nach Hause, setzte sich schweigend an den Tisch und zog zwei Zigarettenschachteln aus der Tasche. Er schob sie vorsichtig zu Juraj, aber der winkte ab: Ech, Andrejko ... so'n feines Zeug ist nichts für mich ... ich mag sie am liebsten im Zeitungspapier gedreht, so wie früher ... Er griff nach der Zeitung, riss eine Seite heraus, schnitt sie in kleine Vierecke, streute auf eins etwas Tabak und rollte aus dem Papier eine Zigarette. Erst als er sie der Länge nach abgeleckt und zugeklebt hatte, bemerkte er Andrejkos unglückliche Miene. Plötzlich wurde ihm warm ums Herz, erst jetzt begriff er, dass der Kleine die Zigaretten irgendwo geklaut haben musste ... Danke, Andrejko, sagte er, erhob sich, klopfte ihm auf den Rücken, und öffnete die Schachtel. Schweigend zog er an seiner Zigarette, und Andrejkos Augen leuchteten auf.

Am nächsten Morgen blickte der Kleine hartnäckig zu Boden und stammelte etwas von seinem Schwesterchen und von Heimweh und davon, dass er den Weg zum Zug kenne … Nur ganz mühsam brachte er die Worte heraus, er wusste, dass Juraj ihn vermissen würde. Aber Juraj legte ihm die Hand auf den Kopf: Geh, Andrejko … mach dir keine Sorgen. Eine Weile rang er nach Worten, aber dann deutete er lieber auf die Tür, und sie gingen hinaus, banden wie jeden Tag den Hund los und trieben die Schafe auf die Weide. Die Sonne schien, die Birken trugen über und über winzige helle Blätter, und die Schafe rupften hellgrüne Grashalme von der durchweichten Wiese. Juraj und Andrejko schlenderten schweigend den Hang hinauf. Auf einmal blieb Juraj stehen: Wenn was ist, in Poljana steht für dich die Tür immer offen … Dann schritt er schnell weiter, und über seine unrasierten, windgegerbten Wangen liefen ein paar Tränen, und Andrejko schoss der Gedanke durch den Kopf, dass er den alten Juraj noch nie hatte weinen sehen …

Am nächsten Morgen war Andrejkos Bett leer. Juraj stand mühsam auf, humpelte zum Fenster, und genauso wie noch gestern sein kleiner Andrejko blickte nun er in die Ferne, und als er sich mit dem Ärmel die Augen trocken gewischt hatte, sah er, dass alle Kleider, die Andrejko von den Nachbarsfrauen geschenkt bekommen hatte, und auch das Geld, das er, Juraj, ihm gestern in die Tasche gesteckt hatte, auf dem Bett lagen.

Sein Rücken krümmte sich noch mehr, er schlurfte zu seiner Wanduhr und brachte das Pendel zum Stehen.

10.

Andrejko hatte Poljana so verlassen, wie er gekommen war: in einem ausgeleierten Pullover und mit leerem Geldbeutel. Nur Demčaks Geige nahm er mit und legte sie während der ganzen Fahrt nicht aus der Hand. Und so stieg er auch am nächsten Morgen auf dem Prager Hauptbahnhof aus. Mehrmals umrundete er die Bahnhofshalle, klapperte alle Bahnsteige ab, aber Tante Ida war nirgends zu sehen. Er machte sich also auf nach Žižkov und folgte den Straßenbahngleisen quer über die Bulhar-Kreuzung, am Viktoria-Stadion vorbei. Die vielen Menschen und der ständige Lärm jagten ihm Angst ein, große Autos rumpelten die Fahrbahn entlang, Bremsen quietschten, es hupte und klingelte in einem fort. Auch die hohen Häuser und die oben mit Stromleitungen zugenähten Straßenschluchten fand er beängstigend, auf einmal sehnte er sich nach den runden und weichen Kuppeln der Berge, den alten, knorrigen Bäumen und den weitläufigen Wiesen mit den duftenden *bábele* …

Vor dem Haus stand ein Gerüst, das die Passanten vor der bröckelnden Fassade schützen sollte, die Fenster waren mit Brettern vernagelt. Schon immer waren Brocken von Putz und Dachziegel, manchmal gar Teile vom Sims heruntergefallen, Andrejko konnte sich noch gut daran erinnern, wie einmal, da war er noch ganz klein, direkt hinter ihm ein Dachziegel auf den Gehsteig fiel: Wäre er nur ein ganz kleines bisschen langsamer gewesen … Drinnen im Haus war es still: kein Kindergejohle, kein trunkenes Singen, kein Gekeife, nicht einmal Hundegebell. Andrejko trat wieder auf die Straße und lief um den Block, er wollte ganz sichergehen, dass er sich nicht verlaufen hatte, dass dieses Haus das richtige war. Aber ein Irrtum war ausgeschlossen. Verwundert, unglücklich und ratlos drückte er seine Geige an sich, er konnte es immer noch nicht fassen, dass hinter den vernagelten Fenstern weder die Tante noch Jolanka auf ihn warteten und dass auch Anetka, seine kleine Cousine, nirgends zu sehen war.

Andrejko lugte in Durchgänge und Innenhöfe hinein, streichelte die Wände, tätschelte die abgegriffenen Klinken und suchte und suchte, bis er selbst nicht mehr wusste, wonach eigentlich.

Außerdem war er sehr hungrig, aber auf der Straße betteln oder in der Straßenbahn klauen, das wollte er nicht mehr … Eine Weile streifte er durch die Gegend, und als es dunkel wurde, kletterte er auf das Gerüst, brach ein paar Bretter weg und schob sich mit pochendem Herzen durchs Fenster. Er tastete sich durch Haufen von Müll und kaputtem Zeug bis zur Pawlatsche, dort schreckte er aber vor dem umgestürzten Geländer zurück, das zum Teil frei über dem Hof schwebte, er presste sich gegen die Wand und spähte in ausgetretene Türen hinein, schließlich ließ er sich in einem Raum auf ein Sofa fallen. Die rostigen Federn quietschten und jaulten, eine Staubwolke stieg auf und Andrejko musste husten, aber da fielen ihm auch schon die Augen zu …

Es war noch dunkel, als ihn Kälte und nagende Bauchschmerzen weckten. Er kletterte aus dem Haus und lief auf die Hauptstraße. Vor einem Laden sah er die Kisten mit der Frühlieferung stehen, rasch stopfte er sich einen Laib Brot und ein paar Hörnchen unters T-Shirt, schnappte sich eine Tüte Milch, und schon war er wieder weg, sah sich vor dem Haus noch einmal um und kletterte aufs Gerüst. Nachdem er die aufgebrochenen Bretter wieder ordentlich zusammengelegt hatte, erlaubte er sich, Luft zu holen, und erst dann stürzte er sich auf sein Frühstück. Er brach die Kruste vom duftenden und noch warmen Brot ab, stopfte sich mit den knusprigen Hörnchen voll und trank so gierig, dass ihm die Milch über das Kinn floss.

Das Haus glich einem Spukschloss, es schien nur aus Spinnweben, Müll und Schutt zu bestehen, die Decken waren rußgeschwärzt, in den Wänden klafften Löcher von herausgerissenen Türen und Fenstern, jeder Schritt wirbelte Wolken von Staub auf. Am befremdlichsten aber war die Stille, die nur von dem Getrippel der Ratten unterbrochen wurde. Andrejko durchstöberte das ganze Haus, er fand auch das Zimmer, in dem sein und Jolankas Bett gestanden hatte, das Bett, in dem Anetka, die kleine Kalori, geboren worden war und der alte Laco mit der Silbermähne und den tiefen Falten im Gesicht gestorben war. Andrejko sah es noch genau vor sich, wie ihn die Männer an den Tisch gesetzt und ihm Schnaps eingeflößt hatten, damit er es leicht hatte auf seinem letzten Weg … Unter der Pawlatsche lag ein Haufen Asche, und irgendwo unten hörte Andrejko eine Tür in den Angeln quietschen, womöglich die einzige Tür, die im Haus verblieben war, vielleicht sogar die, an die der schwarze Kater der alten Procházková genagelt worden war … Er schlich vorsichtig die morschen Stufen hinunter, sein Herz pochte laut, überall sah er den greisen Laco sitzen, aus jeder Ecke hörte er den Kater kraftlos flehen … Aber da fielen ihm die Augen schon wieder zu, und da er das Zimmer mit dem Sofa wiederfand, auf dem er die vorangegangene Nacht verbracht hatte, legte er sich schlafen.

Als er aufwachte, war er froh, dass die Nacht vorbei war. Doch kaum hatten sich seine Augen an das Licht gewöhnt, schrie er zu Tode erschrocken auf: Ein furchterregendes Gesicht beugte sich über ihn, ein Alter mit langem, zerzaustem Haar, unterhalb des fettigen Bartes entdeckte Andrejko einen schmuddeligen braungrauen Lodenmantel. Am fürchterlichsten jedoch waren seine Zähne, schwarz und ausgehöhlt wie der Stamm einer entwurzelten Weide.

Das ist mein Schlafplatz, sagte der Alte leise und setzte sich neben ihn. Andrejko richtete sich schnell auf und hielt Ausschau nach einem Fluchtweg, aber der Mann wirkte nicht so, als würde er ihm etwas antun wollen.

Das ist mein Zuhause, sagte Andrejko, und sah ihm in die zusammengekniffenen, müden Augen.

Meines auch, sagte der Alte langsam und lächelte verlegen. Und erst in dem Moment fiel Andrejko auf, dass neben dem Sofa auf dem Boden eine Kerze in einem roten Becher stand und daneben eine Bierflasche mit abgebrochenem Hals lag, außerdem ein zerknülltes fettiges Stück Papier und ausgetretene Latschen ohne Schnürsenkel ... Irgendwer schien hier zu wohnen. Der Alte ... Oder noch jemand?

Wo sind meine Leute?, fragte er schnell, aber der Alte zuckte nur mit den Schultern. Sie blickten sich kurz an, der alte Stadtstreicher in seinem Lodenmantel und der Zigeunerjunge in seinem ausgeleierten Pullover, beide ohne ein Gestern, beide ohne ein Morgen.

Der Alte machte es sich neben Andrejko bequem. Ich hab was mitgebracht, sagte er, und erst jetzt bemerkte Andrejko das zerrissene Einkaufsnetz in seiner Hand, Äpfel und Hörnchen waren drin, Andrejko lief das Wasser im Munde zusammen. Er war auch schon wieder hungrig … Der Alte erhob sich, fischte zwei Flaschen Bier aus der Manteltasche und öffnete sie am Türrahmen, die eine Flasche nahm er selbst, die andere reichte er Andrejko. Der Kleine mochte den bitteren Geschmack nicht, aber er hatte Durst, und so trank er Schluck für Schluck und verzog das Gesicht dabei, und schon saßen sie wieder nebeneinander und schwiegen, jeder mit seiner Flasche, den Blick starr auf den Boden geheftet.

Die Kerze wird er vom Friedhof geholt haben, dachte Andrejko beim Anblick der kleinen Schale mit den Wachsresten zu seinen Füßen, und dann fiel ihm ein, wie sie als kleine Jungs immer Kerzen geholt hatten, zu Allerheiligen wurde es schnell dunkel, und auf dem Olšaner Friedhof blinkten Tausende von Lichtern, die kleinen Dunkas löschten sie und brachten sie taschenweise nach Hause. Wer Angst hatte, über die Mauer zu klettern und zwischen die mit Efeu bewachsenen Grabsteine zu springen, den verspottete man, der war ein Feigling … Die Kerzen kamen ihnen gut zupass. Štefan fand es nämlich schade, für Strom zu bezahlen, wenn man ihn umsonst im Treppenhaus anzapfen konnte, aber manchmal stellte das Elektrizitätswerk den Strom ab, und bis der Onkel eine andere Quelle fand, behalf man sich mit den Friedhofskerzen.

Man nahm den Toten das Licht, auf dass die Lebenden etwas davon hatten.

Ich komme über den Hinterhof rein, sagte der Alte nach einer Weile, aber gestern hat man zu früh abgesperrt … Ich schlafe jetzt ein bisschen, ja? Er lehnte den Kopf gegen die Wand und schloss die Augen. Andrejko stellte die Bierflasche auf den Boden und lief in den Innenhof, kletterte über den Müllhaufen bis zum Zaun, sprang auf die andere Seite und gelangte durch das Nachbarhaus auf die Straße hinaus. Und schon rannte er wieder durch Žižkov, bis zum Park Židovské Pece unterhalb von Parukářka, dort wurden ganze Straßenzüge mit alten Häusern abgerissen, rußgeschwärzte Balken und Mauern mit ausgeschlagenen Fenstern fielen in sich zusammen, riesige Schutthalden bildeten sich, überall hingen Wolken aus Staub und Asche von aufgerissenen, alten Schornsteinen in der Luft, die Feuerwehr musste Wasser über die Abrissstelle spritzen. Bulldozer vollführten auf den Ruinen alter Häuser mit ausgeblichenen Schildern längst eingegangener Gewerbe einen Freudentanz. Einst hatte es hier einen Schornsteinfegerbetrieb gegeben, verschiedene Gemischtwarenläden und Speditionen, auch Spelunken und Tanzlokale im Souterrain, nun breitete sich hier eine leere Fläche aus …

Andrejko war der Verzweiflung nahe und hätte beinahe aufgegeben, als ihm der Gedanke kam, sein Glück in den Nachbarhäusern zu probieren. Anfangs war ihm angst und bange, die Leute öffneten die Tür nur einen Spaltbreit, manche schlugen sie sogar gleich zu, aber schließlich fand er heraus, dass im letzten Herbst alle aus dem Haus fortgezogen waren, vermutlich nach Pilsen. Die nicht weit von Prag gelegene Stadt wurde zu seiner einzigen Spur, zu einem einsamen Licht, das in der Dunkelheit leuchtete: Dort musste er hin.

***

Andrejko stieg aus dem Zug und überlegte noch, welche Richtung er einschlagen sollte, als ihm eine Frau mit einem Haufen Kinder auffiel. Seine Leute … Er hatte sie bereits in Rokycany in den Zug steigen sehen, jetzt gingen sie langsam auf den Ausgang zu, und Andrejko folgte ihnen in der

Hoffnung, sie würden ihm den Weg zu Ida weisen. Die Frau hatte es nicht weit. Vom Bahnhof folgte sie den Straßenbahnschienen, passierte ein paar Häuserblocks und verschwand in einem Torbogen, der zu einem Hof oder zu einer Werkstatt führte. Andrejko war wieder allein.

Petrohrad, so hieß das Viertel, ähnelte Žižkov. Quer über die Straße waren Drähte gespannt, von denen die Straßenbeleuchtung herabhing, die Gehsteige waren mit Steinplatten gepflastert, und aus den Kneipen quollen Lärm, Gesang und das Klirren von Halblitergläsern. Ein Kinderwagen mit einem plärrenden Baby stand vor einer Haustür, eine alte Frau schleppte schwere Einkaufstaschen, um die Mülltonnen schnüffelten Hunde herum. Nur waren hier die Häuser niedriger, und sie hatten auch keine so reich verzierten Fassaden und Simse, Fenster und Erker wie die Mietshäuser in Žižkov. Davon abgesehen sahen sie genauso dreckig und heruntergekommen aus. Vor einem Kino saßen kichernde junge Mädchen auf dem Metallgeländer, und die Kinder, die hier Fangen spielten, waren ebensolche Rabauken wie einst er, Andrejko, bevor man ihn nach Kostelec gebracht hatte.

Die Dämmerung brach herein, in den ersten Fenstern wurde es hell, die Straßenlaternen gingen an, das Leben verlagerte sich von der Straße ins Innere der Häuser. Andrejko lief ziellos umher, lugte in Fenster, Türen und Durchgänge hinein, lauschte dem Geschrei der Kinder und den Gesprächsfetzen der Erwachsenen und spürte, wie Ratlosigkeit und Angst in ihm die Oberhand gewannen. Schon wieder allein, schon wieder einsam in einer fremden Stadt – wenn er auch hier niemanden finden würde, was dann? Am liebsten hätte er geschrien und gerufen, aber er wusste nicht, wo er anklopfen, wo er um Rat und Hilfe bitten sollte …

Als er sich kaum noch auf den Beinen halten konnte und

anfing, an den Klinken zu rütteln, um zu sehen, ob ihm vielleicht eine aus Versehen offen gebliebene Tür den Weg in einen Innenhof freigab, in dem er bis zum Morgen bleiben könnte, als seine Füße schon wieder Richtung Bahnhof laufen wollten, erblickte er vor sich auf dem Gehsteig ein Grüppchen älterer Frauen, und schon von Weitem erkannte er Tante Ida.

Die Frauen rempelten sich an, ab und an geriet eine ins Wanken, die Tante stand in der Mitte und versuchte gerade, die anderen für sich einzunehmen, als sie plötzlich einen kleinen schmuddeligen Jungen mit einem Geigenfutteral unter dem Arm bemerkte, der neben ihnen stehen geblieben war. Sie unterbrach ihren Redefluss und überlegte, woher sie ihn kannte, weil sie an Andrejko, von dem sie seit zwei Jahren nichts gehört hatte, zunächst gar nicht dachte … Und dann ging ihr endlich ein Licht auf, sie beugte sich zu ihm, nahm seinen Kopf zwischen die Hände und musterte ihn von allen Seiten, als traute sie ihren eigenen Augen nicht, und dann drückte sie ihn an sich und begann leise zu weinen, weil sie von Jammer und Schmerz überwältigt wurde … Die anderen Frauen hörten auf zu streiten, schweigend betrachteten sie die weinende Ida und den schmuddeligen, aus dem Nichts aufgetauchten Jungen in seinem ausgeleierten Pullover. Auf einmal brachten sie kein Wort mehr heraus.

11.

Ida wohnte bei ihrer Schwester Majka, zusammen mit Milan, Anetka und ihrem jüngsten Sohn Tibor, der zur Welt gekommen war, als Andrejko bereits in Kostelec war. Onkel Štefan hatte man noch in Prag eingebuchtet, auch Marián und Imro saßen im Knast. Die armen Burschen, seufzte die Tante, als sie einen großen Topf, in dem sie sonst die Wäsche wusch, mit Badewasser für Andrejko auf den Herd stellte, so jung und schon so viel Ungerechtigkeit haben sie erleben, schon so viele Schläge einstecken müssen …

Andrejko plantschte im warmen Wasser, er war glücklich, endlich wieder bei seinen Leuten zu sein, und vermisste weder den Onkel noch die Cousins. Die kleine Anetka mit ihren riesigen Kulleraugen lugte immer wieder zur Tür hinein, und er versuchte, sie mit Wasserspritzern zu verjagen. Als er dann noch eine heiße Suppe bekam und sich mollige Wärme in ihm ausbreitete, begann er vom alten Juraj zu erzählen, und wieder gerieten ihm alle Sprachen durcheinander: Tschechisch und Slowakisch, Ruthenisch und Romani … Die Tante wischte sich die Augen, herzte ihn und versprach, dass alles wieder gut werde, so wie früher. Sie erinnerte sich nicht mehr daran, wie sie ihn am Hauptbahnhof hinter sich hergeschleift hatte mit einem leeren Pappbecher in der Hand, wie Štefan und sie ihn zum *tschoro*-Drehen geschickt hatten, sie erinnerte sich nicht mehr daran, dass sie keine Zeit gefunden hatte, ihn wenigstens ein einziges Mal in der Anstalt zu besuchen, und dass schließlich Štefan hingefahren war, weil er herausfand, dass er ausgerechnet wegen Andrejko seine Invalidenrente verloren hatte, samt der Wohnung, in der sie alle so schön und zufrieden lebten … Zum Glück war Andrejko da schon beim alten Juraj; dass er bis in die Ostslowakei geflüchtet war, darauf sind weder der Onkel noch die Bullen gekommen.

Da Štefan seine Wut nicht an Andrejko auslassen konnte, wurde er nervös, er machte Fehler, und bald wanderte er mit seinen beiden Söhnen in den Knast.

Kurz darauf entgleiste in Libeň ein Personenzug. Die Prager kamen in Scharen, um die abgestürzten Waggons zu begaffen, diskutierten die Höhe der Böschung und die Zahl der Toten, und da erinnerten sich die Lokführer an Kinder, die häufig oberhalb der Gleise gehockt und ausprobiert hatten, welche Steine das Gewicht eines Zuges aushalten. Den Dunkas, die kurz zuvor an der Bahnsignalanlage die Isolierung von den Kabeln heruntergeschält hatten, wurde der Boden unter den Füßen zu heiß. Sie warteten nicht lange, packten ihre Kochtöpfe und Bettdecken ein und zogen zum Bahnhof.

Andrejko erzählte, wie er über das Gerüst ins Haus gelangt war und zweimal dort übernachtet hatte, er berichtete auch von den Baggern und Bulldozern, die in Žižkov ganze Straßenzüge wegrissen, und in Idas Augen glitzerten Tränen, weil auch sie in diesem Viertel einen Teil ihres Lebens zurückgelassen hatte, aber sie winkte gleich ab und meinte, um Häuser sei es nie schade, nur um gute Menschen solle man trauern … Unsereins soll da leben, wo es gut für ihn ist, sagte sie und warf die Arme auseinander, als wollte sie zeigen, dass ihr Zuhause aus keinem verwohnten Mietshaus bestand, sondern aus ihren Kindern, ihrer Schwester Majka und auch aus ihm, dem kleinen Andrejko, das war ihr wahres Zuhause, so ist es immer gewesen ... und Ida erzählte, wohin es die anderen Dunkas aus Prag verschlagen hatte. Sie waren wie Vögel, die das Nest verlassen, seufzte sie, viele seien nach Norden gezogen, nach Ústí oder nach Most, sie selbst sei ja zu ihrer Schwester gegangen, andere hätten nicht mal Pilsen erreicht, sondern seien gleich in Rokycany aus dem Zug gestiegen und dort geblieben ... Zurück in den Osten, wie es Andrejko gemacht hatte, zurück in die ärmliche Siedlung mit Wasser aus dem Bach und Kartoffelsäcken in den Fenstern statt Scheiben – in den ständigen Schlamm und Dreck ist keiner zurückgekehrt.

Und die Tante klagte, dass die Familie in Stücke zersprungen sei wie ein Spiegel, den Gott in einem schwachen Moment zu Boden hatte fallen lassen und dessen Splitter nun über die ganze Welt verteilt waren. Was können wir dafür, dass wir wie diese Splitter sind, sagte sie langsam, was können wir dafür, dass wir schwarz sind ... Die Erde gehört nicht nur den Weißen, Er, Ida deutete zur Decke, Er hat sie für alle gesegnet, wie die Luft ... und den Himmel ... Sie ist doch groß genug für uns alle ... warum jagt man uns wie räudige Hunde aus dem Haus, warum dürfen die Gadsche wohnen bleiben ... Was sind das für Gesetze, wenn unsere Kinder eingesperrt werden und die weißen weiterhin auf der Straße herumlaufen können, die Gadsche kaufen sich Häuser und Autos am laufenden Band und wir hocken hier. Das sind nicht unsere Gesetze, das sind ihre Gesetze ... Die Tante spuckte auf den Boden. Na ja ... Eine Wohnung haben sie weggenommen, da müssen sie eine neue geben, sie gestikulierte wild und redete weiter, regte sich immer wieder aufs Neue auf und merkte nicht einmal, dass Andrejko nicht mehr zuhörte, weil er eingeschlafen war.

Noch bevor sie sich ins Bett legte, nahm sie seine Hand

und fuhr mit dem Finger über seine Handfläche. Das hätte ich mir denken können, sagte sie schließlich und stand auf, aber es wollte ihr keine Ruhe lassen, und sie setzte sich wieder zu ihm und versuchte die Linien zu glätten und gerade zu biegen, doch es gelang ihr nicht. Sie seufzte, ließ seine Hand fallen und löschte das Licht.

Andrejkos Lebenslinien verliefen zickzackförmig, und in der Mitte der Hand kreuzten sie sich …

Als Andrejko morgens die Augen aufschlug, sah er sich suchend nach Jolanka um.

Wo soll die schon sein, sagte Ida kurz angebunden, sie ist doch schon groß.

Wo ist sie?

Ida schwieg, aber Andrejko ließ nicht locker:

Wo ist Jolanka?

Na, wo … bei Miro.

Bei Miro … heißt das …?

Ja … Schrei doch nicht so, Majka schläft im Nebenzimmer, sie hatte Nachtschicht. Die Tante zeigte zur Tür und drehte ihm den Rücken zu.

Andrejko schwieg, starrte zu Boden und schluckte seine Tränen herunter. Jolanka, seine Lieblingscousine, *mirori pheňori*, sein Schwesterchen, sie war weg … Sie war wie eine ältere Schwester, die von Anfang an mit ihm unter einer Decke schlief, die sich um ihn kümmerte, als man ihn damals nach Prag gebracht hatte und keiner sich für ihn zuständig fühlte; hätte sie damals nicht mit ihm geschimpft, wenn er in die Hose gemacht hatte, hätte wohl keiner mit ihm gesprochen. Außerdem war Jolanka großzügig, und als ihre Brüste zu wachsen anfingen, legte sie Andrejkos Hand auf sie und gab mit ihren knospenden Reizen an. Und wie heiß war ihm geworden, wie hatte er gezittert, als sie ihm zum ersten Mal seine Unterhose herunterschob und sich leise, um die anderen nicht aufzuwecken, an ihn schmiegte …

Und nun lebte Jolanka bei Miro, das durfte nicht wahr sein, das durfte nicht sein …

Nachdem Onkel Štefan im Gefängnis gelandet und Tante Ida nach Pilsen gezogen waren, wurde der kleine Milan eingeschult. Ida selbst konnte weder lesen noch schreiben, aber ihre Schwester machte ihr klar, dass der Junge ohne Schulbildung keine Chance hatte … Milan blieb gleich in der ersten Klasse sitzen und man wollte ihn auf eine Sonderschule schicken, nach einigem Hin und Her durfte er aber doch auf der normalen Schule bei den Gadsche-Kindern bleiben. Von Zeit zu Zeit schärfte Majka ihm ein, dass er wie seine älteren Brüder im Knast landen würde, wenn er noch einmal sitzen bliebe, und im Jahr darauf brachte Ida auch die verängstigte Anetka zur Einschulung.

Wenn Štefan da wäre, seufzte sie, würde er ihr und Majka die Hölle heiß machen … aber Štefan war weit weg, und so brachte sie am nächsten Tag auch Andrejko zur Schule.

Dort stellte man fest, dass der Junge zwar ein bisschen zählen konnte, wenn auch nur auf Romani, *jekh*, *duj*, *trin*, *štar*, buchstabieren konnte er jedoch nur mit äußerster Mühe und schreiben schon gar nicht. Viel schlimmer war aber, dass ihn keiner verstand, weil er zwischen dem harten Prager Tschechisch, dem ostslowakischen Dialekt und der weichen Sprache der Ruthenen von Poljana hin und her wechselte, außerdem kletterte ihm das alte Romani immer wieder auf die Zunge und die von Štefan aufgeschnappten kurzen Ostrava-Vokale.

Keiner wusste, was man mit ihm machen sollte. Der Direktor begann herumzutelefonieren, und etwa eine Stunde später tauchte eine Frau auf, die Ida und Andrejko aus dem Sekretariat in den Flur hinausdrängte. Erst nach langer Zeit rief man sie wieder hinein und überreichte der Tante einen Zettel mit der Adresse von einer Sonderschule ... Aber da holte Ida schon tief Luft und fing an zu schreien, sie werde Andrejko auf keine Sonderschule schicken, der Direktor solle froh sein, dass sich Andrejko einschulen lassen wolle, und wie komme denn diese bebrillte Gadsche-Frau, diese Schlampe, überhaupt darauf, dass sie sich bei einer Zigeunerfamilie alles erlauben dürfe? Da habe sie sich aber gewaltig geirrt! Ida ließ dem Direktor keine Zeit zum Antworten, der Flur hallte wider von ihrem Geschrei und die Fensterscheiben erzitterten, die eingeschüchterten Lehrerinnen trauten sich kaum, ihren Kopf aus der Tür des Klassenzimmers zu strecken.

Also bat man Ida und Andrejko ins Direktorenzimmer, und erneut wurden Telefonate geführt, erneut wurde Andrejko ausgefragt, aber diesmal spürte der Kleine, dass man ihm nichts Böses wollte, dass man nach einer guten Lösung suchte, er sprang zwar wieder zwischen den Sprachen hin und her, aber er stotterte nicht mehr, blieb nicht mitten im Satz hängen und die Gesichter um ihn herum hellten sich auf, der Direktor nickte immer wieder, denn er sah, dass der Junge keinesfalls dumm, sondern nur fürchterlich verwahrlost war, und dass er schon so viel erlebt hatte, dass es bei anderen für mehrere Leben gereicht hätte, dass er bereits einen längeren Weg zurückgelegt hatte als Tante Ida, die nur Ostrava, die Straßen von Žižkov und Pilsen kannte, dass Andrejko sogar mehr erlebt hatte als er selbst, der Direktor einer Grundschule, die solche Kinder unterrichten und anleiten, ihnen den Weg zeigen sollte. Als er ein paar Tage später das Gutachten aus Kostelec erhielt, das spröde mitteilte: Lehnt ab, sich einzugliedern, im Kollektiv unbeliebt, keine Chance zur Umerziehung, rief er sofort dort an und sagte, man müsse ihm aus Versehen eine falsche Akte geschickt haben, er kenne sich mit Kindern aus und Andrejko sei nun wirklich kein Rowdy.

Schon wieder stand Andrejkos Welt kopf. Keinen interessierte es, dass er beim Klauen die flinksten Finger von allen gehabt hatte, dass er über die Anstaltsmauer geklettert war, dass er mutterseelenallein und ohne Fahrkarte die ganze Republik durchquert und draußen auf der Hochweide übernachtet hatte, obwohl er wusste, dass dort Wölfe umherstreiften, manchmal auch Bären, die nach Himbeeren suchten … Vor den Zweitklässlern, den verschreckten Dreikäsehochs, die einen halben Kopf kleiner waren als er, vor denen schämte er sich so, dass er mit aller Kraft versuchte, den gesamten Unterrichtsstoff nachzuholen, um allen zu beweisen, dass er kein gewöhnlicher Zigeunerjunge war, der hier nur aus Mitleid geduldet wurde und der den Unterricht störte. Die Lehrerinnen erkannten schnell, dass Andrejko, obwohl er nichts wusste, viel weiter war als andere Kinder, sie bekamen mit, dass der Direktor seinetwegen häufig telefonierte und sich dann traurig in Schweigen hüllte, und sie sahen, dass Andrejko Bücher mit nach Hause nahm, um gemeinsam mit Tante Ida lesen und schreiben zu lernen – mit Tante Ida, die noch vor Kurzem Anetkas Hausaufgaben mit einer gezackten Linie unterschrieben hatte, die einer platt gefahrenen Ringelnatter ähnelte.

Bald wurde Andrejko von der zweiten Klasse in die dritte versetzt, und nach den Frühjahrsferien kam er in die vierte. Du schaffst das, das weiß ich, sagte der Direktor, als er Andrejko die Versetzung mitteilte, aber Andrejko schwieg verstockt und hob nicht einmal den Kopf, so peinlich war es ihm.

Denn er konnte diesen einen Tag nicht vergessen: Es war

kurz nach seiner Ankunft in Pilsen, er kam eben aus der Schule zurück und hörte schon im Treppenhaus die Tante schimpfen. Leise schlüpfte er in die Wohnung. Die Tante stritt sich mit einer Frau, es ging um ihn, Andrejko, dann flog die Küchentür auf, die Frau vom Jugendamt stolperte rückwärts heraus, hinter ihr tauchte Tante Ida auf und fluchte, die beiden Frauen beachteten Andrejko gar nicht, eine von ihnen trat seine Schultasche zur Seite, um sich in dem engen Flur Platz zu verschaffen, und schon waren sie vor der Tür. *Mi sa čanga te phageres …* Brich dir ruhig die Knie, du Schlampe, schrie Ida, als die andere im Treppenhaus stolperte, und ihre schrille Stimme war bis auf die Straße zu hören.

Schimpfen, das konnte Ida gut. Hatte sie damit erst einmal angefangen, konnte sie mit Leichtigkeit eine Viertelstunde lang schreien, keifen und schimpfen, ohne sich auch nur ein einziges Mal zu wiederholen.

Andrejko kniete auf dem Boden, stopfte die verstreuten Malstifte in die Federtasche zurück, und in seinem Kopf hallte das schreckliche Wort Kostelec nach, das er vorhin aufgeschnappt hatte. Er dachte an die Gitter vor den Fenstern, an die Faustschläge und die kahl rasierten Köpfe der Älteren, sicherlich wartete auch in dieser Nacht ein kleiner Junge darauf, dass einer pfiffe und er … Andrejko lief es kalt den Rücken herunter, eine dritte Flucht würde ihm nicht gelingen, das wusste er.

Beim Jugendamt legte man sich ins Zeug, um Andrejko zurückzubekommen, aber der Direktor gab ihn nicht her. Einmal bat er Andrejko in sein Büro, sie setzten sich in die tiefen Ledersessel, in denen sonst nur die Herren Inspektoren Platz nehmen durften, und der Direktor erzählte, wie man ihn nach Kriegsende in den Böhmerwald geschickt hatte, damit er dort inmitten von verlassenen deutschen Gutshöfen und Hammerwerken eine Schule gründete, eine Schule für Kinder, die gemeinsam mit ihren Eltern im Rahmen einer groß angelegten Umsiedlungsaktion aus den Zigeunersiedlungen im ostslowakischen Spiš in den Böhmerwald gebracht worden waren. Er erzählte, wie er sich bemüht hatte, diese Kinder ihrem Schicksal zu entreißen, sie wie junge Bäume in neue Erde zu verpflanzen, so hatte er das nämlich verstanden, schon damals, Kinder waren keine leeren Gefäße, die an die Schulbank zu ketten und mit Wissen abzufüllen waren, sondern Fackeln, die angezündet werden mussten …

Diese dreckigen und verlausten Kinder haben zum ersten Mal in ihrem Leben Seife, Kamm und Besteck gesehen und ihre ersten Schuhe bekommen. Sie schliefen nicht wie sonst auf einem Haufen Stroh, sondern auf einer Matratze, und die Bettdecke brauchten sie mit niemandem zu teilen … Und so lebten sie dort alle zusammen, ohne Eltern, mitten im Wald in einer Militärbaracke aus Holz, sie nannten die Blockhütte stolz »unsere Schule«, die Mädchen schliefen rechts, die Jungs links, und er, der Lehrer, in der Mitte. Aber die Dorfkinder bewarfen seine Schüler mit Steinen, und häufig fand er morgens eingeschlagene Fensterscheiben vor, dann musste er neue Glasscheiben einsetzen statt zu unterrichten, eigenhändig, denn auf Handwerker hätte er dort im tiefsten Böhmerwald lange warten können.

Als der Winter kam und in einer Nacht ein ganzer Meter Schnee gefallen war, beschlossen die umgesiedelten Familien, ihr Glück irgendwo anders zu suchen, und zogen aus dem rauen Klima des Böhmerwalds ins tschechische Binnenland. Seine kleine, im wahrsten Sinne des Wortes aus dem Boden gestampfte Schule verwaiste. Die Kreisverwaltung wollte sie unverzüglich auflösen, er schaffte es gerade noch, eine Gnadenfrist von vierzehn Tagen zu erbetteln. In der ersten Woche pendelte er noch voller Hoffnung zwischen der Kreisstadt und seinem Wald, in der zweiten Woche starrte er auf den Boden und trank … Doch am letzten Tag vor Ablauf der Frist kamen seine Schüler zurück, sie waren von zu Hause ausgebüxt, um in das zerfallene, ehemals deutsche Dorf zurückzukehren, in die hölzerne Militärbaracke, die sie »unsere Schule« nannten …

Als der Direktor geendet hatte, saßen sie eine Weile schweigend da. Auf einmal fragte Andrejko: Und wo ist Gott?

Der Direktor zog überrascht eine Augenbraue hoch und zuckte verlegen mit den Schultern.

Ich weiß nicht, sagte er leise, vielleicht überall um uns herum, vielleicht trägt ihn jeder in sich, jeder einen anderen, vielleicht gibt es ihn gar nicht, so wie wir es euch beizubringen versuchen … Früher war ich mir sicher, dass er nicht existiert, ich habe über die anderen gelacht, die an ihn glaubten, ich verstand nicht, warum sie vor Bildern knieten und Kerzen anzündeten, aber jetzt, wenn ich zurückblicke, bin ich mir nicht mehr so sicher …

Es ist nicht einfach, sagte er nach einer Weile und seufzte. Wir haben euch damals aus dem Schlamm herausholen wollen, wir wollten aus euch neue Menschen machen. Aber vielleicht hätten wir euch besser in euren Siedlungen gelassen, vielleicht wäre es euch dort besser ergangen. Die Leute hier mögen euch nicht, sie mögen keinen, der anders ist, ihr werdet es immer schwer haben, mit ihnen, mit uns … Und schließlich haben wir es auch nicht leicht mit euch, eure Kinder sind nicht gut in der Schule, und sie wollen das auch gar nicht sein, aber nur von Musik kann man nicht mehr leben. Für Hilfsarbeiten braucht man natürlich keinen Schulabschluss, aber von einem solchen Leben habe ich keine Ahnung …

Vielleicht ist der alte Laco deswegen so früh gestorben, dachte Andrejko, auch er war aus seinem Leben herausgerissen und zwischen hohe Häuser und in enge Straßen verpflanzt worden, Laco hatte die Siedlung mit einem Pferdehalfter in der Hand verlassen, mit jedem Hengst und jeder Stute fand er eine gemeinsame Sprache, und in Prag verzehrte er sich vor Sehnsucht nach ihnen … *Jekhfeder pat'iv lavutariske*, die höchste Ehre gebührt dem Geigenspieler, sagte man früher, und noch heute, wenn einer Geige oder Gitarre spielt, werden selbst die härtesten Burschen weich, deren Leben nur noch aus Knastaufenthalten besteht, sie schmelzen dahin wie ein Schneemann unter der gleißenden Frühlingssonne. Sogar ganz kleine Kinder können auf dem Rückweg vom Kino die Filmmelodie nachsingen, sie mit Schnörkeln verschönern und eine zweite und dritte Stimme hinzufügen, damit sie richtig lebendig wird. Doch in der Schule sind sie nicht imstande, das einfachste Lied vorzusingen, weil ihre eigenwillige Stimme hin und her springt wie die Nadel auf einer zerkratzten Schallplatte, und die Gadsche-Kinder lachen sie aus.

Und wie sollten sie auch etwas lernen, wenn sie zu Hause nur Romani sprachen und in der Schule auf das fremde, komplizierte Tschechisch umschalten mussten? Wie viele Gadsche-Kinder würden es schaffen, jedes Wort hin und her zu übersetzen, wie viele von ihren kleinen Mitschülern, diesen bebrillten Strebern und beflissenen Mädchen mit Zöpfen würden weiterhin ihre Einsen schreiben, wenn sie ständig von einer anderen Sprache ins Tschechische wechseln müssten?

Tante Ida hatte endlich lesen gelernt und auch ein wenig schreiben, allerdings nur in Druckbuchstaben, aber auch so schüttelte sie immer wieder erstaunt den Kopf, wer hätte gedacht, dass sie als alte Frau wie ein Dottore schreiben würde … Wenn sie jetzt das Kindergeld in Empfang nahm, malte sie keine drei Kreuze, sondern schrieb in riesigen Buchstaben IDA DUNKOVÁ darunter und bestaunte dann stolz ihren Namen und das Geld, das sie im Gegenzug erhielt. Das Geld musste für alle reichen, weil nur ihre Schwester Majka arbeitete, aber das Mittagessen bekamen die Kinder in der Schule umsonst, und die Kleidung erbten sie von ihren älteren Geschwistern. Nur wenn es ganz arg wurde, holte die Tante Anetka, Tibor und noch ein paar Nachbarskinder dazu und zog mit der ganzen Horde aufs Amt, wo die Kinder hungrig dreinschauten und Ida jammerte, dass sie kein Geld hätte, um Kohlen oder Essen zu kaufen. Nur selten kehrten sie mit leeren Händen zurück.

Als in der Schule bekannt wurde, dass Andrejko aus Poljana eine Geige mitgebracht hatte, stöberten die Lehrer alle Schränke durch und legten einen ganzen Haufen Noten, Tonleitern und Fingerübungen vor ihn auf den Tisch. Aber Andrejko konnte keine Noten lesen und seine Finger wollten ihm nicht mehr gehorchen, die Saiten schnitten in seine weichen Fingerkuppen wie glühende Messer in einen Butterklumpen, auch das Handgelenk tat weh, aber er renkte es immer wieder zurecht, und nach ein paar Wochen liefen auch die Finger richtig. Er spielte Lieder aus dem Radio nach, und manchmal passierte es, dass ihn die Melodien zum Träumen verführten und er sich auf einmal in Poljana wähnte, dann klopfte ihm der alte Demčak auf die Schulter, ohne Noten kann man leben, sagte er, aber ohne das, was du in dir hast, kann man nicht spielen …

Eines Abends schaute ein Nachbar bei ihnen vorbei, er hielt seine Gitarre in der Hand und fragte nach dem kleinen Fiedler. Später kam noch einer mit Akkordeon und einer Flasche Marillenschnaps dazu, und man spielte und sang bis zum

Morgengrauen. Und ein paar Tage später trafen sie sich wieder. Für diese Abende brachte Majka Bier mit von der Arbeit, sie hatte sich spezielle Taschen in das Mantelfutter eingenäht, damit die Flaschen nicht klirrten, wenn sie die Brauereipforte passierte. Bisweilen ging es so lustig zu, dass der Gitarrist und der Akkordeonspieler zu spät zur Arbeit kamen. Andrejko hielt sich zurück, seine unsicheren Finger verliefen sich manchmal auf dem Griffbrett, und man hörte den Bogen kreischen, als hätte Andrejko einer Katze auf den Schwanz getreten. Dann hielt sich Majka die Ohren zu: *Sar te muterďahas pre taťi blacha*, als hättest du auf heißes Blech gepisst! Aber dann wieder gelangen ihm ein paar Verzierungen und Schnörkel, und da hob Majka die Arme in die Höhe und klatschte in die Hände oder sie blieb sitzen und schlug rhythmisch mit einem Teelöffel gegen ein leeres Marmeladenglas. Die Männer grölten, sie sangen mit ihren heiseren Stimmen mit und klopften sich auf die Schenkel. Sie hätten auch gerne getanzt, vor lauter Freude, dass sie auf der Welt waren und dass es ihnen gut ging, aber sie taumelten mehr, als dass sie tanzten. Auch die kleine Anetka hüpfte umher, bis man sie in die Mitte schob und mit Klatschen und Zurufen anfeuerte. Das Mädchen schleuderte graziös ihre Hausschuhe weg, wie sie es bei den Erwachsenen abgeschaut hatte, und ihre nackten dünnen Beine schwebten über den Dielen, als berührten sie den Boden nicht.

Nur Ida tanzte nicht. Sie sang auch nicht. Sie saß nur da, trank und Tränen liefen ihr die Wangen herunter …

Die übermüdeten Kinder holten den fehlenden Schlaf in der Schule nach, Anetka versank in Träumen, in denen sie sich im rosa Kleid und mit einer roten Rose im Haar sah. Ihr Kopf fiel immer wieder vornüber, schlug auf die Tischplatte, und die anderen Kinder lachten über das dumme Zigeunermädchen, das nicht einmal richtig sitzen konnte.

12.

Eines Abends klingelte es an der Tür, Andrejko machte auf und sah einen abgeschabten Koffer und daneben eine seltsame Gestalt. Der Mann trug nur ein speckiges Unterhemd, war leicht gebeugt, aber kräftig, mit kurz geschorenen Haaren und tätowierten Oberarmen, auf denen riesige haarige Spinnen prangten. Erst als er den Mund aufmachte, erkannte Andrejko Onkel Štefan. Der Onkel hatte zwar seinen Haarschopf nicht mehr, dafür aber ein Doppelkinn, und marschierte nach alter Gewohnheit sofort in die Wohnung hinein. Dort geriet er an Majka, die ihn nicht hereinlassen wollte, er schrie sie an und beschimpfte sie unflätig. Im Treppenhaus gingen die Türen auf, Herr Hajšman von gegenüber kam herbei, ebenso wie die beiden Musiker, die nach ihrer Schicht ausschlafen wollten und von Štefans Geschrei geweckt geworden waren. Mit sauren Mienen und verschränkten Armen pflanzten sie sich neben Majka auf, und erst da hörte der Onkel auf zu schreien.

Štefan war davon ausgegangen, bei seiner Frau und seinen Kindern einziehen zu können und sich wie gehabt um die Familie zu kümmern: Streite schlichten, das Kindergeld versaufen und sich dafür großen Respekt erweisen lassen. Diese Rechnung aber hatte er ohne Idas Schwester gemacht. Majka kannte ihn nur zu gut, und gleich sprudelte sie los, über die Mieter habe sie allein zu bestimmen, weil es ihre Wohnung sei, er könne froh sein, dass sie Ida mit den Kindern aufgenommen hatte, und wenn er ein ganzer Kerl sei, dann solle er sich kümmern und eine Bleibe für sie alle finden, wo er schon so blöd gewesen war und sich die Prager Wohnung hatte nehmen lassen … Wie brennende Pfeile bohrten sich Štefans Blicke durch Andrejko, der sich neben der Tür duckte. Da Majka nicht mit sich reden ließ, versuchte Štefan es auf eine andere Tour und zog ein paar zerknitterte Papiere aus der Tasche, offizielles Zeug mit bedrohlich wirkendem Staatswappen, er hämmerte auf den Tisch und schrie, sie müsse ihn bei sich aufnehmen, dafür gebe es Paragrafen, aber Ida nahm ihm die Papiere aus der Hand und buchstabierte dem fassungslosen Štefan vor, dass er sich innerhalb von drei Tagen bei der nächsten Polizeistelle zu melden habe, mehr stünde nicht in den Papieren, und Majka fügte noch hinzu, er solle sich beeilen, denn der dritte Tag sei schon gestern gewesen …

Dieser Scheißbengel, sogar das Lesen hat er ihr beigebracht! Štefan verlor die Nerven und ballte wütend die Hände zu Fäusten, seinetwegen haben wir schon die Bude verloren. Diese beschissene Schule, die hat ihnen die Seele geraubt und den Respekt vor Autoritätspersonen genommen … Andrejko flüchtete vor dem Onkel ins Treppenhaus.

Majka ließ Štefan in Andrejkos Bett übernachten, aber am nächsten Morgen, als die Kinder zur Schule gegangen waren, stellte sie seinen Koffer vor die Tür. Štefan diskutierte und flehte, er drohte, jeden Einzelnen umzubringen: Majka, ihr Luder von Schwester und die Gören auch, es seien sowieso zu viele, wer wisse schon, ob es überhaupt seine eigenen seien … Er wütete und Ida zitterte am ganzen Leib, sie zupfte Majka am Ärmel, handelte sich aber nur einen bösen Blick ein. Majka schob Štefan ins Treppenhaus und knallte die

Tür zu. *Khatal avľal, odoj dža! … Džanes khatal khere te džal? Ta siďar!* … Scher dich dahin zurück, wo du hergekommen bist!, schrie sie durch die Tür. Komm wieder, wenn du eine Bleibe aufgetrieben hast, wenn du auch für die anderen was besorgt hast …

Und Štefan begriff, dass er diesmal leer ausgehen würde, weil das Geld, das er im Knast bekommen hatte, längst versoffen war, und seine Invalidenrente, die hatte er auch nicht mehr. Er lief durch die Straßen, trat wütend gegen Autos und warf Mülltonnen um, das war unerhört, früher wäre so was gar nicht möglich gewesen … Eine Zeit lang lungerte er am Bahnhof und in den Kneipen von Petrohrad herum, bettelte um Geld für eine Fahrkarte, aber man wich ihm schon von Weitem aus, denn man hatte Angst vor ihm. Keine Angst vor ihm hatten allerdings die Bullen, die waren hinter ihm her wie Wespen hinter einer überreifen Birne, sie wollten ihn gar nicht in Ruhe lassen. Ein paarmal versuchte Štefan, die Wohnungstür aufzubrechen, manchmal passte er nachmittags vor der Schule die Kinder ab, beschwor sie und drohte ihnen, aber die Kinder rannten weg.

Eines Tages riss den Nachbarn der Geduldsfaden, sie passten ihn im Treppenhaus ab, schlugen ihn grün und blau und warfen ihn schließlich auf die Straße. Štefan zog sich zum Bahnhof zurück, schlief in abgestellten Waggons, und tagsüber schlich er um die Imbissbuden herum, wo er sich mit den Pennern um die Reste schal gewordenen Biers in den Plastikbechern prügelte. Als man ihn wieder einmal der Bahnhofshalle verwiesen hatte, kehrte er durch den Hintereingang auf den Bahnsteig zurück und stieg in den ersten Zug ein, der vor seiner Nase hielt.

Seitdem hat man nie wieder etwas von ihm gehört.

Tante Ida lief herum wie ein Körper ohne Seele. Sie glaubte und hoffte geradezu, dass Štefan und sie wieder zusammenkommen würden, so etwas war bei den Dunkas noch nie passiert, dass eine Frau ihrem Mann weggelaufen wäre oder ihn gar auf die Straße gesetzt hätte. Es war nicht einmal üblich, jemanden draußen schlafen zu lassen, man nahm jeden auf und setzte ihm alles vor, was man im Hause hatte, auch wenn das bedeutet hätte, dass man selbst auf dem Fußboden schlafen und hungrig bleiben müsste. Der Ehemann war der Herr im Hause und seine Worte waren das Gesetz. Und nur wer seine herumtollenden Kinder zusammenfaltete oder seine Frau blutig schlug, nur der war ein ganzer Kerl ... Wenn Štefan tobte, betrunken die Möbel klein schlug oder irgendwo bei den Nachbarn ein weiteres Kind zeugte, zu einem Zeitpunkt also, wenn eine Gadsche-Frau bereits nach einem Anwalt Ausschau gehalten hätte, in einem solchen Moment waren die Dunkas besonders stolz auf den Papa ...

Früher war Štefan ja auch ein ganzer Kerl gewesen, war unter Tage gefahren, hatte sich die Invalidenrente besorgt und zu Hause die Zügel in der Hand gehalten, er war es gewohnt, auf dem Kutschbock zu sitzen und mit der Peitsche zu knallen. Aber diesmal war nichts zu machen, die Wohnung gehörte Majka, und sie ließ Štefan nicht über die Schwelle, Gesetz hin, Gesetz her. Ida drohte manchmal mit geballter Faust zur Tür: Er hat mein Leben kaputt gemacht, dieses Arschloch ... Dann wieder weinte sie: Wo soll der Arme bloß hin, was soll er tun ...

Soske o Del marel miro kalo jilo, warum bestraft Gott mein schwarzes Herz so hart, jammerte Ida. Warum?

Als sie eines Abends wieder musiziert und getrunken hatten, fühlte auch Majka gegen Morgen Schmerz und Traurigkeit in sich aufsteigen, und sie ließ das langsame, lang gedehnte *Joj mamo, joj mamo, bokhal'i som* erklingen. Sie sang allein, ohne Geige und ohne Akkordeon, und auf einmal fiel auch Ida ein, Ida mit ihrer glasklaren Stimme, zu viel Kummer hatte sich in ihr aufgestaut, etwas in ihr war zersprungen und suchte sich einen Weg nach draußen. Idas kehlige Stimme sprudelte aus ihr heraus, als wäre auf einer Baustelle eine Dampfleitung geplatzt, als wäre ein schmerzendes Herz zerborsten und wäre nun durchlässig wie ein offenes Fenster in schwarzer Sommernacht. Als wäre es nicht einmal sie, die hier sang, sondern jemand anders, als wäre Ida jenes sperrangelweit offene Fenster ... Alle saßen wie erstarrt da, keiner sagte etwas. Die Männer, die die schwere Arbeit in der Metallfabrik gewohnt waren, weinten wie kleine Kinder, und die Stimmen beider Schwestern stützten sich gegenseitig, schlangen sich umeinander, um sich sogleich wieder voneinander zu lösen, unruhig flackerten sie durch die dunkle Nacht wie zwei Glühwürmchen über einem Sumpf, wie zwei Irrlichter über einem unendlich tiefen Tal aus Schmerz und Kummer, wie die letzten zwei Sterne am Himmel.

Joj mamo, joj mamo, bokhal'i som ...

Als die Kinder am nächsten Tag aus der Schule kamen, bemerkten sie schon im Treppenhaus, dass etwas nicht in Ordnung war. Die Tür stand offen und in der Wohnung war niemand, als hätten die Mama oder die Tante bei den Nachbarn ein paar Eier oder eine Handvoll Salz borgen wollen und wären gleich dageblieben. Die Kinder setzten sich ans Fenster und ließen die Tür offen, damit die, auf die sie warteten, nicht klopfen mussten ...

Es war schon dunkel, als Ida endlich auftauchte, sie hatte verweinte Augen und schluchzte, dass Majka im Krankenhaus liege, der Abfüllmeister aus der Brauerei sei vorbeigekommen und habe erzählt, dass Majka die ganze Schicht hindurch wie verliebt in die Ferne gestarrt hätte, bis sie von einem Bierlaster gegen die Rampe gedrückt worden sei, man habe sie gleich operiert, aber es sehe nicht gut aus, jammerte Ida, sie schlug sich gegen den Kopf und schloss sich in der Küche ein, von dort hörte man sie mal klagen, dann wieder laut lachen, als wäre sie von Sinnen, die erschrockenen Kinder standen am Fenster und spähten hinaus, sie schielten zur Tür, wann endlich Tante Majka komme, die hatte hier doch noch am Abend zuvor getanzt, sich mit über den Kopf erhobenen Armen im Kreis gedreht und auf den Boden gestampft, so dass ihre Brüste auf und ab hüpften.

An dem Tag war es ganz still im Haus. Alle liefen auf Zehenspitzen. Andrejko streichelte Demčaks Geige, legte sie ins Futteral und schob sie unters Bett.

Am nächsten Morgen klingelte der Briefträger und händigte Ida ein Telegramm aus. Majka war gestorben.

Als hätte jeder im Haus, ob Roma oder Gadsche, binnen einer Sekunde einen gesunden Zahn verloren oder eine Hand amputiert bekommen, so schmerzte die unsichtbare Wunde. Der Anblick von Majkas Bett schmerzte sie, ihre zur Seite geschobene Bettdecke, die sich Ida nicht wegzuräumen traute. Der Stuhl, auf dem sie immer gesessen hatte, ihre Schuhe im Flur. Die Kleider im Schrank, die keiner mehr anziehen würde, und auch jene Nacht, in der sie gemeinsam getanzt und gesungen hatten, diese Nacht, die sie so offen, nackt und unvorbereitet zurückgelassen hatte für das, was folgen sollte …

Idas Welt brach zusammen. Sie redete sich ein, Majkas Tod sei die Strafe dafür, dass sie Štefan auf die Straße gesetzt hatte. Aber das half wenig. Um nicht durchzudrehen, um am Leben zu bleiben, fing Ida an zu trinken. Den ersten Schnaps schenkte sie sich gleich morgens ein, nachdem die Kinder zur

Schule gegangen waren, die nächsten Gläschen wurden ihr von den Nachbarn aufgetischt, eins, dann zwei, später noch weitere für das dritte und vierte Bein, damit sie sich endlich entspannte, sich etwas freier bewegte, aber sie wurde stattdessen von Schwermut überwältigt, von der *chandra*, der Melancholie, und sie schluchzte wie ein kleines Mädchen oder stritt sich bis aufs Blut oder zeterte herum. Und für all das musste sie sich später schämen.

Doch wenn sie nüchtern blieb, warteten nur Leere und ein alles durchdringender Schmerz auf sie. Und vor diesem Schmerz hatte Ida eine solche Angst, dass sie nur seinetwegen Pillen schluckte und immer neue Flaschen anschleppte, damit sie ihn nicht spüren musste.

Als den Nachbarn endlich klar wurde, dass es nicht gut stand um Ida, versuchten sie, mit ihr zu reden, aber sie wimmelte jeden ab, sie würde auch nicht in fremden Speisekammern herumschnüffeln, niemand sei ein Heiliger, weder sie noch die anderen, sagte sie. Aber erst nachdem sie jeden im Haus als Schlampe oder geilen Sack angepöbelt hatte, erst dann hörten sie auf, ihr einzuschenken. Vergeblich klingelte sie bei den Nachbarn, die Türen blieben verschlossen, da half kein Klopfen oder Trommeln mehr, die Nachbarn hockten still wie die Mäuschen auf der anderen Seite der Tür, sie zitterten vor Schmerz, dass sie nicht mehr helfen konnten, aber sie rührten sich nicht, und Ida musste auf die Straße, ihre Beine trugen sie zum Bahnhofskiosk und in die Kneipen von Petrohrad, dort lief sie um die Tische herum, setzte sich den Stammgästen auf den Schoß, und wer sie zurückwies, den verfluchte sie, ihn und seine verdammte Mutter, die ihn als Missgeburt zur Welt gebracht hatte. Da zahlten ihr die Männer lieber ein Bier und einen Schnaps, damit sie sich ja wieder aus dem Staub machte.

Und Ida wanderte von von einer Spelunke zur anderen, von einem Säufer zum nächsten. Für eine halb leere Flasche oder zwei Bier ließ sie sich nach draußen auf eine Bank mitnehmen, für zwanzig Kronen in eine Toreinfahrt, im Winter gar in einen verlausten Verschlag – sie war ja schon lange nicht mehr in der Lage, die Bedingungen zu diktieren. Ihre Schönheit einer Bergmannsbraut, die Schönheit einer auf den Öllagunen erblühten schwarzen Blume, war längst verflogen. Ida hatte keine Wahl, sie musste mitgehen, denn sie brauchte den Alkohol, um hinter den Schleier des barmherzigen Vergessens zu gelangen und ihrem Schmerz zu entrinnen. Und um jenes eine Bier zu bekommen, das ihren Verstand in den Nebel des Vergessens sinken ließ, ging sie mit jedem mit, auch wenn sie spürte, dass man sie verachtete und nur deswegen mitnahm, weil sie so billig war.

Aber das war ihr egal. Zu groß war ihre Angst, eines Tages nüchtern auf das Geschehene zurückblicken zu müssen. Sie hasste sich selbst, sie hasste ihren Schmerz, ihre Schwäche. Sie fürchtete sich sogar vor Spiegeln, davor, in ihr aufgedunsenes Gesicht zu blicken, einmal schlug sie sogar mit einem Nudelholz auf den Flurspiegel ein, sie trampelte auf den Scherben herum, zerstampfte sie zu winzigen Splittern …

Das, was für Andrejko ein Weilchen nach einem Zuhause ausgesehen hatte, bröckelte allmählich auseinander: Es ging ihm nicht nur um ein eigenes Bett oder einen Platz am Tisch, ein Zuhause waren für ihn auch freundliche Worte, das Gefühl von Sicherheit und Zusammengehörigkeit. Plötzlich musste er sich um die Kinder kümmern, Tee kochen und Brote schmieren, er tröstete und beruhigte den kleinen Tibor, den die Tante morgens mit Schlaftabletten vollstopfte, damit er sie bei ihren traurigen Wanderungen durch die Petrohrader Spelunken nicht störte, und der abends wach wurde.

Morgens versorgte er die Kinder vor der Schule, und abends verfrachtete er sie ins Bett, und manchmal schrie er sie an wie ein Erwachsener, der längst vergessen hat, dass auch er mal klein gewesen war … Denn Ida kümmerte sich nicht mehr um ihre Kinder, sie hatte kein Interesse mehr an ihnen, ihr Leben bewegte sich bereits in anderen Bahnen, ihre Tage fingen mit einem schweren Kater an und lösten sich in barmherziger Dunkelheit auf.

Manchmal, nach einer wild durchzechten Nacht, spürte sie selbst, wie ihr das Leben zwischen den Fingern zerrann. Ihr Gewissen regte sich, und sie nahm alles Geld, das sie zu Hause finden konnte, oder sie borgte sich welches und kaufte Schokolade dafür, die restlichen Scheine legte sie in der Konditorei auf die Theke und orderte Torten. Danach fühlte sie sich besser, wie ausgewechselt und reingewaschen, zu Hause rief sie die Kinder zusammen, herzte und küsste sie, Tränen der Rührung standen ihr in den Augen, sie liebte sie ja alle so sehr … Sie merkte nicht, wie sich die Kinder schämten, wie sie vor ihr zurückwichen, sie wusste auch nicht, dass Andrejko gleich am nächsten Tag die Schokolade zurückbrachte, um sie gegen Brot und Milch einzutauschen. Die Verkäuferinnen kannten Andrejko schon und nahmen ohne zu murren die Schokolade zurück, sie gaben ihm sogar jedes Mal ein paar Kleinigkeiten mit, weil ihnen die Kinder leid taten.

Die Hausnachbarn, Herr Hajšman und die beiden musizierenden Metallarbeiter, waren unglücklich darüber, wie schnell alles in die Brüche gegangen war. Hin und wieder klingelten sie, boten ihre Hilfe an, aber Andrejko wimmelte sie ab, sie sollten sich um ihren eigenen Kram kümmern, und als er anfing, genauso wie Ida herumzupöbeln, hörten sie auf, nach ihm zu sehen.

Lange Zeit ahnte man in der Schule nichts, die Kinder schämten sich für ihre Mama und taten so, als wäre nichts passiert. Alles kam erst heraus, als Andrejko eines Tages vor der Tafel zusammenbrach. Seine Beine knickten weg, und ihm wurde schwarz vor Augen. Die Lehrerin zog die Blumen aus der Vase und begoss ihn mit dem Blumenwasser, man rief den Krankenwagen, und der Direktor machte sich auf, um Ida zu holen. Eine hässliche alte Frau mit aufgedunsenem Gesicht und glasigen, blutunterlaufenen Augen öffnete die Tür, sie trug einen mit Essensresten beschmierten Morgenmantel und konnte sich kaum auf den Beinen halten. Der alte Lehrer schob sie zur Seite und betrat schweigend die Wohnung, im Zimmer starrten ihn ungemachte Betten und ein riesiger Haufen schmutziger Wäsche an, in der Küche türmte sich ungewaschenes Geschirr, und unter dem Tisch kauerte ein verängstigtes kleines Wesen: der kleine Tibor mit voller Windel …

Ida wankte dem Direktor hinterher, sie wusste immer noch nicht, was dieser Gadsche hier wollte, sie hatte ihn gar nicht wiedererkannt. Schließlich verstellte sie ihm mit offenem Morgenmantel den Weg und bettelte mit ihrer heiseren Trinkerstimme: Kostet nur zehn Kronen oder zwei Bier … Der Herr wird es nicht bereuen …

Erschrocken und voller Abscheu drängte sich der Direktor an ihr vorbei in den Hausflur und suchte eilig das Weite, erst auf der Straße hielt er inne.

Währenddessen lag Andrejko im Büro des Direktors auf dem Sofa und redete im Fieber: Wasch dir die Füße, Milan, hast du die Hausaufgaben schon fertig, Anetka, sieben mal zehn ist siebzig Tuwort Zeitwort Wiewort … Herr Bielčik, Jolanka … Anetka, Wasser, *paňi* … Wasser, *paňi* … Und alle liefen auf Zehenspitzen um ihn herum, brachten ihm Wasser, wischten den Schweiß von seiner Stirn und hielten ungeduldig Ausschau nach dem Krankenwagen.

Als Andrejko wieder zu sich kam, erblickte er eine weiße Decke mit Neonröhren und ein riesiges Fenster, das die ganze Wand einnahm. Vorsichtig drehte er den Kopf, und seine Augen streiften weiß bezogene Betten, auf einem von ihnen schlief ein kleines Mädchen. Andrejko wollte sich auf die Seite drehen und sich hinsetzen, aber seine Arme und Beine waren ans Bett gefesselt, er zerrte an den Lederriemen, sie schnürten seine Knöchel ein, aber da tauchte schon eine Krankenschwester in einem blauen Kleid mit weißer Schürze auf. Du wolltest nicht liegen bleiben, sagte sie und band ihn los. Andrejko setzte sich hin, massierte sich die geschwollenen Gelenke und sah neugierig auf den Schlauch, der sich von seinem Arm zu einer Glasflasche hinaufschlängelte. Keine Panik, das kommt gleich weg, sagte die Schwester beruhigend, presste ein Stückchen Mullbinde auf Andrejkos Unterarm und zog den Schlauch samt Nadel heraus. Kräftig drücken, sagte sie, nahm den Ständer mit der Infusion und verschwand.

Andrejko presste die Mullbinde auf die Einstichstelle und sah sich um. Vier Betten standen hier, doch außer ihm und dem kleinen Mädchen gleich neben dem Fenster war sonst niemand da. Eine Seite des Raumes war verglast, hinter der Scheibe befand sich ein Schreibtisch mit riesigen Papierstapeln und einer Schreibmaschine, drumherum standen merkwürdige blinkende Geräte und ganz hinten ein Arzneimittelschrank mit bunten Medikamentenschachteln. Andrejko wusste immer noch nicht, wie er hierhergeraten war: Gerade eben war er doch noch in der Schule gewesen und hatte an der Tafel gestanden! Er rutschte vom Bett herunter, seine

Beine waren wie aus Watte, er taumelte. In der Tür stieß er mit der Krankenschwester zusammen, hinter ihr stand eine Ärztin im weißen Kittel, und die beiden schickten ihn zurück ins Bett. Dann musste Andrejko die Zunge herausstrecken, tief atmen, die Luft anhalten, weiteratmen. Die Ärztin stellte ihm Fragen, notierte zwischendurch etwas, und schließlich sagte sie: Keine Angst, alles wird gut, du bleibst aber für ein paar Tage hier … und zuerst nimmst du ein Bad und isst etwas, du bist ja nur noch ein Strich in der Landschaft …

Als Andrejko frisch gewaschen wieder im Bett lag, wanderten seine Gedanken zu den anderen Kindern und zu Ida, und seine Tränen, die er nicht rechtzeitig abgewischt hatte, sickerten in das weiße Kopfkissen.

Beim Aufwachen sah er seinen Schulranzen neben dem Bett stehen, den hätten seine Geschwister gebracht, sagte die Schwester, sie wollten sich von ihm verabschieden, weil sie ins Heim mussten. Andrejko ballte unter der Bettdecke die Hände zu Fäusten. Es nagte an ihm, dass seinetwegen alles herausgekommen war, sein Schwächeanfall war ihm peinlich, er schämte sich für sich und für Ida, und dann fiel ihm plötzlich die Anstalt in Kostelec ein, und er bekam Angst um Milan, Anetka und Tibor. Andrejko bohrte den Kopf in das Kopfkissen, sein Herz schlug wie wild … und auf einmal wusste er, was er zu tun hatte. Er sah sich im Flur um, ob auch keiner kam, dann öffnete er das Fenster und so, wie er war, im gestreiften Pyjama und mit Pantoffeln, rutschte er den Blitzableiter hinunter.

Die Straßenbahn, die vor dem Krankenhaus hielt, erreichte er gerade noch. Und schon bald klopfte er in der Schule beim Herrn Direktor an, weil er der Einzige war, der ihm helfen konnte … Der Direktor legte Andrejko seinen Mantel um die Schultern und setzte Teewasser auf, dann erzählte er ihm, wie aus jenen Zigeunerkindern, die damals im Böhmerwald von ihren Eltern getrennt aufwuchsen, anständige Leute geworden seien, und dass es nichts bringe, wenn man Unsinn macht ... Er sprach langsam, jedes Wort wog er sorgfältig ab, und er eröffnete Andrejko, dass man Ida zu einer Kur geschickt habe, die womöglich sehr lange dauern werde, und dass die Kinder im Heim gut versorgt würden, er habe dort eine Zeit lang unterrichtet und sei der Meinung, dass man sich dort gut um die Kinder kümmere.

Andrejko wollte aber nicht, dass sich andere um ihn kümmerten. Er hatte Angst um seine Geschwister, er konnte sich noch zu gut daran erinnern, wie er in Kostelec geschlagen worden war und keine Hilfe bekommen hatte. Vor seinem inneren Auge sah er Anetka und den kleinen Tibor durch das vergitterte Fenster in den Garten starren, mit ihren Patschehändchen den Staub auf der Scheibe verschmieren und auf ein Wunder warten, darauf, dass sie aus diesem schwarzen und grausigen Loch befreit werden ... Als er den Direktor am Telefon sagen hörte, der Junge sei wohlauf, verzog er enttäuscht das Gesicht und ballte trotzig die Hände zu Fäusten. Dann rief der alte Herr noch irgendwo anders an, man möge sich keine Sorgen machen, es werde alles wieder gut. Mit dem Auto brachte er Andrejko ins Krankenhaus zurück, dort zog der Kleine seinen Schlafanzug aus und bekam seine alte Kleidung ausgehändigt. Schweigend fuhren sie aus der Stadt hinaus, an den Schornsteinen der Škoda-Werke vorbei, und schon bald lag Pilsen weit hinter ihnen. Als sie von der Landstraße abbogen und durch ein rostiges Tor fuhren, über dem *Kinderheim* stand, kauerte sich Andrejko zusammen. Hier waren zwar weder Gitter noch Maschendraht vor den Fenstern wie in Kostelec, aber das Wort Kinderheim, das ihn von der

Blechtafel über der Einfahrt anschrie, war wie ein Schimpfwort, wie ein Fluch, es war kein Hirngespinst oder ein böser, schwarzer Albtraum, das hier war echt …

Anetka und Tibor warteten schon auf ihn. Und da der Direktor ein gutes Wort für sie eingelegt hatte, durften sie zusammenbleiben. Ihre Betten standen nebeneinander, jeder bekam einen eigenen Tisch und einen eigenen Schrank, sie hatten saubere Kleidung, und jeden Tag gab es warmes Essen. Je länger sie da waren, desto weniger bedrohlich klang das Wort Kinderheim in ihren Ohren. Nur mit der Sprache war es ein Kreuz, Romani durften sie nicht einmal untereinander benutzen, das wurde mit Fernseh- und Ausgangsverbot bestraft.

In der Schule, die sie jetzt besuchten, tauchte nach den Ferien der Direktor ihrer alten Schule auf, hier stand er als gewöhnlicher Lehrer vor der Tafel und schien sehr müde zu sein, als wäre er in den paar Monaten um Jahre gealtert. Als Andrejko ein paar Tage später in der Kantine auf die Essensausgabe wartete, hörte er hinter der Durchreiche die Köchinnen über den Direktor herziehen, das sei doch nicht normal, wenn man sich in seinem Alter hierherversetzen lasse, noch dazu als normaler Pauker, wer weiß, was dahinterstecke, man müsse sich vor ihm in Acht nehmen …

Einmal rannten die kleinen Dunkas zum Mittagessen und riefen sich etwas auf Romani zu, ohne daran zu denken, dass es verboten war. Sie rempelten dabei den alten Herrn an, blieben einen Moment erschrocken stehen und liefen dann schnell weg. Am nächsten Tag erwarteten sie mit gesenkten Köpfen ihre Strafe, aber der alte Herr sagte nichts.

Keiner wusste, warum er die Kinder nicht zurechtwies, warum er nur selten laut wurde und warum er am Fenster im

Lehrerzimmer eine Zigarette nach der anderen rauchte … Der glotzt ins Leere, lachten hinter seinem Rücken die Lehrerinnen über ihn, aber er blickte durch ihre niedlichen Puppengesichter hindurch, und hinter all den Wandzeitungen, Berichten und Bücherregalen sah er sich selbst, einen jungen Lehrer mit glatt rasierten Wangen und dichtem, hochgekämmtem Haar, so wie es damals bei der Parteijugend üblich war, er sah sich Zigeunerfamilien besuchen, die mit Lastwagen aus Spiš oder Zemplín herbeigekarrt worden waren, und den verzweifelten Müttern ihre Kinder nehmen. Er sah sich, wie er auf die Ärmsten, die nicht einmal Tschechisch verstanden, wütend einredete: Wir, unsere Gesellschaft, wir werden für Ihren Sohn Sorge tragen, wir machen aus ihm einen neuen Menschen, der keinen Hunger und keine Not kennt, wir statten ihn mit Seife, Schuhen und sauberen Kleidern aus und bringen ihm nicht nur das Lesen und Schreiben bei, sondern auch, wie man das Pionierhalstuch richtig knotet …

In den Polizeiautos hockten die kleinen Zigeunerkinder auf dem Rücksitz, trommelten gegen die Heckscheibe und heulten, während andere Autos ihre Eltern ans andere Ende der Republik brachten. Den nomadenhaft umherziehenden Clans der Olaši lauerte man bei nächtlichen Razzien auf, man zersägte die Räder ihrer Karren und Planwagen, und die Pferde wurden von der Polizei beschlagnahmt oder gleich an Ort und Stelle erschossen. Man nahm ihre Fingerabdrücke und versah ihre Personalausweise mit einem Stempel: Als Zigeuner registriert. Zu jener Nummer, die manch einer auf dem Vorderarm eintätowiert trug, kam nun ein neues Brandzeichen hinzu …

Das war der Moment, in dem uns die Sache über den Kopf wuchs, seufzte der alte Herr verbittert, wir haben alles allzu schnell kaputt gemacht. Die Sippenältesten, die Vajdas, die haben wir in den Schacht oder direkt in den Knast geschickt, die Männer mussten ins Stahlwerk, die Greise ins Altersheim, und die Kinder kamen in die Besserungsanstalt. Wir haben jede Bindung zerstört. Aber was haben wir ihnen anstelle ihrer Kinder, Karren und Pferde angeboten? Geld, nur Geld … Sie brauchten eine Schlafstätte? Sie mussten nur Bescheid sagen, und schon bekamen sie ein Haus, ein von den Deutschen verlassenes Gut. Ihnen war kalt? Am nächsten Tag brachte man ihnen eine Fuhre Holz mit dem Traktor. Sie wollten eine neue Wohnung? Sie bekamen den Schlüssel ausgehändigt. Und wenn sie ihre Bleibe verwohnt hatten, brauchten sie es nur zu melden, und am nächsten Tag stand eine neue einzugsbereit … Sie würden so gerne arbeiten, aber alles tat weh? Sie brauchten nur zum Arzt zu gehen, und ihnen wurde eine Invalidenrente bewilligt. Und wenn sie das Kindergeld durch die Kehle gejagt hatten, brauchten sie bloß zu sagen: Unsere Kinder haben Hunger, gebt Geld! … Wir haben ihnen alles und nichts gegeben. Sie haben schnell begriffen, dass es reicht, zu schreien und die Hand auszustrecken; sie waren wie Eichhörnchen, die ihre Jungen zu den Mülltonnen bringen und zu den Rentnern, die sie mit Brotkrumen versorgen – anstatt ihnen zu zeigen, wie man auf die Bäume klettert und nach Nüssen sucht …

Anfangs schien das Ganze so einfach: die Wagen zu zertrümmern, den Kindern Sauberkeit beizubringen und den Erwachsenen die Wurzeln zu kappen, sie aus dem gewohnten Umfeld herauszureißen. Aber später, da saß unser junger Lehrer bereits der Kreiskommission vor, geriet die Maschinerie ins Stocken. Die Zeiten hatten sich geändert, man konnte nicht mehr so ohne Weiteres die Bauern umsiedeln oder die Zigeuner in einer Gegend festhalten. Die Lakatoš und die Giňas flüchteten aus dem kalten und feuchten Böhmerwald in die Städte, nach Rokycany, Pilsen oder Most, und überall erzählten sie lauthals herum, dass ihre Kinder hungrig seien, überall streckten sie die Hand aus und riefen: Gebt Geld …

Erst heute wurde man sich allmählich dessen bewusst, dass es ein Verbrechen ist, einer Mutter das Kind zu nehmen oder ein Pferd zu erschießen oder einen Hund einzuschläfern, dass es das Gleiche ist, wie einen Menschen umzubringen. Selbst wenn man sich dabei an das Gesetz hält, bleibt es ein Verbrechen … Und deswegen stand der einst so eifrige junge Lehrer und ehemalige Schuldirektor nun in einem gewöhnlichen Kinderheim vor der Tafel, um auf seine alten Tage wieder dort anzufangen, wo alles begonnen hatte: bei den zertrümmerten Rädern der Zigeunerwagen, bei den erschossenen Pferden und den gestohlenen, umgepflanzten und seelisch gebrochenen Kindern …

13.

Im Winter tauchte Tante Ida im Heim auf.

Sie war von der Entziehungskur zurück und musste sich zum ersten Mal im Leben Arbeit suchen. Sie fand eine Stelle als Putzfrau in einem Bäckereibetrieb und machte die Büros und Umkleideräume sauber, aber fremder Dreck und feuchte Putzlappen waren nichts für sie, sie musste ständig weinen, und es war ihr egal, ob sie dabei im Sessel des Schichtmeisters saß oder auf der harten Bank im Umkleideraum oder auf einer bepinkelten Klobrille. Und abends, wenn sie nach Hause kam, wartete eine leere und kalte Wohnung auf sie … Also zog sie eines Tages ihre besten Kleider an, schminkte sich, so gut sie konnte, und machte sich auf den Weg zu ihren Kindern.

Die Kinder wichen ihren Küssen aus, sie blickten zur Seite und schwiegen. Sie konnten nicht so schnell vergessen, wie unangenehm es gewesen war, neben einer torkelnden Mama die Straße entlangzulaufen, wie beschämend sie die bekotzte Treppe fanden und die Typen, die in Mamas Bett lagen … Sie würden schon zurück nach Hause gehen, aber nicht zu der stinkenden Drecksmama, sondern zu der guten, lustigen Mama von früher, als Tante Majka noch bei ihnen war. Sogar Andrejko wollte diesmal im Heim bleiben, in der Schulbank vor ihm saß ein hübsches Mädchen namens Tereza, ihre Augen glichen Mandeln und ihre langen Haare trug sie zu einem Knoten hochgesteckt, er musste sie ständig anschauen, seine

Aufmerksamkeit galt ihr allein, und wenn die Lehrerinnen etwas von ihm wollten, mussten sie ihn an den Ohren ziehen …

Der Vater der kleinen Tereza saß im Knast, und ihre Mutter grämte sich ob ihres verpatzten Lebens und ließ ihre Wut an Tereza aus. Nur die Männer, die zur Mama zu Besuch kamen und ab und an auch in Terezas kleinem Zimmer vorbeischauten, waren nett zu ihr, auch wenn es nur einen kurzen Moment dauerte und manchmal ziemlich wehtat … Da fing Tereza an, ihr Zuhause zu meiden, und als ihr alles zu viel wurde, stopfte sie sich mit Mamas Pillen voll. Aus dem Krankenhaus brachte man sie gleich ins Heim, aber auch hier wollte sie nicht aufhören, ihre Mama lieb zu haben, zu Weihnachten strickte sie einen endlos langen rotweißen Schal für sie, sie strickte ununterbrochen, abends und auch tagsüber unter der Schulbank, die anderen Mädchen lachten sie aus, wegen des Schals und weil sie sich selbst Weihnachtskarten schrieb, wie es alte Menschen tun, damit sie wenigstens ein Mal im Jahr Post bekommen … Ähnlich wie Andrejko damals in Kostelec verbrachte auch Tereza ganze Tage am Fenster und sah zur Toreinfahrt und auf die Straße hinaus. Andrejko hätte ihr so gerne etwas gesagt, aber er wusste nicht, was, und als er einmal all seinen Mut zusammennahm und sie ansprach, hörte er sich mit einer fremden, gepressten Stimme reden, als steckte ihm ein Kloß im Hals … Ein anderes Mal fasste er nach ihrer Hand, aber sie riss sich los und rannte weg, und Andrejko hätte am liebsten laut geweint.

Ida pilgerte von Amt zu Amt und vergoss ihre Tränen in diversen Gerichtssälen, und eines Tages bekam sie tatsächlich ihre Kinder zurück. Das war nicht leicht gewesen, sie musste alle von ihrem neuen Lebenswandel überzeugen, sie musste nachweisen, dass sie nicht mehr trank und einer geregelten Arbeit nachging, auch wenn sie kaum Kraft dafür hatte: Schauen Sie doch, gnädige Frau, wie kaputt sie sind, Ida streckte der Richterin ihre Hände über die Holzabsperrung hin. Der kleine Tibor wird bald sechs, gnädige Frau, im Herbst geht er zur Schule, er braucht seine Mama, die gnädige Frau haben selbst gesehen, dass ich lesen kann …

Als sie die Wohnungstür aufschloss, zogen die Kinder den Kopf ein und trauten sich kaum zu atmen, was mochte sie bloß hinter der Tür erwarten? Aber schon im Flur waren sie beruhigt. Die Wohnung sah aus wie geleckt, alles war aufgeräumt, sogar die Wände waren neu gestrichen, vor den Fenstern hingen Gardinen, auf dem Tisch stand eine kleine Vase mit Margeriten, und auf jedem Kopfkissen lag ein Teddybär mit einer Schleife um den Hals. Andrejko schossen Tränen in die Augen, es war das erste Spielzeug, das er je bekommen hatte …

Ida träumte von einem Neuanfang, aber das alte Leben konnte man nicht einfach wegwischen und vergessen. Manchmal mussten die Kinder die Zähne zusammenbeißen und den Blick auf den Boden heften, wenn auf der Straße schon wieder einer auf die Mama zeigte und schrie, He, kuck mal, das ist doch die Nutte … Aber sie redeten nicht mehr über das Vergangene, und allmählich kam es ihnen so vor, als ob sie das alles nur geträumt hätten. Ganz langsam kamen sie sich wieder näher, aber es dauerte viel länger, die Fäden wieder zu verknüpfen, als es gebraucht hatte, sie zu kappen.

Ida versuchte es mit Märchen. Sie hatte den Kindern nie etwas erzählt oder vorgelesen, sie konnte ja erst seit Kurzem lesen, aber tief in ihrem Inneren wusste sie, dass die Kinder das brauchten. Und weil sie keine Märchen kannte, dachte sie sich eben welche aus. Sie handelten von dem, was sie tagsüber erlebt oder gesehen hatte, was ihr jemand erzählt hatte, wen sie getroffen hatte, und davon, was es zum Abendessen gab … Wenn sich die Kinder abends ins Bett legten, setzte sie sich zu ihnen und fing an zu erzählen, auch wenn sie häufig gar nicht wusste, von welchem Ende sie die Geschichte angehen sollte: *Jekh ciknoro čhavoro romano*, es war einmal ein kleiner Junge, *sas tuke jekh čoro Rom*, es war einmal ein armer Mann … Sie erzählte von Menschen, die sie kaum kannte, und dabei erzählte sie von sich selbst, sie brachte die Wort- und Satzfetzen, die sie tagsüber aufgeschnappt hatte, zusammen und schlang sie wie Teigsträhnen ineinander, wie bei einem Hefezopf, manchmal flocht sie kleine Zöpfchen aus ihnen, wie bei Anetka, wenn sie sie morgens für die Schule anzog. Was sie nicht wusste, das dachte sie sich aus, und sie war sich absolut sicher, dass es sich wirklich so zugetragen hatte. Manchmal fühlte sie sich von ihren Erzählungen so ergriffen, dass ihr die Tränen kamen.

Diese Gute-Nacht-Geschichten waren für sie so etwas wie eine Beichte, mit ihnen wischte sie den Schmutz fort, mit dem sie tagsüber in Berührung gekommen war. Die Kinder lagen still im Bett und hörten ihr zu. Auch Andrejko. Er schämte sich zwar ein wenig dafür, weil er sich für Märchen schon ein wenig zu groß vorkam, aber ihm hatte man abends nie etwas erzählt, abgesehen von den Liedern, die ihm seine Mama vorgesungen hatte, als er ganz klein war. Das war das Einzige, was ihm vom Poljana seiner Kindheit noch im Gedächtnis geblieben war: Seine schöne und liebe Mama hält seine Hand und singt leise, ihre Augen glänzen, und in der Tür sind die verwuschelten Haarschöpfe und schmuddeligen Gesichter von anderen Kindern zu sehen, die zwar tagsüber wie kleine Horden schreiender Teufel herumtobten, aber abends unbedingt seiner Mama zuhören wollten.

In Idas Märchen ging es ganz gewöhnlich zu, nicht wie in den Märchen der Gadsche, in denen es vor lauter Königen nur so wimmelte und vor Prinzessinnen, Wassermännern und Rittern in goldener Rüstung auf weißen Pferden, die mit neunköpfigen Drachen kämpften. Das war den Gadsche-Märchen auch anzumerken, dass sie nicht mit Herzblut, sondern mit dem Kopf gegen Geld geschrieben worden waren …

Mit den Zigeunerliedern verhielt es sich ebenso, auch sie handelten von einem ganz gewöhnlichen Leben, davon, wie einer Kartoffeln kaufen ging oder Heimweh hatte, davon, dass den Kindern kalt ist und sie Hunger haben … *Joj mamo, dado, me som tiro šukar čhavoro … e daj mange mul'a, o dad romňa il'a* … Joj, Mama, Papa, ich bin euer lieber kleiner Junge … meine Mutter ist tot, der Vater nahm sich eine andere Frau … über so etwas würde ein Weißer nie singen wollen. Es waren ganz normale Lieder, wahrhaftig und wirklichkeitsnah, und jeder, der sie sang, meinte über sein eigenes Leben zu singen, und so fügte er ein Wort oder eine ganze Strophe hinzu oder veränderte den Text ganz, je nachdem, was ihm in dem Moment am meisten auf der Seele lag; er verschob den Rhythmus, veränderte die Akkorde oder wechselte in eine andere Tonart, so dass jedes Mal ein ganz neues Lied entstand. Der Sänger war auch felsenfest davon überzeugt, sich das Lied selbst ausgedacht zu haben. Schon deswegen schrieb man weder die Noten auf, noch stritt man sich darüber, ob die Akkorde stimmten, weil die Töne, die Betonung und die Worte jedes Mal die richtigen waren …

Ida sang, sie hätte im Traum vier Gänse gesehen, *somas me suneste, štare papiňenca* … aber es waren keine Gänse, sondern Kinder, ihre Kinder, *oda na papiňa, oda mire čhave* … und die Kinder hätten am Straßenrand gesessen und Sand gegessen, weil sie ganz allein auf der Welt und hungrig waren … *ola mire čhave, pro furmancos bešen, churd'i poši jon chan, bo len ňiko nane* … Und die Tante fing an zu weinen, weil sie in dem

Moment fest davon überzeugt war, es so gesehen zu haben, und jeder, der sie das singen hörte, glaubte ihr die Gänse, den Sand und den Hunger aufs Wort.

***

Nach den Ferien kehrten die Kinder in ihre alte Schule zurück. Aber dort hatte sich inzwischen einiges verändert. Im Büro des Direktors saß nicht mehr der nachdenkliche, nette alte Herr, sondern eine energische junge Frau, vor der sich die Lehrerinnen fürchteten, und als diese ihnen mitteilte, dass sie nun die Gören von dieser Zigeunerhure aufgehalst bekommen hätten, da duckten sie sich und sahen zu Boden. Frau Direktor fuhr fort, sie wolle hier keine Problemschule haben, und sie brachte ihre Hoffnung zum Ausdruck, dem Lehrerkollegium werde es gelingen, die Kinder schnell loszuwerden … Als am Ende des Schuljahres jedoch keiner der Dunkas in die Sonderschule versetzt wurde oder zumindest sitzen geblieben war, schnellten Frau Direktors Augenbrauen vielsagend in die Höhe. Und als man ihr Andrejkos Zeugnis zur Unterschrift vorlegte, wurde ihre Laune noch schlechter, vor lauter Wut verschluckte sie sich sogar, und das kaffeebespritzte Zeugnis musste neu geschrieben werden.

Nur die kleine Anetka hatte Pech. Ihre Lehrerin wollte sich die Gunst der Frau Direktor erschleichen und ließ die Kleine nicht einen Moment in Ruhe, sie sorgte dafür, dass keiner in der Klasse nur für einen Moment vergessen konnte, woher Anetka kam, und dass ihr Vater – falls er überhaupt ihr richtiger Vater war, bei einer solchen Mutter – im Gefängnis saß. Heute kommt die Zigeunerin wieder, sagte sie den Kindern gleich am ersten Schultag, als sich Anetka und ihre Mama vor dem Direktorenzimmer die Beine in den Bauch standen, bis die Genossin Direktorin Zeit fand, sie zu empfangen. Wer weiß, wem wir die Läuseplage zu verdanken haben, verkündete sie eine Woche später und rümpfte die Nase, während sie unverwandt Anetkas pechschwarzen Haarschopf anstarrte. Anetka wäre am liebsten im Boden versunken, so aber kauerte sie sich nur in der Bank zusammen, damit keiner sie bemerkte, damit keiner ihre Tränen sah. In der Pause setzten ihr auch noch die Kinder zu, ähnlich wie ihre Lehrerin wollten sie das eigene Selbstbewusstsein aufpolieren, sie prahlten mit ihrer hellen Haut und schrien, selbst wenn sie ein halbes Jahr auf das Waschen verzichten würden, blieben ihre Wangen trotzdem hundertmal heller als die der kleinen Zigeunerin, selbst wenn Anetka in Kalk baden würde, bliebe sie für immer schwarz! Und sie brüsteten sich auch damit, tausendmal mehr zu wissen als Anetka mit ihrem gebrochenen Tschechisch, sie freuten sich, ein Opfer zu haben, das sie auslachen, dem sie den Schulranzen auf den Gehsteig auskippen, dem sie die Mütze vom Kopf reißen und sie durch die Gegend treten konnten, sie fanden es witzig, Anetka an den Haaren zu ziehen und dann schnell wegzurennen, bevor ihre Flöhe rüberhüpften … In Anetkas Klasse gab es keine dicken oder dünnen Kinder, keine schlechter oder besser angezogenen Schüler, keine Brillenschlangen oder Segelohrenmonster wie in den anderen Klassen. In der 3A gab es nur die klugen und vollkommenen Weißen, und die dunkle und einsame Anetka …

Nächtelang schluchzte Anetka ins Kopfkissen und wollte nie wieder zur Schule gehen. Als Andrejko davon erfuhr, passte er eines Tages die Drittklässler ab. Das gab ein hübsches Handgemenge, es war eine ganze Horde Scherzkekse, die Anetka an den Fersen klebte, aber Andrejko war ein paar Jahre älter und stärker und gewann schließlich die Oberhand.

Gleich am nächsten Tag wurde er ins Direktorenzimmer bestellt, vor jenen Schreibtisch, hinter dem früher der alte Herr gesessen hatte, und musste sich von der überschlagenden Stimme der Genossin Direktorin eine Standpauke halten lassen: Du bist hier nicht mehr in diesem Dreckskaff, dort, am Arsch der Welt … Sie meint Poljana, schoss es Andrejko durch den Kopf, aber dort hatte er sich nie gerauft, der alte Herr Bielčik und die anderen, Pal'o Jasenčák und seine Frau Marika, Demčak mit seiner Geige, alle waren sie nett zu ihm gewesen … Wenn du so weitermachst, landest du wieder im Heim, drohte sie und wedelte mit der Akte aus Kostelec … Aber dort hatte er sich gar nicht geprügelt, er hatte ja gar keine Gelegenheit dazu … Andrejko presste die Zähne zusammen, und die Direktorin rühmte sich noch tagelang, wie sie es dem kleinen Ganoven gezeigt hatte. Sie verwarnte Andrejko, und als sie auf seinem Zeugnis die Drei im Benehmen unterschrieb, die er wegen eines ausgeschlagenen Zahns, einiger blauer Flecken und zerrissener Ärmel bekam, konnte sie ein selbstzufriedenes Lächeln nicht unterdrücken.

Seit diesem Vorfall begleitete Andrejko sein kleines Schwesterchen jeden Tag nach Hause, und bald ließ man Anetka in Ruhe, die kleinen Quälgeister suchten sich lieber ein anderes Opfer. Anetka aber hing weiterhin wie eine Klette an ihm. Wenn ich groß bin, heirate ich dich, sagte sie, doch er lachte nur. So klein, kaum raus aus den Windeln, und die sollte er heiraten?

Die Direktorin rief immer wieder beim Amt an, und die Sozialarbeiter gaben sich die Klinke in die Hand. Die Tante knirschte zwar mit den Zähnen, aber sie wollte die Damen vom Amt nicht vergraulen, damit ihr die Kinder nicht genommen wurden und sie wieder zur Arbeit musste. Wie sollen diese Hände arbeiten?, fragte sie und drehte die Handflächen nach oben: Sie würden es liebend gerne tun, aber die gnädige Frau sehen selbst, es geht gar nicht … Und das war ihr Ernst, ihre Hände taten ihr wirklich leid, sie hätten so gerne gearbeitet, konnten es aber nicht …

Eines Tages tauchte in der Wohnung ein gebrauchter Schwarz-Weiß-Fernseher auf, es dauerte eine Weile, bis sich seine Röhren erwärmt hatten, aber dann konnte man ihn stundenlang benutzen. Die kleinen Dunkas gewöhnten sich an, ihre Zeit vor dem Fernseher zu verbringen. Wenn sie von der Schule nach Hause kamen, schalteten sie ihn gleich an und hockten bis in den späten Abend hinein davor, nachts konnten sie nicht einschlafen, und am nächsten Tag brannten ihnen in der Schule die Augen.

Der Fernseher brachte eine große Veränderung in ihr Leben. Immer mehr tschechische Wörter fanden den Weg auf ihre Zungen, und ihre Muttersprache stahl sich durch die Hintertür hinaus. Mit dem Tschechischen kamen sie in der Schule schneller voran, auch beim Einkaufen ging es besser, Tschechisch zu sprechen lohnte sich und war daher richtig. Nur zu den Liedern passte es nicht, und wenn einer singen wollte, tat er das auf Romani, wie früher.

Trotz aller Widrigkeiten gelang es Andrejko, die acht Klassen der Mittelschule hinter sich zu bringen. Seine Freude über das Abschlusszeugnis hielt sich allerdings in Grenzen, denn die Direktorin hatte ihn in ihrer Beurteilung nicht für die weitere Schullaufbahn empfohlen, ja nicht einmal für eine Lehre: Dann könnte ja jeder Zigo auf Kosten der Arbeiterklasse studieren, rümpfte sie zu Hause die Nase. Außerdem ist er nicht mal Pionier gewesen, sagte sie am nächsten Tag, als Andrejkos Klassenlehrerin ein gutes Wort für ihn einlegen wollte, er erfüllt die Voraussetzungen nicht.

Die Pionierorganisation … Einmal wurde Andrejko aufgefordert, bei einer Versammlung Geige zu spielen, aber er war zu spät gekommen. Andrejko blieb in der Tür zur Turnhalle stehen, ein kleiner Zigeunerjunge mit Mitro Demčaks Geige in der Hand, vor ihm wogte ein blaues Meer von Pionierhemden, durchwirkt von roten Halstüchern … Da machte er rasch die Tür wieder zu und flitzte schnell auf die Straße.

Zu den Pionieren und den kleinen Gadsche gehörte er nicht, aber zu seinen Leuten, zu denen gehörte er auch nicht. Die Romajungen, die durchs Viertel stromerten, waren ihm genauso fremd. Sie lungerten vor den Schaufenstern herum oder wieselten durch die Hinterhöfe, über Mülldeponien und Schuttabladeplätze, sie wussten, wo was abging, und wenn Gefahr in Verzug war, brauchten sie nur einmal zu pfeifen, und schon schwärmten ihre älteren Brüder und Cousins auf die Straße hinaus, um für Ordnung zu sorgen. Wehe einem Gadsche, der einer kleinen Rotznase kein Geld für ein Eis oder eine Kinokarte geben wollte! Der musste sich meistens gleich von seinem Portemonnaie und seiner Armbanduhr verabschieden, denn zu kleinen Kindern sollte man nett sein …

Diese Jungen mochten Andrejko nicht. Er zog nicht mit ihnen durch die Straßen, die Hände tief in den Taschen vergraben, er wollte nicht wie sie seine aufgestaute Wut und Aggression an den anderen abreagieren, er pfiff nicht, wenn es ihm an den Kragen ging, und er zerschlug keine Fenster und bediente sich nachts nicht heimlich in den Läden. Andrejko war nie gemeinsam mit ihnen durch die Straße getorkelt, betrunken von Apfelwein mit einem Schuss Fensterputzmittel, er hatte sich nicht gemeinsam mit ihnen nach seiner ersten Zigarette übergeben, hatte keine Lösungsmittel geschnüffelt und keine Kopfschmerztabletten an die anderen verteilt.

Deswegen mochten sie ihn nicht. Die Schule schwänzte er zwar genauso wie sie, das schon, aber er ging nicht ins Kino oder zum Kiffen in die Unterführung, ihn zog es an einen Fluss, an die Radbuza oder die Úslava, dort lief er stundenlang am Ufer entlang oder sah der trüben Strömung zu und lauschte den Zügen, die über die Stahlbrücke donnerten. Die anderen lachten ihn nur aus, sie fanden Andrejko durchgeknallt und feige.

In seiner zu früh erwachsenen Seele tickte ein anderes Uhrwerk, dem musste er folgen. Vielleicht war damals, als Onkel Fero ihn nach Prag gebracht hatte, etwas in ihm beschädigt worden, vielleicht auch erst später, als er nachts über den Anstaltszaun geklettert und über das Feld gerannt war, vielleicht waren erst beim alten Juraj Andrejkos Weichen neu gestellt worden, auf jeden Fall brauchte er keine Clique, um sich dadurch weniger einsam zu fühlen. Für einen echten Freund hätte er allerdings sein Leben gegeben … Die Mädchen, die ganze Tage zusammenhockten und tratschten, wer mit wem, hielten Ausschau nach Jungen, die sie ins Kino oder in die Konditorei einladen würden, aber diese Mädchen fanden ihn nicht interessant genug, und er machte einen großen Bogen um sie und dachte an Jolanka, die man aus seinem Leben herausgerissen hatte, und an Tereza, die unter der Bank an ihrem langen Schal strickte.

Jolanka jedoch und all die wunderschönen Mädchen mit ihren träumerischen Blicken, deretwegen er morgens auf einem feuchten Bettlaken aufwachte und die sein Leben zwar nur flüchtig gestreift, aber tiefe Furchen und verbrannte Erde hinterlassen hatten, sie wandelten auf anderen Pfaden als er, und die wahren Freunde, nach denen er suchte, hockten nicht am Fluss und lauschten den Zügen, sie waren irgendwo in der Ferne …

14.

Marketas Augen waren blau wie Vergissmeinnicht, sie hatte Sommersprossen und ihr Haar leuchtete wie ein reifes Getreidefeld, sie trug einen Pullover, der ihr fast bis zu den Knien reichte und rauchte Zigaretten von ihrem Papa. Andrejko lernte sie im Sommer in České-Údolí am Stausee kennen, wo man keinen Eintritt zahlen musste und den er deswegen gerne mit den Kleinen besuchte. Anetka und Tibor spielten mit den anderen Kindern Fangen und stolperten immer wieder über die Nachbardecke, auf der sich ein paar junge Mädchen sonnten. Pass besser auf deine Rabauken auf, ranzten sie Andrejko an, und er stand da wie ein begossener Pudel und fühlte sich in seiner Badehose wie nackt ... Zum Glück zogen bald dunkle Wolken auf, und alle rafften ihre Sachen zusammen, wurden aber trotzdem bis auf die Haut nass. An der Endhaltestelle der Straßenbahn trafen sich Andrejko und Marketa wieder, lächelten sich zum ersten Mal etwas verlegen an und stellten fest, dass sie an derselben Station aussteigen mussten. Der Funke sprang über, und eine Woche später fuhren sie schon gemeinsam hinaus. Andrejko lungerte an der Haltestelle herum, ließ eine Straßenbahn nach der anderen fahren und wartete, bis Marketa auftauchte, um sich dann laut darüber zu wundern, dass sie beide zur gleichen Zeit gekommen waren. Einmal ließ er Tibor und Anetka zu Hause und ging mit seiner Angebeteten spazieren, er duftete nach Seife, und Anetka knallte wütend die Tür hinter ihm zu … Hand in Hand liefen die beiden am Fluss entlang, spazierten durch den Park und durch das Viertel, nur vor ihrem Haus stehen bleiben wollte Marketa nicht. Mein Papa würde mich umbringen, sagte sie, der würde das nicht verstehen … und Andrejko trat verlegen von einem Fuß auf den anderen und wusste nicht, was er sagen sollte.

Die Liebe brach über Andrejko herein wie ein Sturm aus heiterem Himmel. Er selbst hätte nie an ein weißes Mädchen gedacht, auch wenn sie in seinen nächtlichen Träumen und Fantasien durchaus eine Rolle spielten. Und er beeilte sich zu vergessen, wie er noch gestern gezittert hatte vor Angst, alles kaputt zu machen, vor Angst, unter seinen ungeschickten Händen würde dieser Traum in tausend Teile zerspringen, in tausend scharfe Splitter …

Marketa war keine Wintersonne, die tief über dem Horizont hing. Marketa war der unerbittliche Sonnenschein eines heißen Sommers, eine glühende Sonne, die verbrannte Erde hinterließ. Blitze rissen den nächtlichen Himmel auf, die Fluten durchbrachen den Damm und nahmen hundertjährige Eichen mit sich, der Wald brannte lichterloh, und keiner vermochte mehr den Brand zu löschen, Andrejko irrte durch die Straßen, er schwebte über den Dächern und stürzte zugleich aus schwindelerregender Höhe in eine bodenlose Tiefe. Wenn er an Marketas Seite ging, konnte er kaum atmen. Jeder Schritt schmerzte ihn, aber er biss die Zähne zusammen und versuchte, sorglos dreinzublicken. Marketas Nähe quälte ihn, sowohl in seinem Herzen als auch in seinen Lenden.

Fast alle auf der Straße drehten sich nach ihnen um: sie mit ihren blauen Augen, strohfarbenen Haaren und Sommersprossen auf der Nase, er schwarz wie Schuhcreme. Die Freundinnen zogen Marketa auf, wie könne sie bloß, sie selber würden nie, aber auch niemals – doch als sie merkten, dass es ihr nichts ausmachte, fragten sie sie unauffällig aus, und statt sich über das Paar das Maul zu zerreißen, wurden sie neidisch, sie beneideten Marketa um Andrejko, so wie man einen anderen um eine neue Jeans oder einen teuren Tennisschläger beneidete. Marketa war mit einem Zigo zusammen, das war was … Auf der Straße hakte sie sich bei ihm unter, kaute Kaugummi und beobachtete die Reaktionen der Leute. Viele blieben stehen und sahen sich entrüstet nach ihnen um: Haben Sie gesehen, die Jugend von heute, die kennt keine Scham, so was hat es zu unserer Zeit nicht gegeben …

Andrejko lief mit dem schönsten Mädchen von ganz Pilsen durch die Stadt und bemerkte die säuerlichen Mienen der Passanten nicht, nicht die Wut und den Neid in ihren Augen. Er kletterte auf das Brückengeländer und wollte ins Wasser springen, so weh tat Marketa ihm im Herzen, und im selben Moment hätte er am liebsten die ganze Straße in die Arme geschlossen, Menschen, Bäume, sogar jeden Laternenpfahl, die ganze Welt hätte er umarmt, weil er so glücklich war. Er bebte bis in die Fingerspitzen, in seinen Schläfen pochte das Blut, und sein ganzes Leben verdichtete sich zu einer einzigen Sekunde, weil alles zuvor ein anderer erlebt hatte … Er war nicht mehr allein. Mit weit geöffneten Augen blickte er direkt in die Sonne, zu seiner Marketa. Marketa!, schrie er, bis sich die Menschen auf der Straße umdrehten, Marketa!, schrie er im Schlaf.

Anetka, seine kleine Cousine, wachte davon auf und sah ihn den ganzen Tag böse an, aber Andrejko bemerkte es nicht. Die kurzen, heißen Sommernächte machten ihn krank, die Sonne, die sich morgens und abends in blutrotem Bettzeug räkelte, Marketa und mit ihr die ganze Welt quälten ihn und stellten sein ganzes Leben auf den Kopf …

Marketa wollte hören, wie groß seine Liebe war, und er hätte ihr am liebsten ins Ohr geflüstert, dass sie alles für ihn war, dass jede Minute und Sekunde, die er ohne sie verbracht hatte, nicht zählte, dass er ihre Schönheit und ihren Duft kaum ertragen konnte, dass ihre Augen und ihre Haare zum Verrücktwerden waren, dass er schon viele Nächte durchwacht hatte und man ihn gestern vom Brückengeländer hatte herunterholen müssen, weil ihm ihre Schönheit keine Luft mehr zum Atmen ließ, dass er nächtelang durch die Gegend zog und am Flussufer ein Feuer angezündet hatte, aber keiner gekommen war, um sich zu wärmen, all das hätte er ihr gerne gesagt, es herausgeschrien, so laut, bis seine Lungen dabei geplatzt wären, damit ganz Pilsen, damit die ganze Welt erfuhr, wie sehr er sie liebte, aber ihm fehlten die Worte, und schon wieder war er unglücklich und rang nach Luft, weil er nicht wusste, was er Marketa sagen sollte …

Eines Tages entließ ihn Marketa nicht an der Ecke, sondern zog ihn in den Hauseingang hinein, ihre Eltern seien übers Wochenende weggefahren und kämen erst am Sonntag zurück, sagte sie. Leise schlichen sie durchs dunkle Treppenhaus, damit die blöde Kuh von gegenüber nicht wieder petzt, flüsterte Marketa … Sie schlüpften in die Wohnung, aber nicht einmal im Flur machte sie Licht an, sie führte Andrejko an der Hand in ihr Zimmer, in der Dunkelheit dort sah er nur ihr Haar leuchten und die helle Haut ihrer großen und schweren Brüste, die unter seinen heißen und zitternden Händen wie zwei reife Glocken baumelten, wie zwei Teigklumpen, die noch lange geknetet und gewälzt werden mussten, bevor aus ihnen duftendes Brot gebacken werden konnte … aber Marketa stieß ihn weg, flüsterte: Zieh dich aus, und Andrejko hüpfte auf einem Bein und konnte seine Hose nicht loswerden, und erst als er nackt vor ihr stand, erlaubte sie, dass er den hauchdünnen Slip von ihren Hüften streifte und seinen Kopf in ihrem weichen Schoß vergrub. Andrejko zitterte wie Espenlaub, er hatte solche Angst, alles zu verderben, mit seinen ungeschickten Händen diese kostbare Vase zu beschädigen, er fürchtete sich davor, aufzuwachen und festzustellen, dass alles nur ein Traum war. Marketas duftende Scham raubte ihm den Verstand, ihre weichen Hüften und strohfarbenen Haare, ihr ganzer Körper war zum Verrücktwerden weich und schön, in seinem Kopf drehte sich alles, es war nicht mehr auszuhalten. Er schwang sich übers Geländer und ließ sich in die Finsternis fallen, in den schwarzen Abgrund, in einem einzigen atemberaubenden Augenblick war er in tausend Stücke zerborsten, und seine staunenden Hände schoben leicht Marketas Beine auseinander, seine Finger stahlen sich behutsam in die letzte, die dreizehnte Kammer, und Andrejko tauchte ein in die feuchte Wärme, in den süßen Traubensaft von Marketas Körper, ihre Beine schlangen sich um ihn, und er spürte, wie sich die Wasseroberfläche über ihm schloss, und er wusste, dass er dabei war, zu sterben, gleichzeitig aber stieg er einen steilen Hang hinauf, lief über eine steinerne Treppe auf einen Lichtstrahl zu, der immer näher kam und immer größer wurde, als würde die Sonne selbst ihm entgegenkommen, unter sich hörte er Marketas Herzschlag, ein immer schnelleres und verrückteres Pochen, er spürte auch sein eigenes Herz, das dem von Marketa hinterherhetzte, und auf einmal wurde es ganz hell, denn Himmel und Erde, Feuer und Wasser prallten aufeinander und verbanden sich, aus Sekunden wurden Stunden, und ganze Jahrtausende schrumpften zu Sekundenbruchteilen zusammen, und durch das gleißende Licht, das sie einhüllte, schoss Kraft aus ihm heraus und sein Leben entschwand … Dann wurde es dunkel und still, die Trommeln hörten auf zu schlagen, das Zittern legte sich, die Angst und der Schmerz waren weg, denn hinter diesem Berg, den er und Marketa gemeinsam erklommen hatten, hinter der Sonne, durch die sie geflogen kamen, hinter all dem gab es nichts mehr.

Andrejko lag erschöpft auf Marketa, sein Atem ging stoßweise, er schwitzte und glühte, fühlte sich zerrissen, verwirrt und glücklich …

In jener Nacht war er zu seinem wahren Wesen und zu seinen Wurzeln zurückgekehrt, er hatte das Geländer losgelassen und war gesprungen, in jener Nacht wurde er hoch in die Luft hinauskatapultiert, in jener Nacht ist er zum Mann geworden.

Ein paar Straßen weiter wich die kleine Anetka nicht vom Fenster, sie hielt Ausschau nach Andrejko, ihrem lieben Bruder, die ganze Nacht verbrachte sie dort und schlief dort auch ein, den Kopf gegen die Fensterbrüstung gelehnt. Und noch Wochen später fühlte sie sich verraten, beleidigt und betrogen, riss eine Doppelseite aus ihrem Schulheft heraus und schrieb über ihre Einsamkeit und Traurigkeit, darüber, dass das Leben sie enttäuscht hätte und sie nicht weiterleben könne. Aber der Schmerz ließ sich durch das Schreiben nicht vertreiben, und bald endeten die Sätze tränenverschmiert.

Eines Abends knöpften sie sich Andrejko zu dritt vor. Alle waren sie einen Kopf größer, und bis auf einen, den Andrejko manchmal auf der Straße oder vor dem Kino traf, kannte er sie nicht. Finger weg von ihr, du verlauste Zigeunerfresse, sagte der Größte ruhig, während sie ihn gegen die Wand drückten … Wenn wir dich noch einmal erwischen, dann brechen wir dir die Beine, dann kannste das Laufen vergessen, kapiert? Einer schob ihm die Faust mit einer brennenden Zigarette darin unter die Nase. Andrejko drehte den Kopf zur Seite und schwieg. Was sollte man auch sagen, wenn man von zweien festgehalten wurde und nicht wegrennen konnte … Oder müssen wir noch deutlicher werden?, hörte er von oben, und schon spürte er den ersten Schlag … Wie aus weiter Ferne hörte er dann noch: So ein Weichei … ich glaube, der hat genug, Mann … und ihm wurde schwarz vor Augen. Als er wieder zu sich kam und versuchte, sich hochzurappeln, waren die drei nicht mehr da. Mühsam schleppte er sich nach Hause, stieg langsam die Treppe hoch, er fühlte sich schlecht, sein Kopf barst vor Schmerz, und noch im Flur musste er sich übergeben. In der Küchentür brach er zusammen und fiel schwer wie ein Sack Kartoffeln zu Boden. Als Anetka versuchte, ihm auf die Beine zu helfen, weinte sie laut. Vielleicht hätte ich nur schreien müssen, dachte er, als er sich über das Waschbecken beugte und kaltes Wasser über seinen schmerzenden Kopf laufen ließ, vielleicht wären die Nachbarn gekommen und hätten mich verteidigt … aber vielleicht auch nicht …

Abends setzte sich die Tante zu ihm ans Bett wie zu einem kranken Kind, schweigend wechselte sie ihm die Verbände, stellte weder Fragen noch las sie ihm die Leviten, sie betrachtete bloß immer wieder seine Handflächen und seufzte tief.

Marketa störten seine blauen Flecken nicht, es schmeichelte ihr, dass Andrejko ihretwegen Beulen und Prellungen davontrug.

Andrejko aber versuchte seitdem, die Stadt zu meiden, sie gingen an der Radbuza und der Úslava spazieren oder an der Berounka, jeder breitere Baum, jede Ecke und Durchfahrt jagten ihm Angst ein, bei jedem Geräusch drehte er sich um, und Marketa musste über ihn lachen … wenn er abends nach Hause ging, zitterte seine Seele wie ein verschrecktes

Tierchen in der Käfigecke. Manchmal sah er, wie sich Schatten von den Nachbarhäusern lösten, aber vielleicht bildete er sich das auch nur ein, es passierte nie was, und dabei war in Petrohrad nach Einbruch der Dunkelheit allerhand los, manchmal war es sogar besser, nicht hinzusehen und nicht hinzuhören …

Marketa, seine Sonne, war eine *rakl'ori*, ein weißes Mädchen, sie kam von der anderen Seite, vom gegenüberliegenden Ufer, und diese Grenze hatte er überschritten und war dafür verprügelt worden. Er wusste nicht, was ihn nun erwartete. Aber es ging nicht mehr bloß um Eier aus dem Hühnerstall oder geklaute Geldbörsen oder Autoradios, hier war seine Marketa im Spiel, diesmal ging es um sein eigenes Leben … Eines Tages steckte er sich ein Küchenmesser in den Hosenbund, und als er sich neben Marketa setzte und die Schneide den Stoff aufratschte, lachte Marketa schallend auf …

Ihm war nicht nach Lachen zumute. Binnen weniger Tage hatte er das letzte Kleingeld aus seinen Taschen gekratzt, um Eis und Kinokarten bezahlen zu können, neben Marketa wirkte er wie ein armer Junge, und er schämte sich, er schämte sich seiner selbst, er schämte sich für Tante Ida und für ihr Haus mit dem bröckelnden Putz, den herausgeschlagenen Kellerfenstern und den kaputten Glühbirnen im Treppenhaus, wegen Marketa begann er, die dreckigen Straßen von Petrohrad und seinen Schulabschluss zu hassen. Denn mit seinem Zeugnis konnte er Marketa nicht beeindrucken, er brauchte etwas anderes, etwas, was die anderen schon längst hatten: neue Jeans, ein Motorrad, Geld … Einmal erzählte Marketa, dass sie im Winter Ski fahre, da seien auch Jungs dabei, und Andrejko biss sich auf die Unterlippe. Im vergangenen Winter war seine Klasse für eine Woche in die Berge gefahren, er aber hatte sich krankschreiben lassen müssen, und trotzdem hatten ihn alle ausgelacht, weil er nicht mal Skier zu Hause hatte.

Allmählich begriff er, dass man ihn in der Schule belogen hatte, als man ihm Physik und Geschichte und den ganzen anderen Unsinn beibrachte, selbst der ehemalige Direktor hatte ihm Märchen erzählt. Nur Onkel Štefan hatte recht, der nur eins gelten ließ: *mergle*, *love*, Knete, Penunze …

Andrejko versuchte, in den Läden was zu drehen, manchmal ließ er ein T-Shirt mitgehen, dann wieder eine Tafel Schokolade, ein Päckchen Kaugummi oder eine Schachtel Zigaretten für Marketa, aber seine Hände zitterten und sein Herz schlug ihm bis zum Halse. Ein zweiter Anfang fällt nicht leicht … Außerdem wurde er im Trolleybus beim Schwarzfahren erwischt, zwei Kontrolleure drängten ihn auf den Sitz zurück, damit er nicht zur Tür entwischte, und alle Passagiere sahen voller Schadenfreude zu, wie er schwitzend seine Taschen nach Geld durchsuchte.

Also holte er eines Tages tief Luft und marschierte durch die Eingangspforte des Eisenbahnreparaturwerks, des nächstgelegenen und eigentlich einzigen Betriebs in seinem Viertel, und klopfte dort an die Tür der Personalabteilung, auf der ein Plakat mit einer auf Hochglanz polierten Lok prangte.

Unter der Decke hingen dicke Rauchschwaden, auf den Tischen dampfte frisch aufgebrühter Kaffee, und Andrejko musste mehrmals Guten Tag sagen, bis ihn die schwatzenden Bürofräuleins überhaupt zur Kenntnis nahmen.

Ich … ich wollte mich mal er … erkundigen … Andrejko geriet ins Stocken … ob es vielleicht …

Zu spät!, sagte schnippisch die Frau, die der Tür am nächsten saß, und Andrejko fühlte, wie ihn ihr verächtlicher Blick nach draußen drängte, zurück in den Flur und raus auf die

Straße … Sie drehte den Kopf, um das Gespräch an der Stelle fortzusetzen, an der es von dem kleinen Zigeuner unterbrochen worden war. Mühsam rang Andrejko nach Worten.

Aber dort … Er zeigte auf das Werbeplakat.

Nichts mehr frei. Sie trommelte mit ihren langen Fingernägeln auf den Tisch, Andrejko ertastete blind die Klinke und stolperte rückwärts in den Flur. Durch die Tür hörte er die Stimme der Miss Personalabteilung: Der hat wohl gedacht, wir sitzen seinetwegen hier, aber da hat er sich mächtig geirrt … von so ’nem angesengten Zwerg lass ich mich doch nicht stressen, oder? … Die Kolleginnen kicherten laut, und dieses Lachen nagelte Andrejko fest, er konnte sich nicht rühren, alles in ihm rebellierte. Er würde die Tür eintreten, die Tische mit dem Schminkzeug und den dampfenden Kaffeetassen umwerfen, die Schubladen auf den Boden auskippen … Schon wollte er ausholen, als er vor seinen Augen ein rotes Warnlicht aufblitzen sah: Du darfst nicht, du darfst nicht wieder zubeißen … Kostelec, Besserungsanstalt, die Prügel unter der Decke, die Strafe … Also drohte er nur wütend der Tür, riss ein paar Meter weiter eine Wandzeitung herunter, trampelte eine Weile auf ihr herum und ging dann zum Ausgang.

Mit geballten Fäusten wollte er schon durch die Pforte auf die Straße hinaustreten, als er von hinten hörte: Wohin des Wegs, junger Mann? Andrejko drehte sich um. Ein älterer, dicker Mann in einem durchgescheuerten Blaumann und einer Monteurjacke kam mit schweren Schritten auf ihn zu. Herr Cajthaml, aus dem Nachbarhaus …

Willst du etwa zu uns?, rief er. Wann fängst du an?

Andrejko zuckte die Schultern: Ist nichts frei, er zeigte in Richtung Personalabteilung.

So ein Quatsch, uns fehlen doch Leute … Warte hier, wie

heißt du denn, Andrej, oder? … Der von den Dunkas, klar … Franta!, rief er dem Pförtner zu, der junge Mann wartet hier auf mich, lass ihn zu dir rein, bin gleich wieder da.

Dumme Hühner sind das, vergiss die, sagte er, als er nach einer Weile zurückkam. Sie machten es sich in der Pförtnerloge bequem, schwiegen, und der erhitzte Cajthaml beruhigte sich allmählich. Andererseits, sagte er und kratzte sich hinterm Ohr, mit euch ist es auch nicht immer leicht … Plötzlich stand er auf: Ich habe ’ne Idee! Du brauchst Geld, oder? Andrejko nickte. Klar, sonst wärst du nicht da … Vergiss den Laden hier, und geh zur Brauerei, ich kenne dort einen im Gärkeller … dort wirst du’s gut haben … das mein ich ernst … du bist Dunka, nicht? … Ich melde dich da an. Franta, wählst du die Nummer für mich?, wandte sich Cajthaml an den Pförtner.

Draußen sah er Andrejko streng an: Aber merk dir eins, er rollte mit den Augen, wenn du mir dort Schande machst, dann polier ich dir die Fresse, dass dich deine eigene Mutter nicht wiedererkennt … Und jetzt mach zu, beeil dich …

15.

Am nächsten Morgen trat Andrejko seine Arbeit im Gärkeller an. Anfangs war er Mädchen für alles, er rührte die Hefe um, damit sie sich gut verteilte, scheuerte die Flure mit Schmierseife und holte für die Kollegen Bier aus dem Keller. Manchmal ließ man ihn die Kühlschiffe putzen, riesige Blechwannen direkt unter dem Dach, in denen die frisch gekochte Bierwürze abkühlte, und nach ein paar Wochen vertraute man ihm drei lange Gänge mit mehreren Reihen von Bottichen an, in denen das Bier gärte. Morgens schöpfte er den Gärschaum ab, und wenn das Bier in den Lagerkeller geschlaucht wurde, schrubbte er die Bottiche und die Kühlungsrohre mit Säure. Selbst wenn er Gummistiefel, Mantel und Handschuhe trug, juckte ihn noch abends der ganze Körper, und sein Blaumann zerbröselte, als wäre er aus Papier.

In den Pausen trafen sich die Brauereiarbeiter in ihren wattierten Jacken am Fahrstuhl, mit dem sie gleich zu Beginn der Schicht ein paar Fässer mit bestem Prazdroj aus dem Keller geholt hatten. Das Bier tranken sie aus einem blechernen Maßkrug, den sie vorher mit warmem Wasser ausgespült hatten, denn im Gärkeller herrschte eisige Kälte. Auch Andrejko spürte diese Kälte in sich aufsteigen, er vermisste die Sonne, und wann immer er konnte, rannte er für ein paar Minuten in den Hof, um sich dort zu wärmen und von den Sonnenstrahlen streicheln zu lassen ... Nach der Schicht fuhr er zu Marketa an den Stausee, und nach Hause kam er erst spät abends, manchmal sogar erst gegen Morgen. Dann ging er direkt zur Arbeit, die acht Stunden musste er irgendwie herumbringen, und wenn es ganz schlimm war, konnte er sich in der Pause irgendwo verkriechen und ein Nickerchen machen. Die Männer lachten über seine müden Augen, aber wenn Andrejko der Kopf auf die Brust fiel, schickten sie ihn von selbst weg, sie würden ihm schon Bescheid sagen, wenn es wieder losgehe. Geschenkt haben sie ihm jedoch nichts, seinen Teil musste er schon abarbeiten. Manchmal rächte sich die durchwachte Nacht bitter, es reichte eine Sekunde Unachtsamkeit beim Schlauchen, und schon war ein Gummistiefel voll mit Säure und ließ sich nicht vom brennenden Fuß streifen.

Das bittere Bier, das die Männer aus dem Keller holten, war höllisch lecker, und Andrejko kam sehr schnell auf den Geschmack. Als er zum ersten Mal ein volles Glas in der Hand hielt, fiel ihm auf, dass selbst der finsterste Tag golden wurde, wenn man ihn durch das Glas betrachtete, als würde die Sonne ihn zum Leuchten bringen, und die Männer klopften ihm auf den Rücken, so hätten sie das noch nie gesehen, und dann sahen sie ihn durch das Glas an und lachten, sie hätten nie gedacht, dass auch normale Zigeuner golden aussehen könnten, und er stimmte in ihr Lachen ein, weil er wusste, dass sie es nicht böse meinten, dass sie sich nicht an seinen pechschwarzen Haaren und Augen und seinen dunklen Wangen störten, dass das Wort Zigeuner für sie kein Schimpfwort war.

Vielleicht lag es an den zahlreichen Hektolitern Bier, die die Männer täglich zu sich nahmen, vielleicht daran, dass sich im Gärhaus keiner unsichtbar machen konnte, jeder hatte seine Arbeit und musste seinen Bereich im Griff behalten –

in der Brauerei gab es keine Stechuhren wie in den anderen Fabriken –, schon bald jedenfalls fühlte sich Andrejko als einer von ihnen. Nur in einem blieb er hinter den Männern zurück: in ihrem Bierkonsum. Während einer Schicht schafften sie locker zwanzig, dreißig, manchmal sogar fünfzig Maß, anfangs wollte er es gar nicht glauben, aber sie lachten nur, das Bier sei ihr Brot, zu Hause würden sie gar nicht mehr essen, da sie hier so schön trinken könnten, sie würden nicht einmal Urlaub nehmen, denn wollten sie im Urlaub so viel Bier trinken, wie sie von der Arbeit her gewohnt waren, müssten sie ein ganzes Jahr sparen. Nach zwanzig Jahren in der Brauerei würde auch Andrejko eine ordentliche Wampe haben, sagten sie und tätschelten zufrieden ihre fassrunden Bäuche, das würde er schon schaffen, Durst genug würde er schon haben, trüge doch seine Stadt, die alte Königsstadt Pilsen, ein durstiges weißes Kamel im Wappen …

Aber Andrejko trank seine drei, vier Biere und hatte genug, nach Schichtende musste er sich an den Mauern abstützen.

Der Meister war ein knurriger Kauz. Mehrmals täglich wanderte er mit einer Kerze in der Hand durch den Gärkeller, wegen des Kohlendioxids, damit du den Keller nicht mit den Füßen voran verlassen musst, erklärte er Andrejko einmal … Seine schweren Schritte waren schon von Weitem zu hören, der Meister kontrollierte die Temperatur und die Gärungsgrade, brummte dabei, und manchmal pfiff er auch vor sich hin. Als Einziger trank er nicht zusammen mit den Männern Bier, seinen Durst löschte er mit Limonade, aber jeden Tag nach dem Mittagessen ging er mit seinem Maßkrug direkt zum Verschneidbock, weil nur er wusste, welche Hähne man wann aufdrehen musste, wenn man sich das beste Bier der Welt mischen wollte, und wenn er guter Dinge war, ließ er seinen Krug herumgehen, damit alle probieren und anerkennend murmeln konnten, ein so köstliches Bier hätten sie ihr Lebtag noch nicht getrunken …

Einmal sah Andrejko den Meister mit einem anderen Arbeiter auf der Leiter aus einem leeren Bottich steigen, seine brummende Stimme hallte durch den Gang: Ab heute hältst du das hier so sauber wie der Junge, dieser Andrej … Auch die Kühler werden genauso blank poliert! Du hast eben gesehen, dass es geht … Hüte dich davor, dass ich sauer werde, Pepa! Wenn ich arbeite, dann arbeite ich, und wenn ich Maulaffen feilhalte, dann halte ich Maulaffen feil, und falls du beides nicht auseinanderhalten kannst, dann kannst du auch zu Hause bleiben … Andrejko verzog sich leise in eine Ecke, die Männer stapften an ihm vorbei, und das Echo ihrer Schritte verhallte allmählich in der Dunkelheit. Auf einmal schmerzten Andrejkos von der Säure angefressenen Hände nicht mehr, der schwere Gummimantel lag ganz leicht auf seinen Schultern, und seine Zehenspitzen fühlten sich nicht mehr starr an in den Gummistiefeln, denn jetzt war er nicht mehr der Zigo aus der Bahnhofspassage, kein Wieheißtenochmal und Hey-du-da, auf den man ständig ein Auge haben musste, damit er sich beim Arbeiten nicht einen hinter die Binde kippte und nicht in einem Bottich ertrank oder das Bier in den Gully laufen ließ … Er hatte einen Namen, er war Andrej Dunka, Brauereiarbeiter und Bürger von Pilsen. Am Ende der Schicht brüllte ihm der Meister zu, er solle mitkommen, und gemeinsam liefen sie durch die Brauerei, der Meister zeigte ihm, von wie vielen Menschenhänden die Gerste berührt, gesäubert, behandelt und eingeweicht werden musste, damit sie keimen und zu Malz werden konnte, das dem Bier seine goldene Farbe verleiht, weil sich die Sonne, die auf die Felder und Äcker in Mährisch Haná schien, selbst in diese Gerste verwandelt habe … und von wie vielen Händen das

Malz mit Wasser gemischt, in den Kühlschiffen abgemaischt und mit dem bitter schmeckenden, roten Hopfen aus Žatec gewürzt werden musste, damit später wiederum andere Hände die bittere Würze zum Leben erwecken, damit der Gerstensaft aufblühen, funkeln und schließlich in den riesigen Lagerfässern aus Eichenholz im Gärkeller reifen konnte.

Dort, bei der Arbeit im Gärkeller, zwischen Bottichen, Säure und blechernen Maßkrügen, dort brach allmählich das Eis, es schmolz mit der ersten Kinokarte, die Andrejko mit selbst verdientem Geld bezahlt hatte, mit der Papierrose, die er auf dem Jahrmarkt für Marketa am Schießstand gewonnen hatte. Auf dem Heimweg kam er jedes Mal an den Eisenbahnreparaturwerken vorbei, wo man ihn aus dem Personalbüro geworfen hatte. Anfangs malte er sich noch aus, wie er dort die Fenster einschlagen würde, um das ihm widerfahrene Unrecht zu rächen, aber im Laufe der Zeit verflog sein Ärger.

Und eines Nachmittags verstellten ihm die Jungs, die ihn damals wegen Marketa verprügelt hatten, erneut den Weg, und der eine zischte durch die Zähne: Hört er so schlecht oder sind seine Ohren nur dreckig? Hat der Kleine denn nichts verstanden? Wir haben ihn doch gewarnt, oder? Er sah seine Kumpel an, die nickten zustimmend und stellten sich um Andrejko herum, ihr Kreis zog sich zusammen wie eine Schlinge um seinen Hals, wie die Umarmung einer Riesenschlange … Andrejko wich zurück, er wohnte nicht weit weg, und vielleicht wäre er entkommen, vielleicht hätte er es noch nach Hause geschafft, wenn nicht hinter ihm eine Mauer gewesen wäre.

Er saß fest … In der Sekunde, als sich die anderen noch genüsslich an seiner Angst vor dem ersten Schlag, vor dem ersten Tritt weideten, in diesem Moment griff Andrejko nach seinem Messer, das er seit dem letzten Überfall hinten in der Hose trug, und holte blindlings gegen die erstbeste Jacke aus.

Er legte seine ganze Kraft in den Hieb hinein, seine Angst führte ihm die Hand, die Schneide verschwand bis zum Griff in der Jacke, und der Typ geriet ins Taumeln. Die Horde sprang erschrocken auseinander und Andrejko rannte davon wie ein von einer Hundemeute gehetztes Tier, er hörte hinter sich: Fangt ihn, bringt ihn um!, und jeder dieser Schreie bohrte sich in seinen Rücken hinein … Auf der Mikulášská-Straße stürzte er in das nächste Geschäft, rang nach Atem und spürte, wie sein Herz wild in seiner Brust sprang. Erst nach einer Weile traute er sich, den Kopf aus der Tür zu strecken und sich umzusehen, dann schlüpfte er hinaus auf die Straße.

Bis zum Abend lief er durch die Stadt, Tausende wahnsinnig gewordene Trommler wüteten in seinem Kopf, und sein Magen hüpfte wie ein Korken auf stürmischer See. Schließlich trugen ihn seine müden Beine in die Brauerei, dort schloss er sich den Männern an, die zur Nachtschicht hineinströmten, und schlüpfte gemeinsam mit ihnen durch die Pforte. Im Gärkeller bettete er sich auf die wattierten Mäntel, hier aber war sein Glück vorbei, denn einschlafen konnte er nicht.

Gleich am nächsten Morgen wurde er abgeholt. Zwei massige Kerle führten ihn hinaus, hinter ihnen ging schwerfällig der entsetzte Meister. Männer in karierten Brauereijacken hielten sich an ihren blechernen Maßkrügen fest und sahen schweigend zu, wie Andrejko mit gesenktem Kopf an ihnen vorbeiging, zitternd vor Scham und vor Angst, was wohl jetzt kommen mochte.

Bis zur Polizeistation war es nicht weit, man brauchte nur die nächste Kreuzung zu überqueren.

Kennst du das hier?, fragte ihn ein junger Leutnant mit schwarzer Sonnenbrille barsch und legte eine Plastiktüte mit einem Messer vor ihn auf den Tisch. Na, wird's bald?, brüllte er, und Andrejko schluckte trocken und stieß verzweifelt aus: Aber … die wollten mich …

Das Märchen kannste wem anders erzählen, schrie der Leutnant, und die Sterne auf seinen Uniformaufschlägen hüpften auf und ab. Ich kenn dich doch, du Stinktier, machte er sich Luft, und Andrejko fing an zu zittern. Ist nur ein Versuch, er versucht es nur, Andrejko dachte fieberhaft nach, aber wenn ich aufstehe, geht die Tür auf, und die stürzen sich wie Wespen auf mich, es wird Prügel geben, das überlebe ich nicht … Seine Angst hielt ihn auf dem Stuhl fest, aber er wusste, dass er wirklich stank, er hatte ja die karierte Brauereijacke an, die mit dem schweren und scharfen Geruch von Würze, Hefe und Säure zum Bottichputzen vollgesogen war.

Der Leutnant ging auf und ab und überlegte, wie er Andrejko und seinen Brauereigeruch loswerden könnte, als das Telefon klingelte. Er kehrte zum Tisch zurück und hob genervt den Hörer ab, murmelte etwas, doch schon im nächsten Moment stand er stramm und spannte die Brust. Ja, Genosse Major, sagte er abgehackt, ja, ich verstehe, gerade vorhin … ja, der Fall wird umqualifi … ja, zu Befehl …

Pech gehabt, du Zigeunerarsch, sagte er nach einer Weile, nachdem er sich in seinen Sessel gefläzt und die Beine ausgestreckt hatte, das Opfer ist soeben verstorben. Verstehst du: Sense, alles vorbei … Und es war der Sohn von unserem Chef, du hast einen Mord am Hals, kapiert, du Stinker?, zufrieden klopfte er mit dem Bleistift auf den Tisch, dann schob er die Schreibmaschine vor sich zurecht, legte Papier ein und bellte: So, Dunka, noch einmal von vorn!

Das Verhör zog sich in die Länge, die Ermittler wechselten sich ab, manchmal schrie ihn einer von hinten an, Andrejko wusste nie, woher der nächste Schlag kommen würde, und ihm war angst und bange, der Papierberg, den man über ihn und die ganze Familie aus Schränken und Aktenordnern herausholte, wurde immer größer, immer wieder musste er seine Fluchtversuche aus dem Waisenhaus schildern und erzählen, was er über Onkel Štefan, über Tante Ida, Marián und Imro wusste, und als man ihn an seine Cousine Jolanka erinnerte, von wegen, diese schwarze Nutte wäre hier bestens bekannt, da sprang er hoch, und sie gleich mit ihm, sie dachten, damit hätten sie ihn drangekriegt, ausgerechnet mit Jolanka würden sie ihn ködern, in die Ecke treiben und brechen, damit er endlich nachgab und sich zu Raubüberfall und Mord bekannte. Unterschreib endlich, Dunka, redete ihm einer zu, dann hast du Ruhe ... Unterschreib, du Arsch, schrie ihn jemand von der anderen Seite an, sonst holen wir diese Nutte her, und du wirst sehen, was dann passiert ... und Andrejko beugte sich vor und schützte seinen Bauch, sie beschimpften und schlugen ihn, sie wollten gar nicht hören, was er wirklich zu sagen hatte.

Sie schwärmten um ihn herum wie wild gewordene Wespen. Sie hatten einen Fall, einen klaren und wichtigen Fall, sie hielten Andrejko fest, schlugen ihre Zähne in ihn hinein wie eine Meute hungriger Hunde, es ging auch um ihren Chef, um Prämien und vielleicht auch um Beförderung, aber Andrejko war schon vollkommen abgestumpft, er schloss die Augen und schwieg, er wollte nicht mehr reden, er spürte auch keinen Schmerz mehr, weil er sich schon woanders befand, weit weg auf einer blühenden Wiese, im warmen Sand unter den nach Harz duftenden Kronen hundertjähriger Kiefern, er weilte in der Nähe von Marketas leuchtendem Haar, und während immer schlimmere Schimpfworte auf ihn niederprasselten und harte Polizistenfäuste wütend auf seinen Bauch einschlugen, spürte Andrejko die Sonne im Gesicht.

Als er aufwachte, tat sein Kopf weh, als würde er gleich in tausend Stücke zerspringen, wilde Bienen schwärmten darin, und im Mund spürte er den widerlichen Geschmack von Erbrochenem. Seine Arme und sein Rücken taten ihm so weh, dass er Angst hatte, sich zu rühren, um nicht auseinanderzufallen. Erst nach einer Weile versuchte er, die Augen zu öffnen. Eine schmale dunkle Zelle, eine graue Blechtür mit einem Guckloch, ein kleines Fenster und unter der Decke eine schwache Glühbirne, mit Fliegendreck verklebt … Andrejko schloss die Augen und sah die fette Sozialarbeiterin mit dem Mehrfachkinn vor sich, wie sie ihr geschminktes Gesicht verzog und ihn mit ihrer verletzten Hand in das schlimmste Heim auf Erden schickte. Er versuchte, sich aufzusetzen oder wenigstens auf die andere Seite zu drehen, aber ein furchtbarer Schmerz durchfuhr ihn, er krümmte sich und wurde erneut von barmherziger Dunkelheit verschluckt.

Sie holten ihn alle zwei Stunden ab, damit er nicht zum Schlafen kam, damit sie ihn endlich brechen konnten, sie hatten es auch im Guten versucht, aber er antwortete nicht mehr, er hatte sich in seiner Welt eingeschlossen, die Tür zugemacht und ließ keinen mehr hinein. In der folgenden Nacht brachten sie ihn in die Leichenkammer, dort stellten sie ihn vor den kalten und wächsernen Körper und zwangen ihn, die schwarze Wunde zu berühren. Andrejko fing an zu zittern und brach auf dem gefliesten Boden zusammen. Erst da war die Geduld der Ermittler erschöpft. Zurück im Gefängnis schlugen sie ihn ein letztes Mal zusammen, mit den Fäusten in den Bauch und mit einem Gummischlauch auf die Beine, damit es wehtat, aber keine blauen Flecken hinterließ, und am nächsten Morgen brachten sie ihn ans andere Ende der Stadt, in Untersuchungshaft nach Bory.

Dort konnte sich Andrejko ein wenig ausruhen. Für die

Aufseher war er kein Fall mehr, sondern eine Nummer, eine von vielen sogar, und vielleicht haben sie ihn deswegen auch gleich kahl rasiert, wie damals in Kostelec, vielleicht, um Läusen vorzubeugen, vielleicht, damit er unter den anderen nicht so auffiel. In der Anstalt wurde man zur Strafe kahl geschoren, hier lief jeder so herum …

In Bory gab es keine Prügel mehr. Aber in der Nacht kam Leben in Andrejkos geschundenen Körper, er tat weh, und als Andrejko gegen Morgen endlich eingeschlafen war, da knallten auch schon die Türen, und die Schreie der Aufseher und der ohrenbetäubend schrille Ton ihrer Trillerpfeifen rüttelten die Insassen unsanft aus dem Schlaf. Alle sprangen hoch und standen stramm, damit sie bloß nicht im Liegen auf der Pritsche erwischt wurden, denn dafür gab es Strafe. In Bory musste man den ganzen Tag entweder stehen oder gehen, vom Guckloch zum Fenster, fünf Schritte hin und fünf Schritte zurück, man durfte sich nicht einmal kurz hinsetzen, so dass sie sich manchmal fast auf das Verhör freuten, weil sie dort einen Stuhl bekamen, manchmal wurde ihnen sogar eine Zigarette angeboten – die allerdings nicht aus Mitleid, sondern damit sie besser sangen … Mittags leckten sie die Reste der wässrigen Suppe aus ihrem Blechnapf, und mit denselben Händen, in denen sie zuvor das Essgeschirr gehalten hatten, rissen sie über dem Loch in der Ecke die Zeitung in Stücke und rieben sich damit den Hintern wund; die muffige Zelle stank nach vergorenem Sauerkraut, und das kleine Fenster mit dem Gitter davor führte nicht nach draußen, sondern in einen dunklen Lichtschacht, und es ließ sich nicht öffnen, was ohnehin keiner versuchen würde, weil die Heizung noch nicht lief.

Nur beim Hofgang konnten sie ein wenig frische Luft schnappen. Der Hof war von Betonwänden in enge Käfige zerschnitten, und sogar über ihren Köpfen war Maschendraht gespannt, auch die Kälte war wieder da, diese eisige, grimme Kälte … Aber der Hofgang, der sich schon lange vorher durch Schreie der Aufseher und knallende Türen ankündigte, wurde für Andrejko zu einer Art Fest, zu einem Lichtstreif am Horizont des in völliger Dunkelheit verbrachten Tages, er brauchte nur den Kopf in den Nacken zu legen, die Augen zu schließen, und das Gefängnis existierte nicht mehr, all die Drahtmaschen und die vor Kälte zitternden Schatten, die im Hof hin und her schlurften, waren verschwunden, und der Himmel wirkte plötzlich so nah, die Wolken schwebten über ihm, und Vögel flogen von Dach zu Dach, weit weg waren die Ermittler und ihre Beschimpfungen, ihre Fäuste und Gummischläuche, auch die dunklen, grün gestrichenen Gänge mit den eingeritzten Botschaften, die dort die Gefangenen mit ihren Fingernägeln und Knöpfen hinterließen, waren verschwunden, auch die schwachen, unter der Decke baumelnden Glühbirnen, der Schmerz und die Angst. All das war weg, und Andrejko lief wieder durch die Straßen von Petrohrad, streifte mit Marketa am Fluss entlang oder saß mit ihr schläfrig auf einer Parkbank und ließ sich die Sonne ins Gesicht scheinen.

Auf die blonde Marketa, seine Sonne, konzentrierte sich seine ganze Hoffnung, sie wurde für ihn zu einer Quelle in der Wüste, zu einer Flamme inmitten der Dunkelheit, zum Anker, der ihn mit der Welt hinter dem Stacheldraht verband. Nur wegen Marketa sorgte er sich, weil er seit seiner Verhaftung nichts von ihr gehört hatte, aber er tröstete sich damit, dass man sie nicht zu ihm ließ, er war sich sicher, dass man ihm ihre Briefe nicht aushändigte … Marketa leuchtete und spendete Wärme, damit er den eiskalten Gefängnismauern und den schreienden Aufsehern widerstehen konnte, den Aufsehern mit ihren dunklen Sonnenbrillen … Solche Brillen mit schwarzen Gläsern hatten auch die Bullen beim Verhör getragen, auch Onkel Miro trug sie und die Erzieherin, die ihn damals in Kostelec seinen Zimmergenossen zum Fraß vorgeworfen hatte, hinter diesen Gläsern waren keine Augen zu sehen, es spiegelte sich in ihnen nur das eigene erschrockene Gesicht …

Eines Tages brachte man Andrejko in das Sprechzimmer und ließ ihn an einem schweren, mit Maschendraht geteilten Tisch Platz nehmen. Von der anderen Seite leuchtete ihm das strohblonde Haar seiner Marketa entgegen. Das Gespräch wurde von einem älteren Aufseher überwacht, einem müden Familienvater, die waren etwas vernünftiger als die jungen und beflissenen Hitzköpfe, die beim Filzen mit perverser Freude die ganze Zelle auf den Kopf stellten, um wegen Unordnung die Rationen verkleinern zu können … Der Aufseher spielte mit seinem Schlagstock, und Marketa, mit verweinten Augen, starrte auf die Tischplatte, sie brauchte eine Weile, bis sie sprechen konnte, ganz leise redete sie davon, dass sie Andrejko immer noch liebe, aber dass sie besser vergessen sollten, was gewesen war. Schließlich fing sie an zu weinen. Andrejko wollte seine Tränen hinunterschlucken, doch da kullerten schon durchsichtige Perlen über seine Wangen und fielen auf die Zuchthausjacke und den mit Maschendraht geteilten Tisch, hinter dem Marketa schluchzte: Das hat der Doktor gesagt … Mama weiß das schon, Papa bringt mich um … ich muss es wegmachen lassen … Andrejko kauerte sich auf dem Stuhl zusammen, er zitterte, konnte den Sinn von Marketas Worten nicht begreifen, er brauchte lange, um zu kapieren, was sie gesagt hatte, und dann krümmte er sich noch mehr zusammen, er bat sie, nichts zu überstürzen, noch einmal darüber zu schlafen, er stotterte und versprach ihr das Blaue vom Himmel, aber es war vergeblich, seine Worte prallten am Maschendraht ab und seine Kehle zog sich zu. Er lief barfuß über glühende Kohlen, und in seinem Inneren zerbarst eine geschwungene Kristallvase, nur noch Splitter blieben übrig, schwere Züge donnerten durch seinen schmerzenden Schädel, und irgendwo tief in seinem geschundenen Körper verstummten die letzten klagenden Töne, der Sonnenschein verlosch, und es blieb nur noch Dunkelheit, die sich alles einverleibte, was er verzweifelt geliebt hatte.

Die bewilligte Viertelstunde war vorüber. Die Besuchszeit ist zu Ende, brummte der Aufseher und stand auf, um Andrejko in seine Zelle zu bringen, und Andrejko erhob sich und schlurfte mit weit aufgerissenen Augen zur Tür. Als sich der enge dunkle Gang vor ihm auftat, schrie er vor Verzweiflung und vor Schmerz auf, wie ein geprügelter Hund jaulte er auf und riss sich vom Aufseher los, er stürzte zurück zum Tisch und warf sich gegen den Maschendraht, hinter dem immer noch seine Marketa saß, seine Blume, seine Sonne, in der ein neues Leben keimte, das man ihm nehmen wollte. Andrejkos Augen röteten sich und seine Finger verhakten sich im Maschendraht, der Aufseher versuchte ihn wegzureißen, aber keine Kraft der Welt hätte Andrejko vom Draht lösen können. Der Wärter redete ihm eine Weile gut zu, dann ließ er ihn los, um Hilfe zu holen, während Andrejko am Maschendraht hing und ihn mit seinem Kopf zu durchstoßen versuchte, er schrie wie ein waidwundes Tier, und von seinen Fingern tropfte Blut. Schließlich sackte er erschöpft auf der Tischplatte zusammen.

Als man ihn in seine Zelle zurückschleppte, hörte und spürte er nichts mehr. Aber das Donnern in seinem Kopf nahm kein Ende, schwere Züge waren in Bewegung, Glas schepperte, klirrende Splitter und scharfe Kanten schmerzten wie Salz in einer Wunde, und die angespannt verzweifelten Töne in seinem Inneren weinten und klagten ohne Unterlass.

16.

Auf die Gerichtsverhandlung musste Andrejko nicht lange warten. Aber es kümmerte ihn nicht, wie sie ausgehen würde, ihm war alles gleichgültig geworden, verwundert ließ er sich zum Gericht und wieder zurück fahren, verwundert hörte er fremde Menschen sagen: Mord … ungeordnete Verhältnisse … Raubüberfall … asozial, keine Anzeichen von Reue … Andrejko konnte den gewundenen Wörtern und Paragrafen nicht folgen, aber er spürte, wie sie sich immer enger um seinen Hals schlangen. Der Staatsanwalt verlangte eine exemplarische Bestrafung, der Verteidiger gähnte, und die Gerichtsmaschinerie keuchte unaufhaltsam vorwärts, die Mühlen mahlten, und die Schlinge zog sich zu … Andrejko hing am Kreuz, aber er spürte keine Schmerzen, er fühlte sich zum Bersten voll und zugleich ausgedörrt und leer, vor Müdigkeit und Verzweiflung konnte er sich kaum auf den Beinen halten und doch umspielte ein stilles Lächeln seinen Mund. Er aß nicht, weil er keinen Hunger hatte, er trank nicht, weil sein Körper kein Wasser brauchte, und wenn die Häftlinge zum Duschen gebracht wurden, bugsierten ihn seine Zellengenossen dorthin. Während sie ihre Tage durch Morgenappell, Abendappell, Essensausgabe und das wöchentliche Baden gegliedert wussten, lebte Andrejko einzig für den Hofgang. Unter den Gefangenen, die beim Ausgang die Köpfe zwischen die Schultern zogen und vor Kälte bibberten, war Andrejko der Einzige, dessen Blick nach oben gerichtet war, er ließ Wassertropfen und tauende Schneeflocken sein Gesicht benetzen und sah den Spatzen zu, die von einem Dach aufs andere flogen. Denn von seiner Zelle aus konnte er den Himmel nicht sehen … Und nachts träumte er von der Welt jenseits des Eisentors und der mit Stacheldraht gekrönten Betonmauer, von einer Welt, in der man die Schreie der Aufseher, das Knallen schwerer Gefängnistüren und das Klappern von Alulöffeln auf billigem Kochgeschirr nicht mehr hören würde, von einer Welt, in der Lagerfeuer brannten und in der man mit geschlossenen Augen zum Horizont aufbrechen konnte …

Andrejko sah ein Licht in der Ferne, er rief und lockte es zu sich, die kleine, flackernde Flamme erhellte seine schlaflosen Nächte, manchmal besuchte sie ihn auch tagsüber, er brauchte nur die Augen zu schließen … Einmal warteten die Gefangenen vor der schweren Gittertür auf den Hofgang, Andrejkos Seele aber schwebte schon draußen, er sog gierig die frostige Luft ein und hielt sein Gesicht in die Sonne, als über seinem Kopf eine Klingel zu schrillen begann, ein rotes Licht pulsierte heftig, und die Sirene heulte auf. Die Gefangenen duckten sich und pressten sich die Hände auf die Ohren, die Aufseher verriegelten rasch alle Türen und rannten ziellos durch die Gänge, auch sie wussten nicht, was passiert war. Der Lärm, der durchdringende Klingelton und das grelle Licht rissen Andrejkos Kopf in Stücke, eine dunkle Kraft beutelte ihn, sie nahm seinen Körper in die Zange und schleuderte ihn gegen das Metallgitter, dann gegen die graugrüne Blechtür am anderen Ende des Ganges. Die Aufseher sprangen erschrocken zur Seite und zückten ihre Schlagstöcke und Waffen, sie hatten keine Ahnung, was hinter der Gittertür passiert war, und versuchten panisch, die Situation in den Griff zu bekommen. Eine Handvoll Männer war nötig, um den rasenden Andrejko zu bändigen, sie warfen sich auf ihn, drückten ihn zu Boden, damit er endlich zu toben aufhörte, für jeden Arm und jedes Bein brauchte es einen starken Mann und auch einen für den Kopf, dann endlich hielten sie ihn fest. Andrejkos Leib wand sich in Krämpfen, und aus seinem offenem Mund tropfte Speichel auf den Fußboden. Ein paar Minuten später war alles vorbei, die Sirene verstummte und die Aufseher glätteten ihre zerknitterten Uniformen, Andrejko aber blieb reglos liegen, mit nasser Hose lag er auf dem Boden, und um ihn herum standen ratlos seine Mithäftlinge, sie tasteten ihre zerbissenen Handgelenke ab und wussten nicht, was sie tun sollten. Erst nach einer ganzen Weile kam ein Arzt, der ihm eine Spritze gab und ihn auf die Krankenstation bringen ließ.

Jeder Häftling in Andrejkos Zelle wartete auf seine Verurteilung, und jedes Mal, wenn einer vom Verhör zurückgebracht wurde, stritten sie sich, wie viel man ihnen für die Vergewaltigung oder den Raubüberfall aufbrummen würde. Unter ihnen war einer, der in seiner Garage einen Ballon aus Seide genäht hatte, um sich nachts über die Grenze abzusetzen. Allerdings hatte er Pech, denn als er bereits geräuschlos über den schwarzen Wäldern von Klenčí und Čerchov schwebte, drehte der Wind ... Jeder von Andrejkos Zellengenossen glaubte, dass er heil herauskommen würde, dass er das alles nur geträumt hatte, und dass er eines Tages einfach draußen, in der Freiheit, aufwachen würde ... Als Andrejko anfing, wirres Zeug zu reden, fielen sie über ihn her und beschimpften ihn, der ist voll durchgedreht, hat ’nen Sprung in der Schüssel, sagten sie, ein Vollidiot isser, soll bloß die Klappe halten, ist doch nicht auszuhalten, so was von meschugge, verflixt noch mal, aufhören soll der, schrien sie, sonst drehen wir durch! Aber keiner rührte ihn an, sie hatten ja alle seinen Anfall mit angesehen, er bekam regelmäßig was gespritzt und war damit raus aus dem Spiel, aus jenem Spiel, das auch im Knast eifrig betrieben wurde: wer in der Rangordnung oben steht und sich von den anderen das Rauschgetränk aus Zigaretten und Tee kochen lässt, und wer ganz unten landet und eines Tages zusammengetreten und zerschunden von den Aufsehern in einer Ecke gefunden wird oder von den anderen Häftlingen mit dem Kopf in die Abflussrinne gestoßen wird, damit sie sich von hinten an ihm abwechseln können … Als die Tage und Wochen ins Land gingen, hörten sie allmählich auf, Andrejko zu beschimpfen und zu bedrohen. Im Gegenteil: Beim Hofgang schoben sie ihn wie ein Kind vor sich her und erlaubten keinem, ihn zu belächeln, geschweige denn ihm ein Haar zu krümmen.

In diesem entrückten Zustand befand sich Andrejko auch während seiner Verhandlung. Jedes Mal, wenn sich seine aufgestauten Gedanken einen Weg aus seinem Kopf bahnen mussten, stand er auf, und während der Staatsanwalt mit donnernder Stimme über einen rücksichtslosen und brutalen Mord dozierte, sagte Andrejko, dass die Vögel draußen deswegen so leise zwitscherten, weil es kalt sei, oder dass Anetka kalte Füße habe. Und dann fing er an zu singen, oder vielmehr einzelne Worte von sich zu geben, wie ein kleines Kind, das im dunklen Keller eine auf der Straße aufgeschnappte Melodie trällert, um sich Mut zu machen: *Andro foros bari khangeri, rovel odoj cikňi čhajori* … In der Stadt steht eine Kirche, darin weint ein kleines Romamädchen … Die Herren in ihren Anzügen sahen sich verlegen an, der Staatsanwalt trommelte nervös mit den Fingern auf den Tisch, aber der Vorsitzende fand Gefallen an der Sache. Einmal fiel er sogar aus seiner Rolle und ließ Andrejko erzählen, dass es in diesem Jahr viele Schlehen und Ebereschen gebe, weil ein langer Winter bevorstehe, und dass es die Störche in diesem Jahr nicht geschafft haben, in die warmen Länder zu fliegen … Der Vorsitzende stand am Fenster und sah zu einem Schornstein mit einem Nest hinüber, über dessen aus Ästen und Stöcken kunstvoll geflochtener Krone zwei schlanke, vor Kälte steife weiße Hälse ragten, und er verstand nicht, woher Andrejko das wissen konnte, war doch der Schornstein weder von seinem Platz noch von der Tür aus zu sehen.

Der Vorsitzende war immer weniger geneigt, ein Urteil zu fällen, und ordnete laufend neue Gutachten und Untersuchungen an. Aber schließlich musste er zu einer Entscheidung kommen, also erhoben sich eines Tages alle, und der weiße Löwe auf dem Staatswappen machte sich bereit zum Sprung, um das Urteil im Namen der Republik zu verkünden: Andrejko wurde für unzurechnungsfähig erklärt und in eine Anstalt eingewiesen, damit er seine Umgebung und die sozialistische Gesellschaft nicht mehr gefährde. Es war vollbracht … Andrejkos Verteidiger setzte sich erleichtert, einen besseren Ausgang hätte er sich nicht wünschen können, der Staatsanwalt sprang zwar im Dreieck, winkte dann aber ab und gab zu Protokoll, auf die Möglichkeit, in Berufung zu gehen, zu verzichten, damit er die Sache endlich vom Hals hatte.

Einige Tage später wurde Andrejko aus dem Pilsener Gefängnis in die geschlossene Abteilung der psychiatrischen Klinik in Dobřany verlegt.

Man brachte ihn dort in einer Isolierzelle unter. Sie war gerade frei geworden, ein Käfig, der wie ein riesiges Kinderbett aussah, und bevor man diesen merkwürdigen Laufstall verriegelte, stopfte man Andrejko mit Tabletten voll. In der Nacht wachte er auf, benommen lag er da, starrte durch die

Metallstäbe auf die gegenüberliegende Wand und hoffte auf ein Wunder, darauf, dass jemand kommen und die blinkende Neonröhre an der Decke ausschalten oder mit ihm reden würde, aber erst am Morgen kam eine Krankenschwester, sie brachte sein Frühstück und Medikamente, aber auch sie sagte kein Wort, sie kontrollierte nur, ob er seine Tabletten ordnungsgemäß hinuntergeschluckt hatte …

Tage vergingen, keiner sprach mit ihm, keiner berührte ihn, draußen wurde es hell und wieder dunkel, nur die Neonröhre unter der Zimmerdecke flackerte unablässig, und die Zeit wurde in Tabletten gemessen, morgens zwei blaue und eine grüne, mittags wieder zwei blaue und abends noch eine große rosa Pille dazu, sie mussten sofort hinuntergeschluckt werden, noch ein Schluck Wasser hinterher und dann die Zunge rausstrecken, damit man sicher sein konnte, dass unter ihr keine Pillen verborgen lagen. Im ganzen Haus herrschte absolute Stille, die nur ab und an durch entfernte Schreie unterbrochen wurde – und einmal wöchentlich durch das Baden. Selbst wenn man in die Hose gemacht hatte, musste man bis zum nächsten Mittwoch warten, denn gebadet wurde nur an diesem Tag. Während die Zimmer geputzt wurden, holten die Schwestern und Pfleger die Patienten aus ihren Käfigen heraus und stellten sie im Badezimmer nackt nebeinander, mit einem Wasserstrahl spritzten sie den angetrockneten Kot weg, so ähnlich werden dreckige Autos sauber gemacht, Andrejko war es peinlich, er schämte sich vor den Schwestern, die die Patienten nur mit Gummihandschuhen anfassten, sie mit spitzen Fingern einseiften und schrubbten, als wären sie räudig, er schämte sich vor den Patientinnen, alten Frauen und ganz jungen Mädchen, die splitternackt warten mussten, bis auch sie an die Reihe kamen … und dann, wenn er wieder im Käfig lag, noch bevor er die nächste Pille bekam, dachte er ans Gefängnis zurück, an die Hofgänge und an all die Diebe, Räuber und Mörder, die er immer mehr vermisste, denn selbst wenn sie manchmal mit ihm geschimpft hatten, so hatten sie wenigstens mit ihm gesprochen …

Erst nach mehreren Wochen, als der Dienstplan umgestellt worden war und die neuen Pfleger Andrejkos Pillen vergessen hatten, stellte sich heraus, dass der kleine Zigeuner auch ohne Medikamente ungefährlich war, nicht einmal Anfälle hatte er, sondern brabbelte lediglich sinnloses Zeug oder sang irgendwelche Lieder. Da gaben ihm die Krankenpfleger einen Morgenmantel und banden ihm eine Armbinde um, als Zeichen dafür, dass er weder einem anderen noch sich selbst etwas antun würde, und brachten ihn in einem anderen Gebäude unter.

Seine Isolationszelle wurde frei.

In Dobřany gab es nicht nur depressive Menschen, die sich die Pulsadern geöffnet hatten, oder Menschen, die in der Kantine mit Tischen um sich warfen und Stühle zerbrachen, nur weil ihnen die Suppe nicht schmeckte oder der Tee nicht heiß genug war. Dort fanden auch solche Zuflucht, die unter anderen Umständen einen großen Bogen um die Klapse gemacht hätten, sie tauchten dort unter, um sich dem Zugriff der Staatssicherheit zu entziehen oder um dem Militärdienst zu entgehen.

Diese jungen Männer hatten keine andere Wahl. Die Alternative zum Militärdienst lautete Gefängnis, danach bis zum Lebensende nur Schikane, keine Chance auf ein Studium oder eine bessere Arbeit, sie konnten höchstens Schaufenster putzen, die Kanalisation säubern oder als Heizer oder Nachtwächter arbeiten … Doch es gab noch einen dritten Weg. Eine Irrenanstalt war tausendmal besser als das große graue Gefängnistor oder die Kaserneneinfahrt mit dem roten Stern und der Inschrift *Wir dienen dem Volk und dem Frieden*. Sterne und Parolen hingen an jeder Ecke, sie konnten aber allen gestohlen bleiben, weil jeder nur seine besorgte Mutter vor Augen hatte oder die Erinnerung an das letzte Mal, als er auf dem Bahnhof seine Liebste umarmt und sich gefragt hatte, ob sie auch wirklich diese zwei Jahre warten würde. Auf der ganzen Welt gab es keine Zahl, die größere Verzweiflung auslöste, als die 730, mit einem Ziegelstein auf eine Mauer geschrieben oder mit einem Nagel in eine Toilettentür geritzt, denn 730 entsprach der Summe der Tage und Nächte, die einen von der Rückkehr ins zivile Leben trennten.

Hinter dem Zaun aus Stacheldraht und hinter Wachtürmen, in denen düster dreinblickende Scharfschützen herumlümmelten, war die Welt der Blumen, Straßenbahnen und bloßen Mädchenwaden zu Ende, dort tat sich die fremde Welt der Uniformen auf, dort gab es nur noch Gefängnisse oder Kasernen, nur noch Häftlingskleidung oder Soldatenuniform. Und Gregory, wie sich Jirka aus Domažlice nannte, Vašek und die anderen jungen Männer, die in Dobřany einsaßen, hassten Uniformen, sie wollten nicht hinter Schloss und Riegel landen …

In der Klapse konnten sie sich darüber austauschen, wer in Prag die besten Drogen mischte, wo es gute Lösungsmittel zum Schnüffeln gab und welcher Arzt gegen ein kleines Entgelt Pillen verschrieb, hier konnten sie darüber diskutieren, wie es weitergehen sollte, jetzt, aber auch später, sollten sie eines Tages entlassen werden, heimkehren auf ihr Walnussschiffchen, das tapfer durch den Ozean ihrer Träume segelte, zurück in ihre Kabuffs und verqualmten Kneipen, wo ihr Zottelhaar nicht weiter auffiel und sie in Ruhe ihre bescheidenen Evangelien verkünden konnten.

Ausgerechnet in dieser sonderbaren Gesellschaft fand sich Andrejko wieder.

Alles verlangsamte sich. Wie eine verirrte Straßenbahn, die nach langem Ruckeln übers Kopfsteinpflaster endlich das verlorene Gleis wiederfand, auf dem sie gemütlich vom morgendlichen Fiebermessen bis zum abendlichen Zapfenstreich dahinzuckeln konnte, so fühlte sich auch Andrejko ganz im Bann eines geordneten Tagesablaufs. In Dobřany wurde über jede Essensausgabe, jede Visite und jede Pille Buch geführt, minuten- und krümelgenau, und wer das doof fand, dem sagte die Ärztin, es sei zu seinem Besten, man möge sich die jeweiligen Stationen gefälligst hinter die Ohren schreiben, damit man endlich aufhörte, vom Weg abzukommen.

Einer seiner Zimmernachbarn war Míla, der beim Militärdienst windelweich geschlagen und brutal niedergetreten worden war, weil er auf Jungs statt auf Mädchen stand. Man fand ihn vor den Mülltonnen, Blut strömte aus seinen Handgelenken. Da kapierten auch die größten Dummbatzen, dass sie ein wenig über die Stränge geschlagen hatten, aber sie brachten doch noch einen kessen Spruch zustande: Los, kleb dich wieder zusammen, bist doch ’n Mann … Seitdem tat sich Míla lieber von Zeit zu Zeit an zerstoßenen Glühbirnen gütlich oder fügte sich tiefe Schnitte in die Arme zu, nur damit er hierbleiben durfte und nicht zurück in die Kaserne musste …

Vašek, ein anderer Zimmernachbar, verbrachte ganze Wochen schweigend am Fenster oder über einem Buch. Während dieser Zeit speicherte er alles: jedes Wort, jede Stimmung oder Geste, die tagsüber an ihm vorbeigehuscht oder in der Luft hängen geblieben waren. Sein Kopf sog sie auf wie ein Schwamm das Wasser. Wenn es zu viel geworden war, sprudelte auf der Stelle alles heraus, als wäre in ihm ein

Damm gebrochen, ganz gleich, ob am helllichten Tag oder mitten in der Nacht. Von Vašek hieß es, man könne nach ihm die Schöpfungsgeschichte umschreiben; er vergaß zwar häufig, sich den Hintern abzuwischen, und konnte sich auch nie merken, welches Bett und welche Schuhe ihm gehörten, aber manchmal, wenn gerade über Frauen geredet wurde, wer mal welche gebumst hatte und wie sie zwischen den Beinen aussah, da blickte Vašek zur Decke, und ohne mit der Wimper zu zucken predigte er los: … und genau in dem Augenblick trennt sich die Seele vom Körper und es kann einem alles gestohlen bleiben, weil in dem Moment kosmische Energie durch uns hindurchströmt und eine unglaubliche Kraft Besitz von uns ergreift … Deswegen ist Gott Gott, weil er auch Schöpfer ist, und wenn er mit der Schöpfung zugange ist, ist er gleichzeitig auch ein Mensch, der das Licht bringt, auch wenn es nur eine einzige blöde Glühbirne sein sollte oder ein Streichholz … Und im Zimmer wurden alle ganz still, und jeder erinnerte sich an die massive Spannung, die einen bis an den äußersten Punkt bringt, bis zu dieser schmalen Grenze, an der das Leben zerbricht, sie dachten an die heftigen Atemstöße eines entkräfteten Leibs, während die Seele bereits zu den Sternen fliegt …

Vašek war überhaupt ganz sonderbar. Er hatte keine Angst und verließ abends einfach die Anstalt. Mit Martin und Gregory oder auch allein kletterte er über den Zaun und machte sich auf in die Stadt, meistens kehrte er dort im »Blauen Stern« ein, um etwas frische Kneipenluft zu schnappen. Einmal erzählte er, wie ein Stammgast, ein gewisser Herr Sejkora, leidenschaftlicher Kaninchenzüchter, von den Männern am Tisch aufgezogen worden war, sie, seine Kumpel, wegen der Karnickel zu vernachlässigen. Sie hatten ihn gewarnt, er könnte von den Köteln und den feinen Härchen Kaninchenpest bekommen, eine ganz schlimme und unheilbare Krankheit. Man erkenne sie an heftigen Kopfschmerzen, der Kopf scheine von innen zu explodieren, das Hirn werde nämlich flüssig und vergrößere sich, das nenne man Wasserkopf … Aber Herr Sejkora glaubte ihnen nicht, er lachte sie aus und sagte, dass sie alle einen Knall hätten. Also nahmen sie eines Tages, als er auf der Toilette war, seinen Hut von der Garderobe und legten einen Draht unter die Krempe, den sie jeden Tag leicht mit der Zange zusammenzogen, täglich ein kleines Stückchen mehr, und Sejkora, der sich noch gestern den Hut bis zu den Augen hatte herunterziehen können, stellte fest, dass er immer kleiner wurde, dass er ihn nur noch in die Stirn schieben konnte. Der Hut saß jeden Tag höher und höher, und auf dem Weg nach Hause fühlte er, wie sein Kopf anschwoll und bald platzen würde wie ein zu stark aufgepumpter Ballon, und so schnappte er sich nach einer Woche Drahtbehandlung die Axt und schlug alle seine achtzig Kaninchen tot.

Da hatten die Männer natürlich Angst, sagte Vašek, dem Sejkora von dem Draht zu erzählen, und sie nahmen also wieder die Zange, und jeden Abend machten sie sich aufs Neue über seinen Hut her, wenn er auf der Toilette war, diesmal jedoch schnürten sie ihn nicht enger, sondern lockerten den Draht, nicht auf einmal, aber jeden Tag ein Stückchen, und der Hut wanderte allmählich von Sejkoras Stirn bis zu seinen Augenbrauen … Und dann war der Draht entfernt, und Sejkora trinkt weiterhin Bier mit ihnen und erzählt jedem, wie gut es ihm geht, seitdem er seine Kaninchen ins Jenseits befördert hat …

Auf der Station herrschte Langeweile, und so verlangte man auch von Andrejko, dass er etwas erzählte, schon weil niemand auf einen vergleichbaren Lebensweg zurückblicken konnte, obwohl auch die anderen zum Teil in den absonderlichsten Verhältnissen gelebt hatten. Andrejko hatte das erlebt, wovon sie nur geredet, nachgedacht oder geträumt hatten. Keiner von ihnen war an einem Ort zur Welt gekommen, wo zwischen den Häusern kleine Bäche sprudeln, keiner war barfuß durch Schlamm gestapft, keiner war seiner Mama weggenommen worden und ans andere Ende der Welt verfrachtet und mit einem leeren Pappbecher in der Hand durch Bahnhöfe geschleppt worden, keiner war aus dem Kinderheim getürmt, und keiner hatte je in ein paar Metern Entfernung das Heulen der Wölfe gehört. Und keiner von ihnen war gegen eine Mauer gedrückt worden, keiner hatte je ein Messer gezückt und es gegen einen anderen Menschen erhoben …

Auch Gejza aus Rokycany hörte zu. Ihn hatte das Gericht in die Psychiatrie eingewiesen, weil er mit seiner kleinen Schwester Ilonka geschlafen hatte, und die Richter konnten sich lange nicht zwischen Gefängnis und ärztlicher Behandlung entscheiden, dabei verstand Gejza nicht einmal, was eigentlich vorgefallen sein sollte, zu Hause hatte schließlich jeder mit Ilonka geschlafen … Gejza hörte Andrejko zu und sah sich selbst in einem Zug sitzen, hinter dem Bahnhöfe und Haltestellen wie kleine Glasperlen zurückglitten, er ratterte ins Gelobte Land, das irgendwo im Osten lag, und ließ den lausigen Alltag endlich hinter sich …

Einige wurden auch direkt aus der Kaserne eingeliefert.

Der stotternde Jožin etwa war unweit von Pilsen stationiert, in Janovice im Böhmerwald, und dort hatte er sich eine so schwere Lungenentzündung geholt, dass er kaum das Bett verlassen konnte, aber nach drei Tagen Krankenstation warf man ihn hinaus, weil die gesamte Kompanie zum Wintermanöver ausrücken sollte. Als sich der arme Jožin die eiskalte Ladefläche auf dem Laster vorstellte, als er sich die Stiefel der Älteren putzen oder mit der Zahnbürste Kloschüsseln schrubben sah, als er daran dachte, wie man ihn wieder zwingen würde, auf dem Fußboden zu robben und zwischen den Pritschen Haltestellen zu melden, da schloss er sich auf der Toilette ein, schlug mit dem Ellbogen das Fenster aus und schnitt sich mit einem der Splitter ins Handgelenk. Zum Glück wurde das Blut unter der Tür bemerkt …

Mirek aus Budějovice hatte einen internationalen Klavierwettbewerb gewonnen, bevor er zur Panzerbrigade eingezogen worden war; bei einem nächtlichen Alarm fiel ihm der Lukendeckel auf die Hand und zerquetschte ihm die Finger. Mirek brach zusammen, er wollte nicht mal in die Rehaklinik, er wollte einfach nicht mehr leben, also brachte man ihn direkt aus dem Krankenhaus in die Klapse. Seinen Eltern stellte man später sogar noch seine Ausstattung in Rechnung, die sich nach dem Unfall jemand unter den Nagel gerissen hatte: Von der Uniform über die Tarnkleidung und die Stiefel bis hin zu den grünen Boxershorts und der Schuhcreme war alles genau aufgelistet …

Martin wiederum lief von einem zum anderen und zog eine schmuddelige Weltkarte unter seinem Pyjama hervor, er versuchte alle davon zu überzeugen, sich mit ihm nach Colorado oder Arizona aufzumachen, oder zum Susquehanna River, der verträumt durch die Landschaft fließe, dahinter breite sich die Prärie aus, bis zum Horizont, schon von Weitem höre man dort die riesigen Indianertrommeln, gleich abends könnten sie losmarschieren, bei Einbruch der Dunkelheit, sie müssten sich bloß durch den Stacheldraht an der Grenze schneiden, das seien läppische paar hundert Meter, die restlichen fünfzehntausend Kilometer, über die brauche man sich nicht den Kopf zu zerbrechen, das sei nur noch ein Katzensprung …

Und dann war da noch Petr, der etwa ein halbes Jahr zuvor mit seinem Augenlicht auch den Verstand verloren hatte, als er vom Wachturm aus die gen Süden ziehenden Wildgänse beobachtet und sein Fernglas direkt in die Sonne gerichtet hatte.

Nicht schlecht, Mensch, murmelte einer, als Andrejko eines Abends erzählte, dass er genau solche Wildgänseformationen vor sich sehe, wenn er die Augen schließe ... Die Männer lagen auf dem Rücken, starrten zur Decke, und keiner merkte, dass Petr leise ins Kopfkissen weinte.

Morgens fanden sie ihn auf der Toilette. Er hing am Stoffgürtel seines Morgenmantels, dessen eines Ende er an der Metallkonstruktion der Kabine befestigt hatte, seine Beine steckten in der Schüssel, und sein ausgemergelter Körper war starr und unnatürlich verbogen. Seine blinden Augen sahen wie stumpfe Glasmurmeln aus ...

Er war ja gar nicht blind, sagte am nächsten Tag Vašek zu Andrejko, wenn du einmal in die Sonne geblickt hast, dann kannst du nie mehr was anderes sehen ... Wusstest du, dass er mit seinem Vater an einem Schiff gebaut hat? In ihrer Scheune, wo man sonst die alten Leiterwagen oder Stroh fürs Vieh aufbewahrt, hatten sie ein riesiges Segelschiff stehen, viele Jahre haben sie dran gebaut, und dabei wussten sie, dass sie das Schiff nie zu Wasser lassen würden, dass sie nie die Erlaubnis bekommen würden, es zum Meer zu bringen ...

So einen Vater hätte ich gern gehabt, fügte Vašek leise hinzu und blickte in die Ferne, einen Vater, der sein ganzes Leben lang an einem Schiff baut, obwohl er weiß, dass es nie in See stechen wird, und eine Mutter, die abends keine Socken stopft oder sich irgendwelche Krimis reinzieht, sondern Schiffssegel durch die Nähmaschine jagt ...

Wenn wenigstens meine Kinder einen solchen Vater haben könnten ...

Auf einmal sagte er hastig: Gott ist der Weg, Gott ist deine Suche nach dem Weg … der Weg gehört nicht ihnen, sondern dir, und keiner, verstehst du, keiner auf der ganzen Welt hat das Recht, dir nur ein einziges krummes Wort zu sagen, wenn du mit deinem Weg nicht zufrieden bist, wenn du anderswohin willst … oder wenn du wie Petr nicht weiterkannst, Vašek zeigte auf das leere Bett, keiner hat das Recht …

Ein paar Tage später brachte Vašek eine Rolle Frühstückspapier, das er den Köchinnen abgeluchst hatte, und sie verbrachten den ganzen Sonntag damit, es in schmale Streifen zu schneiden, die sie dann zusammenklebten, als setzten sie aus einer zerschnittenen Orangenschale eine neue Frucht zusammen, zum Schluss befestigten sie Fäden daran und als Körbchen eine leere Metalldose, und abends, als es dunkel und kühler wurde, setzten sie im Körbchen einen Grillanzünder in Brand, die warme Luft stieg in den Ballon, und er wurde immer größer und leichter, und als sie ihn zum Fenster trugen, glitt er ihnen aus den Händen und segelte langsam empor, wie ein Riesenlampion gondelte er über den Baumkronen, der Wind trug ihn über den Zaun und dann weiter und weiter, hinaus über die Felder.

Von Zeit zu Zeit bekam Andrejko Besuch von den Kindern, von Anetka, die es in der Schule schwer hatte, weil sie immer für alles büßen musste, und von Tibor, der in seiner Hosentasche ein kleines Klappmesser stecken hatte. Er führte Andrejko seine Judogriffe vor und brüstete sich damit, dass er sich von keinem in die Enge treiben lassen würde. Den Ärzten war sofort klar, dass die beiden jene Brücke waren, über die Andrejko in sein Leben zurückfinden würde, und wenn er sich wieder in einer Depression verlor und weder essen noch sprechen wollte, sich für Stunden, manchmal ganze Tage in seine eigene Welt flüchtete, verschrieben sie ihm keine zusätzlichen Medikamente, sondern warteten, dass Anetka und Tibor wieder auftauchten.

Für Andrejkos Zimmer war eine ältere Ärztin zuständig, eine mollige Dame mit einer Brille, die ihr ständig auf die Nasenspitze rutschte. Als sich in Andrejko wieder einmal eine Spannung aufgebaut hatte und er sich keinen Rat wusste, ging er zu ihr und erzählte ihr alles, in einem endlosen Satz sprudelte er hervor, dass Marketa, seine Sonne mit strohblondem Haar, immer wieder in seinen Träumen vorkomme, sie habe immer das Kindchen dabei, das nicht geboren werden durfte, das in einem Krankenhausofen gelandet sei, in einem Sack mit blutigen Verbänden, amputierten Beinen und Injektionsspritzen, jede Nacht höre er, Andrejko, es wimmern und weinen ... Andrejko war selbst überrascht, welche Erleichterung ihm seine Beichte brachte, er fasste sich an den Kopf, der sich endlich nicht mehr anfühlte, als würde er gleich explodieren, und die Frau Doktor tätschelte ihm sanft die Wange, als wäre er ein großes Kind.

Andrejko hatte keine Wahl. Entweder er war krank und er blieb in Dobřany, oder er war gesund und würde am nächsten Tag zurück in den Knast gebracht ... Immer wieder klang ihm die Stimme von Tante Ida in den Ohren: *Miro than odoj, kaj mange mištes* ... Mein Platz ist dort, wo es mir gut geht ... Er dachte nicht mehr daran, dass er über die Mauer klettern und fliehen könnte, er vergaß die Wildgänse, die gen Süden zogen, die Pferde mit wehender Mähne und Jurajs Schafe, er vergaß, wie verlockend eine Sommernacht duftete, denn hier, hinter den vergitterten Fenstern und unter der Aufsicht der bebrillten Frau Doktor, hier ging es ihm gut ...

Von wegen gut, beschissen geht es dir, sagte Vašek barsch. Bloß siehst du von hier aus den Zaun nicht, genauso wie die da draußen wiederum die Zäune und Drähte nicht sehen, die um sie herum gezogen wurden, auch die sind eingesperrt, genauso wie wir hier in der Klapse, aber sie haben sich einreden lassen, dass nicht sie eingelocht sind, sondern die auf der anderen Seite … Wie ein dummer Köter, der an seine Hundehütte gekettet ist und nie mitkriegt, dass es auf der Welt auch noch andere Hundehütten gibt und Straßen, und dass es sogar Hunde ohne Hütten gibt und manchmal auch Hunde ohne Herrchen. Aber solange ihre Schüsseln voll sind, fressen sie und scheißen und marschieren bei den Umzügen mit und halten die Fresse, darauf kommt es vor allem an, das verlangt man von ihnen, das ist ihnen in Fleisch und Blut übergegangen … Dabei überführen sie sich selbst der Lüge und prahlen, wie gut sie sich auf dem Spielfeld machen, aber ihre einzige Sorge besteht darin, das Trikot nicht durchzuschwitzen, und das Spiel, das geben sie an jemand anderen ab. Und wenn die Obrigkeit vorbeifährt, verneigen sie sich tief und brüsten sich dann, wie clever sie sind, dass sie sich verneigen und dabei in Gedanken die Herrschaften mutig zur Hölle schicken …

Wach auf, Mann, schrie Vašek und schüttelte den überraschten Andrejko, pass auf, dass man dich nicht kriegt, dass man deine Gänse nicht mit irgendwelchen Tabletten wegradiert! Du bist doch kein sabbernder Idiot, du kannst doch noch sehen, du bist nicht wie … wie die …

Eines Tages kamen Andrejkos Kollegen aus der Brauerei vorbei. Sie waren alle schon leicht angetrunken, quetschten sich in den Besucherraum und ließen Andrejko nicht mal zu Wort kommen, stattdessen schwärmten sie von den Ärzten und dem Personal, was für ein nobles Hotel mit perfektem Service das hier sei, man komme sich von wie im Sanatorium, es fehle nur noch eine Pipeline direkt von der Brauerei … Mach dir keine Sorgen – bald knallt's, und dann lassen sie dich gehen, zwinkerte ihm Tonda zu, einer der Arbeiter. Klar, einsperren kann man, gehen lassen muss man, pflichtete ihm ein anderer bei, der Raum dröhnte unter ihrem Gelächter, und Andrejko schloss die Augen und stand erneut mit ihnen im Gärkeller und wartete auf seine angewärmte Maß, er lächelte, wenigstens einen Moment lang fühlte sich alles wie früher an.

Die diensthabende Ärztin lugte durch die Tür und setzte sich kurz zu ihnen. Als die Männer ihr einreden wollten, sie sei ihr weißer Schutzengel, da tat sie verärgert, aber sie ließen sie nicht gehen, bevor sie ihr nicht zwei Prazdroj-Flaschen in die Kitteltaschen gesteckt hatten.

Als der Brauereibesuch endlich abgezogen war, stellte man fest, dass unter dem Tisch zwei riesige Taschen voller Bierflaschen standen. Jeder bekam was ab, es war genug da, und gegen Abend herrschte Weltschmerz und *chandra* auf der Station. Gejza fing an zu singen: *Andro paňi pejľom, na džanav so pijľom, jaj Devla* … und Andrejko schloss sich ihm mit zweiter Stimme an: *Ma maren, ma košen, miro kalo šero … Sar les čalavena, čhaven čorarena, jaj Devla Devla* … Ich bin ins Wasser gefallen, was habe ich bloß getrunken, jaj, mein Gott … Flucht nicht über mich, schlagt meinen schwarzen Kopf nicht blutig … Bringt ihr mich um, müssen meine Kinder betteln gehen, jaj, mein Gott, mein Gott …

Und der angetrunkene Jožin vergaß sein Stottern und flüsterte Andrejko zu: Andrej, ich bin so glücklich. Dass ich auch so ein Idiot sein darf wie der Vašek hier, wie der Gejza und wie du.

Nach dem Zapfenstreich schlief Jožin wie ein Murmeltier, aber mitten in der Nacht sprang er aus dem Bett, peste durchs Zimmer, weckte die anderen auf und schrie: Aufstehen! … Alarm! Aber keiner stand auf, alle drehten sich nur um und versuchten weiterzuschlafen, eine verschlafene Stimme empfahl ihm, sich zu verpissen, jemand warf ein Kissen nach ihm, aber Jožin schrie weiter, als sei er wahnsinnig geworden. Nur Míla sprang auf, salutierte und meldete: So-So … Soldat Čer-Čer … Červenka zu Ihrem Befehl, Genosse … Still gestanden, Červenka, nach links drehen, marsch, schrie Jožin und seine Stirnadern schwollen an, Andrejko verkroch sich erschrocken unter seine Bettdecke und verstand nur Bahnhof, aber da rissen die anderen Jožin schon zu Boden und schleiften ihn ins Bett zurück, und er ließ sich wie ein Lämmchen über den Boden ziehen.

Das Licht ging an, ein verschlafener Pfleger stand in der Tür und regte sich über die Unruhe auf, man legte Jožin ins Bett und deckte ihn zu – und erst da bemerkte man, dass Míla immer noch in Habachtstellung verharrte, sein Pyjama war nass und über einen seiner nackten Fußrücken lief ein dünner Strahl Urin.

Noch hatte der Wind das letzte Laub nicht von den Bäumen gepustet, als bereits der erste Schnee fiel und sich die Staatsanwaltschaft erneut bei Andrejko meldete. Er aber wollte mit dem, was gewesen war, nichts mehr zu tun haben … Doch da draußen schien sich etwas zu ändern und zu wenden, Andrejkos Zimmernachbarn wurden ganz unruhig, und die Luft duftete nach Frühling, als schliche er sich zu dieser späten Jahreszeit auf samtenen Pfoten heran, als gingen in einem muffigen Zimmer die Fenster auf, als sprudelte frisches Quellwasser in einen schlammigen Tümpel … Die Ärzte und die Schwestern sahen aus wie Kinder unterm Weihnachtsbaum, auf einmal hielten sie sich ganz gerade und ihre Augen strahlten, auf einmal fehlte es an Zeitungen. Früher hatte sich keiner auf der Station für das Geschehen in der Welt interessiert, die Pfleger schnitten gleich morgens die Tageszeitung in kleine Stücke und verteilten sie auf den Toiletten, aber jetzt wollte jeder die Zeitung lesen, und auf der Toilette wurden zerschnittene Bücher oder Tagesberichte der Schwester benutzt, je nachdem, was gerade zur Hand war.

Die jungen Männer, die sich vor dem Militärdienst nach Dobřany geflüchtet hatten, gingen heim. Gregory gab Andrejko einen Klaps auf den Rücken und deutete zum Fenster: Gestern waren lauter Laster mit Stacheldraht beladen unterwegs, ganze Ladeflächen voll mit rostigem Draht … die Grenze ist weg, also kann ich gehen …

Am Abend verschwand Vašek, nicht einmal Tschüss hatte er gesagt, er wollte nur kurz im »Blauen Stern« einkehren, ein bisschen frische Luft schnappen, und kam nicht mehr zurück … Die übrigen Patienten hockten ganze Tage vor dem Fernseher, und Andrejko hatte keinen, mit dem er reden konnte, er lag auf dem Bett und starrte an die Decke, oder er bummelte durch die Flure und schlug so die Zeit tot.

Als Weihnachten vorbei war und ein neues Jahr angefangen hatte, brachte man Andrejko wieder vor Gericht, erneut sah er den weißen Löwen und den fünfzackigen Stern an der Wand. Über den Richtern hing das Bild des neuen Staatspräsidenten, und die Herren im Talar sprachen eine ganz andere Sprache, der Mord hieß auf einmal Selbstverteidigung, und die Zeugenaussagen sollten manipuliert gewesen sein. Andrejko verstand nicht, was für ein Spiel gespielt wurde, die grauen, von bunten Krawatten unterstrichenen Gesichter im Saal waren doch die gleichen, die ihn noch gestern am liebsten am nächstbesten Baum aufgehängt hätten, aber er spürte durchaus, dass sich etwas veränderte, dass etwas in die Brüche ging, dass die Männer aus der Brauerei und seine Zimmergenossen, Vašek und Gregory, der seit Jahren darauf gehofft hatte, mit verrostetem Stacheldraht beladene Lastwagen zu sehen, dass sie alle recht gehabt hatten …

Ein paar Tage später wurde Andrejko ins Geschäftszimmer bestellt und erhielt dort seine Sachen zurück, sogar das schwarz angelaufene Kreuz von seiner Mama war dabei, die Ärztin wünschte ihm viel Glück, begleitete ihn nach draußen, reichte ihm die Hand und zeigte ihm, wo die Bushaltestelle war.

Andrejko holte tief Luft. Endlich war er auf freiem Fuß, aber Freude wollte sich nicht einstellen, vielmehr fühlte er sich ratlos und verängstigt. Er fürchtete sich vor dem weiten Feld, das von keinem Zaun begrenzt war, vor den Menschen, die an ihm vorbeiliefen, vor dem offenen Himmel, von dem ihn kein Fensterrahmen oder Gitter trennte, er hatte Angst, sich für einen Weg zu entscheiden, es gab so viele Wege … Er wollte nicht mehr gesund sein, er wollte zurück hinter Gitter, unter die Aufsicht der bebrillten Frau Doktor, zu seinen Zimmernachbarn, die in die Zukunft sehen konnten und deswegen in der Klapse Zuflucht gesucht hatten.

Plötzlich übermannte ihn eine solche Sehnsucht und ein solcher Kummer darüber, dass er alle, die er lieb gewonnen hatte, nie wieder zu Gesicht bekommen würde, dass er auf die Station zurückging und die Pfleger bat, wenigstens noch ein paar Tage bleiben zu dürfen …

Die Welt da draußen hatte er ja längst aufgegeben, er hatte Tonnen von Medikamenten geschluckt und alle Brücken hinter sich abgebrochen, und jetzt sollte er auf einmal entscheiden, ob er links oder rechts laufen möchte, ob er die Straße überqueren sollte oder nicht, er musste selbst das Geld aus der Tasche ziehen und es dem Busfahrer reichen, und nach dem Weg fragen musste er auch allein.

17.

Im Bus kauerte sich Andrejko auf dem Sitz zusammen, hielt das Kreuz seiner Mama fest umklammert und fühlte sich unwohl. Die ungewohnte Kleidung war zu eng und juckte: der Blaumann und die karierte Jacke, die er bei seiner Verhaftung getragen hatte und die immer noch nach Würze, Hefe und Säure muffelten.

Dann stand er inmitten der Petrohrader Häuser mit ihren bröckelnden Fassaden, stolperte über die Steinplatten, mit denen die Gehwege gepflastert waren, und ihm schien, als wäre er erst gestern hier entlanggegangen: In den Kneipen und Spelunken summte es wie in einem Bienenstock, die Ventilatoren trugen das Klirren der Halblitergläser, den Zigarettenrauch und den Geruch nach fettigem Bauchfleisch, Knödeln und Kraut nach draußen, im Laden um die Ecke hing immer noch dasselbe schmuddelige Blechrollo vor dem Schaufenster, und auch die Schlosserei im Innenhof und der Papierladen, in dem er sich einst versteckt hatte, waren noch da, auf dem Metallgeländer vor dem Kino hockten Jugendliche und riefen den Mädchen hinterher, und die Linden auf der Straße trieben erste Knospen aus. Mit dem Frühling kehrte das Leben in die Petrohrader Straßen zurück, aber Andrejko fehlte etwas, etwas war verschwunden, seine Marketa war nicht mehr da, und ohne seine Sonne war jeder Frühling grau und leer.

Die Kinder waren noch in der Schule, Ida öffnete ihm die Tür, und Andrejko hätte sie beinahe nicht erkannt, so verändert sah sie aus, unter ihren Augen waren Falten und Tränensäcke, ihre weichen Brüste hingen traurig herunter wie überreife und vertrocknete Trauben, die man auf dem Weinberg vergessen hatte …

Andrejko saß am Tisch und wärmte sich die Hände an einem Becher mit Tee.

Dann quietschte die Wohnungstür. Andrejkos Cousin Imro … Sie hatten sich zuletzt gesehen, kurz bevor Andrejko ins Heim gekommen war, das war schon lange her.

Freigelassen … Havel, die Amnestie, gab Ida an, viele unserer Leute hat man gehen lassen … Andrejko lief es kalt den Rücken hinunter, er hätte Imro am liebsten aus seinem Leben ausradiert, genauso wie Marián und Onkel Štefan.

Marián ist auch raus, der muss aber noch seinen Kram holen, sagte Ida, als sie Andrejkos fragenden Blick bemerkte, und Andrejko ballte unter dem Tisch die Hände zu Fäusten.

Imro prahlte mit seiner neuen Tätowierung, er führte Andrejko vor, wie die Tusse auf seinem Arm die Beine breit machen konnte, und kuck mal, sagte er, wenn ich die Muskeln anspanne, sieht ihre Fotze wie 'n offenes Kuhmaul aus …

Andrejko wunderte sich, warum sein Cousin so nett zu ihm war, obwohl er ihn früher nicht hatte ausstehen können, aber Imro tätschelte seinen Rücken und sagte, gemeinsam würden sie tolle Dinger drehen. Erst nach einer Weile begriff Andrejko, dass Imro von seiner Aktion mit dem Küchenmesser geblendet war, vom Gadsche-Blut, das auf den Bürgersteig geflossen war. Auch die Art, wie sich Andrejko geschickt aus dem Knast in die Klapse hineinmanövriert hatte, wusste Imro zu schätzen.

Abends tauchte der kleine Milan auf. Er zog eine Tafel

Schokolade und zwei Zigarettenschachteln aus der Tasche, legte alles auf den Tisch und setzte sich auf den freien Stuhl.

Nicht gerade viel … Imro rümpfte die Nase, schob Andrejko eine Schachtel hin, öffnete die andere und steckte sich eine Zigarette an.

Milan warf die Arme auseinander: Die hätten mich fast gekriegt, ich musste abhauen … Er zuckte mit den Schultern, zog aus der angebrochenen Schachtel eine Zigarette, und in der Küche konnte man bald vor Rauch kaum noch die eigene Nasenspitze erkennen.

Andrejko sah sich um. Draußen war es schon dunkel, aber Anetka und Tibor waren noch nicht zu Hause.

Die trödeln wieder irgendwo rum, sagte Imro, als er Andrejkos Blick bemerkte, und erzählte von seiner neuesten Idee: Er schickt Tibor zum Marktplatz, der lungert dort zwischen den geparkten Autos herum und schnorrt, *ajn mark, bite, cvaj mark*, und wie zufällig spielt er dabei mit einem Stein, da öffnen die Germanen gerne ihre dicken Geldbörsen und Brieftaschen, eine neue Lackierung würde sie weit mehr kosten als Tibors *ajn mark cvaj mark …*

Andrejko stand auf, er müsse sich kurz die Beine vertreten. Erleichtert schloss er die Tür hinter sich, wäre er noch länger in der Wohnung geblieben, er wäre erstickt … Als draußen neben der Mülltonne ein Schatten in Bewegung geriet und ihm an den Hals sprang, schreckte Andrejko zusammen, aber dann erkannte er Tibor, den jüngsten seiner Brüder.

Ein paar Tage später tauchte auch Marián wieder auf, aber da wussten die beiden Cousins schon, dass sie mit Andrejko nicht das große Los gezogen hatten; obwohl er mit dem Messer auf einen Gadsche losgegangen war, ist er ein Waschlappen geblieben, der sich schon bei einem lauten Wort in die Hose macht, außerdem war er dumm und merkte nicht einmal, dass eine neue Zeit angebrochen war und hinter jeder Ecke massenhaft neue Chancen lauerten …

Sie wiederum folgten diesen neuen Möglichkeiten gierig wie hungrige Hunde dem Geruch nach Fleisch. Vormittags schliefen sie aus, und abends gingen sie weg, um erst gegen Morgen zurückzukommen, oder sie blieben zu Hause hocken und scheuchten die verschlafenen Kinder aus dem Bett, damit sie das Essen auftrügen, und schrien sie an. Aber nicht so, wie früher ihre Verwandten in Poljana, die geschrien und gesungen hatten, wenn sie traurig waren oder sie sich freuten. Marián und Imro schrien, weil sie sich langweilten, sie schrien vor Wut über geplatzte Geschäfte … Manchmal schleppten die Cousins tätowierte Knastbrüder an, fiese Gestalten aus der Gosse, Spezialisten für Drecksarbeit, die aus irgendeinem Grund für sie wichtig waren, denen mussten sie vorführen, wer zu Hause das Sagen hatte, wer es sich leisten konnte, verschreckte Kinder anzuschnauzen, und wer Andrejko anpöbeln durfte, vor dem sie mittlerweile regelrecht Ekel empfanden, weil er freiwillig dort gelebt hatte, wo ihrer Meinung nach der Arsch der Welt lag.

Andrejko kehrte wieder in die Brauerei zurück, aber im Gärkeller wollte man ihn nicht mehr, es hieß, dort sei keine Stelle frei, doch schließlich versprach sich der Meister, er hätte Angst, Andrejko irgendwo alleine zu wissen. Das müsse Andrejko doch verstehen, sagte er und unterstrich seine Worte mit einer Handbewegung, von wegen, sie beide bräuchten sich nichts vorzumachen … Also fing Andrejko bei der Flaschenabfüllung an, inmitten unbeschreiblichen Getöses der Maschinen und des Geklirres der Flaschen auf dem Fließband, inmitten von Glasscherben und dem Geruch nach abgestandenem, verschüttetem Bier.

Hier standen keine Männer gemütlich um ein Bierfass herum, hier wärmte keiner Maßkrüge im heißen Wasser vor. In der Abfüllabteilung wurde die Zeit durch den unerbittlichen Rhythmus der Maschinen und das durchdringende Sirenengeheul am Anfang und am Ende der Schicht bemessen. Weil Andrejko neu war, wurde ihm eine Arbeit zugewiesen, um die sich sonst keiner riss, er musste umgekippte Flaschen auf das Fließband zurückstellen und Scherben aufsammeln, manchmal wurde er losgeschickt, um die Abfüllmaschine oder den Erhitzer sauber zu machen. In den Erhitzer musste er hineinklettern und haufenweise Scherben hinauskehren, während weitere Flaschen um ihn herum platzten und vor dem Erhitzer die Arbeiter darauf warteten, dass die Arbeit weiterging, sie tranken gekühltes Bier und lobten Andrejkos Geschicklichkeit, wobei sie sich insgeheim freuten, dass man wieder einen unbedarften Trottel eingestellt hatte, der alles mit sich machen ließ.

Nimm's nicht so schwer, riet ihm der Gabelstaplerfahrer Venca, der die Leergutpaletten zum Fließband brachte. Im Sommer sind die Werkstudenten da, das ist dann deren Job, und du hast deine Ruhe, kannst dich aufs Ohr hauen … ich hab auch mal Scherben ausgekehrt, hab mich auch hocharbeiten müssen …

Wie ein Fluss ohne Anfang und ohne Ende strömten die klirrenden Flaschen auf dem Fließband dahin, und wenn Andrejko die Augen schloss, sah er Tante Majka vor sich. Hier hatte sie gearbeitet, bevor der Lastwagen sie gegen die Rampe drückte. Jetzt saß an ihrem Platz eine andere Frau, von zwei schmuddeligen Neonröhren beleuchtet starrte sie auf das Band und suchte nach nicht komplett gefüllten Flaschen, die sie herunternahm. An den Maschinen wechselten sich die Arbeiter in regelmäßigen Abständen ab, damit sie vor lauter Eintönigkeit nicht durchdrehten; nur sie wollte ihren Platz nicht wechseln, sie saß dort die ganze Schicht hindurch, den ganzen Tag …

Eines Tages rannte Andrejko verzweifelt um den Erhitzer herum, aus dem so viele Scherben hervorsprudelten, dass er sie nicht wegzuräumen vermochte, als die Frau unter den Neonröhren zu schreien anfing und wild mit den Armen fuchtelte, als würde sie wegfliegen wollen. In dem Lärm konnte Andrejko sie nicht verstehen, er dachte, es sei etwas passiert, jemand sei in die Maschine gefallen oder sei von ihr am Arm erfasst worden, er sprang also zum nächsten roten Notknopf, und alles blieb stehen. Nur die Frau fuchtelte weiter mit den Armen und rief mit brüchiger Stimme: Flügel müssten wir haben, um das alles zu schaffen, Flügel … Und etwas verhakte sich, an dem Tag lief nichts mehr, und der Schichtmeister rannte wie von Sinnen durch die Halle, das Soll war gefährdet, die Quartalsprämien standen auf dem Spiel, seine Prämie …

Andrejko litt fürchterlich, aber er riss sich zusammen, er musste durchhalten, denn er hatte das Geld bitter nötig. Abgesehen davon brauchte er einen Ort, an den er gehörte, er musste etwas Sicherheit und Geborgenheit finden, und seien sie auch noch so zerbrechlich, damit er die Flüsterstimmen überschreien konnte, die ihn ständig verhöhnten, vor denen er sich verstecken musste, egal wo, sogar mitten im Getöse einer dreckigen Fließbandhalle.

Aber war das wirklich das Leben, war das wirklich alles? Morgens zur Schicht, irgendwie den Tag hinter sich bringen, nachmittags ein paar Flaschen Bier mitgehen lassen und nach Hause wanken, jeden Tag dasselbe, morgen, übermorgen, immer wieder … Das wird sich die Frau Doktor aus Dobřany auch nicht vorgestellt haben, als sie ihm geraten hatte, sich möglichst schnell Arbeit zu suchen und sein verlorenes Gleis, damit er nicht mehr vom Weg abkomme …

Sobald die ersten Grashalme aus der Erde sprossen und Löwenzahn und Goldregen aufleuchteten, zog es ihn wieder an den Fluss, stundenlang sah er dem Wasser zu, in der Arbeit verstopfte er sich die Ohren mit Watte, und zu Hause schloss er die Augen, damit er Marketa nicht sah, ihre Augen blau wie Quellwasser und ihr Haar gelb wie reifes Getreide, damit er die Stimmen nicht hörte, die ihm einflüsterten, hier hätte er nichts verloren.

Ida kümmerte es schon längst nicht mehr, ob ihre Kinder zur Schule gingen, nachts zu Hause schliefen oder etwas gegessen hatten … Ihre Welt war wieder geschrumpft, sie begann und endete bei einer Flasche Rum oder Wodka, die ihr Marián und Imro brachten, manchmal musste sie sich auch mit Marillenschnaps oder Apfelwein zufriedengeben oder sich auf ihre alte Pilgerreise zwischen dem Kiosk am Hauptbahnhof und den verrauchten Kneipen von Petrohrad machen.

Sie sah aus wie eine zerknitterte Zeitung vom Vortag, wie ein alter Apfelbaum, der längst keine Äpfel mehr trug. Dafür aber hatte sich Anetka gemacht! Die Pickel auf ihren Wangen waren verschwunden, ihre Hüften rundeten sich, und statt zweier kleiner Kirschen waren unter ihrem T-Shirt zwei runde Äpfel zu erkennen. Andrejko ärgerte sich fast über sich selbst, dass er Anetkas Veränderung bemerkte, dass er sah, wie aus der kleinen Göre, aus der einstigen Bohnenstange eine junge Frau geworden war … Unsere Mädchen blühen so schnell auf, dachte er verträumt, auf der ganzen Welt gibt es keine schöneren Kinder als kleine Zigeunerinnen mit Mandelaugen, auch unsere Knirpse sind einmalig, mit diesen Bengels, die um die Schießbuden und Karussells herumlungern, kann es selbst der frechste Gadsche-Junge nicht aufnehmen. Kein weißes Kind würde von sich aus auf der Straße zu singen anfangen, kein weißer Junge würde auf einer Parkbank auf der Gitarre schrammeln und seine Finger mit den ersten Akkorden schinden, kein weißes Mädchen würde Passanten am Ärmel zupfen: Tschuldigung, haben Sie 'ne Zigarette für mich? Oder wenigstens zwei Kronen?

Aber es passierte immer dasselbe, alles drehte sich um, die Gadsche folgten ihrem Weg, während unseren Leuten die Puste ausging und sie bei ihren Karussells mit dem ganzen Goldfirlefanz stehen blieben, sie nutzten nicht mehr jeden freien Platz zum Kicken, denn man rannte einem Ball nicht hinterher, wenn die Stimme brach und Flaum unter der Nase spross, ein Geck im weißen Hemd und mit Ring im Ohr spielte nicht mehr Fußball, auch die Mädchen, die gestern noch kichernd auf dem Metallgeländer vorm Kino gehockt hatten, schoben heute Kinderwagen, und ihre Bäuche wuchsen schon wieder. Alles kehrt an den Anfang zurück, der Kreis schließt sich, alles geht wieder von vorne los …

Er, Andrejko, hatte diese rasende Fahrt noch schneller hinter sich gebracht als die anderen, wie ein Wagen in der Achterbahn ist er da durchgerattert, sein Leben war ihm wie ein Häufchen Sand durch die Finger gerieselt, nicht ein einziger Kieselstein oder ein kleiner glatter Handschmeichler war ihm geblieben … Während seine Altersgenossen noch mit Murmeln spielten, schmiegte er sich schon an Jolanka, als sie auf geliehenen Rollern und Fahrrädern durch Žižkov flitzten, brachte er schon das erste gestohlene Geld nach Hause, wie ein Erwachsener, der seine Lohntüte abliefert. Und als sie Mädchen anmachten, die ersten Zigaretten rauchten und sich zum ersten Mal nach dem Genuss von Apfelwein übergeben mussten, wurde er schon mit Handschellen ins Gefängnis gebracht …

Er hatte alles und jeden überholt, deswegen war er jetzt so müde, deswegen fühlte er sich wie ein Greis.

Seine Füße trugen ihn wie von selbst zum Fluss, er lief stromaufwärts und sah dabei nur seine Fußstapfen, die von jedem Regenguss aufgeweicht und weggespült wurden, er sah nur seinen gewundenen und verschlungenen Weg, auf dem ihm alles abhanden gekommen war, Marketa, die kleine Tereza im Heim und die schöne und schmerzensreiche Cousine Jolanka.

Jolanka … Als er am Vortag nach der Arbeit den lästigen Biergestank im Bad abspülen wollte, saß eine blonde Frau in der Badewanne, sie wusch sich die Haare, und ihre schweren Brüste baumelten wie zwei Glocken hin und her … Wie angewurzelt blieb Andrejko in der Tür stehen, er wusste nicht, wohin mit seinem Blick, die Frau ergötzte sich an seiner Verlegenheit, und erst als sie lächelte, erkannte er seine Cousine Jolanka … Als kleiner Junge hatte er mit Jolanka unter einer Bettdecke geschlafen, später schien sie sich in Luft aufgelöst zu haben, jetzt aber stand sie vor ihm, eine richtige, hoch gewachsene Frau, rund und nackt, ihre Augen, Zähne und blondierten Haare leuchteten in dem funzeligen Licht des Badezimmers, sie reichte ihm das Handtuch, damit er ihr den Rücken frottierte, drehte sich um zu ihm, damit er sie auch von vorne abtrocknete, ihre Haare, Brüste und ihr Schoß verströmten einen wunderbaren Duft, und in Andrejko mischten sich Feuer und Blut. Jolanka griff lächelnd nach seiner zitternden Hand und führte sie, damit auch keine einzige Stelle nass blieb. Andrejko fühlte sich machtvoll zu ihr hingezogen, das Handtuch war ihm längst aus der Hand geglitten, aber er trocknete sie immer weiter ab, bis zu hören war, wie sich der Schlüssel in der Wohnungstür drehte. Die Tante kam nach Hause. Jolanka schob ihn vor die Tür.

Er wollte der Tante ausweichen, aber seine herunterhängende Hose verhedderte sich zwischen seinen Beinen, und Andrejko fiel hin. Blut schoss ihm in den Kopf. So hatte ihn die Tante noch nie gesehen, so splitternackt und erhitzt …

Die Tante schimpfte und schlug nach ihm, aus ihren blutunterlaufenen Augen traf ihn ein verächtlicher Blick, dann verschwand sie in der Küche.

Andrejko erstarrte zur Salzsäule, auf der einen Seite war die Badezimmertür, hinter der die nackte Jolanka stand, auf der anderen Seite die Tür zur Küche, aus der unverständliches Murmeln drang, Gefluche und Klirren von zerschlagenen Gläsern, er fing er an zu zittern, Schüttelfrost und Hitzewellen wechselten sich ab, und sein Atem ging schnell, auf einmal drehte er sich um und rannte ins Treppenhaus, mit klebrigen Fingern knöpfte er sich die Hose zu und merkte nicht einmal, dass er beinahe Tibor von der Treppe gestoßen hätte.

Als er abends wieder nach Hause kam, war Jolanka fort. So plötzlich wie sie aufgetaucht war, war sie auch wieder verschwunden. Andrejko fühlte sich von höhnischen Blicken durchbohrt, er schämte sich vor der Tante und den Cousins, die alte Wunde klaffte wieder auf, sie blutete und tat weh, und Salz rieselte in sie hinein, eine Handvoll nach der anderen …

Ida erzählte, was für ein gutes Leben Jolanka habe, Miro schlage sie nicht, und wenn sie Probleme habe, so wie jetzt, zahle er einen gewieften Arzt, damit sie schnell wieder arbeiten könne; wenn die anderen einen dicken Bauch bekämen, würden sie von ihren Zuhältern rausgekickt … Trotzdem ist sie nicht ganz richtig im Kopf, sagte Ida, sie will nicht mit Imro zusammenarbeiten, die Hotels in Pilsen bersten vor goldberingten Deutschen mit schweren Brieftaschen, ajajaj, jammerte sie, hier hätte sie es tausendmal besser als irgendwo am Straßenrand, wo sie frieren und für dreckige, verschwitzte Lastwagenfahrer die Beine breit machen muss. Eine Weile herrschte Schweigen, bis Imro auf die Tür zeigte, hinter der Anetka verschwunden war, sich zu Marián beugte und flüsterte, die Kleine könnte auch langsam mal, sie tauge ja sowieso sonst zu nichts … bevor sie sich umsonst flachlegen lasse. Sie zwinkerten sich zu und fingen gleich an zu rechnen, wie viel das erste Mal kosten sollte.

Andrejko hörte nicht, was sie sagten, aber er sah die Blicke, die sie tauschten, und schon das machte ihn ganz schwummerig. Noch am selben Abend fasste er einen Entschluss.

Gleich nach dem Mittagessen ließ er in der Fabrik alles stehen und liegen und verschwand. Der Meister schrie hinter ihm her, er würde ihm die Schicht nicht anrechnen und ziehe ihm die Stunden vom Urlaub ab, aber das war Andrejko egal, ihn interessierten kein Erhitzer und kein Urlaub mehr … Nachmittags stand er bereits mit Anetka und Tibor auf dem Bahnhof und kaufte für sie alle Fahrkarten nach Stakčín, zur Endstation am Ende der Welt, um aus Pilsen und aus der Petrohrader Wohnung rauszukommen, um neben Tante Ida, Imro und Marián nicht zu ersticken.

Wo wollen die denn bloß hin, murmelte die Tante abends, als auch ihre beiden älteren Söhne die Wohnung verließen und es um sie auf einmal ganz still wurde … Unsereiner soll da bleiben, wo es ihm gut geht, und Imro versorgt sie doch alle gut, was wollen die mehr … Durchgeknallt ist er, ein richtiger Knallkopf … immer macht er alles anders, sie drohte in die Ferne, wo sie Andrejko vermutete … *Savi phabaľin, ajsi phabaj*, der Apfel fällt nicht weit vom Stamm … sein Alter, sie dachte an Onkel Fero, war auch so …

18.

Die Fahrt war lang. Bereits kurz nach der Abfahrt rutschten Anetka und Tibor unruhig auf ihren Sitzen hin und her, wann sind wir endlich da?, aber Andrejko hörte nicht zu, er sah aus dem Fenster und lächelte. Schon wieder brach er alle Brücken hinter sich ab, trennte sich vom Gestern, kehrte auf seinen Weg zurück. Unter seinen Füßen glitten die Bahnschwellen zurück, die Landschaft huschte an ihm vorüber und schrumpfte: die Kirche des heiligen Georg, das weite Berounka-Tal, die überflutete Eisenerzmine von Ejpovice, der spitze Kirchturm von Rokycany. Der Zug tuckerte an den Eisenhüttenwerken vorbei, an der Zementfabrik, eine Schicht Flugasche bedeckte das ganze Gelände, und unten im Tal glänzte der Fluss, an dünnen bunten Fäden hingen am anderen Ufer Kletterer wie Marionetten von den Kalkfelsen, inmitten der hügeligen Wälder tauchten die eckigen Türme von Karlštejn auf, und plötzlich fuhren sie an der Moldau entlang, der Zug ratterte am Vyšehrad-Felsen vorbei, durchquerte den Tunnel und fuhr schließlich in den Hauptbahnhof ein, am Fuße des Vítkov-Bergs, unter dem wachsamen Blick des Hussitenführers Jan Žižka mit seinem schweren Streitkolben.

Die Bahnhofshalle war voller kahl geschorener Häftlinge, die nach der Amnestie entlassen worden waren. Unter der Lederjacke stand ihnen das Hemd bis zum Bauchnabel offen, damit man ihre Brusttätowierung sah, jeder hatte etwas Gold um den Hals, im Ohr oder ums Handgelenk. Ein paar machten sich an Anetka heran, wollten wissen, für wie viel sie mitkommen würde … Sie klammerte sich verschreckt an Andrejko und drängte ihn zum Bahnsteig zurück, aber die Knastbrüder wollten sie nicht in Ruhe lassen und folgten ihnen bis in den Zug hinein.

Es dunkelte, am Fenster huschten die Lichter der Haltestellen und Bahnhöfe vorüber, und Andrejko überschlug, wie viele Stationen noch vor ihnen lagen, wie viele Berge sie noch durchqueren mussten, bevor sie in Humenné den Bahnhof verlassen und zum breiten, träge dahinfließenden Laborec gehen könnten … Dann endlich waren sie da, sie saßen am Fluss, Fische glitten um ihre nackten Füße, und nachmittags stiegen sie in den Triebwagen nach Stakčín und beobachteten, wie am Horizont runde Berggipfel aus den Wolken hervortraten, weich wie Bierschaumkronen oder wie die Wolle von Juraj Bielčiks Schafen …

Ein asthmatisch keuchender Bus schlängelte sich an der Cirocha entlang und hielt unterhalb von Jalová. Eigentlich hätte er in Starina halten sollen, aber Starina gab es nicht mehr, ebenso wenig wie den Weg nach Ruské, Ostrožnice und Smolník. Vor dem Bus erhob sich ein mächtiger Schlagbaum, die Straße zweigte ab, und als der Bus sich endlich den Hang nach Gazdoráň hochschleppte, wirkte die Straße unter ihnen wie ein dreimal gebrochener Arm.

Das Dorf stand noch an seinem alten Platz, unverändert waren auch die Wiesen unterhalb von Borsučiny und die Buchenwälder auf dem Čierťaž mit den handtuchschmalen Feldern, die sich weiter unten anschlossen und auf denen Kartoffeln, Mais und Kohl wuchsen, auch die kleinen Häuser mit den Gärten waren noch da. Als wäre Andrejko erst gestern fortgegangen, als wäre hier die Zeit stehen geblieben … Aber er war kein ausgemergelter, schmutziger und verwahrloster kleiner Junge mehr, der einen Stein hätte erweichen können. Die drei liefen durchs Dorf und sahen sich unsicher um, vor den Häusern rissen die Hunde an ihren Ketten; seit sie ihre Witterung aufgenommen hatten, bellten und winselten sie ohne Unterlass, die Dörfler lugten verstohlen durch ihre Gardinen, und irgendwo ertönte eine schrille Frauenstimme: Sperrt die Hühner weg, die Zigeuner sind da! Als hätte man ihm einen Eimer kaltes Wasser über den Kopf geschüttet! Andrejko sagte rasch irgendetwas, um die Kinder abzulenken, er hoffte, Anetka und Tibor hätten es nicht gehört, aber sie hatten ganz richtig verstanden, sie zitterten und die Scham trieb ihnen Tränen in die Augen.

Was für Zigeuner, Andrejko drehte sich um und forschte nach den unsichtbaren Stimmen und den argwöhnischen Blicken, ich bin es doch, Andrej Dunka, euer Andrejko, und das hier sind meine Geschwister, Anetka und Tibor, mit denen bin ich aufgewachsen … Aber da war niemand, dem er das hätte sagen können, nur die Hunde bellten noch und irgendwo gackerten Hennen, die in den Hühnerstall gescheucht wurden. Nach einer Weile entdeckten sie Jurajs Haus, ein einfaches Holzhaus mit Teerdach, und als Andrejko das Zauntor erblickte, durch das sie die Schafe auf die Weide getrieben hatten, hüpfte sein Herz vor Freude, und der Schuppen stand auch noch da, in dem Holz gelagert und im Herbst Schnaps gebrannt worden war. Unter einer Waschschüssel mit Hefe hatten sie Feuer entfacht. Der Dampf kondensierte an einer darüberhängenden Schüssel, die mit kaltem Wasser gefüllt war, und wurde in einer weiteren Schüssel aufgefangen. Diesen gnadenlos starken Waschschüsselschnaps, *lavorovica*, *horilka*, schöpfte man mit dem Becher direkt aus der Schüssel.

Auch der Bienenstock war noch da, wo Juraj immer mit den Bienen gesprochen hatte, wenn ihm nach einem Abend in der Schenke der Kopf zu platzen drohte.

Doch als sie näher kamen, bemerkten sie das eingefallene Dach des Stalls, und sie sahen, dass die Fenster und Türen mit Brettern vernagelt waren. Das Haus stand leer. Sie schlüpften zwischen den herausgebrochenen Planken in den Garten, Melde, Brennnesseln und Gras reichten ihnen bis zur Taille, sie klopften an die Tür und lugten zum Fenster hinein, aber da rannte schon ein großer Mann in einem verschlissenen Jackett auf sie zu, schwenkte einen Stock in der Hand und schrie, sie sollten sofort verduften, sich zum Teufel scheren …

Jankura, das ist doch Jankura, dachte Andrejko und stammelte, dass sie zum *stary otec* gekommen seien, zum alten Juraj, er habe ja mal bei ihm gewohnt, aber Jankura hörte gar nicht zu. Der Stock, der Hund zu seinen Füßen, die Wut und die Gehässigkeit … Von der anderen Seite, aus dem Haus, in dem einst der alte Demčak gewohnt hatte, trat ein anderer Mann und stellte sich ihnen in den Weg, und Jankura rief ihnen zu, der alte Bielčik, der sei schon lange tot, sie sollten schleunigst das Weite suchen, sonst würde es ihnen schlecht ergehen, und er hob den Stock … Sie wollten keine Prügel, und so rannten sie weg, vorbei an den letzten Häusern von Poljana und dann weiter, zu den Feldern und Wiesen, auf denen ein paar Schafe und Kühe friedlich grasten.

Sie setzten sich an den Rain und teilten das restliche Essen unter sich auf. Es war ein heißer Sommerabend, der Duft von wildem Thymian hing in der Luft, die Grillen zirpten um die Wette, unten am Fluss quakten die Frösche, und zwischen den Häusern leuchteten das Schindeldach und der Kirchturm von Poljana mit dem strengen griechischen Kreuz. Sie hörten, wie die Schafe und Kühe in ihren Stall zurückkehrten, Andrejko kaute an einem Grashalm, starrte vor sich hin und war außer sich vor Wut und Verzweiflung. Er bedauerte die verlorene Zeit und das Geld für die Fahrkarten, es war ihm peinlich, Anetka und Tibor solche Luftschlösser gebaut zu haben … Schon wieder stürzte eine Brücke direkt vor seiner Nase ein … Über das Tal zu ihren Füßen legten sich die Abendschatten, im hölzernen Kirchturm läutete die Glocke, die Berggipfel färbten sich rot in den Strahlen der untergehenden Sonne, und alles hätte so unglaublich schön sein können, zum Verrücktwerden schön, wenn sie dort nicht wie geprügelte Hunde hocken würden … Als es dunkel wurde, wechselten sie zum gegenüberliegenden Hang, auf dem ein paar runde *bábel*e standen, sie bohrten sich ins Heu, rollten sich in diesem schweren und betörenden Duft zusammen und schliefen von Müdigkeit überwältigt ein.

Die Nacht war heiß und kurz. Kaum hatte die aufgehende Sonne die Wiese berührt, kroch Andrejko aus seinem *bábele* heraus und sah zu, wie das Licht immer tiefer ins Tal rutschte, aus dem bläulichen Dunst tauchten die ersten Dächer und Bäume in den Gärten auf, die ersten Dorfbewohner öffneten die Tore ihrer Scheunen und Ställe, jemand trieb seine Schafe auf die Weide, ein anderer reckte sich in der Tür, eine alte Frau machte sich mit einer Kiepe auf, um Kräuter zu sammeln, ein kleines Grüppchen wartete auf den ersten Bus. Alles war zum Greifen nah und zugleich ganz weit weg. Andrejko zitterte vor Wut. Die waren das, die Poljaner, die hatten sie vertrieben, dafür müsste man ihnen das Heu anzünden, die Fensterscheiben einschlagen oder wenigstens die Einfriedungen aufbrechen und ihre Schafe in den Wald scheuchen, aber die Poljaner würden sich ihre Stöcke schnappen, sich auf die Jagd begeben und sie zu fassen bekommen wie entlaufene Kaninchen, und was dann folgen würde, das hatte Andrejko schon häufig gehört, es hatte sich ihm tief eingeprägt … Er blickte über die Schulter zu den anderen Heuhaufen: Anetka und Tibor schliefen noch. Andrejko sprang auf und streckte sich, schüttelte sich die Halme aus den Haaren und lief quer über die Wiese zum Wald, dort schlängelte er sich durch die Himbeersträucher und das junge Erlengehölz und setzte über einen kleinen Bach: Da war auch schon der vertraute Birkenhain und dahinter die Reste der Siedlung, mehrere Haufen verrostetes, mit Brennnesseln überwuchertes Zeug, der Ort, an dem ihn an einem Morgen im Herbst Bielčiks Hund aufgestöbert hatte.

Damals hatte Juraj ihn, den kleinen Zigeunerjungen, nicht verjagt, aber jetzt lag er auf der anderen Seite des Tales, unter einem Kreuz aus massivem Eichenholz … Eines Tages hatte er ihm eingeschärft, das Holz immer in Ehren zu halten: Aus Holz werde die Wiege gemacht, hatte er gesagt, der Tisch, die Stühle und das Bett, und im Winter spende es Wärme, gleich zweimal sogar, einmal beim Hacken und wenn es im Ofen brenne, und zu guter Letzt werde aus Holz der Sarg geschnitzt und das Kreuz … Sicherlich hatte man an seines eine kleine Tafel genagelt, auf der stand: Hier liegt Juraj Bielčik, er hat keine Schulden hinterlassen und ist friedlich von uns gegangen. Denn jeder Gadsche, auch der ärmste, bekam wenigstens eine Tafel mit seinem Namen … Nur für seine Mama hatte es keine Tafel gegeben. Als sie ihren letzten Atemzug getan hatte, da waren die Dunkas schon mit einem Bein unterwegs und hatten sie schnell in der äußersten Friedhofsecke verscharrt, so dass Juraj, als er ihm ihr Grab zeigen wollte, es nicht finden konnte …

Die Stelle, an der einst die Siedlung gestanden hatte, war mit jungen Erlen, Birken, Brennnesseln und Disteln zugewachsen. Andrejko bahnte sich einen Weg durch Haufen von Schutt und Steinen, wich unebenen Stellen und großen, rostigen Blechplatten aus, hob Steine hoch, in der Hoffnung, etwas zu finden, das ihnen helfen könnte. Schon wollte er zur Wiese zurückkehren, als er in einer Vertiefung einen kleinen Hohlraum entdeckte. Von außen sah er wie ein Erdloch aus, aber drinnen ertastete er unter einer Schicht von Zweigen und altem Laub trockenen Boden aus festgestampftem Lehm.

Noch am selben Tag machten sie das Loch sauber, legten es mit Heu aus, und abends, als es dunkel wurde, entfachten sie draußen ein Feuer, sie legten abgebrochene Zweige und Äste hinein und ihre Augen glänzten. Jetzt kehrten sie in die alten Zeiten zurück, in die Zeiten der Feuer, Pferde und Planwagen, nach so vielen Jahren auf dem harten Straßenpflaster der Stadt spürten sie unter ihren Füßen die weiche Erde, und das Heu duftete wie früher, als es in den Hütten noch keine Betten oder Matratzen gegeben hatte. Damals pflegten die Dunkas auf dem Boden zu schlafen, und Heu und Stroh wurden jeden Morgen in eine Ecke geschoben … Weit weg waren die Hunde und die metallbeschlagenen Stöcke der düster dreinblickenden Poljaner, vergessen waren die Knastbrüder vom Prager Hauptbahnhof und die stickige Petrohrader Wohnung mit Marián, Imro und der ständig betrunkenen Tante. Weit weg war auch das Tschechische, mit dem sie so lange gekämpft hatten. Ganz von selbst kehrten sie zu ihrer Muttersprache, dem alten Romani, zurück, denn jetzt gab es nur noch sie drei auf der Welt, sie waren die letzten Menschen, außer ihnen gab es nur noch die duftende und warme Erde unter ihren Füßen, ihre Heimat. Unter diesem pechschwarzen Himmel mit seinem Zuckerguss aus leuchtenden Sternen, am lodernden Feuer, das ihnen Wärme und Hoffnung einflößte, konnten sie keine andere Sprache benutzen als das alte und halb vergessene Romani …

19.

Am nächsten Tag durchstöberten sie die überwucherten Ruinen und erkundeten den Wald oberhalb der Siedlung. Sie schleppten alles heran, was sich möglicherweise gebrauchen ließ. Sie besserten das Dach mit rostigem Blech und alten Düngersäcken aus, legten einen Vorrat an Kleinholz an, zogen Steine aus den Brennnesseln heraus und bauten daraus einen Windschutz, schließlich errichteten sie im Bach einen kleinen Damm, damit sie dort Wasser schöpfen konnten. Zum Schutz gegen die nächtliche Kälte, die vom Boden aufstieg, sammelten sie Reisig im Wald, und von der Wiese, auf der sie die erste Nacht geschlafen hatten, holten sie etwas Heu, aus jedem *bábele* zupften sie aber nur wenige Halme heraus, damit die Leute aus dem Dorf nichts merkten.

Andrejko befürchtete, dass einer der Dörfler auftauchen und sie vertreiben könnte, zum Einkaufen gingen sie daher ins Nachbardorf auf der anderen Seite des Berges und verließen ihre Behausung meist erst am Abend. Vom Schuttabladeplatz schafften sie ein eisernes Bettgestell mit einem Gitterrost heran, einen angeschlagenen Stuhl und sogar einen gusseisernen Kanonenofen. Das Rohr führten sie nach draußen und banden es mit einem Draht fest, damit der Wind es nicht herunterwarf. Als sie den Ofen zum ersten Mal anheizten, standen sie im Halbkreis um ihn herum, genossen die Hitze, die er verströmte, wärmten sich die Hände, berührten sich immer wieder mit den Fingerspitzen und fühlten sich wohl.

Aber die Nächte wurden immer kälter und länger, und weil sie tagsüber wegen des Rauches darauf verzichteten, Feuer zu machen, mussten sie die regnerischen Tage im Bett verbringen, danach standen sie immer steif vor Kälte, mürrisch und völlig zerschlagen auf, saßen schweigend da, die Knie unters Kinn gezogen, und wärmten sich die Hände mit ihrem Atem. Ihr Erdloch glich dann einem Dampfkessel, der kurz davor war, zu explodieren. Anetka warf Andrejko vor, dass sie wie die Dachse lebten, dann rannte sie in den Regen hinaus und kam nass und verfroren zurück, und bis zum Abend hockte sie trotzig in der Ecke. Wenn es aber dunkel wurde und die Flammen im Ofen zu tanzen anfingen, versöhnten sie sich genauso schnell, wie sie sich am Morgen überworfen hatten, ihre klammen Finger wurden warm und lockerten sich, sie reichten eine Blechtasse mit heißem Tee herum, und zwischen ihren Händen empfingen sie die Hitze, die der glühende Ofen ausstrahlte.

Die Tage wurden kürzer und ihr Geld knapper, und Andrejko blickte immer düsterer drein. Er wusste genau, dass er bald das letzte Kleingeld aus seiner Tasche kratzen würde, und dann würde es wirklich schlimm werden, der Winter stand vor der Tür und mit ihm der Hunger, aber nicht jener Hunger, von dem in der Zeitung oder im Fernsehen berichtet wurde, der Hunger, der irgendwo weit weg stattfand und nicht wehtat, sondern echter Hunger, der die Wölfe im Winter von den Bergen ins Tal trieb … Während der frostigen Vollmondnächte bei Juraj hatte er sie häufig jaulen gehört, damals hatten die Männer vergiftete Fallen und Fangeisen ausgelegt, obwohl sich meistens nur streunende Hunde oder der wildernde Nachbar darin verfingen … Andrejko hörte, wie draußen der Regen aufs Dach trommelte und der Wind fauchend an den Bäumen rüttelte, und er stellte sich vor, wie sie eines Morgens im Schnee tiefe Spuren finden würden, ähnlich den Spuren eines großen Hundes und doch ein bisschen anders …

Als sie wieder einmal dicht gedrängt um den Ofen saßen, sagte Andrejko in die Stille hinein: Wir gehen zurück. Tibors Augen leuchteten auf, aber Anetka entgegnete, nein, sie gehe nirgendwohin zurück, es gehe ihnen doch gut hier, was Andrejko denn habe … Tibor muss zur Schule, er ist schon zweimal sitzen geblieben, Andrejko ließ sich nicht beirren und fing plötzlich an zu schreien: Die schicken ihn in die Sonderschule, und dann ist er am Arsch! Er schüttelte Tibor, dass dem Kleinen die Tränen in die Augen schossen, aber Anetka regte sich auf: Auf der Straße landet er, du kennst doch Imro … Andrejko wies sie zurecht, sie solle die Klappe halten, aber es tat ihm gleich leid, weil er selbst wusste, wie recht sie hatte, dass in Pilsen auf Tibor nur Schokoladetafeln warteten, die er unterm Pullover aus dem Laden rausschaffen musste, Autoradios, die in den Petrohrader Spelunken verscherbelt werden sollten, oder das Betteln um *ajn mark cvaj mark* auf irgendeinem Parkplatz … Er versuchte, Anetka zu besänftigen, aber sie zitterte vor Wut, und Tibor sah schweigend zu Boden. Andrejko redete ihr noch ein paar Tage lang ins Gewissen, aber sie stellte sich taub, die Jungs könnten ruhig nach Hause fahren, sie würde auch alleine hierbleiben. Eines Tages gingen sie zur Straße hinunter, stiegen in den Bus, und dann standen sie auf dem Bahnhof von Stakčín und starrten vor sich hin, der Bahnhofsvorsteher kam aus seinem Büro und setzte seine rote Mütze auf, ein schriller Pfiff zerriss die Luft, und Anetka schlang ihre Arme um Tibor, *Bachtalo tiro drom, phraloro,* Glück auf deinem Wege, Brüderchen, flüsterte sie und Tränen stiegen ihr in die Augen. Der Triebwagen setzte sich in Bewegung und ratterte Richtung Snina davon, und als er hinter der ersten Biegung verschwand und mit ihm auch Tibor, der aus dem Fenster winkte, da kamen auch Andrejko die Tränen …

Sie standen noch eine Weile auf dem leeren Bahnsteig, dann drehten sie sich schweigend um und gingen nach Poljana zurück, zu ihrem Erdloch … Bei den letzten Häusern von Stakčín fassten sie sich an den Händen, wie selbstverständlich verhakten sich ihre Finger ineinander. Gelbe, fast reife Äpfel lächelten sie von den Bäumen am Wegesrand an, da stahl sich ein leises Lächeln in Anetkas Augen, und Andrejko sprang über den Straßengraben, schwang sich auf einen Baum und warf Anetka die säuerlichen Wildäpfel herunter. Dann setzten sie sich an das Ufer der Cirocha und ließen sich von der Sonne wärmen. Sie sahen dem Wasser zu, wie es über die Steine hüpfte, über der durchsichtigen Oberfläche lauerte ein Eisvogel auf einen Fisch, die Luft war rein und klar.

Andrejko lachte, hier ist es ja wie im Paradies, goldene Äpfel und kristallklares Wasser, hoffentlich vertreibt uns keiner, er hob die Hand und stach mit dem Finger in den blauen Himmel über ihnen.

Sie legten sich ins Gras, und Anetka flüsterte: Ich kann nicht zurück … weißt du, Imro … der ist einmal zu mir unter die Bettdecke, er war total blau, hat furchtbar gestunken … nein, passiert ist nichts … aber es war eklig, ich kann nicht dahin zurück … er ist mein Bruder, genauso wie du, aber … er hat gesagt, ich sollte wie Jolanka … aber ich will nicht auf die Straße, ich will nicht auf den Strich! Anetka schluchzte laut auf, griff nach Andrejkos Hand und spielte verlegen mit seinen Fingern: Ich habe Angst … Andrejko erschauerte, sprang hoch und drohte mit der Faust in die Ferne, Richtung

Stakčín, dann ließ er ohnmächtig die Arme sinken und flüsterte: Du brauchst keine Angst zu haben. Alles wird gut. Und er dachte an das armselige Erdloch und an den Winter, der bereits vor der Tür stand, aber auch der Zug, mit dem Tibor davongefahren war, kam ihm in den Sinn.

Wir hätten ihn nicht gehen lassen dürfen, warum haben wir das zugelassen? Aber wem könnte er erklären, wie das war, mit einer Mama die Straße entlangzugehen und von der gegenüberliegenden Seite zu hören: Haste gesehen, das ist doch die Zigeunernutte … Wer könnte das verstehen?

Zigeunernutte … Nutte … schallte es in Andrejkos Kopf. Nutte, rutschte ihm heraus, der Klang seiner eigenen Stimme erschreckte ihn, er ballte die Hände zu Fäusten und seine Fingernägel gruben sich in die Handflächen. Wenigstens einen einzigen Winter … wir müssen es versuchen, das halten wir schon irgendwie aus, dachte er und trocknete mit dem Ärmel Anetkas Tränen. Alles wird gut, tröstete er sie und sich selbst, der Frühling ist zwar noch weit weg, aber das wird schon. Wenn man Hunger hat, wenn die letzten Krümel aufgelesen sind und man Brennnesseln pflücken muss, um etwas kochen zu können, dann ist auch der nächste Tag ganz weit weg.

Sie fassten sich wieder an den Händen und gingen weiter. Vor Poljana machten sie einen Abstecher in den Wald, um Holz zu sammeln. Sie stapelten gerade Äste und Reisig aufeinander, um kleine Bündel aus ihnen zu schnüren, als ein bärtiger Typ in grüner Uniform und mit einem Gewehr auf sie zutrat. Der Förster Mihalič …

Andrejko stockte das Blut in den Adern. Er kannte Mihalič, der alte Juraj hatte häufig mit ihm zusammen in der Schenke gesessen, außerdem war Mihalič von Zeit zu Zeit bei ihnen vorbeigekommen … Das ist das Ende, dachte Andrejko, und der Eisvogel und die goldenen Äpfel schossen ihm durch den Kopf, er warf sein Reisigbündel weg und wollte das Weite suchen, aber Mihalič vertrat ihm den Weg, er solle ja hübsch stehen bleiben, was falle ihm ein, zu denken, er, der Förster, wüsste nicht, dass sie da seien? Aber er suche Leute für die Waldarbeit, zunächst für den Winter, und er würde es mit Andrejko probieren, vielleicht auch mit Anetka, das müssten sie selbst entscheiden. Der verblüffte Andrejko schaffte es nicht einmal, zu nicken.

Am nächsten Morgen wurde er Waldarbeiter. Er half dabei, die gefällten Baumstämme zu transportieren und das Unterholz zu lichten, er brachte Heu zu den Futterplätzen, aber am liebsten verbrannte er die Haufen abgesägter Äste, weil er sich dabei aufwärmen konnte, auch wenn es ihm dabei um das unnötig verbrannte Holz leid tat. Abends konnte er sich kaum mehr auf den Beinen halten; er war ohnehin nie sehr kräftig gewesen, aber neben den Holzfällern nahm er sich wie ein Zahnstocher aus. Man ließ ihn auch keine Bäume fällen, ihm wurde die Frauenarbeit zugewiesen: junge Bäumchen pflanzen und Äste verbrennen.

Aber für die Arbeit gab es Geld, Moneten, Penunze, *love*. Jeden Freitag oder Samstag händigte Mihalič Andrejko fünf, manchmal sogar sechs Hunderter aus, zu Hause warf Anetka sie in die Luft, und die Scheine segelten wie buntes Laub zu Boden. Gleich am Montag verprassten sie in Stakčín seinen Lohn und freuten sich dabei wie kleine Kinder. Anetka ließ sich einen Pullover nach dem anderen bringen und drehte und wendete sich vor dem Spiegel wie eine Prinzessin, während Andrejko aus der Tasche ein Bündel Banknoten zog, das von einem Gummiband zusammengehalten wurde, und es der Verkäuferin zeigte, damit sie es nicht mit der Angst bekäme. Sie hatten Geld genug …

Paraska, Mihaličs Frau, durchstöberte gemeinsam mit Anetka den Dachboden und den Holzschuppen, und Andrejko hatte eine ganze Woche damit zu tun, altes Geschirr und Werkzeug von dort nach Hause zu bringen. Zu guter Letzt schleppte er auch eine ausrangierte Strohmatratze an, einen abgetretenen Teppich und ein Tischchen samt Hocker. Dann war das Erdloch endgültig voll, sie konnten sich kaum noch rühren. Sie gruben noch einmal den Fußboden um, glätteten den Boden mit Brettern und legten ein paar alte Teppiche darüber. Im Hang oberhalb des Baches fanden sie eine Quelle, die sie von Steinen und Schlamm befreiten, und ein Stückchen weiter unten im Hang schaufelten sie eine Grube, damit sie nicht mehr ins Gebüsch mussten. Eines Tages kamen die Männer aus dem Dorf und brachten ihnen eine Tür, die sie für sie gezimmert hatten, sie hängten sie an einen Holzriemen statt an eine Angel, Pal'o Jasenčák brachte eine verrußte Petroleumlampe vorbei, und wenn Anetka oder Andrejko sich allzu betrübt fühlten, nahm Anetka die Lampe in die Hände, trug sie in jede Ecke, auf dass es dort hell werde, und ihre Augen leuchteten wieder auf. Diese Lampe, die ihnen die Leute aus dem Dorf gebracht hatten, war für sie ein Zeichen, dass sie den Winter überleben würden, sie wussten, dass sie keine Angst haben mussten, sie waren nicht mehr allein …

Die Tage wurden schnell kürzer. Die Hagebuttensträucher am Wegesrand waren voller Früchte, und die mit Buche, Ahorn und Lärche bewachsenen Hänge hüllten sich in goldene, ziegelbraune und feuerrote Farben, die später in kupferne, rostrote und braune Töne wechselten. Der Morgennebel war hartnäckig und löste sich nur zögerlich auf, die Luft roch süß und die tief stehende Sonne wärmte noch. Doch eines Tages verschwand der Nebel nicht mehr, zwischen den Bäumen hingen schwere Wolkenfetzen und das

Laub sah nicht mehr rostbraun aus, sondern nur noch braun und grau. Die Zeit der Regengüsse und der kalten nebligen Tage brach an, die Feuchtigkeit kroch einem in die Knochen. Und dann fiel der erste Schnee. Anfangs bestäubte er nur die Bergwiesen auf der Hochebene, doch einige Wochen darauf waren auch der Wald von Borsučiny, der Berg Kyčera und schließlich das ganze Dorf unter einer weißen Decke verschwunden. Schwarz blieben nur die Morastgruben in den feuchten Hainbuchenwäldern und im Eichengehölz, in denen sich die Wildschweine suhlten.

Anetka und Andrejko machten nun auch tagsüber Feuer, der Rauch stieg zum Himmel und das ganze Dorf sprach über sie, aber da der erste Frost drohte und der Winter vor der Tür stand, wollte man die beiden nicht vertreiben, erst recht nicht so kurz vor Weihnachten, das wäre unpassend gewesen.

Der Förster Mihalič stellte sich auf ihre Seite, er brauchte sie ja. Es kam deswegen sogar zu einem kleinen Wortgefecht, auch ein paar Ohrfeigen wurden ausgeteilt, aber schließlich renkte sich alles ein, und die Dörfler gewöhnten sich allmählich an die neuen Bewohner der Siedlung. Der alte Jankura ließ gar als Erster ausrichten, dass sein Brunnen gesäubert werden müsse. Ein paar Tage später tauchte der kleine Šaňo auf, er habe seine Scheune abreißen müssen, bevor sie zusammenbrach, aber vor dem Winter würde er es nicht schaffen, alle Ziegel aufzusammeln. Und Andrejko ging jedes Mal mit und half, selbst wenn ihm dabei häufig die Beine wegknickten. Abends sank er todmüde ins Bett, und morgens wachte er wie gerädert auf, als wäre die ganze Nacht eine Schubkarre über ihn gefahren, voll beladen mit den Ziegelsteinen von Šaňos Abrisshaufen ... Aber er wurde für diese Arbeit bezahlt, er bekam Fleisch, Eier und manchmal auch Geld, außerdem besagte jedes Arbeitsangebot, und sei es nur zum Ausheben eines Grabes: Ich weiß von dir. Es war jedes Mal, als würde man ihm die Hand reichen oder einen Stein aus der Mauer brechen, die zwischen der Zigeunersiedlung und dem Gadsche-Dorf stand, zwischen der schwarzen und der weißen, slowakisch-ruthenischen Welt.

Nur die Holzfäller sahen ihn immer noch schief an. Er war nicht besonders kräftig und außerdem ein Zigeuner, zu ihnen, den echten Kerlen, den starken Slowaken und Ruthenen, wollte er nicht so recht passen … Erst als eines Tages der ganze Trupp in einer Hütte Zuflucht vor dem Regen suchen musste und Pal'o Jasenčák, der Älteste von ihnen, Schnaps einschenkte und auch Andrejkos Glas füllte, erst als Andrejko seinen Schnaps herunterkippte und ihm schwarz wurde vor Augen und seine Beine nachgaben, erst da haben die Männer ihn schweigend in ihren Kreis aufgenommen.

Etwa um dieselbe Zeit ging Anetka zum ersten Mal seit ihrer Ankunft zum Lebensmittelladen in Poljana. Der Weg führte an der halb zerfallenen Hütte Bielčiks vorbei, vor dem Wirtshaus standen einige Männer und warfen ihr neugierige Blicke zu, an jeder Ecke bellten Hunde sie an. Kleine Kinder rannten ihr nach und riefen: *Tadadom, tadadom, vystavali z blata dom, cigáňa figáňa* … Tadatam, tadatam, ein Haus aus Matsch, hat sich der Zigeuner zusammengeklatscht … Sie hänselten Anetka, so wie sie früher Fedor, den Gemeindehirten, verspottet und ihm hinterhergerufen hatten, dass er stinke und nur aus Flöhen bestehe …

Der arme Fedor, man sagte ihm nach, dass er sich manchmal, wenn es ihn überkam, an Schafen vergriffe. Ob das stimmte oder nicht, das wusste keiner, aber Fedor war schon merkwürdig, sein Mund stand immer offen, und seine Augen waren weit aufgerissen, als wäre er ein kleines Kind, das vergessen hatte, erwachsen zu werden. Manchmal sprang er auf, wenn er jemanden erblickte, und rannte mit ausgestreckter Hand auf ihn zu, um ihn zu begrüßen, auch wenn er ihn an dem Tag schon zehnmal gesehen hatte, manchmal lief er nachts ums Dorf und klagte laut und jammerte wie der Sturmwind, dann schlossen alle im Dorf die Fenster, freuten sich aber gleichzeitig über sein Geschrei, weil er damit die Wildschweine aus dem Mais vertrieb … Fedor war ein *čudák*, ein Irrer, einer, der aus der Reihe fiel, und das war Anetka auch, aber wenn sie sich fein anzog und ihr rabenschwarzes Haar hochsteckte, sah sie aus wie eine blühende Rose, sie wirkte so stolz, dass den Kindern ihre dummen Sprüche bald vergingen. Nur die Dorfweiber konnten nichts Gutes an ihr finden, wegen ihrer Haare, ihrer nagelneuen Klamotten und wegen der Blicke der Männer, sie bekamen es durchaus mit, dass ihre Männer die Augen nicht von diesem Zigeunermädchen abwenden konnten, sie zischten sich spöttisch zu, was für eine Ehre, unsere Schlammbaronesse kommt angewackelt, aber schon lange drohten sie ihren Kindern nicht mehr, dass die dreckige und verlauste Zigeuner-Anetka sie hole, wenn sie nicht brav seien …

Die Verwandlung vom hässlichen Entlein, das noch gestern nicht wusste, was es mit seinen Armen und Beinen anfangen sollte, die Veränderung, die mit der kleinen Kalori vor sich gegangen war, die zu Hause in Pilsen immer unerwünscht und überflüssig zu sein schien, die machte auch Andrejko ratlos, er fühlte sich von Anetkas plötzlich erblühter Schönheit regelrecht überrumpelt. Obwohl er körperlich hart arbeitete, sich keinen Tag Ruhe gönnte und manchmal so müde war, dass er sich kaum auf den Beinen halten konnte, fiel es ihm schwer, neben Anetka im Bett zu liegen. Die Wärme, die sie ausstrahlte, ihre ruhigen Atemzüge raubten ihm den Schlaf, morgens war er wie gerädert, sein Blick wich dem ihren aus und wanderte verlegen über die Wände. Andrejkos Herz spielte verrückt, es weinte und schrie, es war kaum auszuhalten, denn ein hungriges Herz schmerzt viel mehr als ein hungriger Bauch … Andrejko spürte die Wut der Dorffrauen und die sehnsüchtigen Blicke der Männer im Rücken, und ein Schaudern erfasste ihn. Er brannte lichterloh und litt zugleich Durst, traute sich aber nicht, Wasser aus der Quelle zu schöpfen, um das flüchtige Bild auf der Oberfläche nicht zu stören …

Der Winter brach an und die Waldarbeit wurde immer anstrengender. Der Boden in den Tälern war noch schlammig, aber die Berge waren bereits mit nassem Schnee bedeckt, und Andrejko kostete es manchmal große Überwindung, morgens aufzustehen, einen Schluck heißen Tee zu nehmen und in die Dunkelheit und Kälte hinauszugehen.

Anetka kümmerte sich währenddessen um den Haushalt, sie heizte ein, wusch Wäsche und kaufte im Dorf ein. Das Einkaufen machte ihr Spaß, weil ihr das gesamte Geld zur Verfügung stand, das Andrejko beim Förster oder im Dorf verdiente. Für sich behielt er nichts und rackerte sich nicht nur wegen der Kohle ab, sondern auch, um sich müde zu machen, damit er nicht ständig an Anetka denken musste.

Jeden Nachmittag, wenn sich die Dämmerung herabsenkte, wartete Anetka ungeduldig auf Andrejko, immer wieder rannte sie zur Tür und bebte vor Angst, dass ihm im Wald etwas zugestoßen sein könnte. Wenn er bloß nicht immer so erledigt wäre und mehr mit ihr reden und sie nicht immer nur so komisch ansehen würde! Dass ein Feuer in ihm brannte und welche Art Schmerz ihn quälte, bemerkte sie nicht.

Eines Tages wartete sie vergebens. Es war schon dunkel, auf das Gehölz und die von Raureif weißen Wiesen rieselten dicke Schneeflocken herab, oben auf dem Berg ragte schwarz und drohend der Wald. Der Wind frischte auf und brachte eine schneidende Kälte mit sich, die alles, jeden Zweig und auch jedes Haar, in eine weiße Hülle einschloss und Wassertropfen in durchsichtige Perlen verwandelte. Nach Borsučiny führte ein schmaler Pfad hinauf, den sie immer wieder geduldig aus dem Schlamm, später auch aus dem Schnee frei stampften, ein Weg, den auch Mihalič nahm, wenn er ins Dorf wollte, und auf dem schon Wölfe gesehen worden waren … Wölfe, um Himmels willen, Anetka erschrak und ihr wurde ganz heiß, sie rannte vor die Tür und schrie Andrejkos Namen in die Nacht hinaus, aber sie hörte nur ihren stoßweisen Atem und das Pfeifen des Sturms, der riesige Schneegraupen durch die Dunkelheit jagte, wie Tausende weiße Schnürchen peitschten sie ihr ins Gesicht.

Schließlich hielt sie es nicht mehr aus und hastete in den Wald.

Sie fand Andrejko unweit der Siedlung, steif vor Kälte. Bewegungslos lag er auf einem Reisigbündel, sein Körper hob sich schwarz vom Schnee ab. Anetka schrie verzweifelt auf, die eisige Luft riss beinah ihre Lungen entzwei, sie rutschte aus und fiel hin, rappelte sich aber wieder auf, um sich gleich darauf neben Andrejko in den Schnee fallen zu lassen. Mühsam drehte sie ihn auf den Rücken, küsste seine kalten Wangen und weinte, als könnten ihre Tränen ihn wieder ins Leben zurückrufen – da bewegte sich sein steifer Körper und er öffnete die Augen. Anetka schrie erneut auf, fiel ihm um den Hals, sprang aber gleich wieder hoch und versuchte, ihn aufzurichten. Dafür war sie jedoch zu schwach, also schleifte sie ihn auf dem Schnee den Hang hinunter, in die Wärme, nach Hause in ihr Erdloch …

Unterwegs kam Andrejko wieder zu sich, aber er konnte sich nicht auf den Beinen halten; um ihn ins Bett legen zu können, musste Anetka ihre ganze Kraft zusammennehmen. Dann wurde ihr schwarz vor Augen und ihre Beine sackten weg, eine schwere Last fiel von ihrem Herzen und sie spürte keine Kälte mehr. Es war kein ausgekühlter Lehmboden, auf dem sie lag, sondern heißer Sand oder Moos, von der Sonne erwärmt, und Anetka genoss den betörenden Duft nach Tannennadeln und Harz …

Kurz darauf kam sie wieder zu sich, die Kälte und die eisige Stille, die die Wände ihrer Behausung verströmten, ließen sie erschauern. Rasch stand sie auf und brachte das Feuer in Gang. Dann wärmte sie über der Kochplatte ein Handtuch und rieb damit Andrejkos steife Arme und Beine, versuchte, ihm zwischen seine geschwollenen Lippen ein paar Tropfen Tee einzuflößen. Der Raum erwärmte sich rasch, die Herdplatten knackten vor Hitze und das Rohr glühte, und als Andrejko in einen Halbschlaf versank, stürzte sie sich auf ihn, sie schrie und flehte, er dürfe sie nicht verlassen, sie nicht in dieser Einöde allein lassen, sie drückte seinen Kopf gegen ihre Brust, seine Haare verhedderten sich zwischen ihren Fingern, verzweifelt küsste sie ihn, und hörte auch nicht damit auf, als er wach wurde. Ihre warmen Hände streichelten ihn wie Wellen, die das Meeresufer besänftigen, und plötzlich schlüpfte sie zu ihm unter die Bettdecke. Andrejko spürte ihren heißen, weichen Körper und er taute auf, es kam wieder Leben in seine klammen Hände und Anetka stopfte sie unter ihren Pullover und unter ihr T-Shirt, um sie dort aufzuwärmen, und wurde dabei selbst von Hitze durchflutet, sie war glühend heiß und schämte sich ein wenig dafür. Andrejkos Finger glitten über ihren Körper, sie berührten ihre Lippen, streichelten sanft ihre Brüste, aber seine Kräfte reichten nicht aus, und er schlief wieder ein. Als er aufwachte, fühlte er sich zu Tode erschöpft und mit der ganzen Welt versöhnt, er wusste nicht einmal, was mit ihm passiert war seit dem Augenblick, als er sich unterhalb von Borsučiny kurz in den Schnee hatte setzen wollen, um sich ein wenig auszuruhen …

Anetka lag neben ihm und streichelte seinen Kopf. Auch ihr fielen die Augen zu. Eine lange und frostige Nacht neigte sich ihrem Ende entgegen, im Osten blinkte der letzte klare Stern am blassen Himmel, und im Ofen erlosch das Feuer.

Knirschende Schritte im Schnee und eine tiefe Männerstimme weckten Anetka. Sie wand sich aus Andrejkos Umarmung, schlüpfte in den Pullover und machte die Tür auf. Draußen stand Mihalič mit einem Hund, einem Dackel auf kurzen, durchnässten Beinen, und einem Rucksack, aus dem ein riesiges zusammengedrücktes Federbett hervorlugte. Er reichte Anetka noch einen Karton mit Weihnachtsgebäck, einem Hefezopf und einem dicken Streifen Bauchspeck, und schon drehte er sich um, er hätte noch etwas im Dorf zu erledigen … Anetka machte rasch Feuer, damit Andrejko die verlorene Wärme zurückgewinnen konnte, und als sie später nach draußen ging, waren in Richtung des Dorfes keine Spuren im Schnee zu sehen. Sie nahm aber Mihalič seine Lüge nicht krumm, lächelte und deckte Andrejko mit dem neuen Federbett zu, legte reichlich Holz im Ofen nach und schmiegte sich an Andrejko.

Nur ganz allmählich kam Andrejko wieder zu Kräften. Er hatte sich zwar nicht erkältet, aber der ganze Körper tat ihm furchtbar weh, seine Zehen wurden schwarz und ein paar Nägel fielen ab … Tagsüber kümmerte er sich ums Holz, die restliche Zeit verbrachte er am Ofen, trank heißen Tee und aß Anetkas *márikle*, die Plätzchen, die sie ihm backte. Sobald es aber draußen dunkel wurde, verschwanden er und Anetka unter das mollig warme Federbett.

Sie schämten sich immer noch ein wenig voreinander, ihre Hände zitterten und ihre Berührungen waren ganz sanft, sie konnten es immer noch nicht fassen, sich endlich gefunden zu haben und am Leben zu sein, nur sie beide, allein inmitten einer weißen Einöde, einander so nah, so unglaublich nah …

Karačoňa, Christnacht und das Weihnachtsfest – an diesen Tagen pflegten die Dunkas, die in aller Herren Länder verstreut lebten, zusammenzukommen, um gemeinsam zu essen und zu trinken. Für die, die im vergangenen Jahr ihre letzte Reise angetreten hatten, wurde ein wenig Wein auf den Boden geträufelt. Dem alten Brauch gemäß stellten auch Anetka und Andrejko einen dritten Teller auf den Tisch, für den Fall, dass zufällig jemand vorbeikäme, aber sie sahen einzig und allein Tibor vor dem Teller sitzen. Anetka weinte die ganze Nacht, und Andrejko versuchte vergeblich, sie zu trösten.

Auf dem Tisch duftete *gombouda*, eine Suppe aus Brot und Äpfeln, im Ofen prasselte das Feuer, und Anetka backte direkt auf der schwarzen gusseisernen Platte *lokše*, Fladen aus Gerstenmehl. Sie brach sie in Stücke und reichte sie Andrejko herüber, im flackernden Schein der Petroleumlampe glänzten ihre Finger und Hände wie pures Gold, und Andrejko musste an Kostelec denken, an die traurigsten Weihnachten seines Lebens, als im Anstaltsfunk Weihnachtslieder ertönten und die von ihren Familien vergessenen Jungen auf den Betten lagen, sich Zigaretten teilten und nachts ins Kopfkissen weinten. Doch Anetka schmiegte sich an ihn und legte ihren Kopf auf seine Schulter, der Ofen bollerte und aus den Ritzen schossen immer wieder kleine Flammenzungen hervor.

Ihre verschränkten Hände, die rußige Petroleumlampe und das Pochen ihrer Herzen erschienen ihnen so feierlich wie das Läuten von Weihnachtsglocken, sie empfanden das glühende Feuer im Ofen und den rieselnden Schnee draußen vor der Tür wie einen heimlichen Gottesdienst, wie eine Feier nur für sie beide, ihre eigene Christnacht, ihre Heilige Nacht …

Andrejkos heiße Hände und Lippen wollten nicht länger nur unter Anetkas T-Shirt verweilen, sie glitten immer tiefer, und Anetka nahm verwundert wahr, wie sie sich den Weg zu ihrem Schoß bahnten, sie lag mit geschlossenen Augen da und ließ sich streicheln. Sie berührte leicht die Finger, die sie dort streichelten, wo sie es noch niemandem gestattet hatte, aber für zwei Hände war es dort zu eng, und Anetka hob ihr Becken, damit Andrejko ihren Slip abstreifen konnte, erstaunt sah sie sich dabei zu, als würde ihr Körper einer anderen gehören … Sie presste ihre nackten Oberschenkel zusammen, Andrejko schob sanft ihre Knie auseinander, und sie wehrte sich nicht, sie öffnete ihre Schenkel, um seinen geliebten Körper zu umarmen, um ihn in sich aufzunehmen, ihr Atem ging schnell, und als Andrejko ungeschickt in sie eindringen wollte, schrie sie vor Schmerz auf. Schließlich musste sie ihm helfen, trotzdem tat es weh, sehr weh tat das, sie lag zitternd unter ihm und weinte, sie fühlte sich wund, aber auch glücklich, der stechende Schmerz in ihrem Schoß ebbte allmählich ab, und sie hörte auf zu weinen. Sie zog ihre weit geöffneten Beine an die Brust und flüsterte, Andrejko, mein Andrejko, hör doch auf, hör doch schon auf, und dabei wünschte sie sich, dass er nie aufhören möge, dass er für immer in ihr bliebe, und er bewegte sich immer schneller und heftiger in ihr, nun musste er den Gipfel stürmen, um sein

Werk zu vollenden, er musste auf den Berg hinauf, koste es, was es wolle, auch das eigene Leben hätte er gegeben, er schwebte zwischen den Sternen, weit entfernt von seinem verschwitzten und erschöpften Körper und von dem strahlenden Licht geblendet, seine ganze Kraft konzentrierte sich auf einen einzigen Punkt, bis er sich in den schmerzenden Schoß seiner Liebsten ergoss.

Danach sackte er kraftlos zusammen und welkte zwischen ihren Schenkeln, er rührte sich kaum und sog den Duft ihrer Haare ein, während sie ihn zärtlich in die Schultern und in den Hals biss, voller Hingabe, wund und glücklich. Andrejko lag erschöpft und leer da, sein Atem beruhigte sich, Anetka schlang ihre Beine um ihn und zappelte unruhig hin und her. Erneut fing er Feuer, doch diesmal fehlte ihm die Kraft, den Berg zu erklimmen, also schlüpfte er aus ihr und drehte sich auf den Rücken, aber Anetka setzte sich auf ihn, sie hielt die Arme hinter dem Kopf verschränkt, damit seine brennend heißen Hände ihre Hüften und die Haarbüschel in den Achselhöhlen erkunden konnten, vor allem aber ihre Brüste, diese prallen Äpfel, viel schöner und weicher als jene Wildäpfel, die sie gemeinsam bei Stakčín gepflückt hatten. Die rote Schleife, die Anetkas Haar zusammenhielt, löste sich, und ihre Haare, ihre wunderschönen schwarzen Haare fielen herab, ihr verschwitzter Körper bog sich und glänzte im flackernden Schein der Kerze und warf einen bewegten Schatten an die Wand. Anetka schaukelte hin und her, beugte sich über Andrejko und bot sich ihm zum Liebkosen dar, voller Stolz auf ihre Brüste und die Brandstätte zwischen ihren Beinen, auf die Verwüstung, die er in ihr angerichtet hatte, und Andrejko lächelte, streichelte sie und flüsterte *čhajori mirori*, mein liebes Mädchen, und er richtete sich auf, drehte sie zärtlich auf den Rücken und liebkoste sie mit seiner Zunge, er küsste ihre Augen, ihre Lider, ihre Wangen und ihren Hals, seine Lippen rutschten tiefer und tiefer und machten nicht einmal vor der Öffnung im Dickicht der verklebten Haare Halt. Anetka lag mit offenen Augen da, spürte seine hungrige Zunge und drückte seinen Kopf noch tiefer in ihren Schoß, sie fuhr zärtlich durch seine zerzausten Haare, wühlte in ihnen herum, zog an ihnen, und flüsterte dabei, dass sie glücklich sei, wund und glücklich …

Erzähl mir was, bat sie, erzähl was … *Av vakeraha amenge paramisa* … Aber er konnte nicht, er vermochte kein einziges Wort zu sagen, jedes Wort wäre zu steif oder zu geschwätzig gewesen, Worte waren unnötig. Alles, was in ihm aufloderte und ihn lichterloh brennen ließ, das alles sagten seine Hände, seine Finger und seine heißen Lippen, die Welt bestand nicht mehr aus Worten und Sätzen, es gab nur noch den wunden Schoß seiner Liebsten, diesen Gipfel, den sie gemeinsam erklommen hatten, und die Sonne. Das war alles …

Während sie leise atmend und ineinander verflochten in einen gnädigen Schlaf fielen, lugten die ersten Sonnenstrahlen durch die Türritzen hinein, und im Dorf schippte man den Schnee weg, damit die Menschen zur Straße und zum Stall gelangen konnten, um ihren Schafen und Kühen frisches Wasser und Heu zu bringen.

20.

Gleich am nächsten Sonntag machten sie sich auf den Weg zur Kirche von Poljana. Statt der Hochzeit, sagten sie, als sie durch das Dorf liefen, wer würde uns schon die Hände mit einem Tuch zusammenbinden, uns Wein oder Schnaps in die hohle Hand gießen, wer würde uns auftragen: *Dživen tumen dar odi kal'i phuv le kale mareha*, lebt zusammen wie die schwarze Erde mit dem schwarzen Brot … Es würde eine stille *mangavipen* sein, ohne Geschwister und Cousins, ohne Tanten und Onkel von werweißwelchem Verwandschaftsgrad, ohne Musik, ohne angebrochene Flaschen und Platten voller Fleisch, es würden keine Männer mit Messern aufeinander losgehen, keine seit Jahren miteinander verfeindeten Familien sich versöhnen … Ein wenig bedauerte es Anetka schon, dass sie nicht auf den Tisch springen, ihr Kleid hochraffen und ihre Schuhe mitten in die erhitzte Menge schleudern würde, damit sie beim Tanzen nicht störten … Sie gingen Hand in Hand, eng aneinandergeschmiegt, und unter ihren Füßen knirschte der frisch gefallene Schnee.

Als sie so unerwartet in der Tür standen, verstummten alle. Die Stille im Raum hätte man mit Händen greifen können, selbst der Pope zog beim Anblick von Anetkas rotem Pullover eine Augenbraue hoch; inmitten der hochgeknöpften schwarzen Kleider und Anzüge der Dörfler fiel sie auf wie Klatschmohn im Getreidefeld.

Die Kirche war schmal wie ein Handtuch, mit einer niedrigen Tür und einer hohen Schwelle aus Eichenholz, so dass sich jeder beim Eintreten tief verneigen musste. Die engen Fenster, die in die aus massiven Holzbalken gezimmerten Wände eingelassen waren, ließen kaum Tageslicht ins Innere, und die Luft war durchtränkt vom Geruch des hundertjährigen Holzes. An der vorderen Wand hingen Heiligenbilder, vor denen sich die Menschen bekreuzigten, sie knieten nieder und standen wieder auf, küssten die Bilder und zündeten dünne Kerzen an. Dann öffnete der Pope in der Mitte dieser Wand eine Tür und begann mit dem Gottesdienst. Er kniete vor dem Altar, man sah nur sein weißes Gewand und das goldene Kreuz auf seinem Rücken, er war nicht den Menschen zugewandt, sondern kniete vor ihnen wie ein Matrose am Bug eines Schiffes, das sich seinen Weg durch eine frostige Nacht bahnt … Er sprach nicht, sondern er sang, und die versammelten Menschen antworteten ihm singend: *Isús Spasítel', Bohoródica a svjátyj Michaíl archáňhel* … Jesus der Erlöser, die heilige Mutter Gottes und der heilige Erzengel Michael.

Die Poljaner standen dicht nebeneinander, antworteten im Chor *Hóspodi pomíluj*, Herr erbarme dich, und sangen, die schwarz gekleideten Männer im tiefen Bass und ihre Frauen in den Kopftüchern fielen ein und sangen die zweite oder gar dritte Stimme. Andrejko stockte der Atem, denn ihre Stimmen erinnerten in nichts an die gehässigen Weiber aus dem Lebensmittelladen, sie hatten gar nichts mit ihnen gemein … Andrejko erschauerte, und seine Seele stieg empor, der dreistimmige Gesang überwältigte ihn, er schien aus uralter heidnischer Zeit zu stammen, als hier im heiligen Hain noch Wahrsagerinnen nach Zauberkräutern suchten.

Die Luft in der Kirche war gesättigt mit dem Geruch nach Weihrauch, Schweiß und feuchter Kleidung, der Pope sang:

Zastupí, spasí, pomíluj i sochraní nas, Bóže, Tvojéju blahodátiju … und die Menschen antworteten mit *Hóspodi pomíluj*, Anetka und Andrejko drückten sich in eine Ecke, und als sich zum Schluss alle die Hände reichten, um in Frieden auseinanderzugehen, wie es der Pope von ihnen wünschte, wussten sie nicht einmal, was nun von ihnen erwartet wurde.

Es gab aber auch welche unter den Poljanern, die den beiden nicht die Hand geben wollten, die sich abwandten oder in eine andere Richtung sahen. Ein Junge lief mit einer Stange durch die Kirche, an der ein Lederbeutel befestigt war, er sah wie ein Obstpflücker aus, aber sein Beutel mit den vergoldeten Quasten war nicht für Äpfel gedacht, sondern für Geld, einige Menschen schoben ihre paar Münzen, die sie schon die ganze Zeit in der Hand hielten, verstohlen hinein, andere wiederum zogen feierlich ihre Geldbörsen heraus, damit jeder mitbekommen konnte, wie viel sie in den Beutel fallen ließen. Auch vor Andrejko und Anetka machte der Beutel halt, sie wurden rot und suchten verlegen in ihren Taschen nach ein paar vergessenen Münzen, und der prall gefüllte Beutel hüpfte klimpernd vor ihren Augen. Vor lauter Scham wäre Andrejko am liebsten im Boden versunken. Eine Erinnerung an Tante Majka schoss ihm durch den Kopf, wie sie bei den Franziskanern oder in der St.-Bartholomäus-Kathedrale immer einen Fünfer in den Opferstock geworfen hatte, man kann ja nie wissen, sagte sie jedes Mal. Aber da hatte das niemand von ihr verlangt, kein Beutel hüpfte vor ihren Augen. Und geholfen haben ihr die Fünfer auch nicht, seufzte er bitter, vielleicht hätte sie mehr reinwerfen müssen oder gar nicht hingehen …

Die nicht gereichten Hände und die ausweichenden Blicke, die taten weh.

Sie mögen euch nicht, weil ihr sonntags arbeitet, versuchte Mihalič die erlittene Schmach herunterzuspielen, als er sie endlich eingeholt hatte. Da solltet ihr lieber nicht wieder hingehen, er drehte sich um und deutete zur Kirche, aber dann winkte er ab. Wozu alte Wunden aufreißen … Die Zigeuner sind einfach immer anders gewesen, ihnen bedeuteten die hundertjährigen Bräuche und Gepflogenheiten der Poljaner nichts. Es war Brauch, Filzschuhe zu tragen und für die Feldarbeit Stiefel anzuziehen, es war Brauch, sich jeden Tag auf dem Acker abzurackern, von der Morgendämmerung bis zum Abendrot, vom starken Kaffee nach dem Aufstehen bis zum schmerzenden Rücken am Abend, wenn man die Erinnerung an die ganze Plackerei in starkem Schnaps ertränkte, es war Brauch, sich sonntags schwarz zu kleiden und in die Kirche zu gehen und von der Kirche in die Schenke. So machte man das in Poljana, und nicht wie Andrejko und Anetka, die am Sonntag arbeiteten und in neuen Kleidern und roten Schuhen durch das Dorf spazierten …

Andrejko musste die Hände zu Fäusten ballen, um die Tränen zu unterdrücken. Saß ein Poljaner in der Klemme, musste etwa schnell eine Jauchegrube geleert werden, dann war es kein Problem, Andrejko zu bestellen, Sonntag hin, Sonntag her.

Nachdem die beiden zur Siedlung abgebogen waren, schüttelte der Förster noch lange den Kopf darüber, dass Andrejko mit Anetka in die Kirche gegangen war. Welcher Teufel mochte ihn geritten haben? War ihm denn nicht klar, dass sein Platz für immer und ewig am Krampen oder am Jaucheschlauch sein würde, selbst wenn er goldene Hände hätte, selbst wenn er in eine Kalkgrube springen oder sich in weißen Federn wälzen würde? Er würde höchstens an einem lustigen Kneipenabend Geige spielen dürfen, ein Zigeuner bliebe für immer Zigeuner …

Vielleicht mochten die Menschen sie deswegen nicht, weil sie durchs Fernsehen und aus den Zeitungen mitbekamen, wie klein ihre Welt war, und wie man dort lebte, wo Andrejko und Anetka hergekommen sind, dachte Mihalič. Sie wussten ja, dass sie selbst nie den Mut fänden, alle Brücken hinter sich abzubrechen und sich auf den Weg zu machen, sie waren ja an ihre Felder und an ihre Häuser gekettet, Andrejko und Anetka wiederum besaßen gar nichts, um das sie bangen mussten, nicht einmal eine Ziege oder ein Kaninchen. Sie brauchten nicht zu fürchten, dass ihre Kuh krank werden oder der Hagel ihre Ernte vernichten könnte, sie zerrieben die Scholle nicht zwischen den Fingern, sie rochen nicht an ihr, sie wetteiferten nicht, wessen Grundstück steiniger war und wer wie viele Einträge im Grundbuch hatte, sie hatten keine Angst davor, dass man ihnen das wenige, das sie besaßen, wegnehmen könnte.

Denn immer war da noch etwas, das einem weggenommen werden konnte. Noch gestern hatte es an der Cirocha alte ruthenische Dörfer gegeben: Starin, Ostrožnica, Smolník … Sieben Dörfer waren auf dem Grund eines neuen Stausees verschwunden, und die umgesiedelten Dorfbewohner hockten heute in Humenné in einem Plattenbau, kochten ihre Suppe und ihren Kaffee mit dem Wasser, das um die Mauern ihrer ehemaligen Häuser floss, und verdorrten wie schlecht umgepflanzte Bäume … Denn eine hundertjährige Eiche fällt um wie ein Mann, der einen Eimer Schnaps geleert hat – einen solchen Baum oder einen solchen Kerl richtet keiner wieder auf, das hat bisher noch keiner geschafft.

Aber ein Zigeuner konnte kein Feld verlieren, auf dem er den größten Teil seines Lebens verbracht hatte, er hatte nie die Erde gepflügt und sich nie über sie gebeugt, er hatte nie gesät, höchstens nachts geerntet, und weil er sich an der Erde nicht die Hände schmutzig gemacht hatte, hatte er auch keine Angst um sie. Wenn sein Haus zusammenfiel, weinte und schluchzte er laut, aber dann ließ er sich auch in einem Plattenbau nieder, wenn's sein musste, er wollte einfach weiterleben, und solange er seine Kinder, Cousins, Onkel und Tanten um sich hatte, lebte er auch weiter, von wegen Wurzeln und Abstammung, darüber zerbrach der sich nicht den Kopf, an seine Hütte aus Lehm, Brettern und rostigem Blech dachte er nicht einmal im Traum zurück …

Überhaupt, diese Dunkas, die waren schon 'ne sonderbare Sippe, dachte Mihalič, sie hatten immer erzählt, wie wichtig ihnen die Religion wäre, bekreuzigten sich in einem fort und schworen im Namen der barmherzigen Muttergottes, aber all die Jahre hatte man sie nicht in der Kirche gesehen, höchstens wenn einer ihrer *čhibalo*, dieser Sippenältesten, gestorben war und sie gerade flüssig waren oder zumindest Geld in Aussicht hatten. Auch zur Taufe ließen sie sich in der Kirche blicken, das stimmte, manchmal hatten sie ein Kind auch mehrmals taufen lassen, wenn der Pate Geschenke versprochen hatte …

Einmal hatte er, Mihalič, einen kleinen Dunka in seinem Garten erwischt, der Junge schaffte es nicht rechtzeitig vom Baum herunter und versteckte sich in der Baumkrone, und als Mihalič ihn anbrüllte, hatte der Junge auf die Birnen um sich herum gezeigt und mit unschuldiger Miene gesagt: Das alles hat der Herr für uns alle gesegnet … Wenn man bedachte, was der Herr alles für sie gesegnet hatte, mussten sie seine wahren Lieblinge sein. Einmal hatte einer in der Schenke eine Geschichte zum Besten gegeben, sein Feld war eines Nachts komplett abgeerntet worden, der Dieb aber hatte jede siebte Rübe stehen lassen, denn wie hieß es in den Zehn Geboten? Das siebte, du sollst nicht stehlen.

Und wie ängstlich sie immer waren, die hatten ja schon immer die Hosen voll vor Angst. Einmal, da lief er gerade durch den Wald von Borsučiny, stolperte ihm ein Haufen erschrockener Frauen und Kinder entgegen, barfuß rannten sie über Wurzeln und scharfkantige Steine, Blutstropfen schimmerten auf dem Boden, und die Frauen schrien, da oben, Herr, da reißt grad ein Bär unsere Kinder in Stücke, ein Bär so groß wie ein Kalb, ach was, groß wie 'ne Kuh ist der, riefen sie und deuteten hinter sich, hängten sich an seine Ärmel und rauften sich die Haare. Er riss das Gewehr von der Schulter und rannte los, aber in den Himbeersträuchern oben fand er nur festgetrampelte Pfade und umgekippte Kannen. Erst gegen Abend tauchte Meister Petz auf der gegenüberliegenden Talseite auf, die Dunkas mussten ihm einen Riesenschrecken eingejagt haben, sonst wäre er nicht so weit geflüchtet.

Mihalič blieb am Waldrand stehen, nach der Anstrengung des Aufstiegs beruhigte sich sein Atem allmählich, er sah der Rauchwolke zu, die unter ihm in der Siedlung aufstieg, und dachte an jene Nacht, als er diesen Rauch zum ersten Mal gerochen und sofort gewusst hatte, dass es in Poljana wieder Zigeuner gab. Andrejkos Ofen schien einen guten Zug zu haben, der Rauch löste sich bald auf, und schon sah man nur noch einen dünnen grauen Streifen am Himmel.

Was hat sie bloß hierhergetrieben?, fragte er sich, eine so weite Strecke. Seit Menschengedenken war Poljana ein Ort, von dem man wegging, nach Amerika, Prag oder wenigstens nach Košice, alle gingen von hier weg, Ruthenen, Juden und Zigeuner, sie alle waren gegangen, der Einzige, der immer wieder zurückkam, war Andrejko, und mit Anetka hatte er sich an der gleichen Stelle wie zuvor die Dunkas niedergelassen. *Dobre na starym ohnisku oheň klasc*, auf alter Feuerstelle ist gut Feuer machen, sagte er, als er später Paraska von den beiden erzählte. Andrejko ist nicht gerade kräftig, aber geschickt ist er, und die Anetka, jajaj … Mihalič blickte verträumt vor sich hin und Paraska sah ihn misstrauisch von der Seite an.

In jenem Jahr, kaum ein paar Monate nachdem die letzte Rolle rostigen Stacheldrahts von der Grenze weggeschafft worden war, wurde alles anders. Die Zeiten, als ein Brötchen noch dreißig Halíř, eine Tüte Milch zwei Kronen und ein Brotlaib vier Kronen zwanzig gekostet hatten, waren vorbei, am Sonntag fuhren keine Busse mehr nach Poljana, weil die Fabriken, die Stahlwerke von Košice, das Chemiewerk in Humenné und das Vihorlat-Metallwerk in Snina, immer weniger Menschen brauchten. Auch viele Männer aus Poljana wurden arbeitslos. Als dann noch der Nachmittagsbus eingestellt wurde, schlugen die Kerle von Poljana mit den Fäusten auf den Tisch, wozu brauchte man Fabriken, wozu Busse, sie würden selbst für ihre Familien sorgen, sie von eigener Hände Arbeit ernähren, auch wenn sie sich dabei auf ihren Feldern, den schmalen, steinigen Äckern, zu Tode rackern sollten.

Von Osten, von der anderen Seite der Grenze, sickerten ebenfalls merkwürdige Nachrichten durch. In der Ukraine hatte sich das Geld in wertlose Papierfetzen verwandelt; wenn man bezahlen wollte, musste man Hunderte, später Tausende und schließlich Millionen von Rubel, Karbowanzen oder Hrywnja hinblättern, aus der Karpato-Ukraine hatte sich die Arbeit davongestohlen und mit ihr Menschen, die nun versuchten, sich in Košice, Bratislava oder Prag durchzuschlagen. Dort trafen auf einmal auf derselben Baustelle Männer zusammen, deren Leben einst durch das feine Netz der Waldpfade verbunden gewesen waren, bis man sie vor fünfzig Jahren mit Grenzen und Stacheldraht voneinander getrennt hatte: Ruthenen aus Zobje, Stužice und Volosianka. Zu Hause blieben nur diejenigen, die sich nicht aufraffen konnten, denen schon beim bloßen Gedanken daran, von ihrem Holzhaus und ihren Schafen Abschied zu nehmen, das Herz brach. Dieses wilde und schöne Land fand sich in alte Zeiten zurückversetzt, als es noch keine Busse, keine Ärzte und kein Geld gegeben hatte. Schon wurden in der geheimnisvollen und wundersamen Walpurgisnacht wieder große Feuer entzündet, in der ersten Vollmondnacht nach Johanni pflückten alte Frauen Zauberkräuter im Hain, weil Arzneimittel unerschwinglich geworden waren, und Männer, die nicht mal die paar Kröten für ein Glas Wodka übrig hatten, löteten ihre alten Kessel zusammen, in denen sie früher selbst Schnaps gebrannt hatten, sie hackten Holz und befeuerten die Öfen, damit ihre Frauen Fladenbrot backen konnten, weil man ohne Benzin nicht zur Bäckerei kam … Wie in alten Zeiten trieben sie ihre Schafe auf die Weide, ein Stück Speck und eine Handvoll Maismehl in der Tasche, und zündeten nachts Feuer an, um hungrige Wölfe zu vertreiben, die um den *košár*, die eingefriedete Schafsweide, ihre Kreise zogen. Manch einer schulterte sogar einen mit Zigaretten vollgestopften Rucksack, marschierte über die Staatsgrenze und fragte sich mit einem bitteren Seufzer, wozu man ihnen nun nach so vielen Jahren die Ketten gelockert hätte, jetzt wäre zwar das Bellen erlaubt, aber das Brot, die Schüssel mit dem Futter, hätte man ihnen weggenommen …

Auf der slowakischen Seite der Grenze erging es den Menschen ein wenig besser. Nur wer kein Feld hatte, das ihn ernähren konnte, und wer keine lange Anfahrt zur Arbeitsstelle in Kauf nehmen wollte, der hockte mürrisch zu Hause, soff sich die Hucke voll und suchte verzweifelt nach einem Schuldigen, den er für seine Misere verantwortlich machen konnte. Das konnten die alten und die neuen Herren der Kreisverwaltung sein oder die Herrschaften in Bratislava oder Prag, jeder kam infrage, ob Bolschewik, Ungar oder Tscheche. Man zog über die Judensäcke und über Gott her, auch über Andrejko, der weiterhin seiner Waldarbeit nachging, sogar am Sonntag, wenn alle in der Kirche saßen und später in der Schenke oder vor der Glotze hockten ... Die Männer jagten sich ihre magere Stütze durch die Kehle und ließen regelrechte Hasstiraden gegen Andrejko vom Stapel, die Weiber wiederum zerrissen sich das Maul über Anetka, die mit leichter Hand Geld ausgab und leichte Kleider trug, unter denen sie, wenn es heiß war, gar nichts anhatte. Sie kaufte neue Kleider und Schuhe, sie ließ sich sogar eine Pelzjacke nähen, eine kurze, die nur bis zur Taille ging, einfach so, damit die Weiber was zu schimpfen hatten, und die waren ohnehin ungehalten, weil sie die Kleider vom Vorjahr anziehen mussten, während sich ihre Männer unter ihre uralten Škodas und Trabis schoben, deren Lack von den Gänsen angepickt worden war, oder zum Nachbarn flüchteten, um dort *horilka* zu brennen und zu verkosten. Nachts lagen sie dann neben ihren müden und verblühten besseren Hälften im Bett und dachten an diese hübsche, feingliedrige Zigeunerin mit den langen schwarzen Haaren und dem hübschen Po, an ihr leichtes Kleid, das im Wind flatterte ...

Saša Jankura und Miro Lipčak passten sogar einmal Mihalič ab und fragten ihn, warum er Zuwanderer beschäftige, noch dazu Zigeuner, obwohl es schon für die eigenen Leute weit und breit keine Arbeit gebe. Aber Mihalič hatte sich nicht einschüchtern lassen, wo seid ihr denn im Winter gewesen, hatte er gefragt, er wüsste doch genau, wer arbeiten könne und wer immer nur prahle und sich betrunken unterm Tisch suhle, bei diesen Worten hatte Mihalič auf Lipčak gezeigt und den Riemen seines Gewehrs zurechtgerückt. Es schien, als hätte er noch etwas sagen wollen, vielleicht fragen, was sie neulich morgens so eilig nach Hause geschleppt hätten in ihrem Rucksack, aber dann winkte er ab, weshalb sollte er sich abmühen, schade um jedes Wort, und setzte seinen Weg fort.

Verdammtes Arschloch, entfuhr es Saša. Er wusste selbst nicht, ob er damit Mihalič oder Andrejko meinte.

Geld, Penunze, Moneten, *love* – darauf stand Anetka. Jeden Freitag wartete sie ungeduldig auf Andrejko, warf sich ihm schon in der Tür um den Hals und stülpte seine Taschen um, dann ordnete sie die Banknoten auf dem Bett, hielt sie prüfend gegen das Licht, und ihre Augen funkelten dabei vor Freude, sie warf das Geld in die Höhe, und die grünen Hunderter und roten Fünfziger segelten auf das Federbett herunter, manchmal leuchtete ein Fünfhunderter darunter oder sogar ein blauer Tausender mit dem streng dreinblickenden Komponisten Smetana. Anetka sammelte die Scheine auf und legte sie erneut aufs Bett, diesmal wie Spielkarten, aus denen sie ihr Schicksal lesen würde, und sie freute sich schon, dass sie das alles am nächsten Tag gegen einen Haufen Lebensmittel oder gegen neue Schuhe und Kleider eintauschen würde, damit die Weiber vor Neid platzten. Andrejko lächelte stolz, weil er wusste, dass er jetzt ein paar Tage Ruhe hatte von ihrem ewigem *Nane man so te urel*, Ich habe nichts zum Anziehen, er sah das Licht in ihren Augen brennen und traute sich nicht zu sagen, dass sie sogar in einem Kartoffelsack die Schönste wäre, und dass neue Kleider ihnen nur Ärger brachten, denn es gelang ihm nie, sie ihr vorsichtig vom Leib zu streifen, und schon war wieder eins eingerissen …

Sobald im Frühjahr die Wege trocken waren, ließ Mihalič

einen alten, ausgedienten Wohnwagen zur Siedlung bringen. Andrejko und Anetka schrubbten ihn sauber, strichen ihn knallrot an und schafften ihr ganzes Hab und Gut aus dem Erdloch hinüber, ganz zum Schluss auch den Ofen. Dann nahm Andrejko seine Liebste in die Arme, trug sie vorsichtig über die Schwelle und legte sie aufs Bett. Zunächst küsste und streichelte er ihre Waden, dann glitt seine Hand höher und schob das bauschige Kleid zur Seite. Anetka, zufrieden und glücklich, ließ ihn gewähren und knöpfte sein Hemd auf.

Der Vašek, der hatte recht, dachte Andrejko, als er verschwitzt und welk neben Anetka lag, und langsam wieder zu Atem kam. Ein Mann sollte im Leben wenigstens für ein paar Sekunden … Er richtete sich auf und fuhr mit den Fingern durch das Haarbüschel über ihrem Schoß, er streichelte Anetkas Bauch, der sich allmählich rundete, weil ein neues Leben in ihm heranwuchs, ein neuer Mensch, ein Kind … Er konnte sich gar nicht vorstellen, was in dieser weichen Wölbung vor sich gehen mochte, und legte den Kopf auf Anetkas Bauch: Es tritt! Es wird ein Junge, beschloss er, und fortan erlaubte er Anetka nicht mehr, schwere Töpfe mit Wasser zu schleppen, Wäsche aufzuhängen oder unterm Bett zu kehren. Wenn seine Liebste Appetit auf etwas Leckeres bekam, rannte er selbst ins Dorf, manchmal sogar zwei-, dreimal am Tag, er holte Schokolade, saure Gurken, Rumpralinen oder auch nur eine Tüte frische Milch … Anetka konnte nicht mehr lange stehen oder gehen, sie musste sich häufig ausruhen, und wenn sie bei Kräften war, besserte sie die Babysachen aus, die ihr Paraska Mihaličová und Marika, Pal'o Jasenčáks Frau, zugesteckt hatten.

Wenn Andrejko an der Schenke vorbei in den Lebensmittelladen eilte, lachten die Männer und schlugen sich an die Stirn, der ist ja genauso bekloppt wie der kleine Fedor, wie die Maruschka aus dem Märchen von den zwölf Monaten, die im Januar im Wald Erdbeeren suchte! Andrejko machten ihre Sticheleien nichts aus, er lächelte nur, und sobald ihn Anetka mit ihren wunderschönen Augen bittend ansah, ließ er alles stehen und liegen und rannte ins Dorf. Jede Tür, an die er klopfte, öffnete sich, all die vom Schlamm befreiten Brunnen und geleerten Jauchegruben zahlten sich jetzt aus, jedes Körnchen gesiebter Sand und jeder Holzscheit, jetzt stürzte die Mauer ein …

Eines Tages verfiel Anetka auf die Idee, Gardinen haben zu wollen, ganz wie die Gadsche, und sie ließ nicht locker, bis Andrejko sich von Pal'o ein Fahrrad borgte und nach Stakčín fuhr. Er kam erst abends zurück, abgekämpft und müde, weil er für diese Gardinen bis nach Snina hatte fahren müssen. Während er draußen am Bach Staub und Straßendreck abspülte, breitete Anetka die Gardinen auf dem Bett aus. Der Stoffstreifen war so lang, dass man den ganzen Wohnwagen mit ihm hätte umwickeln können, sie drückte ihn zärtlich gegen ihre Wange, dann zog sie sich aus und wickelte sich vorsichtig in das weiße Wunder ein. Zum Schluss zupfte sie die Falten glatt und stellte sich vor den Spiegel, sie wiegte sich in den Hüften, die Arme über dem Kopf, langsam und vorsichtig, ihr Bauch war ja schon groß, und um das Kleine, das sie unterm Herzen trug, hatte sie Angst.

Als Andrejko in der Tür auftauchte, verschlug es ihm die Sprache. Statt seiner Anetka tanzte eine Waldfee vor ihm, sie trug ein durchsichtiges, aus silbernen Mondfäden gewebtes Kleid, eine fremdländische Prinzessin im leichten und durchsichtigen Sari sah er vor sich, und wie betäubt fasste er nach dem Gardinenzipfel und spulte den Stoff langsam von Anetka herunter. Sie stand da, reckte die Arme in die Luft und drehte sich langsam – zufrieden, wunderschön und glücklich. Als auch der letzte Rest zu Boden glitt, fiel sie Andrejko um den Hals und ließ sich wie eine Puppe zum Bett tragen.

Und er wusste, dass alles in bester Ordnung war, denn so, mit über den Kopf erhobenen Armen, bloß wilder und ungestümer, so hatten die Frauen in Žižkov getanzt, wenn sie sich wohlfühlten, so tanzten kleine Mädchen in rosa Kleidchen, die gerade laufen gelernt haben, auch stolze Schönheiten in feuerroten Röcken tanzten so. So wiegten sich erschöpfte Matronen mit schweren Brüsten in den Hüften, und die Männer sahen zu, das Wasser lief ihnen im Mund zusammen, und es wurde ihnen dunkel vor den Augen. Meistens geriet ihr Blut von den wehenden Röcken dermaßen in Wallung, dass sie sich gegenseitig an die Gurgel gingen, denn Blut und Ehre waren mehr wert als das eigene Leben, und einen Mann, der nur ein einziges Mal klein beigegeben hätte, den würde eine schwarzäugige Schöne keines Blickes mehr würdigen … Andrejko löste sich von Anetka und sah sich um, mit wem er sich raufen, über wen er herfallen könnte, dann stürzte er mit dem Messer in der Hand aus der Tür und schrie in die Nacht hinaus …

Im Sommer bekamen sie Besuch von Tibor. Anetka erkannte ihn an seinen Schritten, sie schnellte hoch und fiel ihm gleich in der Tür um den Hals. Als seine Augen an ihrem Bauch hängen blieben, errötete sie, dann aber fasste sie nach seiner Hand und zeigte ihm stolz ihr neues Zuhause. Tibor kam aus dem Staunen nicht heraus, noch vor einem Jahr hatten sie in einem dunklen, kalten und feuchten Loch gehaust und konnten nur nachts heizen, von Rauch, Asche und Ruß waren sie schwarz wie die Kaminfeger, die soeben einen Schornstein auseinandergenommen hatten. Aber Anetka kam schnell außer Atem, sie ließ sich schwer aufs Bett fallen, und erst nach einer Weile stand sie wieder auf, um den Ofen anzuheizen und eine kleine Mahlzeit zu zaubern. Als Tibor ihr helfen wollte, lehnte sie verärgert ab. Sobald er aufgegessen hatte, wollte sie Neuigkeiten aus Pilsen hören, wie es zu Hause lief, da aber wurde Tibor auf einmal still, und man sah ihm an, dass er sich schämte. Plötzlich traten ihm Tränen in die Augen, und Anetka streichelte ihn sanft und fragte nicht weiter.

Abends reichte Tibor Andrejko das schwarze Pappfutteral, das er aus Pilsen mitgebracht hatte. Mit zitternden Händen hob Andrejko den Deckel. Demčaks Geige … Er streichelte sie vorsichtig und zupfte leicht an den Saiten, aber sie waren verstimmt, und Anetka stand auf und sagte, lasst uns rausgehen, hier drinnen ist es stickig. Sie gingen zum Bach, dort fassten sie sich an den Händen, alle drei, und wateten gegen die Strömung durch das kühle Wasser. An einem Tümpel lauerte ein Eisvogel, die Fische glitten um ihre Beine, und als Anetka zurückblieb, setzten sich Andrejko und Tibor auf einen Stein, um auf sie zu warten. Sie wollte zunächst ihr Kleid hochraffen, aber dann setzte sie sich einfach so in die Strömung, zufrieden saß sie dort im tropfnassen Kleid auf einem Stein und war glücklich, dass die beiden sie anstarrten, dass sie den Blick abwenden mussten, weil das nasse Kleid mehr von ihr freigab, als wenn sie es ganz abgestreift hätte … Wieder zu Hause, ließ sie nur Andrejko hinein. Tibor musste draußen auf der Wohnwagentreppe bleiben, er krümmte sich dort zusammen und jaulte vor Schmerz wie ein kleiner Wolf, den das Rudel ausgeschlossen hatte.

Am nächsten Morgen sagte er, dass er wieder zurückmüsse, und Anetka steckte ihm alles Geld, das sie zu Hause fand, in die Tasche, fürs nächste Mal und für die Fahrkarte, sagte sie lächelnd, brachte ihn bis zur Straße und schloss ihn noch einmal in die Arme. Er schien noch etwas sagen zu wollen, aber dann drehte er sich rasch um und war bald hinter der ersten Biegung verschwunden.

Vielleicht hätten sie im Herbst nicht zulassen dürfen, dass Tibor zurück nach Pilsen ging, sagte Andrejko abends, als er von der Arbeit kam. Vielleicht habe er gehofft, dass ihn Anetka an der Hand nehme und sage, wir kommen mit, vielleicht habe er gehofft, nicht allein zurückzumüssen ... Andrejko dachte an die Tante, wie sie Tibor mit Schlaftabletten vollgestopft hatte, damit er sie bei ihren traurigen Wanderungen durch die Petrohrader Spelunken nicht störte, damit sie sich unbeschwert den bierfeuchten Umarmungen hingeben konnte. Tibor liebt seine Mama, dachte er, er kehrt nicht aus Mitleid zu ihr zurück, oder weil er keinen anderen Platz auf der Welt hat, nein, er liebt sie, er hätte ja auch hierbleiben können. Tibor ist der letzte und einzige Mensch auf der Welt, der Ida noch liebt ...

Anetka saß schweigend am Fenster, wischte sich ab und an mit der Hand ihre feuchten Augen, und Andrejko holte die Geige hervor. Er untersuchte sie ausgiebig von allen Seiten, Demčaks Fiedel war wirklich schön, rund wie ein Mädchenkörper mit breiten Hüften und einem schlanken Hals, bloß ohne Arme, sie war auf die Hände anderer angewiesen. Dann wischte er sie mit dem Ärmel sauber, pustete den Staub aus ihrem Inneren, richtete den Steg und machte sich daran, die Saiten zu spannen. Andrejko stimmte Demčaks Geige und versuchte, ihr dabei Melodien zu entlocken, sein Herz, das sang schon, aber seine Finger, die sich wie junge Weidenruten über die Saiten beugen sollten, waren geschwollen und unbeweglich wie Eichenpflöcke, schwer wie Blei. *Sar te muterďahas pre taťi blacha*, als würdest du ’ne Katze am Schwanz ziehen oder auf heißes Blech pissen, stichelte

Anetka, und Andrejko biss sich auf die Zunge, aber er wusste selbst, dass sie recht hatte.

Und er legte die Geige zur Seite und betrachtete erstaunt seine rauen und rissigen Hände, sie waren voller Schwielen, Narben und eingewachsener Splitter, und in dem Augenblick begriff er, dass er nie wieder spielen würde, es sei denn, er würde mit der Waldarbeit aufhören und ohne Geld leben wollen …

Ihm war, als stünde er auf einer Kreuzung und müsste zwischen zwei Wegen wählen, einem breiten und ausgetretenen Weg, den er direkt vor sich sah, und einem steilen, schmalen Pfad, der kräftezehrend, aber irrsinnig schön war und den er nur sah, wenn er die Augen schloss … Er blickte abwechselnd auf das gähnende Futteral und seine verunstalteten Finger, diese Finger, die zwar eine Axt und eine Motorsäge halten konnten, sonst aber zu nichts taugten, er massierte sie eine Weile, als könnte er damit alle Verhärtungen und Schwielen abstreifen, und wie durch Zauberei wären seine Hände so geschickt und wendig wie früher, beim Stehlen. Damals hatte es beim Hütchenspielen keiner mit ihm aufnehmen wollen, so flink waren seine Finger …

Würden bloß seine Hände wieder über das Griffbrett gleiten können, wenn er Freude oder Kummer verspürte, fände er bloß den Mut und die Kraft in sich, dem schwindelerregend steilen Pfad zu folgen, könnte er sich dafür entscheiden, ein ganz gewöhnlicher, aber freier *degesi* zu werden, so wie es die Dunkas von jeher waren, dann würde er vielleicht sogar Hunde essen, warum denn nicht …

Aber neben ihm schlief Anetka, seine Sonne, sie atmete schwer, der Bauch unter ihrem Kleid wölbte sich … Andrejko stand auf und ging hinaus, eine Weile blieb er unter den Sternen stehen, lauschte dem nächtlichen Rascheln und Summen und sog den betörenden Duft der heißen Sommernacht in sich auf, dann strich er zum letzten Mal über die Geige und legte sie zurück ins Futteral.

Vielleicht waren Anetka und ihr Bäuchlein ja auch nur eine Ausrede, vielleicht war er ein ganz normaler Feigling und Schlappschwanz, der sich vor dem Taumel fürchtete, der der Freiheit nicht gewachsen war …

Anfang Oktober, als die Tage kürzer und die Nächte kälter wurden, tuckerte ein Traktor zur Siedlung. Mihalič und Andrejko hievten Anetka vorsichtig auf den Vordersitz und fuhren sie nach Snina zum Arzt.

Mihalič kehrte allein zurück. Und in Poljana gab es kein einziges Haus, in dem man nicht über die bevorstehende Entbindung gesprochen hätte, Anetkas dünnes Kleid und ihre nackten Pobacken waren längst vergessen, jetzt wischten sich die Weiber mit dem Rockzipfel die Augen und seufzten, als würde das Kleine, das geboren werden sollte, auch irgendwie ihnen gehören.

Jeden Tag, gleich nachdem sich der Morgennebel aufgelöst hatte, schnappte sich Andrejko das Fahrrad und fuhr ins Krankenhaus. Schon von Weitem hörte man die quietschenden Räder, und die Männer, an denen er vorbeisauste, lachten, zu einer hübschen jungen Frau trabe man auf einem weißen Pferd und nicht auf einem rostigen Drahtesel … Der Altweibersommer begann. Die Buchen und Ahorne kleideten sich erneut in rote und goldene Farben, das feurige Rot rutschte von den Berggipfeln allmählich in die Täler hinunter, die von dem kalten Morgennebel noch ganz nass waren, und Andrejko trat stürmisch in die Pedale, dachte an Anetka und nicht mehr daran, dass er hätte arbeiten sollen. Er wollte ja, probiert hatte er es mehrmals, aber seine Beine waren wie von selbst in die entgegengesetzte Richtung marschiert, zum Krankenhaus … Mihalič ist ein guter Mensch, tröstete er sich, der schreit einen weder an noch schmeißt er Leute raus …

Bis zur Stadt und zum Krankenhaus war es weit, Andrejko kehrte immer erst im Dunkeln zurück, und die vorbeifahrenden Autos blendeten ihn, einmal musste er den Lenker herumreißen und landete im Straßengraben. Ein anderes Mal fuhr er gleich hinter Stakčín in eine Gruppe von Männern, er hatte sie in der Dunkelheit nicht gesehen und fiel vom Fahrrad, das tat richtig weh, aber die Flüche und Beschimpfungen hoben ihn ganz schnell wieder in den Sattel. Die Männer hatten einen feuchtfröhlichen Abend hinter sich, sie waren ziemlich blau, und bis sie sich wieder gefasst hatten, war Andrejko schon weg. Hätten sie ihn erwischt, wäre es gar nicht lustig für ihn ausgegangen, und hätten sie bemerkt, dass er ein Zigeuner war, hätte er dreimal nichts zum Lachen gehabt.

Anetka verließ nun das Bett nicht mehr, sie war zu zart und ihr Bauch sah aus wie ein Bierfass, so dass Andrejkos Hände zitterten, wenn er ihn anfassen wollte, er saß neben ihr und hielt ihre Hand, und wenn man ihn nach draußen schickte, lief er rastlos ums Krankenhaus herum oder rüttelte vergeblich an der verschlossenen Tür. Eines Tages war ihr Bett leer, als er kam, die Schwestern bezogen es gerade frisch und sahen ihn über die Schulter an, Anetka ist im Kreißsaal, sagten sie, es muss geschnitten werden, Andrejko taumelte rückwärts in den Flur, erschrocken lief er vor der breiten Tür auf und ab, hinter der seine Anetka litt, und fürchtete sich vor dem Moment, in dem die Glastür aufgehen würde.

Außer Anetka hatte er doch niemanden auf der Welt …

Die letzten Besucher waren gegangen, der Abend brach herein, eine verstaubte Neonröhre flimmerte unter der

Decke und die Zeit schien stillzustehen. Endlich kam eine Schwester heraus und bat Andrejko herein, er stand in seinen löcherigen Socken da und zitterte wie ein frisch geschorenes Schaf, bis endlich ein junger Arzt im weißen Kittel kam, Andrejko die Hand reichte und sagte, herzlichen Glückwunsch, Sie sind Vater geworden! Andrejko hielt seine Hand, er konnte sie gar nicht mehr loslassen, nicht viele Gadsche hatten ihm bisher die Hand gereicht, und schon gar kein Arzt … und der Herr Doktor deutete auf einen Stuhl, nahm ihm gegenüber Platz und sagte, sie hätten Anetka aufmachen müssen, um das Kind zu holen, es sei ein Mädchen, und mit Anetka dürfe keiner reden, weil sie jetzt schlafe …

Als Andrejko wieder im Flur stand, ließ er sich in einen Sessel fallen, er war ganz durcheinander, er konnte es immer noch nicht fassen. Die Schwestern bemerkten seine aufgerissenen Augen und zitternden Hände, und sie brachten ihm eine Tasse Tee und eine Decke. Am nächsten Morgen zeigten sie ihm ein kleines Bündel, ein weißes Federbettchen, aus dem ein kleines Köpfchen mit wenigen feinen Haaren ragte, das Mädchen sah wie eine Spielzeugpuppe aus, ihre Wangen waren noch rot von der Anstrengung, auf die Welt zu wollen, und Anrejko streichelte sie vorsichtig und ließ sich zu Anetka bringen. Sie sah mitgenommen aus, ihr Gesicht war geschwollen, Andrejko nahm ihre Hand und flüsterte, dass er sie liebe und dass alles gut werde, aber die Stimme versagte ihm und er verhaspelte sich, und die erschöpfte Anetka lächelte nur schwach, weil ihr alles, aber auch alles furchtbar wehtat.

Dem Mädchen, das an jenem Abend zur Welt gebracht worden war, gaben sie den Namen Darina, Darja.

21.

Zu Hause fiel Andrejko alles aus der Hand, er konnte weder essen noch schlafen, er saß den ganzen Tag auf der Wohnwagentreppe, seine Hände zitterten und in seinen Schläfen pochte es, als schlüge dort ein Schmied auf seinen Amboss. Erst jetzt, als er allein war, dämmerte ihm langsam, was passiert war, dass er Vater geworden war, Papa … Alles war auf einmal anders. Das, was gestern noch eine Linie war und ohne Anfang und Ende dahinschwebte, schien zu seinem Ursprung zurückgekehrt zu sein und nun einen Kreis zu formen. Als befände er sich auf einer Reise, die zu Ende ging und zugleich begann …

Der Mond war noch nicht aufgegangen, in dem zarten Nebeldunst sah man ein paar Lichter, die letzten hell erleuchteten Fenster im Tal. Andrejko war allein, mutterseelenallein, weit weg von allen Menschen, umso näher jedoch dem frostig-schwarzen Himmel, an dem tausend und abertausend silberne Perlen hingen. Die Sterne blinkten, und er suchte unter ihnen nach dreien, die dicht beieinanderstanden, zwei größeren Sternen und einem neugeborenen kleinen Sternchen. Er schwankte, ihm drehte sich der Kopf, es war alles zu viel, viel mehr, als er aushalten konnte, und er schrie laut auf, sein Schrei klang wie das Jaulen eines einsamen Wolfes, lang gezogen und voller Wehmut. Dann wischte er sich mit dem Ärmel die Augen und kehrte in den Wohnwagen zurück, steckte sich dort ein Stück Brot und eine Scheibe Speck in die Tasche und stürzte hinaus in die Dunkelheit.

Die letzten Lichter von Vyšná Poljana blieben zurück, auch das Bellen der Hunde verklang, man hörte keine Schafe mehr blöken, keine Pferde schnauben. Andrejko hastete entschlossen den Berg hinauf, sein Atem ging rasch, er musste den Schmerz loswerden, Schwindel erfasste ihn, denn jetzt war er überflüssig auf der Welt, sein Weg und sein Leben waren in das kleine Bündel unter der weißen Krankenhausdecke übergegangen ... Vor ihm ragten die Umrisse kleinwüchsiger, mit Moos bewachsener Buchen, Ahorne und Ebereschen in den Himmel, die Blätter raschelten und knisterten, hier und da huschte ein Schatten durch die Dunkelheit, eine Eule rief, irgendwo ganz nah knackte ein trockener Zweig, und unmittelbar darauf hörte man ein Schnauben und eiliges Hufgetrappel. Andrejko bahnte sich mit wütendem Schritt einen Weg durch den Wald, er stieg hinauf, um in der Umarmung seiner Berge Trost zu finden, um auf dem Gipfel die Flügel auszubreiten und zu den flimmernden Sternen emporzufliegen, um zu sterben vielleicht. Gleichzeitig wünschte er sich aber nichts sehnlicher, als am Leben zu bleiben, weil er trotz des Schmerzes – oder dank ihm – wusste, wie schön, verrückt und irrsinnig gut sein Leben gewesen war ... Er stolperte über Wurzeln, kletterte über Steine, rutschte in Löcher, die mit Laub zugeweht waren, aber er rappelte sich immer wieder hoch und hastete weiter, bis zu der Stelle, an der sich aus dem hell werdenden Horizont die Morgenröte herausschälte, wo der Morgenstern glitzerte, der letzte Stern der sich ihrem Ende zuneigenden Nacht.

Und plötzlich war der Weg zu Ende. Andrejko lag ausgestreckt auf dem Gipfel und atmete heftig, seine Lungen brannten, sein Gesicht und seine Arme, zerkratzt von Brombeerzweigen, bluteten, und sein Herz pochte wie wild, sein erschöpfter Körper lag auf der Erde und verwuchs mit ihr, er schlug Wurzeln, wurde von Moos überwuchert und vermoderte, gleichzeitig entstand etwas Neues, statt Sekunden und Minuten rasten Tage und Jahre an ihm vorbei, Jahrzehnte wurden zu Augenblicken, die Zeit lastete schwer wie ein Berg auf ihm und war zugleich leicht wie eine Feder, die man von der Handfläche pustete …

Die aufgehende Sonne durchbrach die schwarze Linie des Horizonts, der Wald um ihn herum fing Feuer, die krummen Äste der Ahorne, Ebereschen und Buchen, das angewehte Laub, der Farn und das Moos auf alten Baumstämmen, alles, was Andrejko sah, leuchtete im blutigen Morgenrot, sogar die weißen Grenzsteine vor ihm schimmerten rötlich. Der Urwald erwachte in einen frostigen Morgen, die Bergrücken schienen auf dem samtweichen Wolkenmeer wie feuerrot-goldene Inseln zu treiben, und in den Tälern wälzten sich Nebelschwaden wie Büschel von Schafwolle, darunter lagen Felder und Wiesen, Wege und Ortschaften, düstere Wälder mit den morschen Stämmen entwurzelter Bäume und kristallklaren, von einer Laubschicht bedeckten Quellen, dort lag das Land seiner Vorfahren, rau, verlockend und wunderschön …

Und eben diese Buchen, Tannen und Lärchen wurden da unten von Mihaličs Männern abgeholzt, auf dem Kyčera fällten sie Bäume, deren mächtige Stämme wie Marmorsäulen das Himmelsgewölbe stützten, und er, Andrejko, schichtete später ihre noch lebendigen Äste und Zweige aufeinander und verbrannte sie. Dafür nahm er Geld, dafür ließ er sich mit verlausten Gadsche-Scheinen bezahlen … Er verstümmelte die Baumstämme, sägte die krummen Äste ab, die nichts auf der Welt glichen, höchstens noch den gezackten Linien auf einer Menschenhand …

Andrejko setzte sich auf einen Grenzstein und blinzelte in die Sonne. Er nahm das Brot aus der Tasche, brach ein Stückchen davon ab und schob es im Mund herum. Ohne Wasser wollte es nicht rutschen, er war aber auch nicht hungrig, also stand er wieder auf, und seine Füße folgten einem schmalen Pfad, der auf dem Bergrücken entlanglief. Der Weg schlängelte sich zwischen den Grenzsteinen hindurch, Andrejko ging der aufgehenden Sonne entgegen, er sprang von den Gipfeln der Bieščady zu denen der Beskiden, von der Slowakei nach Polen und wieder zurück, und er musste lachen, so lächerlich fand er die Grenze.

Erst kurz vor Mittag stieß er auf eine Quelle. Durstig und mit ausgetrockneter Kehle neigte er sich über sie, säuberte sie vorsichtig von Zweigen und vom Laub, wartete einen Augenblick, bis der Schlamm sich gesetzt hatte, und schöpfte dann mit hohler Hand das Wasser. Langsam und voller Ehrfurcht trank er die köstliche Flüssigkeit, er achtete darauf, dass er den winzigen Quellspiegel nicht trübte, ihn nicht erschreckte, kühle Tropfen kullerten an seinen Fingern herunter wie Perlen, und Andrejko vergaß seinen Schmerz und seine vor Müdigkeit schweren Beine.

Als er seinen Durst gelöscht und das Brot aufgegessen hatte, lief er weiter bis zu einem bemoosten dreieckigen Betonpfahl, auf jeder Seite prangte ein anderes Staatswappen, Andrejko umkreiste ihn neugierig und buchstabierte *Rzeczpospolita Polska … Československo …* in kyrillischen Buchstaben stand *Ukraina* darauf, mit jedem Schritt wechselte er von einem Land ins nächste, und in jedem sah er die gleichen, vom Wind gebeugten Buchen, Ebereschen und Ahorne hinter den Grenzschneisen. Plötzlich kam ihm in den

Sinn, wie Juraj ihm einmal erzählt hatte, dass hier nicht immer die Grenze verlaufen sei, dass zu den Dörfern der Verchovina, in denen er vor Jahren für die Gazdas aus Poljana Schafe gekauft hatte, Wege geführt hätten, die von keinen Schranken zerschnitten waren. Im Norden, in Galizien, sollte es nicht immer nur Urwald gegeben haben, in dem statt Menschen nur Bären und Wölfe lebten, in die tiefen Täler der Beskiden hätten sich ruthenische Dörfer und chassidische Weiler geduckt, die Poljaner hätten ungarischen Tabak dorthin geschmuggelt und die Dunkas dort mit Pferden gehandelt.

Andrejko ließ sich in die nächste Mulde fallen, rollte sich in einem Laubhaufen zusammen und schloss die Augen. Alles drehte sich. Sein Herz schlug wie eine Kirchenglocke, kurz bevor sie vom Turm reißt, um nach einem schwindelerregenden Fall in tausend Stücke zu zerbersten … Plötzlich spürte und hörte er seinen Atem, er ging wie eine Ziehharmonika, wenn sie die verrauchte Kneipenluft einsaugt, um sie gleich wieder auszupusten, sein Atem hörte sich an wie der Blasebalg eines Schmieds, wenn er ins Feuer bläst und die Kohle zum Glühen bringt, bis es in den Augen brennt …

So erschien ihm auf einmal sein Leben: ein abgekämpftes Röcheln, ein endloser Irrweg mit lauter Schlaglöchern, der Narben hinterlässt und Falten so tief wie die Risse in der Rinde eines alten Baumes … Aber er würde wieder leben, er würde wieder lernen, zu atmen und zu leben, und mit der Arbeit, mit der würde er Schluss machen, in den Lärm der Kettensägen und schweren Motoren würde er nicht mehr zurückkehren, er würde keine grünen Zweige mehr abschlagen.

Er würde zu Demčaks Geige zurückkehren und wieder zu spielen lernen, er würde wieder zu sehen und zu hören beginnen, nicht mit den Augen und den Ohren, nein, ganz anders und viel schärfer, mit seinem Herzen.

Wozu brauchte er eigentlich Geld? Damit er wie die Gadsche Monat für Monat auf ein Haus, auf eine Wiese oder auf ein Feld sparen konnte? Um sich dann dort jahrelang abzurackern und nachts wach zu liegen, vor lauter Angst, jemand könnte ihm seinen Besitz nehmen?

Demčak hatte erzählt, dass Lavička nicht mit Geld umgehen konnte. Wenn man ihm an einem Abend so viele Scheine hinter die Saiten stopfte, wie ein anderer in einem ganzen Monat nicht verbraucht hätte, war Lavička so unglücklich, dass er die ganze Summe an einem einzigen Abend ausgeben oder verschenken musste, er, ein derart begnadeter Musiker, zahlte dann die Zeche fürs ganze Haus, und am schönsten war für ihn, wenn er am nächsten Morgen um zehn Kronen für den Bus betteln musste …

Der alte Laco hätte sich über ihn lustig gemacht, er hätte Andrejko einen Arm um die Schultern gelegt und mit dem anderen einen Kreis beschrieben: *Kas kher hin, oles hin ča jekh, kas kher nane, oles hin šel* … Wer ein Haus hat, der hat eines, wer kein Haus hat, der hat Hunderte … Und wer ein großes Leben leben will, der darf kein großes Haus haben …

Erst wenn einer ganz tief gefallen ist, kann er nach oben blicken, zum Himmel und zu den Sternen …

Die Sonne stieg höher, der Nebel in den Tälern löste sich auf, ein leichter Wind zauste die Baumkronen, und buntes Laub segelte zu Boden, das Säuseln und Rascheln der Blätter verschmolz mit den langsamen Tönen eines Liedes: *Čhajori romaňi, ker mange jagori, na cikňi na bari, čarav tro voďori* … Mein liebes, liebes Mädchen, ich bitt dich, mach mal Feuer … Das Lied klang nicht angespannt, wie eine

Saite kurz bevor sie reißt, es war glatt und rund wie ein frostklarer Oktobermorgen …

Wie schön sind Bäume, die man alt werden lässt, Bäume, die unterhalb des Kremenec aufrecht sterben, wie klar und rein ist die Welt, wenn man sie durch einen Tautropfen betrachtet, morgens nach dem Aufwachen, wenn man wieder genauso scharf sieht wie früher, wenn man wieder Durst und Hunger verspürt, den echten Hunger nach Leben und nach den Bergen. Wie schön und voller Schmerz sind die Romalieder, sie flattern zusammen mit dem Wind, der über das lange Gras auf der Hochebene streift, sie wiehern wie ein Fohlen, das fröhlich über die Wiese springt, sie glühen wie die Johannisnacht mit ihren flackernden Lichtern und geheimnisvollen Düften. Diese Lieder wissen um die lange Reise durch die ungarische Puszta, um die Mitternachtsfeuer und die durchtanzten Nächte in der still gewordenen Steppe, sie bersten vor einer Freude, die einen den Verstand verlieren lässt, und vor einem Schmerz, von dem man sich nur freisingen kann, es steckt Hass in ihnen, der heißes Blut in Wallung bringt, und Liebe, für die man so leicht und doch so ungern das Leben hingibt … Sie sind wie Rinnsale kristallklaren Wassers und wie funkelnde, wilde Augen, die schwarz sind wie Kohle. Die feurigen Csardas-Lieder und die klagenden Halgato kann niemand auf der ganzen Welt in Noten pressen, sie bestehen nicht aus Tönen, sondern bluten und sprudeln aus der Tiefe, aus dem Inneren, so wie eine Quelle aus der Erde und der Saft aus einem verletzten Baum, sie sind heiser, kantig und schneidend, und zugleich so weich und traurig, dass man verrückt werden möchte.

Na cikňi na bari, čarav tro voďori.

Mein liebes, liebes Mädchen, ich bitt dich, mach mal Feuer …

Müde und hungrig machte sich Andrejko auf den Heimweg, alles in ihm tanzte und sang, er verließ den Wald, lief über die Wiesen, passierte das Gehölz, lehnte sich gegen eine Linde am Wegesrand, streichelte ihre rissige Rinde und sah in der Ferne schon den roten Wohnwagen wie eine einsame Mohnblüte inmitten eines riesigen Feldes leuchten. Doch bereits im nächsten Moment war ihm, als hätte man einen Eimer eiskaltes Wasser über ihn gegossen: Schon aus dieser Entfernung konnte er erkennen, dass der Tisch und die Stühle draußen lagen, die aus der Angel gerissene Tür hing über der Treppe, und drinnen … der Schrank war umgekippt, der Zylinder der Petroleumlampe lag zerbrochen auf dem Boden, Federn aus der aufgerissenen Bettdecke schwebten in der Luft, das nagelneue Bettchen für Darjenka war zertrümmert und die Matratze zerschnitten.

Andrejko riss die Augen auf. Wer konnte das gewesen sein, wer hatte sich das erlaubt, was hatte derjenige hier gesucht, Anetka und er hatten doch nichts, nicht einmal abgeschlossen hatten sie … Blut stieg ihm in die Schläfen, warum das alles? Wegen Geld … Er wurde blass und sprang zum Bett, dort zwischen Gitterrost und Strohmatratze hatten sie einen Umschlag mit ein paar Hundertern aufbewahrt, bis zur nächsten Lohnauszahlung, aber das Bett war durchwühlt, das Geld fort … Andrejko sprang auf, schnappte sich die Axt und rannte hinaus. Seine Beine trugen ihn von selbst ins Dorf … Vor dem ersten Haus blieb er stehen, er atmete hastig und sah sich um, an wem er seine Schande rächen und seine Wut auslassen sollte, aber es kam keiner. Also stürzte er sich auf einen Lattenzaun am Wegesrand und drosch auf ihn ein, als würde er sich durch ein Dickicht aus Streichhölzern und Holzspießen kämpfen … Als er alles kurz und klein geschlagen hatte, warf er die Axt zu Boden, zog die Hose herunter, und mitten auf dem Weg, leicht nach hinten gebeugt und mit nacktem Hintern, stand er vor dem Dorf und urinierte … Dann zog er die Hose wieder hoch, nahm seine Axt und trat langsam den Nachhauseweg an.

Erleichterung brachte es ihm kaum.

***

Es dauerte lange, bis Anetka wiederhergestellt war und man sie nach Hause ließ.

Eines Tages aber war es doch so weit, ein Krankenwagen hielt vor der Kirche, und Andrejko sprang heraus, um Anetka beim Aussteigen zu helfen, sie trug ein Bündel im Arm, ein weißes Federbettchen, aus dem ein winziges Gesicht mit Schnuller ragte, die Kleine sah aus wie eine Puppe, und an ihrem Handgelenk leuchtete eine rote Schleife, die sie nach altem Brauch vor bösen Kräften schützen sollte.

Die Weiber vor dem Lebensmittelladen hörten auf, mit den Armen zu fuchteln, sie wurden still und sahen zu, wie die kleine Familie zwischen den letzten Häusern verschwand, und sie dachten an den nahenden Winter, der sich bereits mit morgendlichem Frost, Raureif und eisüberzogenen Pfützen ankündigte. Sie bekreuzigten sich, zumindest im Geiste.

22.

Für die kleine Darja bekamen Andrejko und Anetka Kindergeld, *čhavengere love*. Damit sich die Briefträgerin nicht bis zur Siedlung abmühen musste, hinterlegte sie das Geld für sie im Lebensmittelladen, Andrejko holte es dort ab und gab es gleich für Essen aus, für Milchpulver, Kinderbrei und Löffelbiskuits. Und wenn er in Stakčín war, vergaß er nie, für die Kleine ein Spielzeug zu kaufen, eine Puppe, einen Teddybären oder zumindest eine *čorkutka*, eine Rassel.

Doch das Kindergeld allein reichte nicht zum Leben. Und weil es im Dorf im Winter keine Arbeit gab, musste Andrejko eines Tages mit gesenktem Kopf das Forsthaus ansteuern. Als er in der Tür auftauchte, ließ ihn Mihalič auf der Schwelle stehen, bat ihn nicht einmal herein, er schwieg, sog an seiner Pfeife und trommelte mit dem Bleistift auf den Tisch, weil Andrejko sich seit Monaten nicht im Wald hatte blicken lassen … Andrejko schossen Tränen in die Augen, diese Erniedrigung! Und dann noch der Gedanke daran, was passieren würde, wenn ihm Mihalič keine Arbeit gäbe, seit Tagen stolzierte Anetka schon durch den Wohnwagen, klapperte mit leeren Töpfen und knallte wütend die Tür zum leer geräumten Schrank zu …

Schließlich hatte Mihalič Erbarmen mit ihm. In der Schenke schnauzten ihn zwar die Männer böse an: Glaub keinem Hund, der schläft, keinem Weib, das weint, und keinem Zigeuner, der dir das Blaue vom Himmel verspricht … Aber er wusste ja, dass Andrejko früher keine einzige Schicht ausgelassen und sich nie wie die anderen hatte volllaufen lassen, er hatte auch nicht vergessen, dass Andrejko notfalls auch am Sonntag kam, wenn die anderen in der Kirche und dann in der Schenke hockten. Denn der Feiertag war heilig in Poljana, am Sonntag arbeitete man nicht. Außerdem würde es ihm schwerfallen, an der Siedlung vorbeizugehen, wenn er Andrejko keine Chance gegeben hätte. Schon allein wegen der Kleinen musste er das tun …

Und noch etwas trug zu Mihaličs Entscheidung bei: die Pferde. Weil ein Traktor teuer ist und die Ersatzteile noch teurer, sofern man überhaupt welche bekam. Und die Berge, seine geliebten Bukovské hory, litten unter den schweren Maschinen, nach dem Abholzen bestanden die Wege nur noch aus tiefem Schlamm. Mihalič blickte düster drein. Hier würden Pferde Abhilfe schaffen, heutzutage hielten nur noch einige der größeren Bauern welche. Wer, wenn nicht Andrejko, sollte mit dem Züchten anfangen, er war der einzige echte Zigeuner weit und breit! Geschickt war er schon, aber nicht kräftig, für schwere Arbeit kaum geeignet, aber Pferde, mit denen würde er klarkommen, für Pferde brauchte man keine Kraft, keinen Stock und keine Peitsche, mit Pferden musste man in ihrer Sprache reden, und darin waren die Dunkas schon immer gut gewesen.

Wie damals, als der alte Mitro Jankura, der größte Bauer in Poljana, seinen jungen Hengst nicht zu zähmen vermochte. Er hatte es im Guten und im Bösen versucht, ihn mit der Peitsche geschlagen, aber davon wurde das Pferd nur noch widerborstiger und schlug aus, Schaum troff aus seinem Maul. Der Lärm lockte die Nachbarn an, die Männer hingen am Zaun und versorgten Jankura mit Ratschlägen, aber bei dem störrischen Hengst half nichts. Da schlug jemand vor, Laco zu holen. Jankura brauste auf, mit so 'nem Mistkerl und Dieb würde er nie gemeinsame Sache machen, aber dann sah er doch ein, dass er alleine nicht weiterkam, wütend schleuderte er die Peitsche in den Schlamm und ging davon, um nicht zusehen zu müssen. Auf dem Weg in die Schenke posaunte er herum, das Pferd sei nicht zu retten und komme gleich morgen zum Schlachter. Eine Stunde später tauchte Laco auf. Der alte Zigeuner kratzte sich hinterm Ohr, dann schlüpfte er zwischen den Holzlatten hindurch auf die Koppel und rannte auf das Pferd zu, als wollte er es jagen, der Hengst galoppierte im Kreis herum wie in einer Zirkusmanege, so quälte ihn Lacos Blick in den Flanken. Nach einer Weile wurde er müde und ging zum Traben über, dann verfiel er in den Schritt, aber Laco ließ ihm keine Ruhe, seine stechenden schwarzen Augen trieben das Pferd an, bremsten es kurz und drehten es in die entgegengesetzte Richtung. Fast eine Stunde lang maßen die beiden so ihre Kräfte, bis auch Laco müde wurde, das merkte das Pferd sofort, blieb stehen und rupfte ein paar Grashalme. Nach einer Weile neigte es den Kopf und spitzte ein Ohr, als wollte es fragen, was sich Laco wohl nun einfallen ließe, aber Laco drehte sich um, als hätte er keinen Spaß mehr an der Sache, er überquerte die Koppel und stieg über den Zaun. Das Pferd schloss sich ihm auf der anderen Seite des Zauns an und ließ sich schließlich am Halfter nehmen und die Stirn tätscheln, als wären er und Laco alte Freunde, als würde der eine den anderen verstehen. Das Ganze ging ganz ruhig vor sich, ohne einen einzigen Peitschenhieb oder Fußtritt, der Hengst folgte Laco wie ein Küken der Henne, und die Männer waren sprachlos. Nun war ihnen klar, wie Pferde von der Weide verschwinden konnten, die selbst fünf starke Kerle nicht hatten zähmen können …

Der alto Laco konnte also mit den Pferden sprechen, Dezider auch, und Andrejko würde es lernen, dachte Mihalič. Schon neulich war ihm aufgefallen, dass Andrejko ein Hufeisen über der Wohnwagentür angebracht hatte, wer weiß, wo er das gefunden hatte. Heißes Blut geht nicht verloren, heißes Blut lässt sich nicht verleugnen …

Andrejko war froh, wieder Arbeit zu haben, aber es fiel ihm schwer, morgens in die frostige Dämmerung aufzubrechen, die vier traurigen Augen zu verlassen, die ihm zum Abschied aus der Dunkelheit leuchteten, seinen beiden Mädchen den Rücken zu kehren. Einmal versuchte er auszurechnen, wie viele Kinder er sich anschaffen müsste, damit sie vom Kindergeld leben konnten, aber dann dachte er an Ida, wie sie von einem Amt zum anderen gerannt war, wie sich die Kinder um den letzten Krümel mit den Ratten hatten raufen müssen, und wie es zum Anziehen nur tausendmal getragene Klamotten gab, weil Onkel Štefan den größten Teil des Kindergelds versoffen hatte.

Andrejko konnte sich nicht vorstellen, dass er Darja einen leeren Pappbecher in die Hand drücken und sich mit ihr vor den Bahnhof oder auf einem Amt in die Schlange stellen würde, dass er sie ins Dorf schicken würde. Wenn es den Dunkas ganz schlecht ging, wenn sie ihr letztes Huhn und ihren letzten Hund gegessen hatten, schickten sie die Kinder ins Dorf, und aus dem, was die Kleinen mitbrachten, ein paar Eiern, einer Handvoll Mehl oder einem Stück Brot, wurde abends eine Mahlzeit für alle gekocht … In Zemplín gab es sogar ein Lied darüber: Der hat's gut, dessen Mutter betteln geht, sie bringt ihm das Brot, zur Arbeit muss er nicht … Auch war die Narbe auf Anetkas Bauch noch zu frisch, und jedes neue Kind würde weitere Narben hinterlassen, hässliche Male über ihrem Schamhügel. Diese Narbe ging Andrejko durch den Kopf, diese Narbe, der Prager Hauptbahnhof und Imro und Marián, die seine Liebste hatten verkaufen wollen, das sagte er sich, wenn ihn wieder einmal die Traurigkeit überfiel. Er wollte keine Hunde essen, er wollte kein *degesi* sein, er wollte nicht betteln. Der Lärm der Motorsägen, der Rauch, der ihm aus den brennenden Ästen in die Augen stieg, und die Schreie der verzweifelten Vögel, die in den Kronen der gefällten Bäume ihre Nester suchten, taten ihm von Freitag zu Freitag, wenn er auf seine Lohntüte wartete, etwas weniger weh.

Nur manchmal, wenn er erschöpft am Waldrand stehen blieb, wenn über dem Kyčera die Sonne blutrot unterging und im Tal die Kirchenglocke von Poljana läutete, wenn er an einer Quelle kniete und sich Wasser ins müde Gesicht spritzte, wenn er die Augen schloss und dem Wind lauschte, wie er durch das hohe Gras auf der Hochweide pfiff, nur dann wurde ihm schwer ums Herz, dass er sich so billig hatte kaufen und anketten lassen, dass er so schnell das Atmen und das Leben aufgegeben hatte …

Aber er war Papa geworden, und für seine beiden Mädchen hätte er alles getan. Jetzt brach er jene Brücken ab, die ihn mit Onkel Štefan und den beiden Cousins verbanden, erneut tastete er seine Seele ab, an welcher Stelle damals seine Wurzeln gekappt und die Fäden zerrissen worden waren, und er fühlte, dass er auf dem richtigen Weg war. Die Kleine besaß das teuerste Spielzeug, das sich auftreiben ließ, in Snina hatten sie ihr den schönsten Puppenwagen und die hübschesten Kleidchen gekauft. Auch wenn sie sich häufig das Abendessen vom Munde absparen mussten, für Spielzeug und Kinderkleider war ihnen kein Geld zu schade …

Manchmal, wenn Anetka es erlaubte, rollte sich Andrejko

nach dem Liebemachen in ihren Armen zusammen, spielte mit ihren prallen Brüsten, drückte und knetete sie, herzte sie mit seiner Zunge und kostete die süße Milch. Anetka streichelte seine Locken und spürte, wie er an ihr saugte, sie spürte die Nässe in ihrem Schoß, und sie lächelte glücklich …

Andrejko hatte niemandem erzählt, dass bei ihnen eingebrochen worden war. Als wäre der Einbruch etwas, wofür er sich schämen müsste, als hätte er selbst etwas Schlimmes getan. Daher war er wie vom Donner gerührt, als ihn eines Tages der junge Lipčak beiseite nahm: Du, Dunka … neulich hat einer rumerzählt … frag nicht, wer's war … bei Zigeunern einbrechen macht man nicht! … Wir haben ihn ins Gebet genommen … das hier ist für dich, sagte er und steckte ihm ein Bündel Banknoten zu, das von einem Gummiband zusammengehalten wurde. Er schien noch etwas sagen zu wollen, aber dann überlegte er es sich anders und ging davon. Andrejko brachte kein Wort heraus und wollte seinen Augen nicht trauen, denn er hielt viel mehr Geld in der Hand, als ihnen damals gestohlen worden war.

Am nächsten Tag, als die Männer vor dem Regen Unterschlupf suchen mussten, tauchte eine neue Petroleumlampe auf. Die gehört dir, sagte einer, und Andrejko sah sich um und wusste nicht, bei wem er sich bedanken sollte. Schließlich steckte er sie unter seinen Pullover und stellte sie abends auf den Tisch. Anetka und er hatten wieder Licht. Alle beobachteten anerkennend, wie Andrejko jeden Morgen zur Arbeit ging, und eines Tages wurde ihm ein Körbchen mit Windeln und Kleidern für die Kleine zugeschoben, für Anetka fanden sich Erdbeermarmelade und Honig darin, man fing an, ihren Gruß zu erwidern …

Auf der Arbeit lagen die Männer Andrejko in den Ohren: Mochte er auch mit Anetka in wilder Ehe leben und mochten sie nur ein Mädchen haben, er sei trotzdem zum Mann geworden und Familienoberhaupt, sagten sie, und das müsse gefeiert werden. Am Freitag, gleich nach der Lohnauszahlung, musste er mit in die Schenke. Du solltest sie taufen lassen, sagte Paľo Jasenčák unterwegs und bot sich gleich als Patenonkel an. Andrejko wurde schwindelig, Paľos Angebot machte ihn sprachlos, aber in die Kirche wollte er nicht. Er spürte immer noch die bohrenden Blicke im Rücken, er sah immer noch den ledernen Beutel mit den goldenen Quasten vor seiner Nase baumeln …

Die Männer hatten noch nicht mal Platz genommen, und schon bestellten sie Wacholderschnaps, sie kippten ein Gläschen nach dem anderen herunter und Andrejko musste mithalten, von Zeit zu Zeit aßen sie eine Scheibe Brot mit Speck dazu, wie sie es gewohnt waren. Andrejko sah alles gestochen scharf und lichtdurchflutet, am liebsten hätte er die ganze Welt umarmt, aber der ungewohnte Schnaps stieg ihm rasch zu Kopf, machte seine Zunge schwer und ließ aus dem gleißenden Licht eine trübe Dunkelheit werden. In Poljana trank man schnell, wortlos und bis zur Neige, wie die Muschiks in der alten Rus unter Väterchen Zar, unter dem Schutz des strengen, aber gerechten *Bog gospodin*, des Herrgotts. Einmal hatte ihm Paľo erklärt, warum sie Schnaps tranken: um nicht ins Schwitzen zu geraten, wenn sie in ihren Stiefeln durch den Schlamm stapften, und dann in den feuchten Hemden zu frieren; um sich nicht wochenlang mit schmerzendem Rücken im Bett zu quälen, deswegen mussten sie ausgetrocknet sein, deswegen tranken sie weder in der Schenke noch zu Hause Bier …

Alles drehte sich um ihn, und auf einmal, als hätte man

ihm mit einem Beil eins übergezogen, brach Andrejko zusammen und kippte vom Stuhl wie ein frisch gefällter Baum. Die Holzfäller richteten ihn auf, spritzten ihm kaltes Wasser ins Gesicht und brachten ihn nach Hause, damit er nicht im Gebüsch einschlief, denn die Nacht war kalt und bis zum Morgen war es noch weit.

Nachdem sie der erschrockenen Anetka ihren Andrejko in die Arme gelegt hatten und wieder in die Schenke zurückgekehrt waren, empfing sie gleich an der Tür Geschrei und Gejohle. Saša Jankura, Miro Lipčak und Ivan Bielčik amüsierten sich auf ihre Kosten, was seien das für Waldarbeiter, die nicht mal ein Schnäpschen abkonnten … Nicht jeder ist 'n Schmied, der verrußt herumrennt, höhnten sie. Die Holzfäller setzten sich ruhig hin und tranken wortlos weiter, auf ihr Wohl und auf das Andrejkos, aber als Ivan Bielčik ihnen ein Glas Milch bringen ließ, lief das Fass über.

Pal'o Jasenčák stand auf. Er war der Älteste und musste als Erster aufstehen, er wankte zum Nebentisch, wartete kurz, bis sich sein Gleichgewicht wieder eingefunden hatte, und dann hob er das Glas und kippte es in das erstbeste Gesicht. In der Schenke wurde es still, für so etwas wurde mit Blut bezahlt. Jankura und seine Freunde standen auf, auch die Holzfäller erhoben sich langsam, sie standen sich alle mit blutunterlaufenen Augen gegenüber, schnaubten vor Wut und waren außer sich vor Zorn. Und dann trat einer gegen einen Stuhl. Während die Scheiben in den Fenstern barsten, Aschenbecher, Schnapsgläser und abgebrochene Stuhlbeine auf erhitzte Köpfe niedersausten, Männerarme durch die verrauchte Luft wirbelten und Blut über Pal'os vom Schnaps ausgedörrtes Gesicht lief, saß Anetka trotzig in einer Ecke des Wohnwagens und Andrejko stöhnte leise im Bett.

Eines Tages brachte Andrejko einen kleinen Kater mit, eine flauschige Kugel mit blauen Augen. Sie stellten ihm einen Schuhkarton unters Bett, den sie mit Stofffetzen und Heu ausgelegt hatten, aber der schreckhafte kleine Kater verzog sich lieber hinter den Schrank und machte vor lauter Angst dort sein erstes Pfützchen. Erst als er Hunger bekam, gelang es Anetka, ihn mit warmer Milch hervorzulocken, er sträubte sich nicht mehr und tapste vorsichtig zum Schüsselchen, das er erst verließ, nachdem er es leer geleckt hatte.

Bald hatte er sich eingelebt. Er rieb sich gerne an Anetkas Beinen und sprang auf ihren Schoß, ließ sich hinter den Ohren kraulen. Auch die Kleine mochte er, vielleicht, weil auf ihrem Teller die besten Sachen liegen blieben, vielleicht auch, weil sie die Kleinste war und so wunderbar duftete, manchmal machte er sogar ein Nickerchen in ihrem Bettchen oder nahm ein Sonnenbad in ihrem Kinderwagen. Als Anetka zum ersten Mal sah, wie der Kater in den Kinderwagen sprang und ihn ins Wanken brachte, wäre sie fast ausgeflippt, sie schrie Andrejko an, das Vieh erdrückt die Kleine oder es zerkratzt sie, Andrejko solle das dreckige Monster schleunigst dahin zurückbringen, wo er es herhatte. Aber je länger sie sich um den Kater kümmerte, desto nachsichtiger wurde sie, der Kater lief fröhlich hinter ihr her, spielte mit ihrem Schatten und jagte nach ihrem Rockzipfel; wenn sie ihn hinter den Ohren kraulte, schnurrte er vor Behagen, und wenn sie wegging, begleitete er sie ein Stück des Weges. Manchmal stromerte er umher, suchte im Gebüsch nach Vogelnestern oder lauerte Mäusen auf dem Feld auf, dann wieder lief er bis zum Bach, saß dort vor einer flachen Stelle und wunderte sich, wohin der andere Kater verschwand, wenn er mit der Tatze nach ihm krallte.

Im Sommer, als es im Wald richtig viel zu tun gab, legte Andrejko etwas von seinem Lohn auf die Seite. Eines Tages ließ er sich direkt vom Wald aus nach Snina fahren, und abends stellte er eine mit blauem Samt ausgeschlagene Schachtel mit riesigen Ohrringen und einem Goldkettchen vor Anetka auf den Tisch. Vor Unsicherheit bebten seine Hände, aber Anetkas große schwarze Augen leuchteten auf: ihre Augen, in denen alles sofort zu sehen war, ob Freude, Wut oder Kummer, manchmal strahlten sie und manchmal blickten sie nur starr vor sich hin, als hielte sich seine Liebste anderswo auf. Doch jetzt standen Anetkas Augen offen wie ein Fenster in dunkler Sommernacht, sie band sich die Kette um, legte die Ohrringe an, schlüpfte in ein Kleid so weiß wie frisch gefallener Schnee und stellte sich vor den Spiegel. Sie konnte sich nicht sattsehen an ihrem Anblick, schleppte den Spiegel sogar nach draußen, drehte sich hin und her und bewunderte entzückt, wie das Gold in der Sonne glänzte. Immer wieder fiel sie Andrejko um den Hals und immer wieder prüfte sie im Spiegel, wie gut ihr der Schmuck stand. Dann zog sie auch Darja schön an, legte sie in den Kinderwagen und fuhr sie ins Dorf spazieren. Die Weiber im Lebensmittelladen werden vor Wut platzen, dachte Andrejko, und die Männer kriegen es gleich abends ab, wenn sie aus der Schenke nach Hause kommen, ihm war, als könnte er es jetzt schon hören: Mit nacktem Arsch sind diese Rotznasen hier angekommen, und jetzt …, aber der Kater stupste ihn an und Andrejko winkte ab, streichelte ihn und dachte nicht weiter darüber nach.

Nach Neujahr wurde auf dem Ortsamt eine neue Flagge mit einem zweiarmigen Kreuz gehisst. Was bist du bloß für ein Dummkopf, lachten die Holzfäller, als Andrejko wissen wollte, was es damit auf sich hatte, hörst du denn kein Radio? Wir sind unabhängig! Wir haben einen eigenen slowakischen Staat! … Wie ist es eigentlich mit dir? Sie weideten sich genüsslich an seiner Verlegenheit, sag doch, du bist in Poljana geboren, dein Weib stammt aus Pilsen … Na, hilf dir Gott, wenn du's selber nicht kannst, Andrej! Sie kringelten sich vor Lachen, wurden dann aber gleich wieder ernst: Gott ist hoch oben und Prag weit, Bratislava aber mindestens genauso, und unseren Speckjägern ging's ohnehin nur um die Umverteilung von Amt und Trog, um mehr nicht, und sobald die Neuen das Grunzen gelernt haben, läuft alles wie früher …

Aber Andrejko hörte nicht mehr zu, er starrte vor sich hin und dachte an Tibor, der nun auf der anderen Seite der Grenze war, und er fühlte sich, als würde man ihm bei lebendigem Leibe einen Körperteil absägen, denn sein ganzes Leben lang hatte er mit einem Bein im slowakischen Poljana und mit dem anderen im tschechischen Pilsen gestanden, in einer Grätsche zwischen dem scharfen *horilka* und dem bitteren Urquell, zwischen den Bergen, in denen man tagelang keinen Menschen traf, und den Städten, in denen es wie in einem Bienenstock summte. Er dachte an die Eisenbahnzüge, die wie Perlen an einer Schnur hingen, an das eisenbeschlagene Band, mit Millionen von Schwellen unterlegt, er dachte an die Gleise, die dieses lang gezogene Land wie ein mächtiges Rückgrat gestützt hatten und nun verstümmelt wurden durch eine Grenze, die keiner haben wollte …

Auf dem Nachhauseweg legte ihm Paľo Jasenčák einen Arm um die Schultern. Das wird schon wieder, sagte er zu Andrejko, denk einfach nicht darüber nach! Eine seiner Töchter lebe in diesem Tschechien, er seufzte, sein Sohn wiederum in Snina, der habe sich scheiden lassen, und er, Paľo, habe seit Jahren seine Enkelkinder nicht gesehen … Die

Kinder hat auch keiner gefragt, sagte Paľo langsam, genauso wenig wie uns … Paľo drohte die Stimme zu versagen, sogar seine Schritte wurden schwer.

23.

In einer stürmischen Märznacht machten sie beide kein Auge zu. Draußen wütete der Wind, er peitschte schwere Regentropfen gegen den Wohnwagen, der Kater verkroch sich in eine Ecke, und Darja wälzte sich in ihrem Bettchen. Sie weinte und wimmerte im Schlaf, Anetka hielt ihre Hand, die Kleine war ganz heiß und verschwitzt, ihre Stirn und ihre Wangen glühten, Anetka hingegen schlotterte vor Kälte, sie weinte und schrie, ihr sei so kalt, sie halte das nicht länger aus, es friere sie ... Andrejko legte so viel Holz nach, wie im Ofen Platz fand, zog die Kleine um und trocknete ihre Kleider. Vor Müdigkeit konnte er sich selbst kaum auf den Beinen halten. Als er an dem bollernden Ofen vorbeikam, streifte er die glühende Platte mit der Hand, im ersten Moment spürte er kaum etwas, erst Sekunden später drang der Schmerz mit voller Wucht in sein Bewusstsein, Andrejko schrie auf und rannte fluchend hinaus in den Regen ...

Eisige, scharfkantige Hagelkörner trommelten unablässig aufs Dach, in den Ritzen zwischen den Holzbrettern verfing sich klagend der Wind.

Mit der Morgendämmerung legte sich der Sturm. Draußen lag Schnee, als wäre der Winter zurückgekehrt, und Andrejko wollte neues Holz holen, doch auf der Treppe rutschte er aus, fiel hin und landete im Matsch. Anetka bibberte immer noch vor Kälte, das Mädchen in ihren Armen glühte vor

Fieber. Andrejko stopfte den Ofen mit Stöckchen und Holzscheiten voll, setzte Teewasser auf und stapelte nasses Brennholz rund um den Ofen, während die Kleine jammerte und Anetka eine Flunsch zog, ihre großen und schwarzen Augen strahlten ihn nicht mehr an, sondern blickten strafend voller Kälte und Wut; wenn Andrejko etwas fragte, antwortete sie kurz angebunden. Auf einmal zeterte sie los, warum müssten sie bloß im Wohnwagen leben, warum hätte Andrejko sie überhaupt hierhergebracht, in dieses Kaff, warum könnten sie nicht wie normale Menschen leben, was für ein Mann sei Andrejko überhaupt, wenn er nicht anständig für sie sorgen könne; sie hätte besser Miro Lipčak oder den jungen Jankura geheiratet, der sehe gut aus, ein großer Kerl, nicht so ein Schwächling wie Andrejko, und sie gefalle ihm, das wisse sie genau, so was entgehe einer Frau nicht … Saša würde jetzt das Auto nehmen und sie ins Krankenhaus bringen oder wenigstens ordentlich einheizen, in diesem Loch krepierten sie doch alle wie die Ratten … Sie schlief erschöpft ein, wachte aber bald wieder auf und flüsterte, Andrejko, mein Andrejko, du lässt uns doch nicht allein, oder? Mach es bitte warm, mach Feuer … *o šila man maren*, mir ist so kalt … Andrejko spürte, wie sich tausend scharfe Messer in seine Brust bohrten, aber er schluckte die Tränen hinunter und schwieg, brachte ihr einen heißen Tee nach dem anderen und schwor sich, Anetka umzubringen, sobald sie wieder gesund sein würde.

Als seine beiden Mädchen am Nachmittag endlich eingeschlafen waren, rannte er ins Dorf und klopfte durchnässt, dreckig und steif vor Kälte bei den Jasenčáks ans Fenster. Nicht einen Moment lang hatte er daran gedacht, einen Arzt zu rufen. Der würde sowieso nicht bis zu euch kommen, wer weiß, ob der überhaupt losfahren würde, Marika zuckte mit den Achseln, und Pal'o schenkte ihm Schnaps ein. Dann zauberte er von irgendwoher eine weitere eingestaubte Flasche hervor: Selbst gemacht, eine bessere Medizin gibt es auf der ganzen Welt nicht, sagte er und tippte mit dem Zeigefinger gegen den Flaschenhals. Andrejko nickte, seine Zähne klapperten, und Marika ließ sich von Pal'o in den Regenmantel helfen, damit sie sich rasch auf den Weg machen konnte. Als hinter den beiden die Tür zufiel, kippte Pal'o seinen Schnaps hinunter und leerte auch Andrejkos Glas und stellte sich ans Fenster, um ihnen nachzublicken. Gegen den Wind und den Regen vorgebeugt, stapften Marika und Andrejko durch den Schlamm und verschwanden zwischen den Häusern.

Im Wohnwagen brühte Marika einen Kräutertee auf, sie half Andrejko, seine Kranken zu versorgen, sie hatte auch Medikamente dabei. Marika ist gut, dachte Andrejko, als er sie später verabschiedete, Marika ist gut, und Pal'o, ihr Mann, ist ein guter Gadsche, ein guter … Mensch.

Ganz allmählich erholten sich Anetka und Darja, dafür hatte nun Andrejko seine liebe Not, wieder auf die Beine zu kommen. Auf seiner Brust schien ein riesiger Stein zu liegen, er fühlte sich sehr schwach und es flimmerte ihm vor den Augen, er konnte kaum sprechen, ein paar Tage lang flüsterte er heiser und sein Atem ging rasselnd, wie bei einem Tuberkulosekranken. Um seiner schmerzenden Lunge Erleichterung zu verschaffen, trank er Unmengen von kochend heißem Tee, ermattet würgte er hustend auf den Knien und rang verzweifelt nach Luft, er stopfte sich wahllos mit Tabletten voll und dachte weder daran, dass er zur Arbeit gehen müsste, noch daran, wie sehr ihm Anetka wehgetan hatte, so sehr, dass er nicht mehr hatte leben wollen … Jetzt beschäftigte ihn nur noch die Frage, wo er für sie die ersten Schneeglöckchen finden könnte, die ersten Frühlingsboten.

Als es einige Tage später endlich milder wurde, saßen sie beide auf der Treppe und ließen sich wie alte Katzen wohlig von den Sonnenstrahlen wärmen, blinzelnd betrachteten sie die ersten Schlüsselblumen und die Weidenkätzchen, begeistert lauschten sie dem Zwitschern und Trällern der Vögel und wunderten sich, wo diese auf einmal herkamen, wo sie denn die ganze lange Winterzeit bloß gesteckt hatten. Aus den graugelben Grasbüscheln vom Vorjahr sprossen neue Halme, am steinigen Bachufer zeigten sich die ersten Dotterblumen, und auch die Birken über der Siedlung zogen ihr feinstes samtenes Blätterkleid an, frischer Saft schoss in die Knospen, und die Buchenhänge sahen von Weitem aus, als hätte man sie mit einer aus dünnem Kupferdraht geklöppelten Spitze überzogen. Bald aber barsten die rostbraunen Spindeln und seidige grüne Zipfel drängten ans Licht, sogar die alten Eichen und Schwarzbuchen warfen ihr raschelndes vorjähriges Blattwerk ab. Die Blätter der Ahornbäume streckten sich aus wie Menschenhände, die nach Sonne und Wärme hungerten.

Als hätte ein Zauberglöckchen geklingelt und jemand seinen warmen Atem sanft auf die durchgefrorenen Hände gehaucht. Die weiße Bettdecke, unter der die vor wilden Farben strotzende Palette des verrückten Herbstmalers verborgen lag, wurde gelüpft, die Erde breitete ihre Arme aus, die Berge erwachten aus ihrem Winterschlaf.

Der Frühling war da.

Von der Sonne und dem Walpurgisfeuer wurde Anetka ganz sonderbar zumute, an manchen Tagen lief sie nur unruhig durch den Wohnwagen und trat gegen den Tisch oder gegen die Tür, dann wieder saß sie die ganze Zeit am Fenster oder auf der Treppe und starrte in die Ferne. An anderen Tagen sprang sie plötzlich auf, legte Darja in den Kinderwagen und eilte davon, um atemlos, zerzaust, mit zerknittertem Kleid und Grashalmen im Haar zurückzukommen. Oder sie wartete, bis die Kleine schlief, und lief allein ins Dorf, so schnell, dass unter ihren Sohlen Staubwolken hochwirbelten und die Zipfel ihres Kleides wie Fähnchen hinter ihr herflatterten. Darja wachte auf, wenn ihre Windel nass war, sie stand dann im Bettchen, streckte die Arme zur Tür und weinte, bis sie sich schließlich voller Angst zusammenkauerte und an ihre Puppe schmiegte.

Wenn die Mama dann endlich zurückkam, war es die beste und süßeste Mama auf der ganzen Welt, sie war zwar außer Atem und verschwitzt, aber lieb und nett, machte Darja rasch eine neue Windel und gab ihr warme, gesüßte Milch, die Kleine nuckelte zufrieden an ihrer Flasche, sie wusste ja, dass die Mama jetzt zu Hause bleiben und bald auch der Papa in der Tür auftauchen, sie auf den Schoß nehmen und mit ihr spielen würde: Heia jahei, heia jahei, so trottet die Kuh von der Weide, so trabt der kleine Herr auf dem Pferd, so fährt der große Herr im Galopp, und so saust die kleine Darja hoooch … Und die Kleine flog fast bis zur Decke, sie lachte und ihre ersten Zähnchen leuchteten, manchmal musste sie aber auch von der schnellen Bewegung erbrechen, und dann wurde Mama wütend, sie schnappte sich einen Kochlöffel und ging auf Papa los. Sie jagte ihn um den Wohnwagen, der Kater sprang von seinem Lieblingsplatz in der Sonne, und mit eingezogenem Schwanz verschwand er unter dem Wagen. Darja kringelte sich vor Lachen. Wenn sie aber sah, wie Papa Mamas Kleid hochschob, wie er es ihr vom Leib riss, fing sie an zu weinen, er sollte Mama nicht wehtun … Andrejko atmete hastig und raunte Anetka zu, Darja sei doch noch klein, sie verstehe das nicht, Anetka aber schämte sich, fand es jedoch zugleich sehr erregend und flüsterte: Andrejko, mein Andrejko … doch in Gedanken weilte sie irgendwo anders.

Anetka war längst nicht mehr das schüchterne und unglückliche Zigeunermädchen, über das jeder lachte, sie war kein Fohlen mehr, das mit seinen zu lang geratenen Beinen nichts anzufangen wusste.

Eines Tages saß sie vor dem Lebensmittelladen, schaukelte den Kinderwagen und blinzelte faul in die Sonne. An der Haltestelle warteten einige Leute auf den Bus, unter ihnen auch der alte Jankura. Sie spielte mit einigen Münzen in ihrer Rocktasche, und ihre Augen glänzten, sie ertastete ein Zehn-Halíř-Stück und schnickte es vor sich auf den Boden. Die Münze traf Jankuras Schuh, aber es war ihm peinlich, sich danach zu bücken. Als er nach einer Weile erneut auf den Boden sah, lagen schon mehrere Münzen dort, und da konnte der Alte doch nicht mehr an sich halten. Er tat so, als müsste er sich die Schnürsenkel zubinden, und fischte im Staub nach dem Geld, weitere Münzen kamen angeflogen, die Leute an der Haltestelle merkten, dass irgendetwas vor sich ging. Sie wurden unruhig und stellten wenigstens ihren Fuß auf die Münzen in ihrer Nähe, bis einer es nicht mehr aushielt und sich bückte. Als hätten sie nur darauf gewartet, hockten sich auch die anderen hin und fingerten zwischen den Kippen und verrosteten Kronkorken herum, sie rempelten sich an und traten sich auf die Füße, während Anetka auf der Bank saß und ihnen immer neue Münzen hinwarf, wie eine Gräfin, die Schwäne im Schlossteich füttert …

Die Weiber vor dem Lebensmittelladen sahen die aufgerüschte Zigeunerin und den hochgewirbelten Staub, in dem die gebeugten Rücken der ehrenwerten Bürger von Vyšná Poljana kaum auszumachen waren, und eine rief: Dass ihr euch nicht schämt! Wie ein Rasiermesser schnitt ihre schrille Stimme durch die Luft, und alle erschraken, richteten sich rasch wieder auf und nahmen erst da Anetka und ihre Münzen wahr. Als hätte man sie mit eiskaltem Wasser übergossen, wie vom Donner gerührt und schamesrot standen sie da: Wie hatten sie sich bloß so dermaßen auf den Arm nehmen lassen können! Draußen vor der Schenke saßen einige Männer und tranken und konnten sich vor Lachen kaum noch auf dem Stuhl halten, vor allem wegen des alten Jankura. Mitro Jankura war der einflussreichste Bauer von ganz Poljana und der knauserigste Geizkragen noch dazu, er trug die Nase so hoch, dass es glatt reinregnen könnte, und jetzt hatte er sich von so einem Luder zum Besten halten lassen, von einer Zigeunerin mit einer Handvoll schmieriger Münzen ... An der Haltestelle tat man, als wäre gar nichts passiert, die Leute blickten starr vor sich hin, aber die aufgelesenen Münzen brannten in ihren Händen wie glühendes Eisen.

Etwas war passiert, das wusste jeder, und alle schworen, es Anetka ihr Lebtag nicht zu verzeihen.

Dieser prächtige Frühling, der in einen glühend heißen Sommer überging, machte auch ihren Kater ganz hitzig, immer wieder verschwand er und tauchte erst nach Tagen wieder auf, mit frischen Wunden und eingerissenen Ohren, oder er streunte einfach herum und jammerte laut, weil in ihm eine Sehnsucht brannte, die keiner stillen konnte. Andrejko und Anetka konnten nicht einmal richtig schlafen dabei, denn sein Jammern klang, als weinte draußen ein Baby.

Als der kleine Stromer wieder einmal nicht nach Hause zurückfand, machten sie sich auf die Suche. Sie kämmten alle Sträucher am Bach durch, suchten Felder und Wiesen ab, gingen zur Straße und dann ins Dorf und sogar hinauf in den Wald, aber ihre Suche war vergeblich, ihr kleiner Schatz tauchte nicht auf. Ohne den Kater fühlten sie sich unvollständig, die Kleine streckte immer wieder die Hand aus dem Bettchen und tastete suchend nach ihm, jeden Abend und jeden Morgen gossen sie frische Milch in die Schüssel vor der Tür. Bei der Arbeit zogen die Männer Andrejko auf mit Geschichten, dass sie gestern oder vorgestern im Feld oder auf dem Baum eine Katze oder einen Kater gesehen hätten, der nach Spatzen und Meisen Ausschau hielt und sich genüsslich die Barthaare leckte. Jedes Mal machte sich Andrejko sofort auf den Weg. Sie lachten, von wegen so ein Aufstand wegen eines gewöhnlichen Katers, wenn Andrejko wollte, würden sie ihm einen ganzen Korb mit solchen Kätzchen bringen, mit viel schöneren. Aber Andrejko wollte keine dreifarbige Katze, auch keine schwarze mit weißen Tatzen, er wollte ihren ganz gewöhnlichen schwarzen Kater mit dem halb abgerissenen Ohr zurück.

Erst eines Tages, gegen Mittag … Anetka hatte es eilig, nach Hause zu kommen, sie schob den Kinderwagen mit Darja und der Einkaufstüte den holprigen Weg hinauf, als ihre Augen einen dunklen Schatten im Graben streiften. Zunächst lief sie weiter, aber dann ließ es ihr keine Ruhe, also kehrte sie um und sprang in den Straßengraben. Ihre Augen weiteten sich vor Schrecken, ihr geliebter Murrkater lag dort, fürchterlich zugerichtet, mit Schlamm bedeckt, angetrocknetes Blut auf der Schnauze. Anetka kniete sich hin und kraulte ihn hinter den Ohren, wie er es so gern gehabt hatte, sie zitterte am ganzen Leib und ihr liefen die Tränen herunter. Als Andrejko abends von der Arbeit kam, zeigte sie verweint Richtung Dorf, und mit zusammengeschnürter Kehle machte er sich auf den Weg, zuerst rannte er, dann verlangsamte er den Schritt, bis er sich nur noch dahinschleppte und hoffte, dass Anetka sich geirrt hatte. Aber der schlammbedeckte Kadaver, der im Graben lag, war tatsächlich ihr Kater. Vielleicht hatte ihn ein Auto erwischt und jemand hatte ihn von der Straße geschoben? Andrejko drehte das Tier vorsichtig um, und es wurde ihm ganz dunkel vor Augen, weil der Kater keinen Schwanz mehr hatte. Sein wunderschöner Schwanz fehlte, den er wie einen Schmuck getragen hatte, wie eine Fahne, die er hin und her schwenkte, wenn alles gut war, und die er wütend in die Höhe reckte oder mit der er erbost die Erde peitschte, wenn er mit etwas nicht einverstanden und im Begriff war, seine scharfen Krallen auszufahren. Durch diesen Schwanz hatte der Kater zu ihnen gesprochen …

Andrejko hielt den verstümmelten toten Körper im Arm, unglücklich und wütend sah er sich um, bei wem wohl der Schwanz zu holen wäre. Hätte er eine Axt zur Hand gehabt, er wäre mit ihr losgezogen … Aber weit und breit war niemand zu sehen, nicht einmal ein Huhn oder eine Ente liefen vorbei, an denen er seine Wut hätte auslassen können.

Erst nach einer Weile riss er sich das Hemd vom Leib, wickelte den steif gewordenen Kater hinein und trug ihn mit gesenktem Kopf nach Hause.

An dem Abend füllten sie keine Milch in der Schüssel nach.

Andrejko schenkte sich und Anetka Schnaps ein und sagte, das sei wegen der alten Procházková passiert, damals in Žižkov, von all den Mietern wäre nur noch die Alte da gewesen, sie hätte immer was zu meckern gehabt, bis es die Cousins nicht mehr aushielten und sich einmal, als die Alte gerade nicht da war, ihren Kater schnappten und ihn bei lebendigem Leibe an die Tür nagelten, mit ausgebreiteten Pfoten hätten sie ihn gekreuzigt, bald ist Ostern, hätten sie gesagt, dann muss die Alte wenigstens nicht zur Kirche …

Sie saßen sich gegenüber, schnippten sich eine Papierkugel aus zusammengeknülltem Zeitungspapier über den Tisch zu, starrten zu Boden und schwiegen. Andrejko spielte unruhig mit der Zeitung, immer wieder knüllte er die Seiten mit den Nachrichten, Kommentaren und dem Politikergeschwätz zusammen, um sie gleich wieder zu glätten, bis Anetka aufstand und sich zu ihm setzte. Sie streichelte seine Hand und legte sie auf ihren Bauch, der schon wieder schön rund war, sie schmiegte sich an ihn und flüsterte: Spürst du's? … Weißt du noch, damals im Winter, in der Nacht, ich … ich konnte nicht mehr … aber dann träumte ich, dass ich auf heißem Sand lag, und die Sonne brannte und wurde immer größer … Und ich bin froh, dass du mich nicht schlägst, dass du nicht wie die anderen bist, dass du kein echter Kerl bist … Ich bleibe jetzt zu Hause, ich hab dich lieb, mein Andrejko …

24.

Der Herbst hielt Einzug und mit ihm die Nässe und der ewige Regen; tagelang regnete es Bindfäden, eine düstere Allerheiligenstimmung machte sich breit. Schon seit dem Vortag lag etwas in der Luft, etwas Ungutes und Böses, irgendetwas schien im Dunkeln vor der Tür zu lauern, Andrejko lief unruhig im Wohnwagen auf und ab. Er zog sich an und ging nach draußen, eine Weile blieb er im strömenden Regen stehen, der eisige Wind sauste ihm in den Ohren, dann machte er sich auf ins Dorf.

Im Wirtshaus brannte noch Licht. Die Männer saßen um den Tisch herum und spielten Karten, darunter Pal'o Jasenčák und der junge Šaňo. Andrejko blieb in der Tür stehen und fuhr sich mit dem Ärmel übers Gesicht, die verräucherte Luft ließ seine Augen tränen. Als Šaňo ihn erblickte, klopfte er gleich auf den Tisch, damit der Wirt auf ihn aufmerksam wurde, mit erhobenem Finger bestellte er eine neue Runde Wacholderschnaps. Der Wirt stellte die Gläser auf den Tresen und schenkte ein. Da erhob sich Pal'o Jasenčák, drückte Šaňo, der gerade aufstehen wollte, zurück auf seinen Stuhl und wankte zum Tresen, dort blätterte er das Geld hin, und mit einer Handbewegung bedeutete er dem Wirt, er könne den Rest behalten. Dann nötigte er Andrejko ein Glas in die Hand, nahm selbst die anderen zwischen die Finger und machte eine Kopfbewegung zum Tisch hin. Die Männer kippten den Schnaps herunter, Andrejko musste husten, so stark brannte er in seiner Kehle, und dann saßen sie da und spielten schweigend Karten. Keinen zog es hinaus in den Regen, also bestellten sie einen weiteren Schnaps, aber der Wirt wollte nach Hause und schenkte ihnen nicht mehr ein, so mussten sie schließlich doch die Kragen hochstellen und sich mit eingezogenen Köpfen auf den Weg machen.

Eine schwere Hand fiel auf Andrejkos Schulter. Pal'o … Der alte Holzfäller konnte sich kaum auf den Beinen halten, er hielt sich an Andrejko fest.

Du … Andrej, sagte er mit schwerer Zunge, weißt du was … am Sonntag, da nimmst du deine Frau und die Kleine, und kommst in die Kirche … ich mach das alles klar …

Andrejko, durchfroren und durchnässt, stützte ihn. Pal'o war schwer, er konnte sich kaum auf den Beinen halten … Pal'o als Patenonkel … Schon kurz nach Darjas Geburt hatte er es ihm angeboten, später haben sie irgendwie nicht mehr daran gedacht, dabei gab es in Poljana kaum jemanden, der nicht getauft war im Namen des Vaters und des Sohnes und des Heiligen Geistes, Amen. Auch er, Andrejko, war in das kalte Taufwasser getaucht worden … Aber Pal'o hatte es nicht vergessen, Pal'o war ein guter Gadsche, und er würde auch ein guter Patenonkel sein. Ein paar Tage zuvor hatte er Andrejko gefragt, ob er nicht ins Dorf ziehen wolle, er, Pal'o, würde ihm helfen, eines der alten, seit Jahren unbewohnten Häuser mit eingestürztem Dach zu reparieren. Das war kein leeres Stroh, das er da gedroschen hatte, Pal'o war geradeheraus, wenn der einem die Hand reichte, war es kein schlaffer Händedruck; wenn seine schwielige Pranke mit den eingewachsenen Splittern zudrückte, knackte es einem in den Fingergelenken. Pal'o würde lieber seine Seele aufgeben, als sein Wort zurückzuziehen …

Er wollte sich nochmals bei ihm bedanken und blieb in der Tür stehen, aber er geriet ins Stottern, also drückte er Paľo nur dankbar die Hand. Doch die Beklommenheit fiel von ihm ab, die ganze Last des heutigen Tages, auf einmal war er froh, ins Dorf gegangen zu sein, es wärmte ihn, dass man ihn mit an den Tisch gebeten hatte. Die Männer sahen nicht mehr nur einen Zigeuner in ihm, wie damals, als sie nach Poljana gekommen waren, sondern einen der Ihren, einen Menschen namens Andrej Dunka. Und wenn Männer, die wissen, was sie sagen, das Wort Zigeuner in den Mund nehmen, ist es auch kein Schimpfwort. Nur Hitzköpfe wie Marián und Imro und Onkel Štefan springen bei so einem Wort wie tollwütige Hunde hoch, nur die ziehen gleich das Messer, wenn sie aus dem Mund eines Gadsche das Wort Zigeuner hören ... Der alte Laco, der mit Pferden reden konnte, der war immer stolz darauf gewesen, ein Zigeuner zu sein, auch Lavička, dem die weisen Frauen und die *strygas* eine Geige in die Wiege gelegt hatten, war stolz darauf, und sogar Mitro Demčak, ein Ruthene und Gadsche, brüstete sich damit, dass es ihm vergönnt gewesen war, unter einem Zigeuner-Primas zu spielen ...

Paľo, Paľo ... In diesem Moment hätte Andrejko sein letztes Hemd mit ihm geteilt.

Die ganze Nacht wälzte sich Darja unruhig in ihrem Bettchen, manchmal weinte sie sogar oder rief nach ihrer Mama. Anetka und Andrejko standen immer wieder auf, um nach ihr zu sehen. Als der Wecker klingelte, schimpfte Andrejko leise vor sich hin, zog sich an und steckte sich ein Stück Brot in die Tasche. In der Tür schloss er seine Liebste ein letztes Mal in die Arme, er streichelte ihren Kopf und den dicken Bauch unter der Strickjacke, die sich nicht mehr zuknöpfen ließ. Anetka schmiegte sich an ihn und flüsterte: Andrejko, bleib hier, geh nicht weg, ich habe Angst, *e dar avel pre iro jilo* … Ich weiß nicht, warum, aber ich habe Angst, geh da bitte nicht hin … Er redete beruhigend auf sie ein, alles wird gut, sagte er, sie solle sich keine Sorgen machen. Dann riss er sich schweren Herzens los und verschwand im Wald.

Der Kyčera und der ihm gegenüberliegende Čierťaž waren in einen nassen Morgennebel eingehüllt, der dick war wie frisch gemolkene Milch.

Die Männer merkten gleich, dass etwas nicht stimmte, und nach der Frühstückspause legte Paľo Andrejko die Hand auf die Schulter und brachte ihn zu einer hundertjährigen Eiche am Rand der Lichtung, der Baum war so dick, dass zwei Männer ihn nicht umarmen konnten. Paľo blickte hoch in die silbernen Äste, die im Nebel verschwanden, und blinzelte, dann nahm er seine Axt, strich prüfend über die Schneide und reichte sie Andrejko. Andrejko umrundete den breiten Stamm, die mächtige Eiche ragte in die Höhe wie eine Säule, die ein Kirchenschiff stützt, er streichelte die silbrige Rinde und zitterte, weil er wusste, was es zu bedeuten hatte, wenn man sich mit einer solchen Eiche messen musste und einem dafür nur eine gewöhnliche Säge, eine Axt und zwei Fällkeile zur Verfügung standen, er wusste, wie viel Kraft es kostete, bis ein solcher Held gefällt war. Je mehr Schmerz einer im Leben erfährt, sagte man, desto gewaltiger muss der Baum sein, den er zu fällen hat. Der Schmerz darüber, dass einem die Frau weggerannt war, dass ein Kind krank oder gestorben war, würde erst dann weichen, wenn der Baum auf dem Boden läge und der erschöpfte Mann neben ihm, erst dann ließe der Schmerz nach … Jemand zog eine Flasche Schnaps hervor, die Männer tranken alle schweigend einen Schluck, und als sie gingen, klopften sie Andrejko auf die Schulter, von wegen es wird wieder gut, aber Andrejko konnte nicht, er hatte keine Kraft, um die Axt hochzuheben, sie in das lebende Holz zu schlagen.

Ein Verrückter war er, durchgeknallt ... auch in Pilsen hatten alle über ihn die Nase gerümpft, die Gadsche wie die Roma. Sie fanden ihn komisch, weil er lieber am Fluss hockte, als mit ihnen herumzuziehen, weil er anders war, und jetzt, anstatt in die Hände zu spucken, war ihm vor einem gewöhnlichen Baum angst und bange ... Paľo sah ihn an und dachte, der kleine Zigeuner wird allmählich genauso sonderbar wie der alte Bielčik. Als Jurajs letzte Freunde gestorben waren, trieb er sich viel in den Bergen herum, ein gebeugter Greis, manchmal sah man ihn am Waldrand stehen und mit den Bäumen reden. Als aber auf dem Kyčera gerodet wurde, warf Juraj nur einen kurzen Blick von ferne herüber, dann schloss er sich zu Hause ein und trank sich dort zu Tode. Es waren aber nicht die Männer von Poljana, die dort die Bäume gefällt hatten, sie hätten nicht an Jurajs Haus vorbeigehen können, für diese Schmutzarbeit war es ihnen das Geld nicht wert. Die Bäume auf dem Kyčera waren von Fremden gerodet worden, den Herrschaften von der Waldverwaltung stank Geld nicht, und Mihalič musste damals in die Papiere als Kategorie Ausschussware eintragen. So billig wurden die gesunden Stämme hundertjähriger Eichen verkauft, die hart und schwielig waren wie die Hände und das Gesicht des alten Juraj.

Aber Andrejko dachte nicht an den alten Juraj, er hörte Stimmen, die von ferne riefen, sie flehten um etwas, Andrejko lief es kalt den Rücken herunter, was mache ich hier eigentlich, fragte er sich erschrocken, was will ich hier gerade für Geld tun, für das verlauste Gadsche-Geld ... Der Stiel rutschte ihm aus der Hand, die Axt fiel zu Boden, und Andrejko erschauerte, erschrocken über die Stimmen, die er nun ganz deutlich hörte, durch seinen Kopf liefen Bilder der letzten Tage und Wochen, er sah Menschen vor sich: Mihalič, die Holzfäller, Anetka mit der Kleinen – und die Stimme, das war doch die Stimme seines Schwesterchens, sie rief nach ihm und flehte … Das genügte ihm. Er bückte sich nach der Axt.

***

Als er über die gerodete Fläche rannte und wie ein Reh über gefällte Stämme und aufgeschichtete Zweige sprang, lachten die Männer und riefen laut: Ja, ist er denn verrückt geworden? – Lasst ihn doch, er ist jung und kann's nicht abwarten, soll er doch auch was vom Leben haben, rief einer spöttisch. Nur Pal'o sah ihm schweigend nach. Aber Andrejko hörte sie nicht, in seinem Kopf hallten die Hilferufe seiner schönen Anetka wider, er hastete den steilen Hang hinab, dann den Bach entlang, nicht mal am Waldrand hielt er kurz inne, sondern rannte gleich weiter über die schlammige Wiese, bis er im Erlenwäldchen unter sich den Wohnwagen sah. Dort beruhigte er sich ein wenig, weil der Rauch so gemütlich nach oben stieg, aber auf einmal tauchte etwas auf, das nicht ins Bild gehörte, eine Gestalt, die sich durchs Gehölz kämpfte und Richtung Dorf hastete … Andrejko stürzte die Wohnwagentreppe hoch und stolperte über das umgekippte Kinderbettchen. Er nahm die weinende Darja auf den Arm, um sie zu trösten, Anetka aber, seine Sonne, seine Blume, lag zusammengekrümmt auf dem Bett, gebrochen und totenblass, sie wimmerte und flüsterte mit heiserer, fremder Stimme: Andrejko, mein Andrejko. Ihr Gesicht und ihre Hände waren blutig, und ihr weißes Kleid war zerrissen und fleckig, als hätte jemand ein Armvoll Hagebutten über weißen Schnee gestreut. Andrejko wurde schwarz vor Augen, er kniete sich vor Anetka und vergrub seinen Kopf in ihren schwarzen

Haaren, aber dann sprang er hoch und schrie laut auf wie ein verwundetes Tier, er schrie vor Ohnmacht, Schmerz und Wut, heftig rückte er das Bettchen wieder zurecht, legte das zitternde Mädchen hinein, griff erneut nach seiner Axt und rannte hinaus.

Den Typen mit dem zerkratzten Gesicht, den jungen Jankura, den kriegte er noch vor den ersten Häusern von Vyšná Poljana zu fassen.

Dann kehrte er zu seiner weinenden Anetka zurück, kniete sich nieder und streichelte sie, mit der anderen Hand versuchte er gleichzeitig, die erschrockene Kleine zu trösten. Nach einer Weile stand er auf, holte den Topf mit warmem Wasser vom Ofen, trug ihn ans Bett, tauchte das Handtuch hinein und wischte Anetkas zerkratztes Gesicht sorgfältig ab, wusch ihre Arme und Hände, ihre Finger mit den Spuren fremder Haut unter den Nägeln, dann streifte er ihr vorsichtig das zerfetzte Kleid vom Leib, und vor Wut fast ohnmächtig wusch er ihren geschundenen Körper und ihre blutigen Schenkel. Anetka drehte sich zur Seite, krümmte sich zusammen, und in sich selbst zurückgezogen stöhnte sie vor Schmerzen. Tränen liefen ihr die Wangen hinunter.

Auch Andrejko weinte, nicht in sich hinein, wie es Männer zu tun pflegen. Seine Tränen waren echt, nass und salzig.

***

Eine Stunde verging, vielleicht zwei, vielleicht waren auch nur ein paar Minuten vergangen, als draußen schwere Schritte und betrunkene Stimmen zu hören waren. Sie näherten sich rasch, aber Andrejko nahm sie nicht wahr, weil sie von draußen kamen, aus einer anderen Welt … Erst als die Tür aufflog und Männer mit Stöcken in den Wohnwagen stürzten, stand er auf, aber statt sich ihnen zu stellen, warf er sich über Anetka, um sie mit seinem Körper zu schützen, und die ersten Schläge trafen seinen Rücken, seine Arme und seinen Kopf. Plötzlich sah er aus den Augenwinkeln fremde Hände, die nach der Kleinen griffen. Darja kauerte erschrocken in der äußersten Ecke ihres Bettchens, die rote Glücksschleife leuchtete immer noch an ihrem Handgelenk, und Andrejko rollte vom Bett herunter und schnellte hoch, sprang auf den Erstbesten zu, entriss ihm den Stock und drosch wie von Sinnen um sich. Sofort füllte er den Wohnwagen ganz aus, und die Männer taumelten rückwärts zur Tür hinaus, vom Bett erhob sich Anetka, zerkratzt und nackt, sie winselte wie ein verletztes Tier und ihre Stimme überschlug sich, sie riss sich die Haare aus und schrie Andrejko verzweifelt zu, er solle die Kleine nehmen und wegrennen … *mangav tut pro somnakuno Del, mangav tut*, um Gottes willen, lauf weg, bitte, lauf weg! Sie streckte die Arme aus, aber er konnte nicht weg, weil er kämpfen musste, er musste für sie, für Darja und für sich selbst kämpfen. Die Männer fassten sich schnell wieder, sie stürzten sich auf ihn und rissen ihm den Stock aus der Hand, warfen ihn nieder, schlugen wütend auf ihn ein und traten ihn, auch Anetka trafen Schläge, von draußen hörte man eine Frauenstimme schreien: Bringt den Mörder um … und die Zigeunernutte gleich mit … Auch Anetka schrie verzweifelt mit ihrer heiseren Stimme, aber ihre Schreie wurden allmächlich schwächer, bis sie ganz verstummten.

Jemand warf die Petroleumlampe um, dieses Licht, das Anetka jeden Abend vorsichtig in die Hände nahm und damit in jeden dunklen Winkel leuchtete, damit überall Licht war, damit sie es gut hatten … Der verrußte Zylinder fiel herunter, eine lange Sekunde schien er durch die Luft zu schweben, bis er auf dem Boden zerschellte und in einer Splitterwolke auseinanderflog.

Die Flamme flackerte und erlosch.

Andrejko öffnete langsam die Augen. Sein Körper brannte, und wenn er sich bewegen wollte, fiel er jedes Mal in eine pechschwarze Dunkelheit, in der riesige violette und rote Lichter explodierten. In ihrem Schein sah er sich nach unten fallen, wie ein Fahrstuhl, der aus seiner Verankerung gerissen war. Vor seinen Augen huschten Menschen aus dem Dorf vorüber, Mihalič in seiner Försteruniform und Jankura, auch Pal'o Jasenčák und der kleine Šaňo mit Fedor, er sah, wie sich die dünnen Wasserrinnsale zwischen den Häusern von Poljana hindurchschlängelten, die schmalen Felder und Wiesen und die Landstraße, über die der Bus aus Stakčín kam, und plötzlich fiel ihm ein, dass im Wald eine mächtige Eiche auf ihn wartete, mit der er es aufnehmen sollte ... Die Bilder wechselten sich ab und flossen ineinander, die Farben wandelten sich von schwarz und dunkelrot über violett bis zu türkis und wieder zu schwarz, durch die Farben hindurch leuchteten die Umrisse einer zartgliedrigen Gestalt in einem hellen Kleid. Eine junge Frau kam auf ihn zu, und Andrejko erkannte sein liebstes Schwesterchen, das Mädchen mit den Kirschen unter dem dünnen Pullover, die kleine und von niemandem beachtete Kalori, die so gerne tanzte. Er fand es merkwürdig, dass ihr Kleid nicht zerrissen und blutbespritzt war, aber die kleine, weißgekleidete Anetka schritt ruhig voran, sie drückte ein Kindchen an sich, und ihre nackten Füße schwebten über dem Boden, eine dünne goldene Linie umspielte sanft ihren Körper, als strahlte hinter ihr ein Licht. Aber das hier war kein Heiligenbild, das hier war echt. Anetka lächelte traurig, streckte die Arme aus und reichte ihm das Kindchen, dann faltete sie ihre Hände und öffnete sie wieder und blies leicht hinein, als wolle sie eine kleine Feder in die Welt schicken, und alles wurde hell, ihr Körper löste sich auf und verschwand, auch das Licht schwand dahin, und in der sich verdichtenden Dunkelheit explodierten erneut bunte Feuerwerke, aber diesmal bewegten sich die Lichtstrahlen ganz langsam, wie Schirmflieger vom Löwenzahn …

Und dann gefroren die Lichter in der Luft. Sie wirkten wie ein breiter bunter Fächer und segelten wie ein Schwarm Leuchtkäferchen zu Boden, wie ein Regen aus Goldpailletten, wie das zarte Laub einer jungen Birke, um schließlich mit der schweren Erde eines zerfurchten Feldes zu verschmelzen. Der Himmel stürzte ein, er wurde rissig wie eine Glasscheibe, nachdem sie ein Stein getroffen hatte, die Risse breiteten sich über dem schwarzen Himmel aus wie ein riesiges Spinnennetz, und auf einmal wurde es ganz hell und dann gleich wieder schwarz, wie in finsterer Nacht.

In diesem Augenblick tat Anetka in Andrejkos Armen ihren letzten Atemzug, und aus ihren Augen, ihren wunderschönen, großen pechschwarzen Augen, stahl sich der Glanz davon.

Die Nachricht verbreitete sich wie ein Lauffeuer und den erschrockenen Dorfbewohnern schnürten sich die Kehlen zu. Schweigend sahen sie zu, wie die Jankuras gemeinsam mit dem jungen Lipčak ins Dorf zurückkehrten, und es lief ihnen kalt den Rücken herunter, weil die Männer, die in ihrem Zorn, nach Blut lechzend und mit Stöcken, Ästen und Steinen ausgerüstet, vorhin zum Wohnwagen gestürzt waren, jetzt gesenkten Hauptes und mit leeren Händen zurückkehrten, jeder für sich, als würden sie sich nicht kennen.

Andrejko öffnete mühsam die Augen und sah das bärtige Gesicht des Försters über sich, von der anderen Seite beugte sich Paľo Jasenčák über ihn und versuchte, ihn auf den Rücken zu drehen. Beide atmeten schwer. Steh auf, die Polizei ... nimm die Beine in die Hand, schnell! Sie richteten Andrejko auf, aber er zeigte bloß auf Anetka, die mit ihrem weißen, blutigen Kleid bedeckt neben ihm lag. Ihre Augen waren geschlossen, sie sah aus, als würde sie schlafen ... Paľo musste ihr die Augen zugedrückt haben ... Du Idiot, schrie der Förster, nimm die Kleine und lauf, er rüttelte Andrejko, versuchte, ihn von Anetka loszureißen, aber Andrejko schrie: Nein ... nein ... lasst mich los ... geht weg ... Eine Weile kämpften Mihalič und Paľo mit ihm, aber dann gaben sie auf, wortlos ließen sie ihn wieder zu Boden gleiten und setzten sich draußen auf die Treppe. Schweigend rauchten sie eine Zigarette, dann stand Paľo auf, klopfte Mihalič auf die Schulter und schwankte schwerfällig ins Dorf.

Der eisige Wind drang bis ins Mark, und ein Regenguss schüttete eimerweise feine Tröpfchen aufs Dach des Wohnwagens. Als sich der durchgefrorene Förster erhob, dämmerte es schon.

So sonderbar es auch war, kein Gendarm ließ sich in der Siedlung blicken.

***

Im Dorf war es still, die Männer in der Schenke sahen schweigend aus dem Fenster, draußen tobte der Wind, es nieselte. Erst als sich die Nacht über das Tal senkte, erblickten sie draußen eine dunkle Gestalt in einem langen Mantel, am Gewehr erkannten sie Mihalič. Der Förster hatte es eilig, ein paar Männer standen auf und gingen ihm entgegen, sie trafen vor der Kirche aufeinander. Mihalič blieb stehen. Man sah von Weitem, wie er etwas erzählte und immer wieder in die Richtung deutete, aus der er gekommen war. Nach einer Weile stahlen sich die Männer, einer nach dem anderen, nach Hause, nur wenige kehrten ins Wirtshaus zurück. Keiner von ihnen war mutig genug, zur Siedlung zu gehen, sich auf den schlammigen Pfad zu begeben, der gesäumt war von Ebereschen und Heideröschen, deren glänzend rote Früchte noch die kahlen Zweige schmückten, wie Tropfen frisch vergossenen Blutes.

Wir kannten ihn doch alle, er hat es verdient, so ein Fiesling und Arschloch, sagten die einen und meinten dabei den jungen Jankura. Ein Arschloch war er schon, sagten die anderen, aber er war weiß, einer von uns … Sie bestellten Schnaps, um sich bis zur Bewusstlosigkeit zu betrinken, um nicht daran denken zu müssen, dass Andrejko noch gestern hier mit ihnen gesessen hatte, dass sie noch gestern gemeinsam mit ihm getrunken hatten …

In diesem Augenblick überreichte Paľo Jasenčák seiner Frau Marika die zitternde und vor Kälte steife Darja. Das Mädchen war in Wolldecken eingewickelt, auf dem Kopf trug es Paľos Uschanka, und man sah nur ihre dunkle Nase, an der ein großer Tropfen hing, und zwei erschrockene schwarze Augen. Marika tröstete sie und dachte: Wenn die Polizei Andrejko holt, nehmen sie sicherlich auch die Kleine mit und sperren sie in ein Heim. Da wären sie und Paľo schöne Paten, wenn sie das zuließen.

25.

Als auch am nächsten Tag kein Gendarm in Poljana auftauchte, hielten es die Männer nicht mehr aus und machten sich zur Siedlung auf, um Anetka zu holen und nach Andrejko zu sehen.

Vom Glockenturm der Kirche schlug es eben Mittag, als an der hinteren Friedhofsmauer ein schweigender Zug hielt, dort, wo Ungetaufte begraben wurden, namenlose Fremde, Selbstmörder und all jene, die keinen hatten, der ihnen das Begräbnis bezahlen oder einen Stein oder ein Holzkreuz mit einer Namenstafel aufstellen würde. Hier kam niemand mit Blumen oder Kerzen vorbei, hier lagen die Toten ganz einsam, irgendwo unter ihnen auch Mária, Andrejkos wunderschöne Mama … Neben dem letzten Grab, das noch nicht mit Gras und Brennnesseln zugewachsen war, schaufelten zwei Männer eine Grube, Dampfwölkchen stiegen aus ihren Mündern, die Erde ließ sich nur schwer bewegen, sie war gefroren und steinig. Neben der Grube stellte man den auf die Schnelle zusammengezimmerten Sarg ab und öffnete den Deckel, damit Andrejko von seiner Liebsten Abschied nehmen konnte. Paľo und seine Frau stützten ihn, sie hielten ihn unter den Achseln, damit er nicht zusammensackte, und als sie ihn vorsichtig losließen, sank er auf die Knie. Eine Weile sah er Anetka ausdruckslos an, dann hob er langsam die Hand und berührte sie sanft. Vielleicht wartete er auf ein Wunder, darauf, dass sie die Augen öffnen und aufstehen würde, sie war doch noch vorgestern so voller Leben gewesen. In jener letzten Nacht hatten sie sich an den Händen gehalten, einander berührt, ihre Hände waren so heiß, dass man in ihnen Kartoffeln hätte braten können … Am Sonntag würden sie in die Kirche gehen müssen, Pal'o hatte es ihnen versprochen, Andrejkos Blick glitt tiefer zum weißen Kleid und zu Anetkas gewölbtem Bauch, in dem ein neues Leben heranwuchs. Aber kein Wunder geschah, sie schien weiter zu schlafen …

Er bäumte sich auf und riss sich die Kette seiner Mama vom Hals, küsste das silberne Kreuz und legte es zwischen Anetkas Hände. Dann sank er neben den frischen Erdhaufen, vergrub seinen Kopf darin, schmierte sich mit beiden Händen die nasse Erde auf sein geschundenes, müdes Gesicht, und diese Erde, die sein heißes Gesicht kühlte, roch modrig und feucht.

Mihalič in Uniform, Pal'o Jasenčák in einem fadenscheinigen schwarzen Jackett, der kleine Šaňo und ein paar andere aus dem Dorf standen schweigend herum, fröstelnd zogen sie in der feuchten Kälte den Kopf ein und drehten verlegen ihre Mützen und Hüte in den Händen. Auch der Dorftrottel Fedor war gekommen, er lief von einem zum anderen und sah jedem in die Augen, als wollte er fragen: Warum sagt ihr nichts, warum? Und alle blickten auf den geschundenen Andrejko, wie er neben dem Sarg stöhnte, und sie sahen die zarte Anetka in ihrem weißen Kleid, über das jemand Strohblumen gestreut hatte, allerdings verdeckten die Blumen die rostfarbenen Flecken nicht ganz. Nicht nur Anetkas und Andrejkos Blut war geflossen. Es war auch Gadsche-Blut geflossen, das Blut eines Ruthenen. Verstohlen blickten sie auf ihre Hände hinunter und wischten sie verlegen an ihren Hosen ab, auch wenn sie wussten, dass sie Anetkas sinnlosen Tod nie würden vergessen können.

Morgen würden sie sich wieder hier versammeln, zu einer anderen Beerdigung, mit Musik und Leichenschmaus, wie es sich gehörte, wenn Mitro Jankura, der wichtigste Bauer im Dorf, ein Begräbnis ausrichtete. Heute sahen sie Andrejko zum letzten Mal, er hatte die Axt gegen einen Menschen erhoben, er hatte getötet. Und nur aus einem Grund hatten ihn gestern Nachmittag die Bullen nicht geholt: damit es dem alten Mitro erspart bliebe, Andrejkos Verletzungen und Anetkas Vergewaltigung und Tod zu erklären … Vielleicht waren die Bullen aber auch von selbst auf diese Idee gekommen, vielleicht waren sie sich sicher, dass auch der kleine Zigeuner den Löffel abgegeben hatte, und sie wollten sich nun auf keinen Fall bei diesem nasskalten Wetter in die Siedlung schleppen. Denn hier in Poljana galten andere Gesetze, ein verletzter oder toter Zigeuner zählte nicht, die Ermittlungen wurden jedes Mal eingestellt; jeder Arzt war gerne bereit, den Totenschein umzuschreiben, weil auch Ärzte gerne trinken, außerdem brauchten sie die Leute aus dem Dorf, sie waren auf sie angewiesen, und letztlich waren auch sie nur Menschen … Hier auf dem Land wusste jeder viel über den anderen, und daher hielten alle den Mund. Um nicht erklären zu müssen, woher sie den frischen Rehbraten hatten, wie sie an die geschmuggelten Zigaretten gekommen waren, um nicht darüber reden zu müssen, wer noch vor ein paar Jahren die Bibel und die Solidarność-Abzeichen über die Grenze geschmuggelt hatte und wessen Haus vom Geld angsterfüllter chassidischer Juden gebaut worden war, die bereit waren, jeden Preis zu zahlen; Hauptsache, man führte sie auf die andere Seite der Berge.

Die Behörden waren zu weit weg von Poljana, und Gott,

der wohnte wiederum zu weit oben. Streitereien mit Amtspersonen zu vermeiden, Finanzbeamte anzulügen und auszutricksen, Ernte und Ware vor Gendarmen oder Soldaten zu verstecken, gehörte hier seit Menschengedenken zum Leben dazu. Und jeder wusste, dass sich auch morgen nichts daran ändern würde. Sobald Andrejko mit seiner kleinen Tochter verschwunden wäre, würde der Pfad zur Siedlung mit Gras zuwachsen, und wenn man im nächsten Frühling dorthin die Schafe zum Weiden triebe, würde alles aussehen wie früher. Sie wussten aber auch, dass sie für immer etwas verloren hatten, dass statt der kleinen Zigeunerfamilie nur Bitterkeit und ein rasch zusammengezimmertes Holzkreuz in einer Friedhofsecke zurückbleiben würden, ein Kreuz, das unter dem ersten Schnee verschwinden und im Frühjahr unter Brennnesseln kaum zu finden sein würde.

Vielleicht pflanzt dort jemand einen Baum, das hatte man doch früher so gemacht, kam Mihalič in den Sinn, eine Linde oder eine Birke, um daran zu erinnern, dass nichts wieder so sein würde, wie es einmal gewesen war.

Der Wind fuhr durch die kahlen Hagebuttensträucher, und auf der nassen Erde blieben ein paar blutrote Spindeln liegen.

Als der Sarg in die Grube gelassen wurde, halfen sie Andrejko aufzustehen, mussten ihn aber weiterhin stützen. Eine Weile war kein Laut zu hören, keiner wusste, was zu tun und zu sagen wäre, bis jemand eine Handvoll Münzen aus der Tasche holte und sie in das offene Grab warf. Als Mihalič das sah, schüttete er sein Portemonnaie über dem Sarg aus, die anderen folgten ihm schweigend, und auf einmal regnete es Münzen und Banknoten in die Grube. Wie früher die Zigeuner gaben die Dörfler ihr Geld an die Tote weiter, damit sie auf ihrer letzten Reise keine Not würde leiden müssen, und mit diesem Geld fiel auch ein Teil ihrer Last von ihnen ab, manche fühlten sich sogar ein kleines bisschen erleichtert.

Da es so kalt und nass war, ein richtiges Hundewetter war das, holte jemand eine Schnapsflasche hervor. Die Männer nahmen wortlos einen Schluck und gossen dann ein paar Tropfen Schnaps auf die Erde, sie reichten die Flasche auch an Andrejko weiter, aber er sah und hörte nichts, mit erloschenen Augen starrte er die schweren Erdklumpen an, die donnernd auf den Sarg fielen, als hämmerte eine blanke Faust an ein schweres Eichentor, verzweifelt und bar jeder Hoffnung, dass es sich öffnen würde …

Nach der Beerdigung brachte man Andrejko in den Wohnwagen. Halb trug, halb schleppte man ihn und ließ ihn dort aufs Bett fallen, so dreckig und schlammverschmiert, wie er war, mit all den blauen Flecken und blutverkrusteten Wunden.

Sobald er aufstehen konnte, verbrachte Andrejko ganze Tage am Fenster, er heizte nicht, er machte nicht einmal Licht. Seine Verletzungen heilten allmählich, aber er war nur noch ein Schatten seiner selbst. Als Mihalič und Pal'o ihn zum Arzt bringen wollten, schrie er und schlug um sich. Er wäre lieber gestorben, als dass er sich hätte wegbringen lassen, er musste doch auf Anetka warten, um da zu sein, wenn sie endlich von ihrer sinnlosen Reise zurückkäme, in der Tür stünde und ihn mit ihren großen schwarzen Augen anlächelte … Als er klein war, hätte man die alte Marika, die weise alte Frau und *stryga*, die einen Sud aus Heilkräutern kochen und aus der Hand lesen konnte, fast bei lebendigem Leib begraben, sie lag schon im Sarg, und alle weinten und rissen sich die Haare aus, und als sie den Deckel zumachen wollten, bemerkten sie, dass die Alte blinzelte, und als die Blumen und das Geld, mit denen sie Marika überschüttet hatten, in Bewegung gerieten, da stoben alle wie eine Schar Spatzen auseinander, wenn man in die Hände klatscht … Vielleicht, wenn er vom Friedhof alle Kerzen holen würde, die dort jetzt nach Allerheiligen standen, und sie alle zu Anetkas Grab bringen und anzünden würde, vielleicht fände sie wieder zu ihm zurück. In Prag hatten sie damals auch Kerzen vom Friedhof geklaut, den Toten das Licht genommen, weil die Lebenden mehr davon hatten, damit es den Lebenden auf ihrem Weg leuchtete …

Hätten ihn bloß die Gendarmen geholt, er hatte doch die Axt erhoben und einen Gadsche getötet, er hatte gegen das Gesetz verstoßen, so etwas verzieh man doch nicht, ähnlich wie man Hunde und Pferde nie ungestraft ließ. Eine stumme Kreatur konnte jeder mit Stock und Peitsche zurechtweisen, aber wehe einem kleinen Hund, wenn er ein einziges Mal zurückbiss, wehe einem Pferd, das ausschlug und seinen Herrn verletzte, die verarbeitete man gleich zu Würstchen – und wehe einem Zigeuner, der mit einem Messer auf einen Gadsche losgeht, wehe, dreimal wehe ihm …

Doch es verging ein Tag nach dem anderen, und die Erlösung kam und kam nicht, weder die Gendarmen noch Anetka zeigten sich. Nur die Nacht hatte Mitleid, da erschien ihm immer wieder Anetka, ganz in weiß gekleidet wie eine Braut, zart und durchsichtig, mit ihren großen schwarzen Augen, dem gewölbten Bauch und einem Kind auf dem Arm, und Andrejko schrie und streckte die Arme nach ihr aus, aber jedes Mal löste sich Anetkas weißer Schleier wie Morgennebel auf. Eines Tages setzte er sich nicht mehr ans Fenster, er blieb einfach im Bett liegen, auf dem Kissen, das immer noch nach ihren Haaren duftete, unter der Bettdecke mit den eingetrockneten Blutflecken. Andrejko starrte an die Decke, und in seinem Kopf wüteten rasende Schmiede, schwere Eisenbahnzüge fuhren dort hin und her, und er sah nur noch einen einzigen Weg vor sich, den, den auch seine Anetka genommen hatte. Von diesem Weg hätte ihn keiner mehr abgebracht, wäre da nicht die kleine Darja gewesen.

Als man die Kleine zu ihm brachte, erkannte sie ihn nicht. Dieses abgemagerte, bärtige und ungewaschene Wrack unter der schmierigen Bettdecke hatte mit ihrem Papa nichts gemein. Seine glanzlosen Augen und die knochigen Arme, in die man sie gelegt hatte, jagten ihr Angst ein, sie fing an zu weinen und wand sich aus seiner Umarmung. Die ganze Nacht schrie sie im Schlaf und weinte, Marika musste sie mit ins Bett nehmen und ihr Händchen halten, sie streicheln und trösten, dass alles wieder gut werde ...

Nach Darjas Besuch bohrte Andrejko den Kopf ins Kissen, und seine müden und erloschenen Augen füllten sich erstmals mit Tränen.

Am nächsten Morgen sah Mihalič schon von der Tür aus, dass das Essen, das er am Nachmittag zuvor auf den Tisch gelegt hatte, verschwunden war. Andrejko schlief und der Förster wollte ihn nicht wecken, er stellte ihm eine neue Tüte mit Essen hin, schob sich die Pelzmütze zurecht und machte sich leise aus dem Staub. Als er nachmittags erneut vorbeikam, sah er über den nackten Birkenzweigen einen dünnen Streifen Rauch in den Himmel steigen. Andrejko saß auf einem Hocker vor dem Ofen und legte Holz nach, das Feuer leckte mit gieriger Flammenzunge die brennenden Scheite ab und spiegelte sich in seinen Augen. Und dieser Funke, der ihn am Leben hielt, dieses Flackern, dieses Lebenslicht hieß Darja, sie war sein kleines Mädchen, ihm von Anetka anvertraut, damit er sie rettete, damit er sie von hier wegbrachte ...

Ein paar Tage später rollte er das Federbett zusammen,

wickelte eine Schnur darum und ging zum Forsthaus, reichte Paraska verschämt die Hand und sagte, dass er sich bedanken und beim Förster entschuldigen möchte, und dann machte er zum letzten Mal Feuer im Wohnwagen, warf wahllos ein wenig Kleidung für die Kleine in den Rucksack und stopfte das bisschen Geld, das sie noch hatten, in die Tasche. Und alles, was sich verbrennen ließ, verfütterte er an den Ofen, damit er es ein letztes Mal richtig warm hatte. Er wartete noch, bis es dunkelte, dann lief er ins Dorf und klopfte bei den Jasenčáks ans Fenster, trank mit Pal'o ein paar Schnäpse, zuerst um das eine, dann um auch das andere Bein zu stützen. Marika legte ihm die Kleine in den Arm, streichelte ein letztes Mal über ihr Köpfchen mit den schwarzen Haaren und gab ihr einen Kuss. Sie wischte sich mit einem Schürzenzipfel die Augen und flüchtete sich in das hintere Zimmer, damit Andrejko ihre Tränen nicht sah. Pal'o legte ihm den Arm um die Schultern und begleitete ihn wortlos zur Tür.

Gott schütze dich, Andrejko, sagte er auf der Schwelle und reichte ihm seine schwere Hand, und dann konnte er nur noch zusehen, wie Andrejko mit dem Rucksack auf dem Rücken und dem Mädchen auf dem Arm allmählich in der Nacht verschwand. Als Andrejko überraschend wieder auftauchte aus der Dunkelheit, stand er immer noch so da. Pal'o, Patenonkel, Andrejko griff nach seiner Hand, und Pal'o drückte ihn mit seinen schwieligen Händen an sich. Was für ein Patenonkel war er schon gewesen: Als die Kleine zur Welt kam, hatten sie irgendwie vergessen, darüber zu reden, und dann hatten sie keine Zeit mehr gefunden … Ach, weißt du, eigentlich habe ich dir zu danken, entfuhr es Pal'o, ich bin ja auch sein Patenonkel gewesen, er deutete auf Jankuras Haus – hättest du das nicht gemacht, hätte ich es machen müssen …

Darja, das Kinn auf die Schulter ihres Papas gestützt, beobachtete, wie die Lichter von Poljana immer kleiner wurden, nach einer Weile passierten sie die erste Straßenbiegung, und sie sah nur noch die schwarzen Umrisse der Bäume und die Sterne. Im Bach, der neben der Straße floss, gluckerte leise das Wasser zwischen den Steinen. Es war sehr kalt, aber Darja hatte ein dickes Pelzmäntelchen an, das man ihr bei den Jasenčáks angezogen hatte, sie schmiegte sich an ihren Papa, der Rhythmus seiner Schritte beruhigte sie und machte sie schläfrig. Ihr war, als säße sie auf einem Schiff, das sie immer weiter forttrug, bis in einen Hafen mit Reihen von Lichtern auf hohen Pfeilern, alles verschwamm in ihrem kleinen Kopf, die Lichter am Horizont und ein trauriges Lied, das Marika Jasenčáková ihr vorgesungen hatte: *Poljanko, Poljanko, maš prekrasny chotar, neprodala bym ťa, ni za bityj taljar …* Poljana, Poljana, was für ein schönes Land, ich würde dich nicht hergeben, für nichts auf der Welt … Der Bahnhof von Stakčín schob sich dazwischen und auch die lächelnde Frau am Schalter, die Andrejkos Frage nicht verstand: Pilsen, Sie meinen Pilsen? … Ja, wenn es nach Pilsen gehen soll, dann nach Pilsen … bitte schön … danke … gute Fahrt, auf Wiedersehen, sagte sie in ihrem weichen Slowakisch.

Da schlief Darja aber schon, weil sie begriffen hatte, dass die hohen Lichter draußen auf dem Bahnsteig eine Reise bedeuteten, den Beginn einer gemeinsamen Reise mit ihrem Papa, an deren Ende sich ein Hafen mit dem merkwürdigen Namen Pilsen befand. Doch bevor sie die Augen schloss, murmelte sie noch, Wo ist Mama, *dajori* … und ihr Papa schloss sie fest in seine Arme, damit keiner kommen und sie ihm entreißen konnte, so wie ihm schon so oft alles entrissen worden war, was er geliebt hatte, und bittere Tränen liefen über seine Wangen.

26.

Es nieselte, hinter den Fenstern zog eine graue und durchnässte Landschaft vorbei. Die Stahlräder klopften rhythmisch neue und immer neue Streckenkilometer auf die Gleise: Kysak, Margecany, Spišská Nová Ves … Verehrte Reisende, Sie sind in Poprad angekommen, meldeten die Lautsprecher am Bahnhof, und der Gebirgszug der Hohen Tatra lag schneebestäubt da, der Nachtzug kämpfte sich durch die Dunkelheit, Andrejko kuschelte sich in den Sitz hinein, und sein Kopf fiel ihm immer wieder zur Seite, während die müde Darja zusammengekauert auf seinem Schoß schlief.

Von der Blechtafel im Gang neben der Waggontür leuchteten die Zauberworte Praha – Hlavní nádraží, Prag – Hauptbahnhof, alles wiederholte sich, der Kreis schloss sich, und Andrejko fühlte sich erneut wie der kleine Junge, der neben Onkel Fero saß und mit ihm an einen Ort fuhr, an dem sich die Sonne schon am Nachmittag versteckte, er saß in dem gleichen Nachtzug auf derselben Strecke, und die Erde raste erneut nach hinten, Bäume, Berge, Ortschaften, Bahnhöfe und Haltestellen huschten am Fenster vorbei, die Stahlräder trommelten den gleichen holperigen Rhythmus auf die Gleise, es klang wie ein Pferd, das durch eine Winternacht galoppiert und dessen Hufe das Eis erklirren lassen und über den hart gefrorenen Acker donnern …

Unvermittelt rüttelte ihn jemand an der Schulter: Pass- und Zollkontrolle, Ihre Dokumente, bitte!, verlangte eine dröhnende Stimme. Andrejko blinzelte und wischte sich mit seinem schmutzigen Ärmel über die Augen. In der Abteiltür stand ein Zollbeamter in grauer Uniform, und Andrejko fürchtete, dass sie gestern Abend in Humenné den falschen Zug erwischt hatten, dass er schon wieder alles durcheinandergebracht hatte, er sprang vom Sitz, aber der Zöllner war im Weg und trommelte mit den Fingern auf das Köfferchen, das er vor dem Bauch trug. Ihre Dokumente, Reisepass oder Personalausweis, leierte er ungeduldig herunter, und Andrejko suchte geflissentlich seine Taschen ab, obwohl er wusste, dass es dort keinen Ausweis gab.

Die Mitreisenden warfen Andrejko mürrische Blicke zu, als wäre es seine Schuld, dass der Zug seit einer halben Stunde dort stand und warten musste, bis die Zöllner ihre Runde beendet hatten, als wäre ausgerechnet dieser schmutzige und schlecht riechende Zigeuner für die unnötige Verzögerung verantwortlich, für diese Grenze, die noch gestern nicht da gewesen war. Schließlich befahl der Zöllner Andrejko, ihm zu folgen, und brachte ihn mit Darja in das Bahnhofsgebäude, an dem in hell leuchtenden Buchstaben Horní Lideč stand.

Ein Name, der so sanft klingt, als wollte er einem die Seele streicheln, schoss Andrejko durch den Kopf, als man ihn und das weinende Mädchen in einen Raum mit anderen Festgenommenen hineinbugsierte. Die Tür fiel mit einem lauten Knall hinter ihnen ins Schloss, Andrejko drehte sich um und erstarrte, denn von innen gab es keine Klinke.

Die Neonröhre an der Decke blinkte auf und erlosch gleich wieder.

Jetzt haben sie mich, dachte er und drückte das Mädchen noch fester an sich, jetzt haben sie mich erwischt, jetzt sperren sie mich ein oder hängen mich gleich auf. Seine Augen glitten über die Wände, das kleine Fenster war sehr schmal, aber Andrejko war dünn, da passte er durch, die Zöllner waren ohnehin noch mit dem Zug beschäftigt. Er stürzte zum Fenster, riss es auf, kalte Luft strömte herein, und die anderen im Raum, Ukrainer, Armenier oder Kurden, sie alle hoben die Köpfe, aber keiner rührte sich, manche berieten leise, wie viel sie wohl hinblättern müssten, wenn sie mit dem nächsten Zug weiterwollten.

Das hier war nicht die erste Grenze, die sie auf ihrer Flucht überwinden mussten, auch sie waren ins Gelobte Land unterwegs.

Aber Andrejko beachtete niemanden und warf den Rucksack zum Fenster hinaus, schob Darja hinterher und ließ sie los, zum Glück war es nicht hoch, dann quetschte er sich durch die Öffnung und sprang, schulterte den Rucksack, nahm das Mädchen auf den Arm und rannte los, so schnell er konnte, weg von den Zöllnern und weg von der Zelle ohne Klinke …

Jetzt würde ihm keiner mehr die Tür vor der Nase zuschlagen.

Nachdem die Zöllner auch den letzten Waggon abgefertigt hatten und der Zug sich wieder in Bewegung gesetzt hatte, bemerkten die Reisenden aus Andrejkos Abteil auf der Straße neben den Gleisen eine unter einem schweren Rucksack gebeugte Gestalt, die mit einem Kind auf dem Arm auf dem Seitenstreifen dahinwankte.

Erst am nächsten Bahnhof machte Andrejko halt, unter einem Schild mit dem schönen mährischen Namen Lidečko.

27.

In der Bahnhofsgaststätte von Vsetín stand der Wirt am Zapfhahn wie ein Pfarrer vor dem Altar; feierlich, als hielte er einen Gottesdienst ab, stocherte er mit einer Gabel in einem Einmachglas, zog sauer eingelegte Fleischwurst mit Zwiebelringen heraus und zapfte riesige Gläser golden funkelndes Bier mit weißer Schaumkrone, als wollte er sagen: Nehmet und trinket alle daraus, denn das ist mein Blut und mein Leib, das Blut dieses Landes, das für Euch vergossen wurde ... Beim Servieren musste er sich seinen Weg durch Zigarettenrauch bahnen und Schweiß perlte von seiner Stirn, der cremige Schaum lief vom Glasrand auf seine behaarte Hand und tropfte auf die fleckigen Tischdecken mit den schwarzen Brandlöchern. Auch vor Andrejko landete ein Halbliterglas, und er führte es zum Mund und trank das bittere, golden funkelnde Bier. Das flüssige Brot, geboren aus bitterem Hopfen und sonnigem Gerstenmalz, gegoren im Gärkeller und in Fässern gereift, damit es einem die Seele streichelt, wie eine Mama, wenn sie die Kinder ins Bett bringt ...

In einer Ecke hockten junge Männer mit einer Ziehharmonika, sie bestellten in einer Tour Bier und Schnaps und grölten: *Ja su synek jako břinek, břuch mám jak opálka* ... Ich bin ein Kerl, so jung und scharf, hab 'nen Bauch wie eine Tonne ... *a bych já dávno umřel, gdyby ni gořalka* ... und ohne Schnaps wär ich schon tot, der Schnaps ist meine Wonne.

Es dämmerte bereits, als Andrejko mit der schlummernden Darja den Bahnsteig gefunden hatte, an dem der Schnellzug nach Valašské Meziříčí, Olomouc und Prag mit ohrenbetäubendem Kreischen und Quietschen hielt.

Bei ihrer Suche nach dem richtigen Bahnsteig wurden sie von dem trunkenen Gesang begleitet: *Až já umřu, ležať budu, chovejte mě v městě … bečulenku s gořalenkú nade mnou zavěstě …* Und wenn ich tot bin, bleib ich liegen, lasst mich in der Stadt … nur hängt mir über meinen Kopf ein Fass mit Schnaps … Andrejko stolperte über die Gleise, wankte die Stufen in den Waggon hinauf, Darja verzog das Gesicht zum Weinen, aber er fühlte sich wohl. Wo gesungen wird, dort ist es gut, von dort führt ein Weg nach Hause …

Vor ihm lag das berühmte und reiche Prag, die Stadt der steinernen Brücken, goldenen Türme und engen Gassen, die Stadt wundertätiger Rabbiner und Alchimisten, eine Stadt, die von einer Kathedrale gekrönt wurde, dem Veitsdom, der bei Vollmond leuchtete, weil in seine Grundmauern ein keltischer Menhir eingemauert wurde und auch die Bastschuhe, die von tschechischen Fürsten getragen worden waren, damit sie nicht stolz wurden. Aber auch Pilsen lag vor ihm, die Königsstadt, die an einer Stelle erbaut worden war, an der sich alte Handelswege kreuzten und vier Flüsse zusammenflossen, sie stand unter dem Schutz des Ritters Žumbera und unter der Aufsicht des runden Wasserturms der Brauerei, es war eine stolze Stadt mit breiten Straßen, die mit großen Steinplatten gepflastert waren, über die schwere, von starken Brauereipferden gezogene Wagen ratterten. Dort im Westen lag das Land, wo kein Gott den König schützte und niemand vor Heiligenbildern kniete oder sich heißblütig in jeden sich bietenden Kampf stürzte. Dort lag das Land, wo Milch und Honig flossen, wo Kiefern am Fuße der Felsen rauschten und wo die Menschen statt der Perlen eines Rosenkranzes Hopfenzapfen zählten und kein Blut, sondern pures Bier vergossen …

Der Zug ratterte in die trübe abendliche Dämmerung hinein, der Lärm der Bahnhofskneipe blieb allmählich zurück.

Auf die steilen Hänge der mährischen Walachei und die im Schlamm versinkenden Weiler fielen schwere Schneeflocken herab.

28.

Ähnlich wie eine brennende Lampe nachts die Motten anlockt oder das Licht eines Leuchtturms vom Kurs abgekommene Schiffe durch die Dunkelheit leitet, so fühlten sich Taugenichtse und Bettler und Penner aus ganz Prag vom Bahnhofsbüffet angezogen. Bärtige, ungewaschene Kerle und schmierige Weiber tranken an bekleckerten Tischen ihr Bier, stritten sich um Essensreste, die Reisende in ihrer Hast hatten stehen lassen, und verließen das Büffet nur, um auf einer Bank ein Nickerchen zu halten oder im Park vor dem Bahnhof ihre Notdurft zu verrichten. Dort hinein sank Andrejko wie ein Kieselstein auf den Grund eines Flusses, er wirkte, als hätte er seit Menschengedenken hier genächtigt, still nippte er an seinem Bier, und Darja saß ruhig zu seinen Füßen auf dem Rucksack und knabberte an einem Brötchen, das sie dann und wann in den bitteren Schaum eintunken durfte. In seinem Bauch brodelte es wie auf stürmischer See, in seinem Kopf zersprangen klirrend schwere Kristallvasen, eine immer größere Hoffnungslosigkeit erfüllte ihn, Angst erfasste ihn: Angst vor dieser merkwürdigen und unvertrauten Welt, in die er zurückkehrte, Angst vor der leuchtenden Neonreklame und den gleichgültigen Gesichtern, die an ihm vorüberzogen, Angst vor dem Bahnhof, wo sich niemand zum Schlafen niederlegte, und Angst vor einer Nacht, von der man nicht wusste, was sie bringen würde …

Der Bahnhof pulsierte im dröhnenden Rhythmus von Maschinen, verrückte Schmiede, außer Rand und Band geraten, schlugen rostige Nägel in Andrejkos Schädel. Ein paar Glatzen rannten durch die Bahnhofshalle, sie schienen jemandem auf den Fersen zu sein, eine Weile später sah er sie wieder, sie standen im Kreis und traten gegen etwas oder gegen jemanden, Reisende liefen achtlos an ihnen vorbei, nicht einmal die Obdachlosen hoben die Köpfe von ihren schimmeligen Brotkanten und dem schal gewordenen Bier, rumänische Matronen in weiten Röcken stillten weiter ihre schmuddeligen Babys, und die Bullen wechselten schleunigst auf die andere Bahnhofsseite, damit sie nichts gesehen haben mussten.

Sollte seine Reise hier zu Ende sein? Sollte das hier das Gelobte Land sein?

Hätte er wenigstens den Mut, ein Glas zu zerschlagen, sich die Pulsadern aufzuschneiden oder die Scherben herunterzuschlucken, dann hätte man ihn vielleicht in die Klapse gebracht, dort war es so schön still. Aber zuerst musste er Darja in Sicherheit bringen, sein kleines Mädchen, das hatte er Anetka versprochen. Doch die Nacht war lang und bis zum Morgen dauerte es noch ewig. Am Nebentisch hörte er einen Mann erzählen, wie er seine Arbeit verloren hatte und wie dadurch seine Frau von Stund an eine andere geworden war, so dass er sich schließlich aus dem Staub hatte machen müssen, er hatte ihr alles dagelassen, das Haus, das Geld, sogar seine Zahnbürste, und war mit dem erstbesten Zug abgedampft. Und nun sei er hier, sagte dieser Mensch mit müder Stimme. Er habe sich schon dran gewöhnt, der Mensch sei ja ein Gewohnheitstier, nur die Kinder fehlten ihm, Weihnachten stehe vor der Tür, das erste Mal Weihnachten auf dem Bahnhof, das tue schon weh …

Als Darja schläfrig wurde, ließ sich Andrejko ein letztes Bier einschenken und setzte den Rucksack auf, mit einer Hand hob er die Kleine hoch, in der anderen hielt er den Becher und ging mit unsicheren Schritten zu den Bänken, auf denen sich Obdachlose breitgemacht hatten. Dort bettete er Darja auf seine Jacke und deckte sie mit seinem Pullover zu. Im Hemd war ihm nicht kalt, das Bier wärmte, und dann setzte er sich zu ihr, nahm ihre Hand, streichelte ihre schwarzen Haare und sah zur großen Wanduhr, die ganz langsam, beinahe lustlos, die Stunden abzählte, die sie von dem ersten Morgenzug nach Pilsen trennten.

Die Uhr versank allmählich in Dunkelheit, die Decke der Bahnhofshalle drehte sich wie ein Karussell, das man vergessen hatte anzuhalten, und Andrejko schlief ein.

Der Bahnhof erwachte in einen neuen Tag, und Andrejko blinzelte verschlafen. Er war todmüde und wusste nicht mehr, was Traum und was Wirklichkeit war, aber etwas schien nicht zu dem Bahnhofslärm zu gehören. Panisch hob er den Kopf. Darja stand neben ihm, sie weinte und jammerte, ein dünnes Rinnsal floss an einem Beinchen hinunter … Andrejko sah sich erschrocken um, scharenweise eilten Reisende an ihnen vorbei, aber keiner blickte zu ihnen hinüber, und wenn doch einer das unglückliche Mädchen bemerkt haben sollte, wandte er angeekelt den Blick ab. Ein paar Meter weiter beugten sich zwei Polizisten über einen verdreckten, unrasierten Alten in einem wattierten Mantel, er suchte in seinen Taschen nach etwas, und die verklebten Barthaare an seinem Kinn zitterten … Andrejko packte eilig den Rucksack zusammen, etwas fiel ihm in der Hast zu Boden, aber er hatte keine Zeit, sich zu bücken, er schnappte sich noch den Becher mit dem schal gewordenen Bier, nahm das schluchzende Mädchen auf den Arm und verschwand rasch in die entgegengesetzte Richtung.

Der erste Morgenzug nach Pilsen war schon weg.

Andrejko streunte mit Darja auf dem Arm durch die Bahnhofshalle, trank das Bier und suchte nach einer Ecke, wo er sie umziehen und waschen könne. Aber wen sollte er fragen? Er wandte sich an eine Frau in Eisenbahneruniform und stotterte: Bi-bi-tte schön, wo – wo finde ich …, aber die Frau warf ihm nur einen verächtlichen Blick zu und griff in ihre Tasche. Andrejko hörte in seinem Becher Münzen klimpern und erstarrte, damit hatte er nicht gerechnet, das hatte er nicht gewollt. Der Becher glitt ihm aus der Hand und die Münzen kullerten auseinander.

Dann machte er sich mit dem Mädchen auf dem Arm erneut auf die Suche nach einem Waschraum.

Kurz darauf standen sie schon unter der Dusche. Darja tapste durchs Wasser, während Andrejko ihre nassen Sachen mit Seife und Bürste bearbeitete, dann nahm er sich auch die Kleine vor und wusch sie gründlich, zum Schluss standen sie gemeinsam unter dem heißen Wasserstrahl und bespritzten sich mit Wasser. Wenigstens in diesen wenigen Minuten waren sie zufrieden und glücklich.

Und schon wieder warteten sie auf den Zug, die saubere und nach Seife duftende Darja saß auf einer Bank und Andrejko lief auf dem Bahnsteig auf und ab. Ein Stückchen weiter ging irgendetwas vor sich, ein paar Leute standen im Kreis um einen Typen in Lederjacke mit schwarzen Haaren und einem dunklen Gesicht. Er hockte vor einer umgedrehten Bananenkiste, auf der er flink schwarze Gummiplättchen verschob, und murmelte ununterbrochen: Gutt … Nicht gutt …

Gutt … Jetzt Vorsicht, nicht gutt, hier gutt, wer macht mit … Von Zeit zu Zeit drehte er eines der Plättchen um und zeigte, dass auf der anderen Seite ein goldenes Wappen prangte. Wenn er mit dem Mischen der Plättchen fertig war, tauchte jedes Mal von irgendwoher eine Hand mit einem Tausend-Kronen-Schein auf, legte das Geld auf eines der Plättchen und nahm dann wortlos den Gewinn entgegen, ebenfalls einen Tausender. Andrejko sah den flinken Händen zu und merkte, wie leicht es war, das richtige Plättchen zu erraten. Die Aussicht auf das schnelle Geld blendete ihn, sie ließ ihn zwischen den Gaffern nach vorn treten und zog ihm einen Tausender aus der Tasche … Die Menge sah schweigend zu. Der dunkle Typ, der mit dem Mischen und Zaubern beschäftigt war, nahm Andrejkos Banknote zwischen die Finger und schnipste mit dem Daumennagel das Plättchen um, auf das Andrejko gezeigt hatte, aber auf der anderen Seite war nur ganz normales pechschwarzes Gummi … Andrejko erstarrte und hörte wie aus ganz weiter Ferne: Nicht gutt, mein Herr, Vorsicht, nicht gutt … gutt, gutt, Achtung, hier nicht gutt, hier gutt, wer macht mit, nicht gutt, hier gutt … Die Plättchen wechselten geräuschvoll ihren Platz, das Wappen tauchte wieder dort auf, wo es auch hingehörte, und Andrejko überlegte fieberhaft, wie er das verlorene Geld zurückbekommen konnte, es war das Geld einer ganzen Arbeitswoche, für Arbeit von Montag bis Samstag, von Sonnenaufgang bis Sonnenuntergang, in unerträglicher Hitze, bei Regen oder beißendem Frost … Als er klein war, hatten sie ein ähnliches Spiel mit Nussschalen und einer Glasperle gespielt, damals war Andrejko der Schnellste, keiner konnte es mit ihm aufnehmen. Und schon zog er den nächsten Tausender aus der Tasche und kurz darauf den nächsten, um zumindest den zweiten zurückzugewinnen. Mit weit aufgerissenen Augen kratzte er schließlich sein restliches Geld zusammen, aber der Dunkelhäutige schob seine Hand zur Seite: Nicht gut, ein Spiel tausend Kronen … Andrejko zog sich zitternd zurück, vor lauter Scham stieg ihm das Blut in den Kopf, er sah, wie eine Hand aus dem Nichts auftauchte und einen Tausender auf eben jenes Plättchen legte, auf das auch er hatte zeigen wollen, er sah sie eben noch den Gewinn kassieren, und schon zogen sich die fremden Rücken und Lederjacken vor ihm zu einer undurchsichtigen Wand zusammen, wie die Wasseroberfläche eines trüben Dorfteichs, nachdem man einen Stein hineingeworfen hatte …

Das sind nicht unsere Leute, schoss ihm durch den Kopf, die waren aus dem Osten, so reden doch Ukrainer oder Russen. Das passte aber irgendwie nicht, es ergab keinen Sinn für ihn, die Ruthenen von Poljana waren schweigsam und hart im Nehmen, tagsüber beugten sie sich über ihre Ackerfurchen, abends über das Schnapsglas auf dem Wirtshaustisch, mit rauen Händen jagten sie sich Selbstgebrannten durch die Kehlen. So, abgerackert und angetrunken, mit schwieligen Fingern, so kannte er sie, in abgewetzten Jacketts mit durchgescheuerten Ellbogen … Diese hier, mit ihren Lederjacken und Goldketten um den Hals, die waren anders … Ein paar Meter weiter standen zwei, die sich vorhin um den Plättchenmagier herumgedrückt hatten, sie pressten einen armen Kerl in einem dünnen, billigen Jogginganzug gegen einen Pfeiler, neben ihm stand ein Pappkoffer, der Mann blickte verzweifelt um sich, es war nicht zu übersehen, dass er von einer Baustelle unterwegs nach Hause war. Er zögerte einen Moment, aber als die beiden deutlicher wurden, zog er sich die Schuhe aus und fingerte das Geld aus den Socken, er wollte ihnen ein paar Banknoten abzählen, doch die beiden nahmen alles und gaben ihm nur die Fahrkarte zurück, damit er verduften konnte, sie tasteten ihn noch rasch ab, und schon schlurften sie davon, die Hände lässig in den Taschen. Der Bahnhofsbetrieb lief weiter, Menschen mit Gepäck eilten an ihnen vorbei, gelangweilte Bullen hingen am Kiosk herum, und der Lautsprecher meldete quäkend: Gleis drei Abfahrt der internationale Schnellzug Dukla nach Košice, Čierna nad Tisou, Lviv und Kiev.

Fassungslos nahm Andrejko die Kleine auf den Arm und wollte schon gehen, dann aber ließ es ihm keine Ruhe, und er drehte sich um. Keine Lederjacke weit und breit. Vielleicht hatte er das nur geträumt, es war wie ein Albtraum, wie ein Hieb mit einem dornigen Stab kurz vor dem Aufwachen, aber ein paar Schritte entfernt stolperten Menschen über eine Bananenkiste, und das Geld, sein Geld, war weg.

29.

Ist das nun unser Haus, oder nicht? Inmitten von Petrohrad zermarterte sich Andrejko den Kopf. Wo waren das Geschrei, der Lärm, die Hunde und die herumtobenden Kinder? Die Fassade hatte einen neuen, farbigen Anstrich, statt der kleinen Fenster im Parterre und des abgeschlagenen Putzes schaute ein riesiges Schaufenster mit Pullovern und Blusen auf die Straße. Aber die Fenster der oberen Stockwerke und die Haustür kamen ihm vertraut vor, sogar unter der schimmernden frischen Farbe, vertraut waren ihm auch die Straßenlaternen, die zwischen den Häusern hingen, die Linden, die Akazien und der mit Steinplatten gepflasterte Gehweg. Andrejko setzte Darja ab und griff nach der Klinke.

Wie viel Zeit war vergangen, seit er das letzte Mal diese Tür hinter sich geschlossen hatte? Die Tante sah aus wie eine zerknitterte ausgelesene Tageszeitung, sie hatte Tränensäcke unter den Augen, einen herabhängenden Bauch, eine versoffene, rauchige Stimme und traurige, schlaffe Brüste. Sie war heiser und musste sich immer wieder räuspern. Andrejko biss sich auf die Lippen. Es tat ihm alles so leid, sogar die hier verbrachten Jahre, die auf einmal ganz gegenwärtig waren … Aber auch sie las in ihm wie in einer klaren Quelle, auch sie wusste gleich, woran er dachte, und zuckte mit den Schultern: *Keci phaba, ajci e phabal'in band'ol*, wie viele Äpfel der Baum hat, so tief beugt er sich …

Und Andrejko schoss die Frage durch den Kopf, wie tief sich dieser Baum überhaut noch beugen konnte …

Die Wohnung war genauso, wie er sie in Erinnerung hatte, vielleicht noch etwas weiter heruntergekommen, ein säuerlicher Geruch hing in der Luft. Die Tante hatte schon immer ungern gelüftet. Andrejko betrachtete die nachgedunkelten Wände und die Wollmäuse unter den abgeschlagenen Möbeln, er fasste alles an, jeden Schalter probierte er aus, jede Klinke streichelte er. Schließlich ließ er Darja im Badezimmer den Hahn aufdrehen und zeigte ihr den sprudelnden Wasserstrahl. Die Kleine klatschte in die Hände, und Andrejko sagte, warte, das ist noch gar nichts, und zog sie ins Wohnzimmer, wo immer der Fernseher gestanden hatte, der gebrauchte schwarz-weiße, bei dem man ein paar Minuten warten musste, bis die Röhren glühten, aber auf der Kiste mit dem Bettzeug lagen nur Staub und ein Haufen alter Illustrierten. Der Fernseher war weg.

Und noch etwas fehlte, eines konnte nie wieder sein wie früher.

Die Tante stach ihm das Messer direkt ins Herz. Anetka … wo ist sie?

Wo ist Anetka?, wiederholte sie nach einer Weile, und Andrejko zog den Kopf zwischen die Schultern und heftete den Blick auf den Boden.

Dort, flüsterte er und deutete vage nach hinten, zur Tür und ins Treppenhaus, von wo er und Darja gekommen waren, dort ist sie …

Was macht sie dort? Dic Tante ließ nicht locker. Warum ist sie nicht mitgekommen?

Nichts, was sollte sie denn … schlafen tut sie … es geht ihr gut, brachte er mühsam hervor. Als würde man sein Innerstes mit glühendem Eisen versengen. Das … das ist ihre … das ist unsere … Darja, unsere kleine Tochter, fügte er nach einer Weile hinzu und zeigte auf die Tür, hinter der das müde Mädchen schlief. Anetka … Anetka gibt es nicht mehr … Und er fing leise zu weinen an.

Erst jetzt, als Ida sich über ihn beugte, als sie ihm von Nahem ins Gesicht sah, erst jetzt las sie in seinen Augen, was passiert war. Ajajaj … meine Anetka!, rief sie wehklagend, verstummte aber gleich wieder, und Andrejko wurde bewusst, wie lange es her war, dass er zuletzt Tränen in ihren Augen gesehen hatte, und wie ähnlich ihre hinter den schweren Lidern verborgenen tiefschwarzen Augen denen von Anetka waren … Er saß am Tisch, zu erschöpft, um auch nur noch ein einziges weiteres Wort zu sagen, und Ida taumelte durch die Küche, rang die Hände und rief laut nach ihrer Tochter. Sie schluchzte und raufte sich die Haare, ließ sich schwer auf den Stuhl fallen und sog geräuschvoll die Luft ein, dann sprang sie unvermittelt auf, bohrte einen Finger in Andrejkos eingefallene Brust, und ihre blutunterlaufenen Augen spien wütende Flammen.

Du, du hast sie dahin geschleppt, schrie sie mit sich überschlagender heiserer Stimme, in dieses verfluchte Kaff am Arsch der Welt … Es ist deine Schuld … Anetka, *čhajori*, mein Mädchen … Du hast sie umgebracht! Sie stürzte sich auf Andrejko, trommelte mit den Fäusten auf ihn ein, er aber starrte nur weiter vor sich hin, schweigend, ohne sich zu rühren, selbst dann nicht, als sie einen Teller nach ihm warf und ihn an den Haaren packte und seinen Kopf auf die Tischplatte schlug, er wehrte sich nicht einmal, als sie mit einem stumpfen Küchenmesser auf ihn einstach.

Die Stiche taten nicht weh, das Blut, das durch sein Hemd sickerte, war ihm gleichgültig … Ida brach verzweifelt zusammen, sie sackte auf den Boden, das Messer glitt ihr aus der Hand, und ihr pfeifender Atem wechselte in ein würgendes Röcheln. Nach einer Weile stand Andrejko auf und schleppte sie ins Nebenzimmer, dort legte er sie neben Darja ins Bett und setzte sich zu ihr, mit der einen Hand hielt er ihre schwere, geschwollene Hand, mit der anderen Hand streichelte er die dünnen Finger seines Mädchens. Er hatte nicht einmal die Kraft zu schluchzen, er saß einfach nur da.

Ida, die zu erschöpft war, um Andrejko umzubringen, atmete schwer, und Andrejkos Augen wanderten durch den Raum, sie streiften das Bett, in dem seine Anetka geschlafen hatte, den Stuhl, auf dem sie gesessen hatte, und die Klinke, die sie berührt hatte, sie bohrten sich in den Fußboden, in die Dielen hinein, auf denen sie getanzt hatte, barfuß und im rosa Kleidchen, die anderen hatten um sie herumgestanden und ihre trippelnden Schritte mit Händeklatschen angefeuert …

Die Tante kam erst gegen Abend wieder zu sich. Die Bullen sind hiergewesen, sagte sie ruhig, als wäre einige Stunden zuvor nichts geschehen, und sie stellte ein randvoll gefülltes Schnapsglas vor Andrejko. Er roch daran und Tränen schossen ihm in die Augen. Was für ein Zeug war denn das, Brennspiritus oder Lösemittel, so roch normaler Alkohol doch nicht, nicht mal der *horilka*, der Waschschüsselschnaps aus Poljana, hatte so gestunken. Andrejko erschauerte, aber er tat, als nippte er daran, während Ida das Glas in einem Zug herunterkippte und sich sofort ein neues eingoss.

Also bist du Anetkas Tochter, sagte sie zu Darja, meine Enkelin … und ich bin deine Oma, fügte sie schnell hinzu und Darja duckte sich erschrocken.

Versteht sie mich nicht? Die Tante zog die Augenbrauen

hoch, und Andrejko warf verlegen die Arme auseinander: Na, wir haben … wir haben auf Romani …

Romani, Romani … die Tante verzog das Gesicht, wir sollen so reden, wie's gut ist für uns … was bringt uns das Romani schon? Jetzt ist nichts mehr gut, sagte sie nach einer Weile, wenig Kinder – wenig Geld, an jeder Ecke eine Bank, aber wozu ist eine Bank gut, wenn man kein Geld hat … das alles ist ja auch nicht für uns, das ist nur für sie gut, für die Gadsche … als hätten sie anderes Blut als wir … Die Arschlöcher haben Marián und Imro wieder eingesperrt. Für uns Zigeuner bleibt wieder nur Scheiße übrig …

Auf einmal sagte sie: Und Geld … hast du Geld?

Andrejko stand auf und suchte seine Taschen ab, da kam einiges auf dem Tisch zusammen, ein schmutziges Taschentuch, eine entwertete Bahnfahrkarte, eine Quittung und ein abgerissener Knopf, ein Stück Paketschnur und sein restliches Geld, ein paar Hunderter und eine Handvoll Münzen. Noch heute früh waren es dreitausend mehr gewesen. Aber er schwieg und zuckte nur mit den Schultern.

Na … das ist nicht viel, sagte Ida und zog den größten Schein aus dem Haufen. Tschechoslowakisch, sagte sie, der gilt nicht mehr, und der hier, der hat einen slowakischen Aufkleber, der muss getauscht werden, aber auf der Post wird man sowieso bestohlen, man kriegt immer weniger. Als ob es nicht egal wäre, tschechisch oder slowakisch, schimpfte sie und steckte dabei das Geld in die Tasche, dann kippte sie ihren Schnaps hinunter und Andrejkos gleich hinterher und torkelte zur Tür hinaus.

Kurz darauf schlüpfte Tibor in die Küche. Er war ganz mager und kratzte sich in einem fort, keinen Moment blieb er ruhig sitzen, als würde ihn alles jucken, seine Hände zitterten, pausenlos trommelte er mit den Fingern auf den Tisch und spielte dabei mit einem Teelöffel, einer Streichholzschachtel oder einem Kronkorken.

Du, Andrejko … hat euch auch keiner gesehen?, fragte er plötzlich.

Na … der, dem das Haus jetzt gehört, der da unten diesen Laden hat … Wir müssen ganz leise sein, damit er uns nicht rausschmeißt, die Bullen sind schon paarmal hiergewesen, er hat sie geschmiert, erzählte Tibor, und Andrejko dachte an die neue Fassade und das Schaufenster.

Ist egal, Tibor unterbrach sich, als er Andrejkos Verwirrung bemerkte, aber zeig dich hier lieber nicht zu sehr …

Tante Ida kam erst am nächsten Tag zurück. Was glotzt du so, sagte sie barsch, als sie Andrejkos vorwurfsvollen Blick sah, was glotzt du so, ging nicht früher …

Was ging nicht?, entfuhr es Andrejko. Und mein Geld?

Tu nicht so blöd, fertigte sie ihn barsch ab und verzog sich ins Nebenzimmer, von wo man bald ihre schweren Atemzüge vernahm. Andrejko lugte hinein. Ida lag auf dem Bett, so wie der Schlaf sie übermannt hatte, halb ausgezogen, ungewaschen und ungekämmt, sie sah wie eine zerknüllte Brottüte aus … und Andrejko schloss leise die Tür, setzte sich an den Tisch und stützte den Kopf in die Hände. Darja lag im Bett, sie klagte über Schmerzen und wollte nicht aufstehen, sie war ganz heiß und der Bauch tat ihr weh, wahrscheinlich hatte sie sich eine Erkältung geholt, in der Dusche am Bahnhof war es sehr warm gewesen, der Zug hingegen war ungeheizt. Was sollte aus der Kleinen werden, wer würde sich um sie kümmern, wenn ihn die Polizei holen sollte, Ida versäuft doch alles gleich … Was sollte er mit Darja machen, was um Gottes willen sollte er gegen ihre Bauchschmerzen machen?

Kannte er hier überhaupt noch jemanden? Die Ärztin aus der Klapse in Dobřany … oder den ehemaligen Schuldirektor, der selbst im Heim gelandet war, als ganz gewöhnlicher Lehrer … Milan, sein Cousin, der könnte vielleicht helfen, aber der war nicht da, außerdem hatte Ida ihm von Milans neuester Idee erzählt: Sobald Marián und Imro aus dem Knast rauskommen, noch vor Weihnachten, würden sie ihr ganzes Geld zusammenkratzen, Flugtickets in den Westen kaufen und dort um Asyl bitten, weil sie von den bösen Tschechen geschlagen werden … Warum nicht, wenn wir jetzt diese Freiheit haben, sagte Ida, selbst wenn man sie von dort wieder zurückschickt; dann bringen sie Geld heim und bekommen außerdem noch die Sozialhilfe für das ganze letzte Jahr und den Schlüssel für 'ne neue Wohnung, die alte werden sie verkaufen müssen, um Geld für die Flugtickets zu haben, die fahren doch nicht mit dem Bus so weit! Das haben Marián und Imro auch gleich kapiert, die zermartern sich den Kopf nicht mit unnötigen Gedanken, sie schauen sich nicht um und sind nicht pingelig, sondern gehen dahin, wo es gut für sie ist, wo man noch was kriegt. Am Vortag hatte Ida Andrejko ordentlich die Leviten gelesen. Du bist und bleibst ein Dummkopf, immer hast du alles anders gemacht, Anetka könnte noch bei uns sein, dann hätten wir Geld genug, ajajaj …

Er hörte die Tante im Nebenzimmer husten, sie röchelte, ihre Stimme war ganz heiser, ihre Lungen schienen zu bersten, und Andrejko biss sich auf die Lippen. *Love*, Penunze, Geld, schon wieder dieses verfluchte Geld … In manchen Kneipen sammelte man Geld, hatte Ida erzählt, man spendete für die Zigeuner, für ein Flugticket, nur für den Hinflug allerdings …

Vielleicht hatten seine Cousins recht, vielleicht war es wieder an der Zeit, die Fesseln zu durchtrennen, die Brücken hinter sich abzubrechen und die Pferde anzuspannen, so wie damals die Dunkas von Poljana, als sie ihre Bruchbuden in Brand steckten, damit sie es ein letztes Mal warm hatten, und dann die nächste Etappe ihrer langen Reise in den Westen in Angriff nahmen, der Sonne hinterher. Vielleicht waren Ostrava, Prag und Pilsen nur vorübergehende Stationen, wie Lager, die man mitten in der Steppe aufschlug. Vielleicht war wieder eine Zeit angebrochen, in der man sich bewegen, die Wohnung verkaufen, mit einer Handvoll Banknoten ein Taxi heranwinken und sich zum Flughafen bringen lassen musste.

Warum bloß konnte er das nicht kapieren, warum nur lief bei ihm alles anders, warum hatte es ihn immer in den Osten gezogen, zu den hundertjährigen Bäumen, zu den Quellen und zu den Bergen, warum musste er immer gegen den Strom schwimmen, allein?

Eine merkwürdige Zeit war dies, auch die Stadt war merkwürdig, grau und müde wie Ida mit ihren schlaffen Brüsten und den Tränensäcken, und Pilsen hüllte sich in Rauch und Abgase, erstickte im Dauerstau, Pilsen mit seinen bröckelnden Häuserfassaden, der Flugasche und den Bierpfützen auf den Gehwegplatten. Und er, Andrejko, er musste wieder zittern, dass man ihn auf die Straße setzte, nur weil er in diese Wohnung eingezogen war. Dabei war er nirgendwo neu eingezogen, zurückgekommen war er, zurück zu Tibor und Ida, nach Hause …

Am Abend zuvor war ein Grüppchen Glatzen in schwarzen Lederjacken von Petrohrad zum Bahnhof gezogen, die Passanten machten ihnen den Weg frei, und die Polizisten, die gerade Strafzettel für falsches Parken verteilten, hoben nicht einmal den Kopf. Nur er, Andrejko, schlüpfte verängstigt in einen fremden Hauseingang und duckte sich dort, während draußen schwere Stiefel donnerten, und das Geschrei der Glatzen die Fensterscheiben erklirren ließ. SIEG, SIEG HEIL, ZIGEUNER INS GAS! In dem Augenblick hätte er nicht ein halbes, sondern ein ganzes Königreich für einen Schlüssel hergegeben, mit dem er die Haustür hätte abschließen können. Auf der gegenüberliegenden Straßenseite liefen ungerührt Menschen mit prall gefüllten Einkaufstüten, sie trugen zusammengeschnürte Weihnachtsbäume, Geschenke, über die Mikulášská-Straße ratterte eine Straßenbahn, in den Schaufenstern blinkten Lichterketten, auf dem Marktplatz drehten und wendeten sich Karpfen in den Bottichen, die Fischhändler in ihren gummierten Schürzen beugten sich über sie, die Polizisten klemmten weiter ihre Strafzettel hinter die Scheibenwischer der parkenden Autos und die Uhr an der Ecke zählte die Adventsminuten ab …

Andrejko flüchtete sich an den Fluss, unter den Steg am Papierwerk, und suchte nach einer Erklärung dafür, wer diese Zigeuner sein sollten, für die es hier keinen Platz gab, für die man in den Kneipen Geld sammelte, damit sie ausreisen konnten, oder sie gar nicht erst ins Land ließ: Für Hunde und Zigeuner Eintritt verboten … Für wen war so ein Schild bestimmt, für Tante Ida und für Tibor? Und das Gas für die kleine Darja?

Als er nachts über den Mikulášský-Platz nach Hause ging, bekam er vor dem Kiosk einen Wutanfall, mit dem Ellbogen schlug er die Scheibe ein und versuchte, Zigaretten herauszuangeln, durch das Drahtgeflecht kam er aber nicht an sie heran, er zerschnitt sich bloß das Handgelenk, und Erleichterung stellte sich überhaupt keine ein.

Blick dich nicht um, hatte der Engel zu Lots Frau gesagt, damit du nicht umkommst. Blick dich nicht um, flüsterte eine Stimme Andrejko zu, damit du nicht wahnsinnig wirst, sieh nach vorne, auf den Weg. Aber dort vorne, was war das für ein Weg? Sollte ihn einer fragen: *Kaj džas, more?*, Wohin gehst du, Mann?, was würde er ihm antworten? Was hielt ihn auf diesem Weg? Die Angst vor Fesseln, vor der Polizei und vor dem Hunger, die Angst vor dem morgigen Tag? Das war doch keine gewöhnliche Angst, die ihn an diesem Weg festhalten ließ?

Er brauchte doch so wenig, wie viele seiner Träume hatte er bereits zurücknehmen, was alles in kleine Münze umwechseln müssen? Als er klein war, wollte er in einem weißen Hemd tanzen und bis zu den Sternen fliegen, es gab immer ein Licht, das er vor sich sah, das er erreichen wollte. Heute träumte er von nichts mehr und suchte auch nichts mehr, er brauchte nichts, weder ein gestärktes Hemd noch Geld fürs Karussell, nicht einmal seine Geige brauchte er. Er war müde und kraftlos, er konnte nicht mehr weiter. Gestern hatte er sein Bild im Spiegel erhascht, es hatte ihn gegraust vor dieser gebeugten Vogelscheuche, vor dem fremden und verbrauchten Gesicht mit den Falten, die kreuzweise über sein Antlitz liefen, schnell musste er zur Seite springen, um den Spiegel nicht zu zerschlagen, ihn nicht in kleine Splitter zu zerstampfen, wie es die Tante einmal gemacht hatte, als sie früh morgens von einer ihrer traurigen Kneipentouren nach Hause kam.

Das alles raubte einem den Verstand … Deswegen blicken unsere Leute nie zurück, um nicht den Verstand zu verlieren, um nicht die Jahre zu sehen, die durch die Finger gleiten wie Glasperlen von einem zerrissenen Band. Noch gestern bedeutete ein Jahr sein halbes Leben, und heute rauschten die Jahre an ihm vorbei, und wenn sie vorbeigerauscht sind, sieht die Landschaft auf einmal nur noch leer und öde aus …

Deš manuša, deš droma, hatte der alte Laco immer gesagt, zehn Menschen, zehn Wege … Laco hätte ihm einen Arm um die Schultern gelegt und mit seinen Augen, diesen stechenden und glimmenden Kohlenstückchen, schelmisch gezwinkert, mit der anderen Hand hätte er einen großen Kreis um sich gezogen und gesagt: Gott ist der Weg, Andrejko, alles, was du siehst, ist der Weg …

Aber für Andrejko gab es keinen Weg mehr, sein Zug war längst entgleist, holpernd raste er über die Schwellen, versuchte, mit quietschenden Bremsen zum Stehen zu kommen, und hielt irgendwo auf einem toten Gleis inmitten von Feldern an, während durch seinen Kopf andere Züge donnerten und riesige Kristallvasen zerbarsten, die Scherben schnitten ihm scharf ins Fleisch, und er hörte dünne Kinderstimmen rufen und um Hilfe betteln. Und das war alles noch nichts im Vergleich zu der Stille, die sich in ihm ausbreitete, die in ihm schrie, derentwillen er jede Nacht vor der Wand kniete und mit dem Kopf gegen sie schlug, weil er in dieser Stille Darja hörte, die im Schlaf nach ihrer Mama rief, *mamo, o šila … paňi* … weil ihr kalt war und weil ihr Bauch wehtat und weil sie durstig war …

Immer wieder stand Andrejko auf und zog sie um, trocknete das durchgeschwitzte Laken über der Heizung, machte ihr neue Umschläge und kochte Tee, und wenn die Kleine endlich einschlief, hielt er ihr schwitziges Händchen und wusste nicht, was er tun sollte, um ihr zu helfen, um sie von ihrem Schmerz zu befreien, aber er ahnte, dass es ihm nicht gelingen würde, dass er so wenig, so unglaublich wenig besaß, was er ihr geben konnte …

Als er nach einer durchwachten Nacht allmählich wieder zu sich kam, betete er noch kurz um ein Wunder, darum, dass einer den Zauberstab schwingen und Darja aus dem

Bett springen oder ihn zumindest anlächeln möge, aber das Mädchen rührte sich nicht, und sein winziger Körper glühte. Plötzlich wusste er, was er zu tun hatte, er zog der Kleinen trockene Kleider an, wickelte sie rasch in eine Decke und schlüpfte mit ihr auf die Straße hinaus.

***

Das Wartezimmer war voll, und es dauerte lange, bis sie an der Reihe waren.

Die Versicherungskarte, die Krankenschwester streckte ungeduldig die Hand aus.

Ich … es geht ni-nicht um mich … Andrejko kam ins Stottern. Sie … das ist m-meine kleine Darja … sie ist … krank, er zeigte mit dem Kinn auf das Mädchen auf seinem Arm.

Kann ja jeder sagen, antwortete die Schwester barsch. Schon mal hier gewesen? … Die Versicherungskarte, Sie müssen doch ’ne Karte haben …

Aber … ich …, stammelte Andrejko und wühlte in seinen Taschen, doch die Schwester ließ ihn nicht ausreden: Dann kommen Sie wieder, wenn Sie die Karte gefunden haben. Überhaupt, es ist kurz vor Weihnachten, wir wollen auch mal nach Hause … Der Nächste!, rief sie.

Andrejko sah sich ratlos um. Eine Weile war es still im Wartezimmer.

Sie müssen zur Krankenkasse, erbarmte sich schließlich eine der wartenden Mütter. Andrejko drückte Darja fest an sich. Was für eine Karte, was für eine Krankenkasse, sie braucht doch einen Arzt. Er würde es irgendwo anders versuchen, jetzt musste er nach Hause, die Kleine hatte bestimmt Durst, vielleicht auch Hunger, gestern hatte sie den ganzen Tag nichts gegessen, alles gleich wieder ausgespuckt …

Langsam ging Andrejko mit Darja nach Hause zurück. Vor dem Haus stand ein Polizeiauto, dem Mann am Steuer war der Kopf auf die Brust gesunken, er war wohl eingedöst. Andrejko schlüpfte in den nächsten Hauseingang, der zum Glück nicht abgeschlossen war, dort verbarg er sich hinter der Tür und wartete, bis das Auto wegfuhr, die Kleine auf seinem Arm zitterte, Andrejko wischte ihr immer wieder den Schweiß von der Stirn.

Abends wickelte er Darja erneut in ihre Decke ein und steckte ihre Lieblingspuppe in die Jackentasche. Dann rannte er die Treppe hinunter und sah sich vorsichtig um. Auf dem Gehweg lag eine dünne Schicht Schnee, weit und breit war kein Mensch zu sehen, nur die Straßenlampen und ein paar Fenster waren erleuchtet.

Sie gingen Richtung Hauptbahnhof, durchquerten die Stadt, bis sie zu der Notaufnahme am Denis-Kai kamen, dort lehnte Andrejko seine Darja gegen die Tür, lächelte sie ein letztes Mal an und gab ihr einen Kuss auf die glühende Stirn, eine Weile blieb er vor ihr auf den Knien hocken, dann stand er auf und klingelte. Noch bevor in dem dunklen Flur das Licht anging, war er hinter einer Ecke verschwunden. Von dort aus verfolgte er, wie die Tür aufgeschlossen wurde, er vernahm aufgeregte Stimmen, dann fiel die Tür zu, und eine Weile passierte nichts. Ein paar Minuten später aber tauchte auf der Brücke ein Blaulicht auf, Bremsen quietschten, ein Krankenwagen hielt und raste nach einer Weile wieder davon. Andrejko beobachtete erstaunt, wie sich das grelle Blau in den Fenstern widerspiegelte, wie das Licht schwächer wurde und schließlich ganz zwischen den Häusern verschwand.

Bachtalo tiro drom … Glück auf deinem Wege, Mädchen, flüsterte er, *t'aves bachtal'i …* Mögest du glücklich sein.

30.

Nun war Andrejko allein. Eine große Last war von ihm gefallen. Zurück nach Petrohrad wollte er nicht, nicht zurück zur Tante und zu den zitternden Händen seines Cousins Tibor ... Vorsichtig umrundete er das riesige Gebäude der Polizeidirektion, in dem er vor Jahren geschlagen und getreten worden war, er schlenderte über die Kreuzung auf das Brauereitor zu, die Gärkeller und die Männer kamen ihm in den Sinn. Ob sie wohl immer noch um ein Bierfass herumstanden und ihre Blechkrüge in der Hand hielten, die im heißen Wasser vorgewärmten Maßkrüge, ob sie immer noch durch ein Bierglas die Welt golden und schön wahrnahmen? Aber das Tor war geschlossen, und seine Beine trugen ihn weiter, über die breite Ausfallstraße wälzten sich Lastwagen und Sattelschlepper wie Kamele, wie eine Karawane durch die Wüste, wie ein Fluss, der im Nichts anfängt und im Nichts endet ... Andrejko ging durch die Bahnunterführung, dann weiter bis zur Brücke, dort blieb er stehen, beugte sich über das Geländer und sah eine Weile hinunter zum Fluss. Die Wellen hüpften verspielt über die Steine, dünne Weidenzweige neigten sich zum Wasser, und das alles war so schön, dass er die Böschung hinunterrutschte. Erst dort, am Ufer, unter den Weiden und inmitten von trockenem Schilf, bemerkte er, dass immer noch Darjas Puppe in seiner Tasche steckte, es war eine schmuddelige, mit Schokolade beschmierte Puppe, aber sie konnte ihre Augen öffnen und wieder schließen, und wegen dieser Augen mochte Darja sie von all ihren Spielsachen am liebsten …

Aber er konnte sie ihr nicht mehr zurückgeben, das Leben seines Mädchens lag nicht mehr in seinen kraftlosen Händen … Ein Gefühl der Schwere zog ihn nach unten, zu den flackernden Lichtern, die auf der Wasseroberfläche wie Sterne glänzten, Andrejko folgte ihnen, bis ihm schwindlig wurde, er bahnte sich einen Weg durch die Weidenzweige und landete unversehens im Wasser. Von der Brauerei stieg Dampf auf, vom Bahnhof hallte der Lärm der rangierenden Züge in die Nacht und das Echo der Befehle und Meldungen in dem sonderbaren Eisenbahnercode, Vierhundertacht von Sieben über Zwei auf Vier, Hundertfünfzehn über Drei auf Acht, über die Stahlbrücke ratterte ein Güterzug …

Andrejko lächelte die Puppe an, zupfte ihr Kleidchen zurecht, legte sie zärtlich in die Strömung und flüsterte *Bachtalo tiro drom*, Glück auf deinem Wege … Dann schloss er die Augen, und statt Brauerei, Sudhaus, Gärkeller und Mälzerei sah er die aufgeplusterten und weichen Bergkuppen und die Kronen der uralten Bäume vor sich, und seine Füße steckten nicht bis zu den Knöcheln im eiskalten Wasser, sondern stapften irgendwo im Osten durch riesige Haufen von warmem und goldenem Laub …

Das trübe Wasser trieb Darjas Puppe an der Kirche des heiligen Georg vorbei, Richtung Pecihrádek und zu der Papierfabrik von Bukovice, sie schaukelte sanft in der Strömung und verschwand bald in der Dunkelheit.

Über den Dächern der Plattenbauten von Doubravice wurde es heller, still zog der Morgenstern über den Himmel, der letzte Stern dieser sich ihrem Ende zuneigenden Nacht.

31.

Seine durchnässten und vor Kälte steifen Beine trugen ihn nur mit Mühe weiter über die Americká-Straße. Als er die Unterführung vor dem Hauptbahnhof durchquerte, donnerten schwere Stahlräder über ihm, er hörte das ohrenbetäubende Quietschen von Bremsen, und eine Lautsprecherstimme verkündete schnarrend, an Gleis zwei sei der internationale Schnellzug eingefahren, von Bečva, Cheb, Františkovy Lázně über Rokycany, Prag und Olomouc nach Vsetín, Horní Lideč, Púchov, Žilina, Kysak und Košice.

Andrejko blieb stehen. Er schloss die Augen und sah die Möwen wieder über dem Fluss kreisen, sah Darjas Puppe in einem weichen Nest aus Laub, der Geruch von feuchter Erde stieg ihm in die Nase, seine Finger spürten das Quellwasser beim Schöpfen, berührten weiße Birkenrinde und das schwarze Holz der hundertjährigen, handgezimmerten Balken. Plötzlich lichtete sich der Nebel und gab den Blick frei auf einen Weg – seinen Weg.

In den Schaufenstern auf der Americká-Straße blinkten bunte Lichterketten und der Wind wirbelte zerknüllte Werbezettel durch die Luft.

Die Uhr auf der Kreuzung schnitt eine weitere Minute ab, auf der Ampel wechselten die Farben, eine Autoschlange hielt an, eine andere fuhr los.

Auf der gegenüberliegenden Straßenseite quietschten Bremsen, im Spielautomat ging ein weiteres Fünf-Kronen-Stück unter, in einem Hinterhof stieß jemand eine Mülltonne um.

Die Stahlräder stemmten sich gegen die Gleise, der Schnellzug nach Prag setzte sich langsam in Bewegung.

Ein alter Hund, den man an einen Pfeiler gebunden hatte, zitterte vor Kälte und winselte.

Vor einer Kneipe plärrte ein Baby in einem Kinderwagen.

Schwere nasse Schneeflocken fielen auf die Dächer von Pilsen herab.

In dem Augenblick, als sich auf Gleis zwei Andrejko an der Waggonklinke festhielt und sich auf das Trittbrett des anfahrenden Zuges hochzog, zeigte eine verstaubte Bahnhofsuhr kurz nach zwei Uhr nachmittags an.

Es war Donnerstag, der dreiundzwanzigste Dezember, Anno neunzehnhundertdreiundneunzig nach Christi Geburt.